「甄士隱，真事隱」、「賈語村，假語存」，
《紅樓夢》中的名字其實暗藏玄機？！

未完成VS遺失？為何「前八十回」和「後四十回」文筆迥異？

秦可卿到底是怎麼死的？和公公賈珍竟有著不能說的祕密？

讓我們打開《紅樓夢》，探討至今未解的懸案與謎題......

崧燁文化

序言

著名紅學家俞平伯曾經說過：「《紅樓夢》這部書在中國文壇上是一個夢魘。你越研究便越糊塗。」俞平伯先生這句話實際上是想告訴我們，《紅樓夢》中的難解之謎實在是太多了，越研究，「謎」就越多。許多對《紅樓夢》感興趣的人，恐怕對此也有相同的感受。

那麼，《紅樓夢》為什麼會留下這麼多的懸案和謎題呢？主要有三方面的原因。

首先，《紅樓夢》的包容量和涵蓋面都非常大。有人曾說，「《紅樓夢》是一部百科全書式的著作」。這樣的說法一點也不誇張，《紅樓夢》包羅萬象，涉及到了幾百年前人們日常生活中的各方面。也許正是這樣的規模決定了它在傳播意義上的局限性。時隔這麼長的時間，今人不可能把那些已經成為歷史的東西一一弄清楚。所以說，《紅樓夢》之中的謎題好像永遠也解不完。

其次，《紅樓夢》特殊的成書過程決定了它必然會產生很多懸案和謎題。我們都知道，曹雪芹寫《紅樓夢》是非常艱辛的，「曹雪芹於悼紅軒中披閱十載，增刪五次，纂成目錄，分出章回，則題曰《金陵十二釵》」，可見，曹雪芹為寫《紅樓夢》花費了大量的時間和精力，《紅樓夢》的成書過程是相當漫長的。在這個漫長的過程之中，曹雪芹幾易其稿，但最終都沒有定稿，並且還沒有寫完。之後，又經過其他人的手抄流傳。單不說曹雪芹自己都沒有定稿，那麼多人在傳抄的過程中是很可能留有紕漏的。所以說，從其成書過程來講，《紅樓夢》留下大量的懸案和謎題是必然的。

最後，我們都知道曹雪芹的家族在衰落以後，一切關於曹家的史料都被銷毀了。現在，我們甚至不能確定曹雪芹的生卒年分，不能確定曹雪芹的生父是誰——那麼，我們又怎樣去解開留在《紅樓夢》之中的「結」呢？要知道，《紅樓夢》說到底畢竟只是一部文學作品而已。

這些都是形成許多「紅樓夢之謎」的重要原因。正所謂——說不盡的《紅樓夢》——這話多少有點無奈，但它確實是事實。

本書著意於多方位、多角度地對《紅樓夢》進行解讀。為了這一目的，作者花費了大量的時間和精力，參考了大量的文獻資料，終於完成此書。相信，我們努力的結果不會白費；相信，本書能為眾多的《紅樓夢》愛好者提供一個很好的學習、研究《紅樓夢》的平台。

目錄

《紅樓夢》版本詮解

《紅樓夢》作者詮解

《紅樓夢》人物詮解

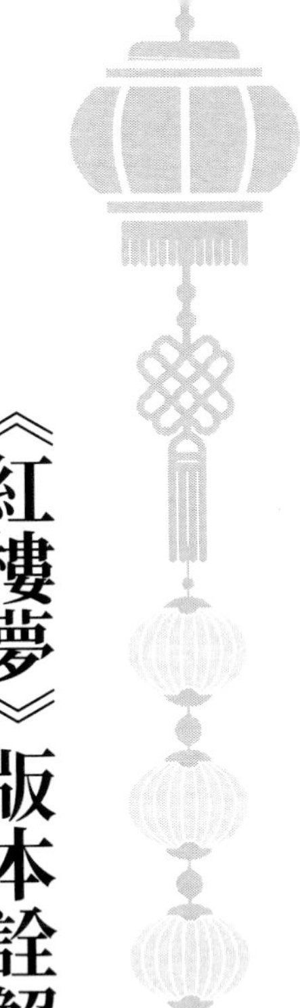

《紅樓夢》版本詮解

《紅樓夢》是中國古代最著名的長篇小說之一，要想全面了解《紅樓夢》，就不能不了解它的版本。《紅樓夢》的版本可分為兩個系統：一是八十回抄本系統，題名《石頭記》，大都附有脂硯齋評語，又名「脂本」系統。抄本距曹雪芹寫作年代較近，所以接近原稿。另一種是一百二十回本系統，即「程高本」，有所增刪。至當代又有將兩者統合的一些新修訂本，多為一百二十回。

據載，《紅樓夢》早期流傳的抄本帶有「脂硯齋」等人批語，題名《脂硯齋重評石頭記》。這種「脂評本」僅八十回，現存版本完整的很少，「甲戌本」，存十六回；「己卯本」，存四十三回又兩個半回；「庚辰本」，存七十八回；「戚序本」，是經過整理加工的「脂評本」，整八十回。還有「舒元煒序本」、「夢覺主人序本」、「蒙古王府藏抄本」。另有《乾隆抄本百二十回紅樓夢稿》，則為一百二十回，前八十回主要據「脂評本」抄集校改。

乾隆五十六年（西元一七九一年）由程偉元、高鶚活字排印《紅樓夢》，題《新鐫全部繡像紅樓夢》，一百二十回。乾隆五十六年排印本稱「程甲本」，第二年程偉元和高鶚對「程甲本」修訂後的排印本稱「程乙本」，合稱「程高本」。「程高本」的印行，迅速擴大了《紅樓夢》的流傳和社會影響。一直到今天，最通行的版本仍然是「程高本」。

與《紅樓夢》版本息息相關的問題就是關於「脂硯齋」的研究。到底什麼是脂批？脂硯齋又是誰？這些問題在以《紅樓夢》為中心的這個「紅學」範圍內是相當重要的。

在這一章，我們將對《紅樓夢》的版本以及目前社會上關於脂批和脂硯齋的研究做一些簡單的介紹。

《紅樓夢》究竟有幾個書名?

《紅樓夢》不愧是一部奇書，它的各個方面都與其他的小說有著許多的不同，別的先不說，單說它的名字就有好幾個，例如《石頭記》、《情僧錄》、《風月寶鑑》、《金陵十二釵》、《金玉緣》等。《紅樓夢》第一回說：「此書開卷第一回也，作者自云：『因曾歷過一番夢幻之後，故將真事隱去，而撰此《石頭記》一書也。』」又說：「空空道人聽如此說，思忖半晌，將《石頭記》再檢閱一遍，因見上面雖有些指奸責佞貶惡誅邪之語，亦非傷時罵世之旨，及至君仁臣良父慈子孝，凡倫常所關之處，皆是稱功頌德，眷眷無窮，實非別書之可比。雖其中大旨談情，亦不過實錄其事，又非假擬妄稱，一味淫邀豔約、私訂偷盟之可比。因毫不干涉時世，方從頭至尾抄錄回來，問世傳奇。從此空空道人因空見色，由色生情，傳情入色，自色悟空，遂易名為情僧，改《石頭記》為《情僧錄》。至吳玉峰題曰《紅樓夢》。東魯孔梅溪則題曰《風月寶鑑》。後因曹雪芹於悼紅軒中披閱十載，增刪五次，纂成目錄，分出章回，則題曰《金陵十二釵》。」

據紅學家考證，在《紅樓夢》成書早期的時候是和《石頭記》混雜使用的。另外，可以確定的是，《石頭記》這一書名是在《紅樓夢》這一書名之前的。

《紅樓夢》這一書名最早出現於甲戌本的「凡例」之中。甲戌本的「凡例」是其他版本的《紅樓夢》所沒有的，其內容如下：

《紅樓夢》書題名極多，《紅樓夢》是總其全部之名也。又曰《風月寶鑑》，是戒妄動風月之情。又曰《石頭記》，是自譬石頭所記之事也。此三名則書中曾已點睛矣。如寶玉做夢，夢中有曲名曰《紅樓夢》十二支，此則《紅樓夢》之點睛。又如賈瑞病，跛道人持一鏡來，上面即鏨「風月寶鑑」四字，此則《風月寶鑑》之點睛。又如道人親見石上大書一篇故事，則係石頭所記之往來，此則《石頭記》之點睛處。然此書又名曰《金陵十二釵》，審其名則必係金陵十二女子也。然通部細搜檢去，上中下女子豈止十二人哉？若云其中自有十二個，則又未嘗指明白係某某，及至「紅樓夢」一回中亦曾翻出金陵十二釵之簿籍，又有十二支曲可考。

至於「紅樓夢」三字的含義，脂硯齋在《紅樓夢》一書的第四十八回末曾對此有一段解釋——「一部大書起是夢，寶玉情是夢，賈瑞淫又是夢，秦之家計長策又是夢，今作詩也是夢，一併『風月鑑』亦從夢中所有，故『紅樓夢』也。余今批評亦在夢中，特為夢中之人作此一大夢也。」

總之，「紅樓夢」是「總其全部之名」。「紅樓夢」意思是說，整部小說寫的就是紅樓一夢。「紅樓」和「朱門」一樣，是古代王侯貴族住宅的代稱。不言而喻，「紅樓夢」就是說紅樓貴族的顯赫無非南柯一夢。「紅」在古代代表「女兒」，即女性；「樓」是深閨大宅；「紅樓」是指住在深閨大宅中的女性，多指官宦人家的小姐。有一段脂批曰：「所謂『好知青塚骷髏骨，便是紅樓掩面人』是也。作者好苦心思。」

具體對《石頭記》、《情僧錄》、《風月寶鑑》、《金陵十二釵》、《金玉緣》等這些名字來講，取名《風月寶鑑》指讀者可以透過小說引出風月情場中的經驗，以此為戒；《情僧錄》記錄小說中的空空道人（即情僧）所傳的故事；《金玉緣》指賈寶玉（胸前佩掛的「通靈寶玉」）和薛寶釵（項圈上所繫的金鎖）最終結親，成了「金玉良緣」之意；《金陵十二釵》，指小說主要記錄金陵出生的十二位女子的事情；《石頭記》，指小說是刻在頑石上的一段傳奇故事。所以這些書名，有的僅指小說的出處，有的只說故事中的人物和出生地，有的歸結為情物的糾葛等，都很片面。而《紅樓夢》，正如我們上面所講到的一樣，「紅樓」，指絢麗的樓閣，一般又指女子居住之處，所謂「夢」指大觀園的小姐們雖然過的是榮華富貴的日子，可是到頭來食盡鳥飛，原來是一場大夢，都沒有理想的結局。此外，書中確實也寫了許多夢（前八十回寫了二十個夢，後四十回寫了十個夢），其中最長的夢如第五回的「賈寶玉夢遊太虛幻境」和第一百一十六回的「賈寶玉再遊真如福地」，從故事情節來看，起於夢，結於夢，它是貫穿全書，揭示主題的重要情節。因此，《紅樓夢》的書名與其他幾個書名相比較，它可以概括大觀園女兒國的全體，同時預示其結局，清雅高遠，寓意精深，相比之下，當然要數《紅樓夢》最佳。

當然，以上這些書名，例如《石頭記》、《情僧錄》、《風月寶鑑》、《金陵十二釵》以及總其名的《紅樓夢》，都是作者或與作者有關的人取的。至於無關者妄加上去的，那就更多了，如《金玉緣》、《大觀瑣錄》之類，恐無法確切加以統計。

有趣的是，《紅樓夢》的外文譯本，除一九七五年英國企鵝出版公司出版的霍克斯翻譯的《紅樓夢》叫做《石頭的故事》（*The Story of the Stone*）之外，其餘的英、法、德、義、荷蘭、羅馬尼亞、匈牙利以及日本譯文，都選擇了《紅樓夢》作為該書的書名。當然，因其語法及表達方面的原因，一般都譯作《紅樓之夢》或《夢在紅樓》。

《紅樓夢》續書有多少？

在洋洋灑灑的中國文學史上，有著巨大的成就，但也有著說不盡的遺憾。在眾多的遺憾中，「《紅樓夢》未完」留給人們的遺憾是巨大的。著名女作家張愛玲曾說過，人生三大恨事，一恨鰣魚多刺、二恨海棠無香、三恨紅樓未完。

對於《紅樓夢》留給後人的遺憾，很多人都試圖來彌補。有的人耗盡一生心血來研究《紅樓夢》的結局，有的人把希望寄託在後四十回《紅樓夢》能被人發掘出來（有些人認為，曹雪芹已將《紅樓夢》寫完，只是後四十回遺失了），有些人甚至拿起筆來為再現它的原貌而為之寫續。

據考證，在《紅樓夢》成書以後的相當長一段時間內，為之寫續書的風氣大有泛濫之勢。根據相關專家的統計，從《紅樓夢》產生到現在，《紅樓夢》之續書已達三十多種。現列其中一部分如下：

續書名——作者——回數——時間

《後紅樓夢》——逍遙子——三十回——清 乾隆嘉慶

《後紅樓夢》——琅環山樵——四十八回——清 嘉慶

《紅樓圓夢》——臨鶴山人 三十一回——清 嘉慶

《續紅樓夢》——海圃主人——四十回——清 嘉慶

《綺樓重夢》——蘭皋居士——四十八回——清 嘉慶

《紅樓復夢》——陳少海——一百回——清 嘉慶

《秦續紅樓夢》——秦子忱——三十回——清 嘉慶

《紅樓夢補》——歸鋤子——四十八回——清 嘉慶

《紅樓圓夢》——夢夢先生——三十一回——清 嘉慶

《紅樓幻夢》——花月痴人——二十四回——清 道光

《續紅樓夢稿》——張曜孫——二十回——清 道光

《紅樓夢影》——雲槎外史——二十四回——清 道光

《太虛幻境》——惜花主人——四回——清 光緒

《新石頭記》——吳沃堯——四十回——清 光緒

《新石頭記》——南武野蠻——十回——清 宣統

《紅樓夢醒》——劉承彥——六十回——清

《紅樓真夢》——郭則沄——六十回——民國

《紅樓殘夢》——潁川秋水——十回——民國

《紅樓餘夢》——毗陵奇緣——短篇——民國

當然，在所有《紅樓夢》的續書之中，公認的最成功者還算是高鶚的續作。《紅樓夢》續書之多可算是世界一大奇蹟，但是隨之而來的續作作者之間的互相評價也可算得上是一大奇蹟。續書作者之間的評價不乏一些可以借鑑的意見，讀來也甚是有趣，現摘錄如下：

秦子忱在《續紅樓夢》中說，他是在病中讀完《紅樓夢》的，深受感動，病好以後，卻始終不能忘懷賈寶玉、林黛玉沒能團圓之事；後來，聽說有續書（即《後紅樓夢》）出版，就「多方購求」，「然細玩其敘事處，大率與原本相反，而語言聲口亦與前書不相吻合」，於是自己就寫了一本。秦子忱對《後紅樓夢》中的「褒黛」非常不支持，主張「釵黛菱湘才伯仲」。在《續紅樓夢》最後，秦子忱借賈寶玉之口，批評了《後紅樓夢》之中的「荒謬」。《續紅樓夢》中說，一日賈寶玉夢中，碰著賈雨村和空空道人，他二人見到寶玉，俱各大喜道：「你來的正好。你當日的那部《石頭記》，原是我兩人煩曹雪芹先生編次校定的，至於你們後來的這一段因果，又有一個朋友托曹雪芹替你編了一部《後紅樓夢》。你且坐下瞧瞧，合你的意思不合。」於是，寶玉坐下，他二人從案上取出一部書遞與寶玉看，寶玉接了過來，從頭至尾翻閱了一遍，然後說：「哪裡是曹雪芹的手筆，語言口吻全然不像，甚不合我的意思。」

《紅樓復夢》也是小有名氣的《紅樓夢》之續書。此書一開始，先簡述前書之事，並評論說，書中許多女性「情障愈深，情根愈固。唯薛氏寶釵不為情染，獨開生境。」又說，「榮府中自賈政去世之後，只有寶玉之母王夫人、暨長子賈珠之婦李氏宮裁、寶玉之婦薛氏寶釵，姑媳三人相依為命。大凡神仙降世，與那些琪花草石姻緣偶而遊戲人間，不過如此。後人不知，復有黛玉復生，晴雯再世及大觀園添出許多蛇足——人間安得有此，實為笑柄。」說他人是「笑柄」，自己又步其後塵，《紅樓復夢》也照樣有「復生」、「再世」——真難為了作者的一番熱情。

《紅樓夢》續書《紅樓圓夢》的作者在楔子中，稱讚自己寫的書說：「端的有頭有尾，前書所有盡有；前書所無盡無。一樹一石，一人一物，幾於杜詩、韓碑，無一字無來歷。卻又心花怒放，別開生面，把假道學而陰險如寶釵、襲人一干人都壓下去；真才學而爽快如黛玉、晴雯一干人都提起來。真個筆補造化天無功，不特現在的『復夢』、『續夢』、『後夢』、『重夢』都趕不上，就是（湯顯祖的）玉茗堂『四夢』，以及關漢卿『草橋驚夢』也遜一籌。」有自信不一定是壞事，這也太自信了！

《紅樓夢補》的作者在此書開頭就說，自己將想寫《紅樓夢》續書的心思告訴朋友，但是朋友勸他說：「已有『後紅樓』、『續紅樓』矣，不能掃棄陳言，獨標新格，恐怕很難突破。」但是，作者自己卻說：「後、續兩書，各有所長。然寶黛卒合，不從自己構思設想，濡墨蘸筆而來，於心終未釋然。」

晚清著名小說家，《二十年目睹之怪現狀》的作者吳趼人也為《紅樓夢》寫過續書——《新石頭記》。吳趼人《新石頭記》第一回說：「《紅樓夢》出版以來，後人又撰了多少『續紅樓夢』——種種荒誕不經之言，不勝枚舉，看的人沒有一個說好的。我這個《新石頭記》豈不又犯了這個毛病嗎？然而，據我想來，一個人提筆作文，總先有了一番意思；下筆的時候，他本來不是要人家讚賞的，不過自己隨意所如，寫寫自家的懷抱罷了，至於後人的褒貶，本來與我無關。」看來，這樣的態度才是最好的，謙遜，不卑不亢！

《補紅樓夢》正文開頭這樣寫道：「話說那空空道人，自從在悼紅軒中將抄錄的《石頭記》付與曹雪芹刪改傳世之後——過了幾時，忽然聽見又有《後紅樓夢》及《綺樓重夢》、《續紅樓夢》、《紅樓復夢》四種新書出來。空空道人不覺大驚，便急急索觀了一遍。那裡還是《石頭記》口吻，其間紕繆百出，怪誕不經。唯有秦雪塢《續紅樓夢》稍可入目，然又人鬼淆混，情理不合，終非《石頭記》的原本。」《補紅樓夢》在本書的末尾，又讓薛寶釵批了一通這「後、續、復、重」四部續書，「這《後紅樓夢》妄誕不經，林黛玉、晴雯竟死而復生，林良玉為黛玉之兄不知從何而出？且突添一姜景星（書中曾向黛玉求親者）則其意何居呢？四姑娘（惜春）復為貴妃，史湘雲忽成仙體，種種背謬，豈但是狗尾續貂而已呢！《綺樓重夢》我只看了一半，那部書是喪心病狂之人做的，通身並非人語，看了汙人眼目——實在寫成了一部色情作品。」作者又說：「這《續紅樓夢》雖然有些影響，就只是十數人都還魂復生，比《後紅樓夢》妄誕更甚，縱然通身圓滿，有這一段大破綻，也難以稱善了。《紅樓復夢》，其才似長，因欲更還魂復生之謬，遂改為轉世，不知其謬轉甚。」

《紅樓夢影》的作者在序言中說，《紅樓夢》的讀者，因林黛玉有絕世才貌，卻「抱恨夭亡」，於是許多人「起而接續前編，各抒己見」。都是為黛玉「吐生前之夙怨，翻薄命之舊案」，將紅塵之富貴加在她的身上——「與前書本意相悖耳」！

《紅樓夢》究竟有多少回？

我們都知道，現在通行本的《紅樓夢》是一百二十回，但是又因為前八十回和後四十回不是一個作者，所以「《紅樓夢》本來的回目是多少」就成了一個謎題。《紅樓夢》究竟寫了多少回呢？很多專家學者甚至一般的《紅樓夢》愛好者都為弄清楚這個問題付出了大量的精力，但是迄今為止仍沒有一個具有說服力的結果。具體來講，主要有以下幾種說法：

「一百一十回說」

這種觀點認為，《紅樓夢》的原來回目是一百一十回。此種觀點的依據是以下幾條脂硯齋的批語：

「有正本」《紅樓夢》第二回《賈夫人仙逝揚州城，冷子興演說榮國府》裡，有一條回前批：「以百回之大文，先以此回作兩大筆以冒之，誠是大觀。世態人情盡盤旋於其間，而一絲不亂，非具龍象力者豈孰能哉。」研究者認為，這裡的「百回」是一個概說；也就是說，這條批語告訴我們——《紅樓夢》的本來回目應該是一百回左右。「庚辰本」《紅樓夢》第二十五回〈魘魔法姐弟逢五鬼，紅樓夢通靈遇雙真〉，有一條署「壬午孟夏雨窗」的硃筆眉批說：「通靈玉除邪，全部百回，只此一見，何得再言。僧道蹤跡虛實，幻筆幻想，寫幻人於幻文也。壬午孟夏雨窗。」研究者認為，這條批語也能證明《紅樓夢》的本來回目應該是一百回左右。

「一百回左右」？那到底應是多少回呢？「庚辰本」《紅樓夢》第四十二回〈蘅蕪君蘭言解疑癖，瀟湘子雅謔補餘香〉的回前批對回目有了進一步的說明，這條批語說：「釵玉名雖二個，人卻一身，此幻筆也。今書至三十八回時，已三分之一有餘。故寫是回，使二人合而為一。請看黛玉逝後寶釵之文字，便知余言不謬也。」、「今書至三十八回時，已三分之一有餘」，可見，《紅樓夢》的回目應該不會超過一百一十八回。再結合前邊的「一百回左右」的說法，《紅樓夢》的本來回目應該是在一百回到一百一十八回之間。那到底是多少回？研究者又從另外的脂批中找到了答案。「庚辰本」《紅樓夢》第二十一回〈賢襲人嬌嗔箴寶玉，俏平兒軟語救賈璉〉，有一條回前批：「按此回之文固妙，然未見後三十回猶不見此之妙。此回『嬌嗔箴寶玉』、『軟語救賈璉』，後文『薛寶釵藉詞含諷諫，王熙鳳知命強英雄』。」很多人認為，這裡所講的「後三十回」是一個確切數字，它是指〈紅樓夢〉原本為八十回加上「後三十回」，也就是說，《紅樓夢》應當為一百一十回。此外，「蒙府本」《紅樓夢》第三回〈賈雨村寅緣復舊職，林黛玉拋父進京都〉的回末有一條側批：「後百十回黛玉之淚，總不能出自二語。」研究者認為，這裡所說的「後百十回」也是「一百一十回說」的主要依據。

但是對於以上這種說法，很多人持有反對意見。持反對意見的人認為，對於「百回大文」和「全部百回」兩處批語，它們只是一個約數，並非一個確切數字。作為證據，它們沒有任何說服力。而僅僅根據第二十一回批語中有「後三十回」一語就斷言《紅樓夢》的「後部」為三十回和《紅樓夢》原本總回目為一百一十一回，也是十分不嚴謹的做法。至於「蒙府本」《紅樓夢》第三回中的「後百十回」的說法，也不足以證明《紅樓夢》「一百一十回說」。為什麼這樣講呢？因為「百十回」本身也是一個籠統的說法。「百十回」不一定就是指「一百一十回」，它並不像「百二十回」一樣確定的就是指一百二十回。所以，以「百十回」作為證據來證明「《紅樓夢》有一百一十回」是沒有說服力的。

「一百二十回說」

「一百二十回說」是程偉元在《紅樓夢序》中首先提出來的：「紅樓夢小說本名石頭記，作者相傳不一，究未知出自何人，唯書內記雪芹曹先生刪改數過。好事者每傳抄一部，置廟市中，昂其值得數十金，可謂不脛而走矣。然原目一百廿卷，今所傳只八十卷，殊非全本。即間稱有全部者，及檢閱仍只八十卷，讀者頗以為憾。」在這裡，程偉元說《紅樓夢》本來是有一百二十卷的（一卷十回，共一百二十回）。但是，現在看來，程偉元的「一百二十回說」是不足取的，只不過是為了給「是書前八十回，藏書家抄錄傳閱幾三十年矣，今得後四十回合成完璧」找點依據罷了。

「一百零八回說」

「一百零八回說」是著名的紅學專家周汝昌先生非常推崇的觀點。周汝昌先生根據「以百回之大文，先以此回作兩大筆以冒之」、「通靈玉除邪，全部百回，只此一見」、「按此回之文固妙；然未見後之三十回，猶不見此之妙」、「後百十回黛玉之淚，總不能出此二語」，認為「『百回之大文』『全部百回』是約舉成數，實際上並不是一百回整數的。」那麼究竟是多少回呢？周汝昌先生認為應該是一百零八回。

《紅樓夢》在開篇第一回就有這樣一句詩：「好防佳節元宵後，便是煙消火滅時！」周先生認為，這句話有好幾層意思，「閒閒領起、遙遙照映全部後文」。其中一層寓意也就是以「第五十四、五十五回之間為『分水嶺』，前半後半，正好是『盛』、『衰』兩大部分，全書一寫到『除夕祭宗祠』、『元宵開夜宴』，就已達『盛限』。」實際上，《紅樓夢》也正是從〈寧國府除夕祭宗祠，榮國府元宵開夜宴〉之後，從第五十五回開始，就完全是另一副筆墨了——賈府敗相漸漸顯露出來。

周汝昌先生提出，以第五十四回為「分水嶺」，那麼「雪芹原書就不是一百一十回，而該是一百零八回」。並且，「這個『一百零八回』實在是一個非常重要的發現」。在此基礎上，周汝昌先生提出了《紅樓夢》回目「九回分段法」：「全書結構設計，非常嚴整，回目進展，情節演變，布置安排，稱量分配，至為精密。他是將全書分為十二個段落，每個段落都是九回。換言之，他以『九』為『單位』數，書的前半後半，各占六個單位數，六乘九，各得五十四回，合計共為一百零八回。」

根據周汝昌先生的觀點，「九回分段法」還可以從前八十回《紅樓夢》的情節設置上找到證據。也就是說，在周先生看來，《紅樓夢》的情節設置都是按照「每九回一個小單元」來寫的。且看周汝昌先生關於「九回分段法」從內容上的分段依據：

一、第一回——第九回，此九回是引子序幕性質，諸如背景的介紹，人物的出場，各種後來事故的伏線，皆屬於此。以賈雨村為線，引起林、薛之進京；以劉姥姥為線，展出鳳、璉之家政；以會芳小宴為線，始入東府秦、尤婆媳；以家塾鬧學為線，牽動親戚金榮母子；以梨香院為線，既寫黛、釵，又傳晴、襲……（此只極其粗略簡單而言之，雪芹常常諸義並陳，一筆數用，此處只能姑論一面，後同，不更贅注）。從意義講，以「護官符」為四大家族興衰之總綱，以夢警幻為人物命運之預示，以劉姥姥「二進」為全部「歸結」之遠源，以頑童鬧學為「不肖」種種之提引……。一句話，這頭九回在故事上都只是春雲乍展，初看竟似散漫無稽雜亂無致，實則用筆上卻是極緊湊、極細密地逐一為後文鋪基築路。此九回以鬧家塾截住。下回即另起秦氏病重一大波瀾，似連而實斷，首尾判然。

二、第十回——第十八回：此一段落主要寫了極盡揮霍的兩件「排場大事」，一是可卿之喪殯，一是元妃之歸省。前者又實為正寫熙鳳之才幹與過惡，後者又實為烘染賈府之盛勢與衰根。兩件事雖分屬寧、榮，似不相涉，實質關聯，故秦氏託夢，鳳姐悚然，主眼在點明盛衰之理，將傾之勢。此九回以歸省事畢截住。下回即另起「情切切」，另一副筆墨，首尾判然。

三、第十九回——第二十七回：這個段落的線有明暗兩個面，「明面」是由「靜日玉生香」起，經歷襲人的「箴」，寶玉的「悟」，《西廂記》之動魄，《牡丹亭》之警心，一直發展到埋香泣塚。「暗面」是寶玉、賈環嫡庶間的暗爭，鳳姐、趙姨娘權勢上的惡鬥，迅速迸發，激烈展開，著力寫出榮府第一場巨大風波。而中間夾寫賈芸、小紅、醉金剛，遠遠為日後趙、環毒謀，鳳、寶入獄，芸、紅營救等重大情事，伏下筆墨。「明」、「暗」兩面巧妙而靈活地聯繫於無形之中。此九回以「葬花」截住。下回即另起蔣玉菡，歸入別題，首尾判然。

四、第二十八回——第三十六回：此九回一段始出琪官蔣玉菡，頭緒嶄新。從交結王府優伶，暗暗領起金釧致死等一連串寶玉「倒運」事件、層層逼進，直到爆發為「大承笞撻」一場矛盾衝突的高潮。這又與打醮議親一場風波緊密交織。其間又特別穿插著齡官、翠縷、玉釧、金鶯等下層僕婢少女的情態。最後歸結到「夢兆絳芸軒」，而以「識分定」從側面點染烘襯。下回即另起海棠詩社，情況又變，首尾判然。

五、第三十七回——第四十五回：此九回以詩起，以詩結，詩社，開宴，酒令，遊園，慶壽，接連是賞心樂事的場面，而郊外焚香、席間生變，小作點破。最後以「秋窗風雨夕」為一結截住。下回即另起「尷尬人」，全是另副筆墨，首尾判然。

六、第四十六回——第五十四回：此九回主線是由冬閨聚詠迤邐引至除夕、元宵、種種節序情懷，宴集遊樂，又以赦、邢討索鴛鴦為過脈，夾寫專房、二房矛盾衝突，為一大伏筆。中間以怡紅院冬夜諸鬟情境特寫為之映帶。敘至元宵，是為「盛極」之限。《戚本》第五十五回回前批云：「此回接上文，恰似黃鐘大呂後，轉出羽調商聲，別有清涼滋味。」正是批者用他自己的獨特方式來說明在第五十四回之後接此回，是筆墨一大變，情節一大轉關處。上半部至此告一結束。共歷六九——五十四回整。再看下半部。

七、第五十五回——第六十三回：此九回為寫「衰」之始，以鳳病探代、理家為政，引起嫡庶矛盾深化，集中敘寫下層奴僕種種情狀，弊竇之多端，糾紛之繁複，為「樹倒猢猻散」前夕的勉強綴補收拾而終不可為救作一側影反照，然後以「壽怡紅」為結穴，特寫「群芳」的這一次特殊的也是最後的盛會大場面，而以籤語透露諸少女的「歸結」已不在遠，虛緩一步，實逼進一層，亦即截住。仍是首尾判然。

八、第六十四回——第七十二回：忽然轉入，筆墨集中於尤二、尤三姐妹的全部事狀，突出描摹鳳姐的毒辣兇狠，為後文璉、鳳反目，榮、寧罪發伏線，中用湘、黛桃柳詩詞稍一破色鉤染，即仍暗接圍繞鳳姐而發生的諸般矛盾鬥爭、複雜形勢。此一段落，全為破敗之臨近作過脈引渡，層層遞進。《戚本》第七十二回回前批云：「此回似著意，似不著意，似接續似不接續；在畫師為濃淡相間，在墨客為骨肉勻仃，在樂士為笙歌間作，在文壇為養局為別調……——前後文氣，至此一歇。」道出了全書結構至此「八九」又為一轉關處。下回即另起「抄檢大觀園」，首尾判然。

九、第七十三回——第八十一回：此為現存雪芹原書的最末一大段落，由「繡春囊」事件突起，引出「抄檢」一件大醜事。從此，司棋逐死，晴雯屈亡，芳官出世，迎春陷網，香菱受逼（即將盡命），——估計在此一大段的已佚的末回（第八十一回）中會還有探春的將嫁，惜春的出家，中間特用中秋夜黛、湘聯吟一段異色筆墨為後部設色點睛，是全書一大重要關目。至此，「三春去後諸芳盡」的局勢已然展示鮮明。是為大風波、大敗落的前夕，筆勢蓄滿，翻作一束，以為下回突起地步——以後的事，暫且按下慢表。」

另外，「庚辰本」《紅樓夢》第四十二回回前單葉有一條批語：「全書至三十八回時，已過三分之一有餘」，這也是「一百零八回說」的最佳證據。如果真的像上面所說的那樣，《紅樓夢》的原來回目是一百零八回，那麼，一百零八回的三分之一正好是三十六回；那麼，三十八回就正好是「已過三分之一有餘」。

再說，一百零八這個數字是中國古時候常用的一個數字，例如，「牟尼珠是一百零八粒，鐘樓報時敲鐘是一百單八杵，小說裡的英雄是一百單八將，神通變化是三十六變加七十二變——一百零八變」。曹雪芹本人也是非常善於用典的，把紅樓夢寫成一百零八回是非常有可能的。

「一百零八回說」是關於《紅樓夢》的「回目數研究」最可信的說法之一。

「九十回說」

「庚辰本」《紅樓夢》第二十六回寫到「那賈芸一面走，一面拿眼把紅玉一溜；那紅玉只裝著和墜兒說話，也把眼去一溜，四目相對，紅玉不覺臉紅了」的時候有這樣一條批語：「看官至此，須掩卷細想上三十回中，篇篇句句點紅字處，可與此處想如何？」實際上這條批語是批在第二十六回的，但是為什麼要說是「上三十回」呢？難道是批書者疏忽所致？不是！有專家認為，這是一條揭示《紅樓夢》總回目的重要批語。它所說的「上三十回」、「並不是指二十六回前的『上三十回』，而是指《紅樓夢》全部書的『上三十回』。」

另外，「庚辰本」《紅樓夢》第二十一回〈賢襲人嬌嗔箴寶玉，俏平兒軟語救賈璉〉，有一條回前批：「按此回之文固妙，然未見後三十回猶不見此之妙。此回『嬌嗔箴寶玉』、『軟語救賈璉』，後文『薛寶釵藉詞含諷諫，王熙鳳知命強英雄』。」這條批語裡所說的「後三十回」可以和上面所講的「上三十回」聯繫起來理解。

這樣，有了「上三十回」；有了「後三十回」，那是不是還有「中三十回」呢？「《紅樓夢》九十回說」的推崇者據此認為，《紅樓夢》的本來回目應該是九十回，至少曹雪芹在剛開始時的設計應該是九十回。也就是說，在曹雪芹原先的設計裡，很可能是準備分上、中、下三部分來寫完《紅樓夢》的，而每部分就是三十回。但是，如果真的是這樣的話，那麼怎麼又會出現「百回大文」和「全部百回」的脂批呢？據相關專家推測，根據現有的前八十回的內容看來，僅僅用九十回是寫不完《紅樓夢》的。那麼，曹雪芹很可能在寫作的後期對自己的寫作計畫進行了相應的調整，於是其寫作總回數很可能超出了其原先設計的九十回，於是才出現了「百回大文」和「全部百回」的說法。

《紅樓夢》八十回後的稿子是怎麼遺失的？

有人說，曹雪芹是幸運的，又是不幸的，幸運的是在那個風口浪尖的時代，在家道敗落、生活貧困潦倒等不幸的情況下迸發了強烈的創作熱情，寫就了舉世矚目的文學鉅作——《紅樓夢》；不幸的是他傾盡一生的心血寫成的鉅作居然遺失了後半部。當然，也有人認為這種不幸不是曹雪芹的不幸，而是時代的不幸，是歷史的不幸，文化的不幸。但是不管怎樣，這樣的遺憾似乎將永遠留在我們的內心深處，一直在刺痛我們。

根據相關資料，早在乾隆十九年，也就是西元一七五四年，曹雪芹只有三十歲的時候（雪芹正當壯年），《紅樓夢》的書稿已經「披閱（實即撰寫，因其假托小說為石頭所記，故謂）十載，增刪五次，纂成目錄，分出章回」，當時除了個別地方還沒有寫成，個別章節還有待修正以外，《紅樓夢》的書稿已經基本完成，並且書稿上已經有親友們的批語。也就是說，早在西元一七五四年的時候，《紅樓夢》的書稿已經基本完成。另據記錄，乾隆二十一年，即西元一七五六年，經重評後的《紅樓夢》稿至少已有七十五回由曹雪芹的親友校對謄清了。然而，現在我們只能看到曹雪芹的前八十回書稿。這不能不說是一個遺憾。

那麼，既然曹雪芹早在西元一七五四年就基本完成了書稿，「紅樓未完」又從何談起呢？根據專家的研究，《紅樓夢》八十回後的書稿是在後來傳抄的過程中遺失了。這一點從留下來的脂批中可以得出。批書人之一的畸笏叟在重新翻閱此書書稿時有這樣幾條批語：

「茜雪至『獄神廟』方呈正文。襲人正文標目曰『花襲人有始有終』，餘只見有一次謄清時，與『獄神廟慰寶玉』等五、六稿被借閱者迷失。嘆嘆！丁亥夏，畸笏叟。」

「『獄神廟』回有茜雪、紅玉一大回文字，惜迷失無稿。嘆嘆！丁亥夏，畸笏叟。」

「寫倪二、紫英、湘蓮、玉菡俠文，皆各得傳真寫照之筆。惜『衛若蘭射圃』文字迷失無稿，嘆嘆！丁亥夏，畸笏叟。」

「嘆不能得見寶玉『懸崖撒手』文字為恨。丁亥夏，畸笏叟。」

仔細閱讀這些批語，我們可以得知：

曹雪芹經過「增刪五次」基本定稿之後也許是在寫作的過程中，當然也是在脂硯齋等人加批並陸續謄清過程中，就有相當一部分親友爭相借閱。稿子在傳閱的過程中引起轟動，導致很多人都對稿子發生了閱讀興趣。就這樣，稿子在傳閱的過程中慢慢散失。另從以上批語中所舉的迷失的五六稿來看，先迷失的這五六稿應該不是連著的，其中的內容可能包括「衛若蘭射圃」，是寫憑金麒麟牽的線，史湘雲得以與衛若蘭結緣情節的；「獄神廟」，寫小紅和茜雪在獄神廟和寶玉不期而遇的情節；「懸崖撒手」，寫寶玉出家為僧的情節；「警幻情榜」，大概是《紅樓夢》的總結。根據批語，脂硯齋應該是原稿最早的閱讀者；畸笏叟應該也讀過大部分原稿，不然他怎麼會記得「迷失」稿的回目和大致內容，怎麼會寫出「各得傳真寫照之筆」的批語？

那麼，為什麼遺失的恰恰是八十回後的稿子呢？很可能是傳閱者急於知道《紅樓夢》的最終結局，所以八十回後的稿子傳閱得比較多，因此八十回後的稿子遺失得也最多。缺得越多，八十回後的稿子就顯得斷斷續續的，即使「謽清」也很難了，所以八十回後的稿子就慢慢地遺失了。這很可能是傳抄存世的《紅樓夢》稿都止於八十回的真正原因。

從時間上推算，上面所引的批語大都是在曹雪芹逝世後第三年加在書稿上的。畸笏叟說，曹雪芹死後，諸親友也都已「相繼別去，今丁亥夏，只剩朽物一枚」，從這裡，我們可以推知，除去遺失的八十回後的五六稿，剩下的那些稿子很可能在曹雪芹死後都由畸笏叟保存。也只有這樣，畸笏才會只嘆息五、六稿「迷失」，僅僅以不得見「懸崖撒手」文字為恨了。

也許這些稿子剛剛遺失的時候，曹雪芹並沒有把它們放在心上，因為僅僅是「五、六稿被借閱者迷失」，它們並沒有確定是被投於水或焚於火或者因為其他的原因，再無失而復得的可能。也許，如果當時真的是確定那些稿子已經迷失到再也「不可復得」的地步了，那麼曹雪芹理所當然會把遺失的稿子再補寫出來。也許，當西元一七六四年二月二日，這個灰暗的日子來臨的時候，曹雪芹以及那些批借閱者都沒有意識到問題的嚴重性。就在這一天，窮居北京西山的曹雪芹因為失去唯一的愛子，悲痛之下，與世長辭。本來的小疏忽，卻造成了中國文學史上巨大的遺憾。曹雪芹永遠失去了把遺失稿補寫出來的機會。

曹雪芹死後，脂硯齋也相繼去世。殘留稿都留在了畸笏叟一個人手裡。又過了三年，當畸笏叟真正意識到問題的嚴重性，並為奇書致殘事感嘆不已的時候，遺憾已經注定。這個可憐的小老頭（根據研究「畸笏叟」應該是男性）這時候才意識到那些稿子可能再也回不來了，於是為了避免重蹈覆轍，就把自己手裡的殘留稿子保存起來，再不輕易示人。然而，這又造成了更大的遺憾。在這以前，在外面傳閱甚廣的只是前八十回，至於八十回後的稿子傳閱的也只不過是那麼五六稿（所以遺失的可能性很大）；在這以後，在畸笏叟不輕易把稿子借給外人閱讀的情況下，八十回後的稿子（除了遺失掉的那五六稿）傳閱的機會大大減少了，傳抄的機會也大大減少了，流傳下來的可能性也大大減小了。而在此之前已經傳抄開來的前八十回的稿子這時候可能已經有了很多的手抄本在民間流傳。在這種情況之下，畸笏叟死後對八十回後殘留稿子的處理情況直接決定著八十回後殘留稿的命運。然而，隨著這個無名無姓，只有一個代號「畸笏叟」的小老頭到底死於何地？死於何時？他究竟是誰——都無從稽考，八十回後的稿子自然也就沒有了下落。

以上就是《紅樓夢》八十回後稿子遺失情況的基本概述。

《紅樓夢》到底有多少個版本？

《紅樓夢》的版本，可分為兩個系統：一是僅流傳八十回的脂評抄本系統；一是經程偉元、高鶚整理補綴的一百二十回印本系統。脂評系統的本子，現存十個版本，其祖本都是曹雪芹生前傳抄出來的，所以在不同程度上保存了原著的本來面貌；程高系統的本子，基本上只有兩種：程甲本和程乙本，它們前八十回依據的也是脂評系統的本子，但已經過了整理者較多的改動，程乙本改動尤甚。

脂評抄本系統主要有：

甲戌本

甲戌本又稱脂殘本、脂銓本，題《脂硯齋重評石頭記》，見於各冊首回首頁首行。因第一回第八頁楔子正文中「出則既名，且看石上是何故事」句上，比他本多出「至脂硯齋甲戌抄閱再評，仍用石頭記」十五字，指明所據底本年代，故名甲戌本。這裡所說的甲戌年，是乾隆十九年（西元一七五四年）。

甲戌本原為清朝大興劉位坦得之於京中打鼓擔中，傳其子劉銓福。內有劉銓福在同治二年（西元一八六三年）、同治七年（西元一八六八年）所作的跋，極有見地。另有劉銓福的友人綿州孫桐生批語三十餘條，署「左綿痴道人」。之後流傳不詳，一九二七年夏，此本出現於上海，為剛剛歸國的胡適重價購得，是為首次發現的傳抄殘本。並且認為甲戌本「為世間最古又最可寶貴的紅樓夢寫本」。一九六二年，胡適去世後，將此本寄藏於美國 Cornell 大學圖書館。一九六一年五月，胡適決定由臺北商務印書館出版。次年六月，中華書局上海編輯所朱墨套印出版兩種。一九八五年九月，上海古籍出版社影印版。

己卯本

己卯本又稱脂怡本、脂館本，題《石頭記》，見於封面。己卯本每回捲端題有「脂硯齋重評石頭記卷之」字樣。第二冊總目書名下注云「脂硯齋凡四閱評過」，第三冊總目書名下復注云「己卯冬月定本」，故名己卯本。

己卯本當為清怡親王弘曉府中原鈔本。弘曉之父怡親王胤祥為康熙第十三子，曹家與之關係非淺，故所據底本可能就出自曹家。此本約於一九二〇年代末至一九三〇年代初為名藏書家董康所得。後來由其友陶洙將書讓與北京圖書館。一九五九年冬，己卯本殘卷出現在北京琉璃廠中國書店，由中國歷史博物館購得，現藏於此館。西元一九八〇年五月，由上海古籍出版社影印出版，線裝五冊，計四十一又兩個半回，首有馮其庸序及凡例。

庚辰本

庚辰本又稱脂京本，題《石頭記》，見於封面；各冊卷首標明「脂硯齋凡四閱評過」；每回卷端題有「脂硯齋重評石頭記卷之」字樣；第五至八冊封面書名下注云「庚辰秋月定本」或「庚辰秋定本」，故名庚辰本。庚辰年，是乾隆二十五年（西元一七六〇年）。庚辰本存七十八回，即一至八十回，底本原缺第六十四及六十七回兩回。庚辰本十回一冊，共八冊，每半頁十行，行三十字。

庚辰本原出北城旗人家中，徐星署一九三三年初於北京東城隆福寺地攤以八銀幣購得，特別珍視。一九四九年五月五日，經鄭振鐸介紹，燕京大學圖書館折價黃金二兩購自徐氏後人之手，與原藏之明弘治岳氏《奇妙全像西廂記》（此書最古刻本）及百回鈔本《綠野仙蹤》（刻本皆八十回）並稱燕大館藏「三寶」。一九五二年北大燕大合流之後，始入藏北京大學圖書館。一九五五年，北京文學古籍刊行社朱墨兩色套版影印出版，是首次影印行世的早期脂本，所缺二回據己卯本補入。一九五五年十月出精裝二冊，十二月出線裝八冊。一九七四年，人民文學出版社重印，換用蒙府本文字補入。一九七四年二月，出尺寸依原大的線裝本八冊；十月，出版大三十二開本四冊。

列藏本

列藏本又稱脂亞本，題《石頭記》，見於各回回前所題，無書前題頁；因藏於原蘇聯亞洲人民研究所列寧格勒分所，故名列藏本。列藏本存七十八回，即一至八十回，中缺第五、第六回；第五十回未完止於黛玉謎，缺半頁；第七十五回末至「要知端的」下脫半頁。列藏本共三十五冊，每半頁八行，行十六、二十、二十四字不等。

列藏本為道光十二年（西元一八三二年）由隨第十一屆俄國傳教使團來華的大學生 Pavel Kurliandtsev 傳入俄國，書首有其墨水簽名及兩個筆畫拙劣的漢字「洪」字，當是他的中文姓氏。原存外交部圖書館，一九六二年年蘇聯漢學家 B．L．Riftin（漢名李福清）於蘇聯亞洲人民研究所列寧格勒分所收藏中重新發現此本，一九六四年撰文介紹，始為人所知。列藏本現藏俄羅斯聖彼得堡亞洲圖書館。一九八六年四月，中國藝術研究院紅樓夢研究所會同蘇聯科學院東方學研究所列寧格勒分所編定，由中華書局影印出版，精裝六冊。次年一月出線裝本，二函二十冊。卷首有中國藝術研究院紅樓夢研究所序，次李福清、孟列夫二人文列寧格勒藏抄本《石頭記》的發現及其意義。

戚本

戚本又稱有正本、上石本、戚序本、脂戚本，題「國初抄本原本紅樓夢」，見於封面；中縫則題曰《石頭記》。因卷首有戚蓼生所作石頭記序，故世稱戚本。此本為石印本，由上海有正書局印行過三次。

戚本為乾隆年間德清戚蓼生收藏並序。戚本是最早傳印的八十回脂本，突破了延續一百二十年的程高本壟斷的局面，首次將一個真的（或接近於真的）曹雪芹原文的《紅樓夢》行顯於世，意義非同尋常。

戚本原本黃綾裝面，存上海時報社。曾傳聞已於一九二一年毀於火。一九七五年冬，上海古籍書店整理舊庫，意外發現迷失多年的底本前四十回半部，現藏於上海圖書館。稱戚滬本。一九七三年十二月，人民文學出版社據「戚大字本」影印出版，線裝二十冊；一九七五年六月出平裝八冊。一九八〇年五月上海古籍出版社重印，全五冊。

戚寧本

戚寧本又稱南圖本、脂寧本，題《石頭記》，見每頁中縫。戚寧本今藏於南京圖書館，卷首有戚蓼生之石頭記序，故稱戚寧本；存八十回，全；四回一冊，共二十冊，十回一卷，共八卷；每半頁九行，行二十字；行款格式與戚本全同。但無格欄。此本抄寫字跡，有的較工整，有的很幼稚；文字幾乎與戚本全同，凡有正副印改過的地方，此本保存原貌；據高一涵分析，此本約在咸豐年間抄成；今存書上有標籤「澤存書庫藏書．子部．小說家類．平話之屬．清曹雪芹撰．石頭記八十回．二十冊．抄本」。鈔本所用毛太紙，黃軟；幾一色，不暗；蛀痕有無及大小不一。戚寧本有謂在一九三〇年前後曾屬崑山于氏，後歸偽內務部長陳群「澤存書庫」。日本投降之後，陳群畏罪服毒自盡，其藏書移交國立中央圖書館，即南京圖書館前身，收藏至今。

蒙府本

蒙府本又稱王府本、府本、脂蒙本，題《石頭記》，見於目錄頁及版心；疑為清蒙古王府舊藏，故名。蒙府本存百二十回，全；分裝四函，函八冊，共三十二冊；十回一卷，共十二卷；每半頁九行，行二十字；補配部分每半頁九行，行二十四字；版框高十九公分，寬十二點五公分。蒙府本前八十回大體同戚本，版式相近，為同源之本，但無戚序；此本中第五十七至六十二回（第十八冊四回和十九冊前二回），以及後四十回（第二十五至三十二冊），乃後人據程甲本抄配；抄寫書法端正，書首程偉元序則抄寫拙劣，顯是抄配；共計批語七百一十四條；雙行夾批和回前回後批大多同戚本，有多出之，無署名；

第七十一回末總評後半版有「柒爺王爺」字樣，一般據此推測此本是清蒙古王府舊藏。此本抄錄時間頗晚，在總目中六十七回與其他各回似為一色筆墨，故當遲於程甲本刊印的時間，即乾隆五十六年辛亥（西元一七九一年）。版框界格及版心書名是雕版印就，精美考究。朱絲欄，朱色淺暗，雙邊；粉色連史紙抄寫，紙色黃白不等，周邊黃，比己卯本庚辰本新；補配部分係素白紙；有總目；外黃綾裝面。

蒙府本據趙萬里先生所述出自北京蒙古旗人之手，原為清蒙古王府舊藏，一九六〇至一九六一年間出現於北京琉璃廠中國書店，即由北京圖書館重金購藏。一九八七年書目文獻出版社按原規格影印出版，全六冊。

靖本

靖本又稱靖藏本、脂靖本，題《石頭記》，原藏於揚州靖氏，故名；存七十八回；缺第二十八與二十九回，自別本抄配，附於八十回後；第三十回殘失三頁；原本分十九小冊，合裝成十厚冊；每半頁行數字數未察。

此書一九五九年由毛國瑤發現，並借去將書中批語與戚本對勘，共計有一百五十條批語為戚本所無，散見於共計四十一回中，經他過錄在橫行練習簿上。撰文脂靖本紅樓夢批語首次發表於南京師範學院文教資料簡報一九七四年八、九月號（總第二十一、二十二合刊）。一九五九年秋末將鈔本歸還靖氏。一九六四年毛國瑤將批語寄交俞平伯，俞平伯發現此本價值，商借原書，而靖家已遍尋不獲。

此本原藏者為先人八旗遼陽某氏，因軍功賜姓，始遷江都，乾嘉之際移居揚州，清末復遷南京。在揚州時與吳才鼎（夕葵書屋主人）交遊。吳應藏有另本。據考，吳之一生富收藏，精校勘，故其本當非屬一般，然不知尚存於天地之間否。

甲辰本

甲辰本又稱夢本、夢覺本、夢序本、夢敘本、脂夢本、晉本，題《紅樓夢》，見於書端總目和回前回後及版心。因卷首有序一篇，序末云「甲辰歲菊月中浣夢覺主人識」，故名甲辰本或夢本。甲辰年，是乾隆四十九年（西元一七八四年）。甲辰本存八十回，全；分裝八函，函五冊，共四十冊；二回一冊；第八十回缺末頁；每半頁九行，正文行二十一字，序文行十八字；版框高二十點三公分，寬十二點五公分。此本工楷精抄，字畫美好；僅缺末頁；本第四十九回回前總評曰「原本評注過多，未免旁雜，反擾正文。今刪去，以俟觀者凝思入妙，愈顯作者之靈機耳。」故此本中脂批為大量刪棄；此本僅有雙行墨筆夾批，計二百三十餘條，絕大多數在前四十回，第一回尤多，達八十八條。後四十回僅見第六十四回一條；書中凡目錄之後，每回前後，每頁中縫，明標「紅樓夢」字樣，是為最早正式題名《紅樓夢》。

甲辰本一九五三年出現於山西，曾藏於山西文物局，後歸北京圖書館。一九八九年十月，由書目文獻出版社影印出版，馮其庸序，全六冊。

夢稿本

夢稿本又稱科文本、脂稿本、楊藏本、高閱本，題《紅樓夢稿》，見於藍面封皮。首頁書籤題「紅樓夢稿本佛眉尊兄藏次遊題」，下有「次遊」印，復有「又雲密笈」印；次頁題「紅樓夢稿己卯秋月□□（草書難以辨認，疑為『堇堇』）」，下「又雲印□（不可辨認）」印。第三頁題「蘭墅太史手定紅樓夢稿百二十卷內闕四十一至五十卷據擺字本補足繼振記」，下「又雲」印；第四頁朱絲欄內題「紅樓夢稿咸豐己卯古花朝後十日辛伯於源」，下「於源私印」章。第二、第三頁又有「猗歟又雲」、「江南第一風流公子」等印，故名夢稿本。夢稿本存百二十回，全；十回一冊，共十二冊；每半頁七行，行三十八字，皇皇巨冊，在各本中開本最大。

夢稿本原為楊繼振（字又雲）道光己丑年（西元一八二九年）收藏。一九五九年春，北京文苑齋收得此書，後歸中國科學院文學研究所圖書館。一九六三年一月中華書局上海編輯所影印出版，線裝十二冊，後有范寧先生的跋。一九八四年六月上海古籍出版社重印，精裝十六開一冊。

己酉本

己酉本又稱舒序本、脂舒本，題《紅樓夢》；卷首有落款「乾隆五十四年歲次屠維作噩且月上浣虎林董園氏舒元煒序並書於金台客舍」，由此得名。己酉年，是乾隆五十四年（西元一七八九年）。己酉本存四十回；原本八十回；十回一冊；共四冊；每半頁八行，行二十四字。此本正文屬脂本系統；有拼湊現象。

己酉本原為清嘉慶年間姚玉棟號筠圃收藏。今只存半部，中國科學院文學研究所吳曉鈴先生藏，此本是現今所知唯一尚由私家收藏的脂系寫本。

鄭藏本

鄭藏本又稱脂鄭本，題《紅樓夢》，見於版心中縫；後世藏者加有封面題「石頭記第二十三回、第二十四回」。原鄭振鐸藏，故名。鄭藏本僅存殘卷兩回；原回數不詳；裝訂為一冊；每半頁八行，行二十四字；版框高二十一點四公分，寬十二點七公分。

鄭藏本原為鄭振鐸珍藏，現藏於北京圖書館。鄭藏本於一九九一年二月由書目文獻出版社影印出版，首以俞平伯一九五四年舊文舊抄紅樓夢殘本兩回代序。

程高本系統主要有程甲本和程乙本。

程甲本

程甲本（西元一七九一年）：全名《新鐫全部繡像紅樓夢》，清乾隆五十六年萃文書屋活字排版，

程偉元序，一百二十回。（一九八七年北師大校注影印本、二〇〇一年中華書局校注縮減版）

程乙本

程乙本（西元一七九二年）：全名《新鐫全部繡像紅樓夢》，清乾隆五十七年萃文書屋活字印行，程偉元、高鶚引言，一百二十回。對程甲本作了不少修改。（人民文學一九五一年影印版）

端方本《紅樓夢》是不是真的存在？

端方本《紅樓夢》是指為清人端方收藏的《紅樓夢》手抄本。據傳，端方本《紅樓夢》前八十回與程甲本同，但多出兩回，言寶玉與湘雲先姦後娶。

端方（西元一八六一至一九一一年），滿洲正白旗人，滿族，初為道員、按察使，戊戌時被光緒帝任命為農工商局督辦；政變後，因榮祿庇護得免議罪；後歷任陝西、江蘇、湖北等省巡撫，署湖廣、兩江總督；一九〇五年奉派出洋考察憲政；次年任兩江總督；一九〇九年任直隸總督，不久被革職；一九一一年任川粵漢鐵路督辦大臣；九月，率湖北新軍一部，入川鎮壓保路運動；十一月十七日行至四川資州（今資中），被部屬所殺；著有《端忠敏公奏稿》、《陶齋吉金錄》。

根據褚德彝跋《幽篁圖》（傳抄本）記載：

「宣統紀元，余客京師，在端陶齋方處，見《紅樓夢》手抄本，與近世印本頗不同。敘湘雲與寶玉有染，及碧痕同浴處，多媟褻語。八十回以後，黛玉逝世，寶釵完婚情節亦同。此後則甚不相類矣。寶玉完婚後，家計日落，流蕩益甚；踰年寶釵以娩難亡，寶玉更放縱，至貧不能自存。欲謀為拜阿堂（滿語，即無品級的當差執事人），以年長格於例，至充拔什庫（滿語，即千總，掌管文書的小兵丁）以餬口。適湘雲新寡，窮無所歸，遂為寶玉膠續。時蔣玉菡已脫樂籍。擁巨資，在外城設質庫，寶玉屢往稱貸，旋不滿。欲使鋪兵往哄，為襲人所斥而罷。一日大雪，市苦酒羊胛，與湘雲縱飲賦詩，強為歡樂。

適九門提督經其地，以失儀為從者所執，視之蓋北靖（靜）王也，駭問顛末，慨然念舊，賙贈有加，越日送入鸞（鑾）儀衛充示麾史，迄潦倒以終云。共大略如此。滄桑之後，不知此本尚在人間否？癸亥六月鍺德弈。」

這是關於端方本《紅樓夢》存在的一條證據。另外，紀昀在《閱微草堂筆記》中亦存類似記載。可見，歷史上肯定存在一個端方本的《紅樓夢》手抄本。俗話說得好，「無風不起浪」，這些記載肯定不是無中生有的。但遺憾的是，根據相關資料記載，這個擁有「端方本」的端方於一九一一年奉命入川鎮壓保路運動，剛到達資州，辛亥革命的風暴驟起，他就被起義的士兵所殺。他從北京帶來的幾十馱架書籍和珍奇古玩亦就此失散。端方本也就此銷聲匿跡。現在，我們可以想像一下，如果當初端方真的是隨身帶著自己的心肝寶貝——自己獨有的端方本《紅樓夢》，那麼，這套端方本《紅樓夢》肯定是失落在四川無疑。這也和長期以來流傳在四川地區的端方本《紅樓夢》的傳聞不謀而合。到現在為止，在成、渝兩地，還有不少人說自己親眼目睹過端方本《紅樓夢》。根據專家調查，這些親口說自己目睹過端方本《紅樓夢》的人教育程度並不很高，對紅學亦無甚研究，但從他們口中講出的故事梗概卻基本一樣，顯然他們沒有胡編亂造，也不存在故意聳人聽聞的嫌疑。那麼，這個令人望眼欲穿的端方本《紅樓夢》現在究竟在什麼地方呢？迄今為止仍是未解之謎。

另外一個可以證明端方本曾經存在的證據就是「日本三六橋本」的傳聞。一九四二年，曾經有一位日本哲學教授兒玉達童在北京大學文學系的一次讀書報告會上，介紹了「日本三六橋本」《紅樓夢》（「三六橋本」是日本民間所流傳的《紅樓夢》，與「端方本」相似，但是「三六橋本」現在也下落不明）。兒玉達童所介紹故事情節與傳聞中的端方版本的《紅樓夢》之中的情節基本相同。從這裡我們也可以看出，關於端方本《紅樓夢》的傳聞絕對不是空穴來風。

什麼是脂批？

可能有很多人在讀《紅樓夢》的時候都會碰到「脂硯齋」、「脂批」、「脂批本」、「脂評」以及「脂評本」這樣的詞語。這些詞語之間的關係似乎看上去非常複雜，令人眼花撩亂。事實上的確如此，也正是因為這樣，關於這些問題的研究已經成為紅學研究領域的一個重要分支。

那麼，這些詞語到底是什麼意思呢？其實要弄懂這些詞語的意思，首先要弄懂一個問題——什麼是脂批？而要弄懂脂批，我們必須先弄清楚「評點」。

評點是中國文學批評史上的一種特殊的形式。自明代中葉以後，有人開始對中國的一些傳統戲曲、小說或者其他的文學形式進行點評。這些評點有的是針對全書、有的是針對書中的某一章節、有的是針對書中的某一個藝術形象、有的是針對書中的某一個句子甚至某一個詞語、有的是針對書中的描寫情節的大背景所發表的議論或者自己的見解。而議論或者間接的具體內容又是包羅萬象，或者是自己對評點對象的理解；或者是對評點對象的藝術表現力的稱讚；或者是對內容的評價等。評點的形式也因為評點內容的多樣化而顯得非常靈活，有的是一篇小的議論文，有的是一句話，有的甚至只有幾個字。

脂批就是按照上面所講過的方式針對《紅樓夢》所作的批語。但是，難能可貴的是，因為《紅樓夢》的脂批作者和作者曹雪芹本人有著特殊的關係，所以，脂批中往往涉及了很多內容，有的脂批甚至直接點出了八十回後的內容。這是脂批和傳統評點最大的不同。也正是因為這個原因，「脂批」在紅學的研究領域有著特殊的研究意義。

不過，還要注意一點，我們通常所說的「脂批」並不是單指脂硯齋的批語。從現在我們還能見到的脂評本之中，我們可以知道，脂評多數沒有署名。而那些署名的也非常複雜，除了脂硯齋的名字，還有畸笏叟、梅溪、松齋、常村、鑑堂、綺園、立松軒、玉蘭坡和左綿痴道人等人的名字。根據相關專家研究，從批語的內容和出現的情況來看，這些人之中有的是與曹雪芹關係比較密切的親友，例如脂硯齋、畸笏叟、松齋、梅溪、常村等；有的則是後來的藏書家和讀者，如鑑堂、綺園、立松軒、玉蘭坡。現在可以確定的評書人左綿痴道人，是咸豐同治間人孫桐生。所以，我們必須弄清楚，「脂批」並不都是脂硯齋的批語。

什麼是脂批本？

弄清楚了脂批的含義，我們還有必要就「脂批本」的含義進行清楚的了解。那麼什麼是「脂批本」呢？

一般來講，脂批本，或者稱為「脂本」，就是《紅樓夢》的版本名稱。曹雪芹在創作《紅樓夢》的過程中，脂硯齋不僅僅給《紅樓夢》作過批語，而且對《紅樓夢》的創作本身也出過很多主意。例如書名定為《石頭記》就是脂硯齋的意見，再例如〈秦可卿淫喪天香樓〉一章內容的刪節也是脂硯齋的主意。另外，有人根據甲戌本中的批語——「脂硯齋甲戌抄閱再評」，推知脂硯齋本身也是《紅樓夢》的創作人員之一，例如梅節先生研究指出，《紅樓夢》中王熙鳳點戲一段內容的描寫就出自脂硯齋之手。從這裡，我們可以這樣認為，「脂批本」不應該僅僅指本子上有脂硯齋等人批的那些本子，更應該是正文也經過脂硯齋校閱的本子。所以說，「脂批本」在版本上的地位幾乎相當於曹雪芹的手稿本。

現在，我們所提到的所謂的「脂批本」，實際上已經不能被稱為「脂批本」，因為這些所謂的「脂批本」本身並不是脂硯齋當年的手批本，最多也只不過是一些過錄本。

另外，這些過錄本過錄的情況不一樣，有的是正文和脂批一起過錄，甚至連版式都一樣過錄，有的則指過錄文本內容，批語並不過錄，所以現在的過錄本很難保證脂批本的原貌。再者，脂硯齋點評《紅樓夢》並不是一次完成的，我們知道的系統的點評就有四次，正如脂批裡所說的：「凡四閱評過」。所以說，脂硯齋的批語並不僅僅集中於一個本子之上。因此往往有這種情況發生，一個本子過錄完以後，過錄人又發現在其他的本子上又有不一樣的評語，於是又補錄到自己的過錄本上。這樣的情況發生得越多，脂批版本的情況就越複雜。這樣一來，即使是僅僅過錄正文的本子也會發生複雜的情況，例如有的人在過錄過程之中抄錯，有的人在過錄過程中擅自修改內容。因此，我們說，我們現在見到的過錄本與脂批版原貌是有很大的差異的。當然，我們不能否認它們的母本都是脂批本。

我們只能說，我們現在所見到的脂批本都是「脂批本系統的各衍生本」。

脂硯齋是誰？

研究《紅樓夢》，就不能不研究脂批，就不能不研究脂硯齋。關於脂硯齋的研究，最具研究意義的問題莫過於確定脂硯齋的身分。那麼，脂硯齋是什麼身分？他到底是誰？

關於脂硯齋是誰，各家的意見分歧較大。但是根據脂批所透露出來的訊息，我們可以確定脂硯齋是和曹雪芹關係非同一般的一個人。試想一下，如果沒有非同尋常的關係，他是不可能在曹雪芹生前得到批閱和抄錄《紅樓夢》的機會的。從脂批內容，我們可以得知，脂硯齋對書中所描寫的一些生活細節非常熟悉，甚至像作者曹雪芹一樣熟悉，如果脂硯齋和曹雪芹關係一般，那麼他怎麼能做到這一點呢？

另外，根據甲戌本《紅樓夢》第一回的批語：「能解者方有辛酸之淚，哭成此書。壬午除夕，書未成，芹為淚盡而逝。余常哭芹，淚亦待盡。每思覓青埂峰再問石兄，奈不遇癩頭和尚何！悵悵！今而後唯願造化主再出一芹一脂，是書何幸，余二人亦大快遂心於九泉矣。甲午八月淚筆」，從這裡我們可以知道，脂硯齋應該是死於曹雪芹之後。

根據這些內容，再結合關於曹雪芹的相關資料，現在關於脂硯齋身分的研究主要有以下幾種觀點：

脂硯齋是曹雪芹的叔叔

這一說法的最早提出者是清朝時期的裕瑞。裕瑞在自己的著作《棗窗閒筆》中講：「聞舊有《風月寶鑑》一書，又名《石頭記》，不知為何人之筆。曹雪芹得之，以是書所傳述者，與其家之事跡略同，因借題發揮，將此部刪改至五次，愈出愈奇，乃以近時之人情諺語，夾寫而潤色之，藉以抒其寄託。曾見抄本，卷額本本有其叔脂硯齋之批語，引其當年事甚確，易其名曰《紅樓夢》。」這裡明確指出，「卷額本本有其叔脂硯齋之批語」，這就是說，脂硯齋就是曹雪芹的叔叔。另外，裕瑞又說：「其書中所假托諸人，皆隱寓其家某某，凡性情遭際，一一默寫之，唯非真姓名耳。聞其所謂寶玉者，尚係指其叔輩某人，非自己寫照也。所謂元迎探惜者，隱寓原應嘆息四字，皆諸姑輩也。」可見，裕瑞對曹雪芹之記載是可信的。那麼，裕瑞這些資料是從哪裡得來的呢？裕瑞說了：「聞前輩姻戚有與之交好者。其人身胖頭廣而色黑，善談吐，風雅遊戲，觸境生春。聞其奇談娓娓然，令人終日不倦，是以其書絕妙盡致。」從這裡我們可以得知，這「前輩姻戚」與曹雪芹的關係真是非同一般。那麼，裕瑞的這些觀點很可能就是從這「前輩姻戚」得來的。根據相關專家研究，裕瑞所指的這個「前輩姻戚」實際上就是其舅舅明琳和明義。明琳和明義都是曹雪芹生前的好友，二人也都是當時的文人。明義有著名題《紅樓夢》絕句二十首。這樣看來，裕瑞所說的「脂硯齋是曹雪芹的叔叔」應該是可信的。

現在，有很多人對這一觀點特別推崇。著名紅學專家吳世昌就非常贊成此說。吳世昌先生認為，根據脂批中透露出來的很多訊息也可以證明這一點。例如批語中經常出現「經歷見過」康熙末次南巡等事情。實際上，也只有曹雪芹的上一輩才有這樣的機會。所以說，這也可以證明，脂硯齋很可能是曹雪芹的叔父。

脂硯齋就是作者本人

最早提出「脂硯齋就是作者本人」的觀點的人是胡適。胡適是在看了庚辰本的手抄本之後提出這一觀點的。胡適說：「現在我看了脂批，我相信脂硯齋即是那位愛吃胭脂的寶玉，即曹雪芹自己。」胡適認為，他的這一觀點可以在庚辰本的脂批上得到驗證。庚辰本第二十二回，有這樣一條批語，說：「鳳姐點戲，脂硯執筆。」根據這條批語，胡適說：「鳳姐不識字，故點戲時須別人執筆；本回雖不曾明說是寶玉執筆，而寶玉最合格。」在這樣的推論上，胡適進一步認為，「可以推測脂硯齋即是《紅樓夢》的主人，也即是曹雪芹。」其實，從本質上講，胡適的觀點還是不能脫離他的「《紅樓夢》是曹雪芹自傳的觀點」，胡適認為，脂硯齋就是賈寶玉，而賈寶玉就是曹雪芹，那麼脂硯齋不就是曹雪芹嗎？

除了胡適，著名紅學專家俞平伯也對此說非常贊同。俞平伯在自己的著作《紅樓夢簡論》中以「作者作書的心理，旁人怎麼得知」為由得出「近來頗疑脂硯齋即曹雪芹的化名假名」。

這就是脂硯齋乃「作者自己說」。

脂硯齋是曹雪芹的堂兄弟

這一觀點也是胡適最早提出來的。在「脂硯齋就是作者本人」之前，胡適一直認為，脂硯齋是曹雪芹的堂兄弟。胡適在提出「作者自己說」之前曾列舉了「甲戌本」第十三回「樹倒猢猻散」一批，同回的松齋云「語語見道，字字傷心」一批，同回末的寧府五條弊病之批，第八回回憶「金魁星之事」一批，按「看此諸條」批語得出：「評者脂硯齋是曹雪芹很親的族人，第十三回所記寧府之事即是他家的事，他大概是雪芹的嫡堂弟兄或從堂弟兄——也許是曹顒或曹頎的兒子。松齋是他的表字，脂硯齋是他的別號」。但是由於此說沒有什麼具有說服力的根據，所以經不起推敲。

脂硯齋就是史湘雲的原型

這一觀點是著名紅學專家周汝昌先生提出來的。周汝昌經過常年堅持不懈的研究，發現脂批的作者應該是一女性。例如庚辰本第二十六回的一條側批：「玉兄若見此批，必云：老貨，他處處不放鬆，可恨可恨！回思將余比作釵顰等乃一知己，余何幸也！一笑。」周汝昌先生根據這條批語，認為「明言與釵顰等相比，斷乎非女性不合」，這的確很有可能，既然和寶釵黛玉顰相比，那自然是一女性了。仍然是同一回，寫寶玉因說「多情小姐同鴛帳」而激怒了黛玉，此時，脂硯齋有一批語說：「我也要惱。」這分明就是女子口吻。

另外，周汝昌又依據「甲戌本」一條側批「先為寧榮諸人當頭一喝，卻是為余一喝」，認為此人不在寧榮府中，但又經歷寧榮盛衰，系書中一主要角色，此一主要角色，經「反覆思繹：與寶玉最好是書中主角之一而又非榮寧本姓的女子有三：即釵、黛和史湘雲」。在這三個女子中，黛釵家庭的背景又與寶玉完全不同，唯有湘雲家世幾乎與賈家完全相似無異，又獨她未早死，因此得出「疑心這位脂硯莫非即書中之湘雲的藝術原型吧」。周汝昌又按脂批「哭煞幼兒喪父母者」一語，結合史湘雲自幼喪父母為孤兒一事，得出脂硯齋乃《紅樓夢》一書中的史湘雲。

當然，話又說回來，史湘雲只是小說中的一個人物。周先生這樣推論只是想說明，脂硯齋很可能就是史湘雲在現實生活中的原型。根據相關資料，史湘雲的原型實際是曹雪芹的一個表妹。在紅樓夢中，史湘雲最後很可能是嫁給了賈寶玉。那麼，在現實生活中，史湘雲的原型很可能也與曹雪芹結為夫妻。因此他們兩人才能一起合作，一寫一評，完成紅樓夢。也只有這樣，類似於「一芹一脂」、「余二人」這樣的說法才能夠解釋得通。

總結起來，以上四種說法實際上都沒有足夠的證據得以驗證。當然，現在大致可以確定的是，「湘雲說」、「作者本人說」最不具說服力。相對而言，「叔叔說」和「堂兄弟說」有一定的說服力，但是仍然還需要更加確鑿的證據來證明。

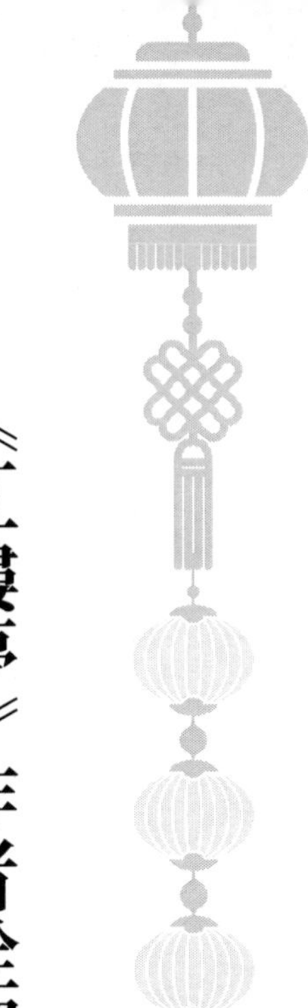

《紅樓夢》作者詮解

二十世紀初，「《紅樓夢》作者究竟是誰」這個問題曾經引起中國學術界的爭論，這個爭論至今仍然存在。大致上可分為二說：一、紅樓夢是由曹雪芹所撰寫的。曹雪芹，中國清代小說家，字夢阮，號雪芹，又號芹圃、芹溪，祖籍遼陽，生於西元一七一五年，卒於西元一七六三年。其先世原是漢族，後為滿洲正白旗包衣（家奴）。二、紅樓夢的作者另有其人。《紅樓夢》第一回正文中，將作者歸之為「石頭」，這自然是小說家言。緊接著又提到，此書經「曹雪芹於悼紅軒中披閱十載，增刪五次，纂成目錄，分出章回」，所以有人認為，《紅樓夢》的作者並不是曹雪芹，而是另有其人。

但是，通行觀點還是認為曹雪芹是《紅樓夢》的真正作者。在與曹雪芹同時代或稍晚的袁枚、裕瑞等人，以及更晚的其他人的筆記中，也都有曹雪芹是《紅樓夢》作者的記載。一九二一年，胡適發表《紅樓夢考證》，在對清人筆記和曹雪芹家族考證的基礎上，確定曹雪芹為《紅樓夢》作者，從此成為定說。稍後脂本脂批的發現更強而有力地支持了這一結論。

在這一章，我們將對《紅樓夢》的作者以及一些相關的問題做一些簡單的介紹。

曹雪芹何許人士？

關於《紅樓夢》的研究不能不涉及到其作者曹雪芹，很多人夢想著《紅樓夢》中的很多謎題可以從曹雪芹本人的資料中找到答案，然而事與願違，由於特定的歷史原因，曹雪芹留下來的資料很少。對於這個聞名世界的文學大家，我們卻無比的陌生。關於曹雪芹的生平簡介，最常見的介紹是這樣的：

曹雪芹，生於西元一七一五年，卒於西元一七六三年，名霑，字夢阮，號雪芹，又號芹圃、芹溪。

曹雪芹的先祖原是漢人，後入了旗籍。曹家得到清廷的眷顧，是在曹雪芹的曾祖母孫氏成為康熙的保姆之後。康熙即位第二年開始設置專管宮廷所需織物的織造和採購的「江寧織造」，就委任了曹雪芹的曾祖父曹璽。曹家便晉升為顯赫的貴族，曹家從此開始大富大貴。從曾祖父曹璽起，經祖父曹寅，父輩曹顒，曹頫，曹雪芹祖上三代世襲江寧織造第一任監督。曹雪芹祖父曹寅一代是曹家最鼎盛的時期，曹寅的兩個女兒都被選作王妃。康熙六次南巡，有五次都以曹家的江寧織造署為行宮，後四次是在曹寅任內，可見當時曹家權勢的顯赫以及和康熙關係之密切。曹寅是當時的「名士」，能寫詩、詞、戲曲，又是有名的藏書家，著名的《全唐詩》就是由他主持刻印的。直至雍正五年，曹頫（曹雪芹之父）因皇室爭權奪利的株連被革職抄家為止，祖孫三代任江寧織造達六十多年。曹雪芹出生在南京，少年時代過著「綿衣紈袴」、「飫甘饜肥」的富貴生活。在曹雪芹十三歲的時候，即曹家被抄的次年，全家遷回北京，家道衰落。

從此，曹雪芹過著「茅椽蓬牖，瓦灶繩床」、「舉家食粥酒常賒」的困頓生活。關於《紅樓夢》的創作過程以及曹雪芹的中、晚年生活，由於文獻資料極少，很多問題無法確知，只能存疑。從曹雪芹的好友張宜泉、敦敏、敦誠等人的零星記載中，我們僅知道曹雪芹多才多藝，工詩善畫，嗜酒狷狂，對黑暗社會抱傲岸的態度。

曹雪芹創作《紅樓夢》是在極端困苦的條件下進行的，「字字看來皆是血，十年辛苦不尋常」，這部鉅著耗盡了他畢生的心血。後因愛子夭折悲傷過度而一病不起，「淚盡而逝」，終年還不到五十歲。

據傳，青年時代的曹雪芹才華出眾。有人請他到皇宮書院裡當畫師，收入豐厚。但曹雪芹窮而有志，寧肯過苦日子，也不願去侍候達官貴人。後來他在一所貴族子弟學校任職。在這裡他結識了敦誠、敦敏兄弟，成了終生的好友。晚年，曹雪芹在城裡也沒有立足之地了，便搬到北京香山臥佛寺附近的一個山村裡居住，過著十分貧困的生活。

這些資料雖然很少，但是我們對曹雪芹的了解也只僅此而已。即使這樣，有些資料還不確定，還存在著很多疑點。關於曹雪芹生平的疑點主要集中以下三點：

一、曹雪芹的「字」和「號」仍然存在爭議。按照曹雪芹的好友張宜泉的說法，應該是「姓曹名霑，字夢阮，號芹溪居士」，但有的研究者認為他的「字」是「芹圃」，「號」是「雪芹」。

二、曹雪芹的生卒年存在爭議。關於曹雪芹的生年，現在主要有兩種看法：一種認為他生於西元一七一五年，即康熙五十四年乙未；另一種說法認為他生於西元一七二四年，即雍正二年甲辰。關於他的卒年，他的生卒年問題，已經爭論了幾十年，但仍然沒有答案，主要有三種看法：一種認為他卒於西元一七六三年，即乾隆二十七年壬午除夕；另一種說法認為他卒於西元一七六四年，即乾隆二十八年癸除夕；還有一種說法認為他卒於西元一七六四年初春，即乾隆二十九年甲申歲首。

三、關於曹雪芹的父親到底是誰還存在爭議。現在也有兩種看法：一種認為是曹顒，曹雪芹是他的遺腹子；另一種看法則認為，曹雪芹是曹頫的兒子。

當然，也有人認為，《紅樓夢》的作者根本不是曹雪芹，例如有人認為是洪昇，有人認為是吳梅村——這些內容我們將另立章節具體論述。總結起來，認為《紅樓夢》的作者不是曹雪芹而是另有其人的理由主要有以下三條：

第一，著眼於「後因曹雪芹於悼紅軒中披閱十載，增刪五次，纂成目錄，分出章回」。

第二，引用袁枚關於「雪芹者，曹楝亭織造（曹寅）之嗣君也」一句。由於曹雪芹是曹寅的孫子，因此認為《紅樓夢》的作者應當是曹寅的兒子曹頫。

第三，認為脂硯齋和作者應該是一個人。

實際上，這些理由都沒有真正的說服力能證明「《紅樓夢》的作者另有其人」。尤其是第三條，這種觀點其實根本就是說不通的。許多批語都表明批書人讀到書中某些事件時，想到當年情景，觸景生情，痛哭、感慨。脂批「一芹一脂」當時都去世了，只剩下「老朽一枚」等多處都證明，脂批不是出自一人之手。除了脂硯齋外，畸笏叟也有許多很有價值的批語。

曹雪芹究竟生於何年、死於何年？

研究曹雪芹生平最複雜的問題就是曹雪芹的生卒年分。沒有史料提到曹雪芹的生年，我們只有透過曹雪芹的卒年和壽年反推曹雪芹的生年。以下，我們將對學術界到目前為止關於曹雪芹的生年和卒年的研究成果做一個簡單的介紹：

曹雪芹的生年

關於曹雪芹的生年，主要有以下幾種觀點：

一、曹雪芹生於康熙五十四年（即西元一七一五年）。

這是著名專家吳世昌堅持的觀點。吳世昌在著作《曹雪芹的生卒年》中認為，曹雪芹應該是生於康熙五十四年，即西元一七一五年。吳世昌認為，「這一年曹寅的獨生子曹顒死了，曹寅更無他子以繼襲織造一職，勢必破產。所以康熙命曹宣之子曹頫繼曹寅為嗣，俾能繼襲織造之職。」吳世昌的這一觀點是以脂硯齋的批語和曹雪芹生前好友敦敏的詩集之中的作品推出來的。

另外，著名紅學專家王利器也認為曹雪芹應該是生於西元一七一五年。王利器的依據主要有以下兩個：一是興廉所撰的《春柳堂書稿》中有《傷芹溪居士》的題注：「其人素性放達，好酒，又善詩畫，年未五旬而卒。」這樣，如果曹雪芹果然是死於西元一七六三年，那麼，他就應該是生於西元一七一五年。二是他認為，如果曹雪芹是曹顒之妻馬氏的遺腹子，那麼，再根據康熙五十四年（西元一七一五年）三月初七曹頫的奏摺中的「奴才之嫂馬氏，因現懷孕，已及七月」的話，我們可以斷定曹雪芹應該是生於康熙五十四年，即西元一七一五年。另外，這也符合「年未五旬而卒」的說法。並且，如果真的是這樣，曹雪芹的童年時期就正好是在江寧織造府度過的，這一經歷是曹雪芹創作《紅樓夢》的最大的財富。

二、曹雪芹生於雍正二年（即西元一七二四年）。

這是著名紅學專家周汝昌堅持的觀點。周汝昌在《紅樓夢新證》中的〈雪芹生卒〉中說：「綜合我的證據，我堅持我的意見：曹雪芹是生於雍正二年（西元一七二四年，甲辰）左右，卒於乾隆二十八年（癸未）的除夕，合公曆一七六四年二月一日，實際的年齡約是三十九年半。」值得注意的一點是，周汝昌先生的觀點是根據敦誠挽曹雪芹的詩歌「四十年華付杳冥」和曹雪芹的卒年癸未除夕（西元一七六四年）得出來的。另外附上周汝昌根據的「曹雪芹生平三十九歲」說，寫出來的曹雪芹的履歷：

- 雍正二年（甲辰，西元一七二四年）閏四月二十六日生。
- 雍正三年（乙巳，西元一七二五年）四月二十六日芒種週歲，遂以芒種為生辰之標誌。
- 雍正六年（戊申，西元一七二八年）父曹頫獲罪抄家逮問，家口回京，住蒜市口。

- 乾隆元年（丙辰，西元一七三六年）赦免各項「罪款」，家復小康。十三歲（書中元宵節省親至除夕。寶玉亦十三歲）。是年四月二十六日又巧逢芒種節（書中餞花會）。
- 乾隆二年（丁巳，西元一七三七年）正月，康熙之熙嬪薨。嬪陳氏，為慎郡王胤禧之生母（書中「老太妃」薨逝）。
- 乾隆五年（庚申，西元一七四〇年）康熙太子胤礽之長子弘晳謀立朝廷，暗刺乾隆，事敗。雪芹家復被牽累，再次抄沒，家遂破敗。雪芹貧困流落。曾任內務府筆帖式。
- 乾隆十九年（甲戌，西元一七五四年）《脂硯齋重評石頭記》初有清抄定本（未完）。
- 乾隆二十年（乙亥，西元一七五五年）續作《石頭記》。
- 乾隆二十一年（丙子，西元一七五六年）脂批於第七十五回前記云：「乾隆二十一年丙子五月初七日對清。缺中秋詩，俟雪芹。」是為當時書稿進度情況。脂硯實為之助撰。
- 乾隆二十二年（丁丑，西元一七五七年）友人敦誠有〈寄懷曹雪芹〉詩。回顧右翼宗學夜話，相勸勿作富家食客，「不如著書黃葉村」。此時雪芹當已到西山，離開敦惠伯富良家（西城石虎胡同）。
- 乾隆二十三年（戊寅，西元一七五八年）友人敦敏自是夏存詩至癸未年者，多詠及雪芹。
- 乾隆二十四年（乙卯，西元一七五九年）今存「乙卯本」《石頭記》抄本，始有「脂硯」批語紀年。
- 乾隆二十五年（庚辰，西元一七六〇年）今存「庚辰本」《石頭記》，皆「脂硯齋四閱評過」。
- 乾隆二十六年（辛巳，西元一七六一年）重到金陵後返京，友人詩每言「秦淮舊夢人猶在」，「廢官頹樓夢舊家」，皆隱指《紅樓夢》寫作。
- 乾隆二十七年（壬午，西元一七六二年）敦敏有〈佩刀質酒歌〉，紀雪芹秋末來訪共飲情況。脂批「壬午重陽」有「索書甚迫」之語。重陽後亦不復見批語。當有故事。
- 乾隆二十八年（癸未，西元一七六三年）春二月末，敦敏詩邀雪芹三月初相聚（為敦誠生辰）。

未至。秋日，受子痘殤，感傷成疾。脂批：「……書未成，芹為淚盡而逝；余嘗哭芹，淚亦待盡……」記之是「壬午除夕」逝世，經考，知為「癸未除夕」筆之誤。卒年四十歲。

- 乾隆二十九（甲申，西元一七六四年）敦誠開年輓詩：「四十年蕭然太瘦生，曉風昨日拂銘旌」，皆為史證。

三、曹雪芹大約生於西元一七一五年至一七二〇年之間。

這是胡適的觀點。胡適在自己的著作《紅樓夢考證》中說：曹雪芹應該是生於康熙末葉，即大約西元一七一五年至一七二〇年期間。胡適的這一觀點是根據曹雪芹生前好友敦誠兄弟與曹雪芹互贈的詩詞以及敦誠的年齡推算出來的。

曹雪芹的卒年

關於曹雪芹的生年，我們已經知道是由於沒有文字記載而不好確定。而曹雪芹的卒年雖然有相關的文字記載，但同樣也不好確定。一九六〇年代，中國學者曾經對曹雪芹的卒年展開了一場大討論。爭論各方各顯神通，據理力爭，但到最後仍然沒有達成一致。在這次大討論中，主要有兩種觀點：

「壬午說」

「壬午說」根據《紅樓夢》所附的脂硯齋批語，主張曹雪芹卒於乾隆二十七年壬午除夕，即西元一七六三年二月十二日。「壬午說」的支持者的證據是甲戌本《紅樓夢》第一回的批語：

能解者方有辛酸之淚，哭成此書。壬午除夕，書未成，芹為淚盡而逝。余常哭芹，淚亦待盡。每思覓青埂峰再問石兄，奈不遇癩頭和尚何！悵悵！今而後唯願造化主再出一芹一脂，是書何幸，余二人亦大快遂心於九泉矣。甲午八月淚筆。

「壬午說」的支持者認為，這段批語很明顯是在乾隆三十九年甲午（即西元一七七四年）回憶往事時寫的。再說，脂硯齋是《紅樓夢》的批書者，和曹雪芹關係非同一般，他應該是曹雪芹資料的第一知情者。所以，這條批語是十分可信的。所以說，曹雪芹應該是死於「壬午除夕」，即乾隆二十七年壬午除夕，即西元一七六三年二月十二日。

「癸未說」

「癸未說」是根據敦敏的〈小詩代簡寄曹雪芹〉和敦誠〈挽曹雪芹〉的詩，主張曹雪芹卒於乾隆二十八年癸未除夕，即西元一七六四年二月一日。

「癸未說」的支持者認為，脂硯齋在西元一七七四年，即曹雪芹死後十多年，回憶往事時寫出批語說，「壬午除夕，書未成，芹為淚盡而逝」，很可能是記錯了或者是算錯了干支。甲午年，即西元一七七四年，脂硯齋已經是一個年近七十歲的老人，記憶力已經出現問題是很有可能的事情。所以，「壬午除夕，書未成，芹為淚盡而逝」的說法並不可信。「癸未說」的支持者認為，曹雪芹很可能是死於乾隆二十八年癸未除夕，即西元西元一七六四年二月一日，而並不像脂硯齋所說的那樣，「壬午除夕，書未成，芹為淚盡而逝」。

「癸未說」的支持者的證據是曹雪芹生前好友敦敏的詩作〈小詩代簡寄曹雪芹〉：

東風吹杏雨，又早落花辰。
好枉故人駕，來看小院春。
詩才憶曹植，酒盞愧陳遵。
上巳前三日，相勞醉碧茵。

「癸未說」的支持者認為，收錄這首詩歌的《懋齋詩抄》是編年的。在《懋齋詩抄》中，〈小詩代簡寄曹雪芹〉的前後的詩作都署明「癸未」，那麼，〈小詩代簡寄曹雪芹〉很明顯是敦敏於癸未年寫成的。

這就是說，在癸未年春天，曹雪芹肯定還活在人世。如果按照「壬午說」的觀點，曹雪芹已經於壬午年死亡的話，那麼，敦敏怎麼會邀請一個死去的人去飲酒呢？當然，因為在《懋齋詩抄》中，〈小詩代簡寄曹雪芹〉本身並沒有署明年分，所以很多人認為，〈小詩代簡寄曹雪芹〉並不一定是寫於癸未年。再有，因為《懋齋詩抄》是一個殘本，經過後人剪貼修正過，很多詩歌是後人加上去的，所以並不一定是寫於癸未年的。

一百二十回《紅樓夢》的後四十回究竟是誰寫的？

我們都知道，現在通行的一百二十回的《紅樓夢》的後四十回的稿子和前八十回不是出自一人之手，這已成定論。那麼，一百二十回《紅樓夢》的後四十回稿子究竟是出自誰之手呢？這個問題在很早以前就引起了人們的注意。為了弄清楚這個問題，很多研究者付出了艱辛的努力。現在通行的觀點認為，一百二十回《紅樓夢》的後四十回的作者應該是高鶚。最早對這個問題下此結論的是著名學者胡適。

據相關資料記載，胡適在初讀《紅樓夢》時就發現，一百二十回本《紅樓夢》的前八十回的內容和後四十回的內容不相符，肯定不是出自一人之手。經過考證，胡適發現自己的懷疑是正確的，於是他在自己的著作《石頭記索隱．紅樓夢考證》中寫道：「《紅樓夢》最初只有八十回，直至乾隆五十六年以後始有百二十回的《紅樓夢》。這是無疑義的。」也就是說，在所謂高鶚所補的後四十回的程本出現以前，根本就沒有百二十回的《紅樓夢》。

後來胡適在俞樾的《小浮梅閒話》裡的《船山詩草》發現有《贈高蘭墅鶚同年》一首云：「豔情人自說《紅樓夢》。」並有注解說：「《紅樓夢》八十回以後，俱蘭墅所補。」據此，胡適認為：「然則此書非出一手。按鄉會試增五言八韻詩，始乾隆朝。而書中敘科場事已有詩，則其為高君所補，可證矣。」這更是直接指出事實——「書中敘科場事已有詩，則其為高君所補」。可見，《紅樓夢》後四十回為高鶚所著早已經不是祕密。

此後，「百二十回《紅樓夢》的後四十回為高鶚所作」的結論就一直為人們所接受。著名紅學專家俞平伯也說：「《紅樓夢》原書只有八十回，是曹雪芹做的；後面的四十回，是高鶚續的。這已是確定了的判斷，無可動搖。讀者只要一看胡適之先生的《紅樓夢考證》，便可了然。」（見俞平伯著作《辨原本回目只有八十》）

那麼，高鶚又是何許人士？他又是在什麼境況下續寫《紅樓夢》的呢？根據相關資料記載，高鶚生平簡介如下：

高鶚，約生於西元一七三八年（乾隆三年），約死於西元一八一五年（嘉慶二十年），字蘭墅，一字雲士。因酷愛小說《紅樓夢》，有別號「紅樓外史」。高鶚祖上是漢軍黃旗內務府人，遼寧鐵嶺人，先世清初即寓居北京。高鶚從小熟諳經史，工於八股文，詩詞、小說、戲曲、繪畫等。高鶚的詩宗盛唐，詞風近於花間派，論文則「辭必端其本，修之乃立誠」，強調以意為主。乾隆五十三年（西元一七八八年），高鶚為順天鄉試舉人。乾隆六十年，高鶚中進士。此後，高鶚歷任內閣中書，內閣侍讀。西元一八〇一年，即嘉慶六年，高鶚為順天鄉試同考官；嘉慶十四年，由侍讀選江南道監察御史；嘉慶十八年，升刑科給事中。在任期間，高鶚以「操守謹、政事勤、才具長」見稱，為官兩袖清風，頗得百姓稱頌。在藝術上，高鶚有詩文著作多種，《清史稿．文苑二》著錄有《蘭墅詩抄》，楊宗羲《八旗文經》著錄《高蘭墅集》，今俱佚。現存《蘭墅十藝》（稿本）、《吏治輯要》及詩集《月小山房遺稿》、詞集《硯香詞．簏存草》等。當然，在今人看來，高鶚留下來的最偉大的藝術成就還是他所續寫的後四十回《紅樓夢》。

但遺憾的是，我們並沒有更加詳細的資料來說明高鶚是在什麼境況之下來續寫《紅樓夢》的。也許正是因為這樣，有很多人對「高鶚續寫《紅樓夢》」這一結論表示了懷疑，認為高鶚並不是《紅樓夢》後四十回書的作者。他們的主要依據是高鶚的合作者程偉元和高鶚自己為《紅樓夢》寫的序言：

程偉元的序寫道：「《石頭記》是此書原名，……好事者每傳抄一部置廟市中，昂其值得數十金，可謂不徑而走者矣。然原本目錄一百二十卷，今所藏只八十卷，殊非全本。即間有稱全部者，及檢閱仍只八十卷，讀者頗以為憾。不佞以是書既有百二十卷之目，豈無全璧？爰為竭力蒐羅，自藏書家甚止故紙堆中，無不留心。數年以來，僅積二十餘卷。一日，偶於鼓擔上得十餘卷，遂重價購之，欣然翻閱，見其前後起伏尚屬接榫，然漶漫不可收拾。乃同友人細加釐揚，截長補短，抄成全部，復為鐫板，以公同好。《石頭記》全書至是始告成矣。……小泉程偉元識。」

高鶚的序寫道：「予聞《紅樓夢》膾炙人口者，幾廿餘年，然無全璧，無定本。向曾從友人借觀，竊以染指嘗鼎為憾。今年春，友人程子小泉過予，以其所購全書見示且曰：『此僕數年銖積寸累之苦心，將付剞劂，公同好。子閒且憊矣，盍分任之？』予以是書雖稗官野史之流，然而不謬於名教，欣然拜諾，正以波斯奴見寶為幸，遂襄其役。工即竣，並識端末，以告閱者。時乾隆辛亥冬至後五日鐵嶺高鶚敘，並書。」

認為「高鶚並非《紅樓夢》後四十回的作者」的人認為，根據這兩條序言所記載的，程偉元說「一日，偶於鼓擔上得十餘卷，遂重價購之，欣然翻閱，見其前後起伏尚屬接榫，然漶漫不可收拾。乃同友人細加釐揚，截長補短，抄成全部，復為鐫板，以公同好。《石頭記》全書至是始告成矣」，可見，後四十回的稿子並不像傳聞所說的那樣是高鶚所作的，而是程偉元偶然得來的。這一條就足以證明「高鶚並非《紅樓夢》後四十回的作者」。再說，高鶚自己也承認，「友人程子小泉過予，以其所購全書見示」，「予以是書雖稗官野史之流，然而不謬於名教，欣然拜諾，正以波斯奴見寶為幸，遂襄其役」，可見，高鶚並不是後四十回書稿的原創者，最多也不過是修修補補而已。

另外，「程乙本」、「引言」中寫到：

一、是書前八十回，藏書家抄錄傳閱，幾三十年矣；今得後四十回，合成全璧。緣友人借抄爭睹者甚夥，抄錄固難，刊板亦需時日，姑集活字板刷印。因急欲公諸同好，故初印時不及細校，間有紕繆。今復聚集各原本，詳加校閱，改訂無訛。唯閱者諒之。

二、書中前八十回，抄本各家互異。今廣集校勘，準情酌理，補遺訂訛。其間或有增損數字處，意在便於披閱，非敢爭勝前人也。

三、書後四十回是就歷年所得，集腋成裘，更無他本可考，唯按其前後關照者略為修輯，使其有應接而無矛盾。至其原文，未敢臆改。俟再得善本，更為釐定，且不欲盡掩其本來面目也。

這三點也足以證明後四十回並非高鶚原創。有專家還說，雖然後四十回與前八十回在內容和寫作上差別很大，但是不管怎樣，後四十回基本上保持了前八十回的寫作原貌，試想一下，在同一個時代，不可能同時出現兩個作家具有如此相同的文藝氣質。所以說，後四十回和前八十回很可能就是一個作者。至於兩者之間存在的風格和寫作思想上的差別，很可能是原作者把完成後的稿子散失了。散失後的稿子恰巧像上面的序言中所記述的那樣落到了高鶚的手裡。而高鶚得到的稿子已經殘破不堪，為了得到一部完整的書稿，高鶚對已經殘破不堪的稿子進行了修改和些許內容的補寫，這才是造成前後兩部分在風格和寫作思想上存在差別的真正的原因。

《紅樓夢》作者是洪昇嗎？

關於《紅樓夢》作者的研究，一般認為早在二十世紀初期就已經有了定論：《紅樓夢》的前八十回的作者應該是曹雪芹，而後四十回是高鶚續補的。但是，近年來，又有人對這一結論提出質疑，例如：

有人認為《紅樓夢》的作者是曹雪芹的父親曹寅；有人認為《紅樓夢》的作者是清朝著名詩人吳梅村；更有人提出《紅樓夢》的作者是中國古代著名戲曲作家洪昇。

認為《紅樓夢》的作者是洪昇的是一名叫做「土默然」的歷史教授。土默然教授認為，《紅樓夢》的真正作者是清初著名戲劇家洪昇，並在此基礎上提出「金陵十二釵」其實是「蕉園姐妹」、大觀園的原型是杭州西溪等一系列觀點，構建出完全不同於傳統「紅學」的新體系。

根據土默然教授自己的介紹，「《紅樓夢》的作者應該是洪昇」的最早的懷疑實際上是來自一個偶然的機會。土默然教授說，他在教授明清文學史的時候，為了備課，把《長生殿》和《桃花扇》找來仔細讀了幾遍。就在這慢慢地品讀的過程中，土默然教授的腦海裡突然產生了一個疑問：《長生殿》與《紅樓夢》雖然在題材和體裁上並不相同，但是從主題思想、故事結構、人物性格、神化系統、悲劇結局等角度來看，這兩部文藝作品卻存在著很多的相似甚至相同之處。為什麼會出現這種情況呢？土默然教授介紹說，出現這種情況只有兩種可能，一是《紅樓夢》在刻意模仿《桃花扇》；二是兩部作品的作者很可能就是同一個人。從此，土默然教授為了弄明白自己的疑問，就花費了大量的時間來研究《桃花扇》和《紅樓夢》。

經過長期的研究，土默然教授發現，洪昇的人生經歷同《紅樓夢》開篇「作者自云」交代的作者創作此書的思想基礎完全相同。土默然教授還介紹說，紅學與《紅樓夢》同時產生，迄今已有三百多年歷史，大體可分為索引、考證、評點、探佚四個流派，均難免有脫離文學談紅學之病。他自稱為「析書派」，「將歷史考證與《紅樓夢》文本緊密結合」。

土默然教授在介紹自己的研究成果時說，洪昇出生於一個「百年望族」的家庭，但是後來由於改朝換代，洪家在朝代更替的過程中先是家族沒落，接著又由於家庭的內部矛盾導致「子孫流散」，最終「落一片白茫茫大地真乾淨」。很顯然，這和《紅樓夢》中的賈府的命運是非常相似的。土默然還認為，《紅樓夢》中的「金陵十二釵」正是清初詩壇上著名的「蕉園詩社」成員——顧玉蕊、徐燦、柴靜儀等正好為十二位女子。這些女子都是洪昇的親姐妹和表姐妹。根據相關資料記載，洪昇年輕的時候與這些姐妹們一起賞雪踏青，詩詞酬唱，情形和《紅樓夢》中大觀園之中賈寶玉和姐妹們的文學活動基本相似。

另外，我們都知道，根據脂批內容，《紅樓夢》的作者有一個名字應該叫做「芹溪」，但是後人在沒有確鑿證據的時候就認為「芹溪」指的就是曹雪芹。至於那唯一能證明「芹溪」與曹雪芹是一個人的證據——一首張宜泉的詩（這首詩題目下面有對「芹溪」的注釋為「姓曹名霑字夢阮號芹溪居士」字樣），根據專家考證很可能是有人偽造的，因為「姓曹名霑字夢阮號芹溪居士」的字樣是有人貼條黏上去的。土默然教授認為，「芹溪」實際上並不是曹雪芹，而是洪昇。根據考證，「芹溪」是洪昇早期使用的一個別號，康熙十年他在為《天寶曲史》一書校閱時，使用的署名就是「芹溪處士」，這在當時的《天寶曲史》刻本中早有記載。這也能證明洪昇很可能才是《紅樓夢》的真正作者。

那麼，如果《紅樓夢》的真正作者是洪昇，曹雪芹又是怎麼「攙和」進來的呢？土默然是這樣解釋《紅樓夢》作者由洪昇變為曹雪芹的「真相」的。土默然介紹說，洪昇人生的最後的一段時間是在曹寅的江寧織造府度過的。據記載，康熙四十三年六月底，應曹寅之約，洪昇赴江寧織造來南京「暢演三日《長生殿》」。當時，洪昇是帶著「行卷」來到南京的，目的是請曹寅幫助刻版印刷。土默然認為這些「行卷」應該有《紅樓夢》的手稿。但不幸的是，洪昇回家途中因酒醉失足落水淹死，從此洪昇的「行卷」就銷聲匿跡了。根據研究，洪昇的「行卷」很可能是留在曹寅家了。曹寅晚年，家道隨之寥落，債務如山，沒有能力出版洪昇的書稿。就這樣，一直到乾隆中期，曹雪芹才翻出了這些手稿，而這時曹雪芹也處於窮困潦倒之中，和書中的賈寶玉感同身受，於是引發心理共鳴，開始長達十年的「披閱增刪」，最終才有了《紅樓夢》一書。

那麼，洪昇又是在怎樣的境況之下創作紅樓夢的呢？他有創作這樣一部經典著作的現實條件嗎？土默然認為，從洪昇一生的變故來看，他的確存在創造這樣一部鉅著的現實條件和心理基礎。根據相關資料，洪昇出生於西元一六四五年清兵下江南時的兵荒馬亂之中，母親逃難途中，在一個「貴姓」農婦的茅棚中生下了洪昇，從此注定了他一生多災多難的命運。洪昇前半生生活優裕，肥馬輕裘，中年以後，連續遭逢了三次「家難」。第一次「家難」是「子孫流散」之難；第二次「家難」是抄家之難；第三次「家難」是「斥革」之難。

康熙二十八年，即西元一六八九年，洪昇在「國喪」期間「聚演《長生殿》」，被朝廷革去了國子監生的資格，徹底斷送了洪昇的仕途道路，也徹底葬送了洪昇重振家族的一線希望。

康熙三十一年，即西元一六九二年，洪昇帶著心靈的傷痛，返回故鄉杭州。從這一年到洪昇去世（西元一七〇四年），整整十二年時間，洪昇懷著滿腔國仇家恨，創作了不朽的名著《紅樓夢》。

土默然認為，洪昇創作《紅樓夢》正是為了表達自己心中的國仇家恨：書中說創作此書時「愧則有餘悔又無益之大無可奈何」的心情，正是洪昇回到故鄉時心情的真實寫照；自比頑石，慨嘆「無材補天」，也正是洪昇經歷了亡國、破家、毀身之後所發出的扼腕長嘆；作者交代創作此書的目的是把自己之罪「編述一記」，以「普告天下人」，所要告訴世人的就是洪昇自己在「百年望族」、「落了片白茫茫大地真乾淨」後的愧悔心情。

《紅樓夢》作者是吳梅村嗎？

幾百年來，關於「《紅樓夢》是否是曹雪芹所作」這一問題的爭論就從來沒有停止過。雖然，現在人們已經開始接受「《紅樓夢》的作者為曹雪芹」這一觀點，但還是時不時會有人提出相反的意見。尤其是近年來這種反對的意見越來越多。其中有人更是提出這樣的觀點：《紅樓夢》的作者是明末清初著名詩人吳梅村，而不是曹雪芹，因為曹雪芹一生坎坷不平，不可能寫出《紅樓夢》裡面所表現出來的士大夫的生活細節。這種觀點一發表，就引起了很多人的興趣。很多人對這種觀點推崇備至，他們認為，曹雪芹只是《紅樓夢》的增刪者和編修者。

《紅樓夢》最早的版本之一甲戌本中有這樣的記載：「（空空道人）遂易名為情僧，改《石頭記》為《情僧錄》。至吳玉峰題記為《紅樓夢》，東魯孔梅溪則題曰《風月寶鑑》，後因曹雪芹於悼紅軒披閱十載，增刪五次，纂成目錄，分出章回，則題曰《金陵十二釵》。並題一絕云：『滿紙荒唐言，一把辛酸淚，都云作者痴，誰解其中味。』至脂硯齋甲戌抄閱再評，仍用《石頭記》。」「吳梅村說」的支持者認為，這段話足以表明曹雪芹只是在原著的基礎上「披閱十載，增刪五次」，並不是創作《紅樓夢》。另外，在另一個較早版本的《紅樓夢》——程偉元乾隆五十六年最早刻本的序文中也說：「《紅樓夢》小說本名《石頭記》，作者相傳不一，究未知出自何人，唯書內記雪芹曹先生刪改數過。」這也可以證明曹雪芹只是《紅樓夢》的編修者。至於我們現在所認為的「《紅樓夢》的作者是曹雪芹」的觀點，只是現代人的考證的結果，並沒有確鑿的證據。

「吳梅村說」的支持者還說，如果《紅樓夢》的作者真的是曹雪芹，那麼，曹雪芹不會在書中透過焦大、柳湘蓮之口，當面辱罵曹家列祖列宗，也不會透過尤三姐託夢來詆毀他的列祖列宗。這是人之常情。再說，《紅樓夢》之中大量的宛如帝王的生活場景是不能臆想出來的，而曹雪芹一生動盪不安，甚至一生都是在貧困交加的苦難中度過的，他不可能寫出《紅樓夢》中那樣壯觀的生活場景。

那麼，即使《紅樓夢》的作者真的不是曹雪芹，「吳梅村說」又是怎樣產生的呢？「吳梅村說」的提出者認為，《紅樓夢》中的「悼紅軒」、「怡紅院」、「紅樓夢」等一些名詞不是憑空而來，而是清初的明朝遺老寫出來的。那這個明朝遺老究竟是誰呢？這在《紅樓夢》中就能找到答案。較早版本的《紅樓夢》中有這樣的記載：「吳玉峰題曰《紅樓夢》；東魯孔梅溪則題曰《風月寶鑑》」、「《風月寶鑑》一書，乃其弟棠村序也」，這些話曾經令很多人疑惑不解，其實在很早的時候就有人據此認為《紅樓夢》的作者應該是吳玉峰、孔梅溪或者棠村。但是，「吳梅村說」的提出者在對這三個名字經過組合以後發現了「吳梅村」三個字，據此，隱藏在「吳玉峰、孔梅溪或者棠村」這三個名字中的訊息才真正顯現出來。那麼，吳梅村很可能才是《紅樓夢》的真正作者。「吳梅村說」的提出者並不認為這是牽強附會，他們認為，作者之所以把名字隱藏起來很可能是因為當時殘酷的文字獄。他們還說，《紅樓夢》中的很多人物在吳梅村的很多詩中都能找到原型，例如〈清涼山贊佛詩〉是根據清世祖和董小宛的愛情傳說所作，而《紅樓夢》中賈寶玉和林黛玉與清世祖和董小宛的愛情傳說極其相似。再者，《紅樓夢》中的大量詩作是具有很高的藝術成就的，作為詩人的吳梅村對此則是信手拈來；吳梅村恰好具有高超的寫作技巧，具有創作《紅樓夢》的才華；吳梅村的政治觀點同《紅樓夢》創作主題恰好一致；相比較於一生動盪不安且生活貧困的曹雪芹來講，曾經隱居十年的吳梅村更具有寫作這樣一部鴻篇鉅著的時間。

另外，根據吳梅村一生的經歷，他一生坎坷，經歷了明清兩朝的政治鬥爭，因「弔明之亡」隨時有入獄的危險，「牽累幾至破家」。這一經歷使吳梅村把「弔明之亡」的感情加以昇華，繼而對清產生了憤恨。但是因為當時專制主義的社會現實，吳梅村本人的這種對封建官僚社會的深惡痛絕的憤恨，只能用「不能補天」的頑石來做喻托，只能透過閨友閨情而披露自己一段極不尋常的情感史話和政治主張，所以吳梅村有寫《紅樓夢》這樣一部明為「不涉及朝廷」，而實為揭露清朝之失的長篇鉅著的思想基礎。

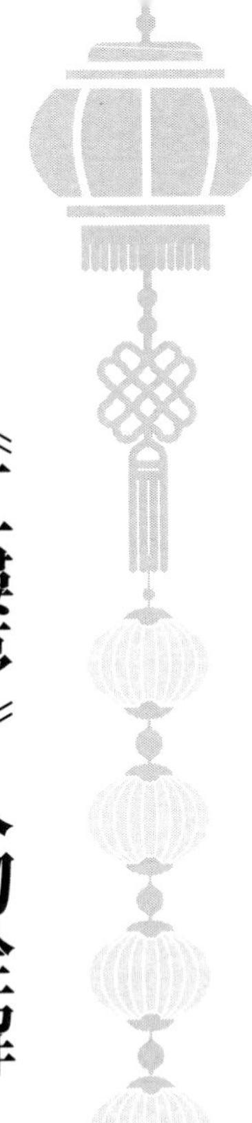

《紅樓夢》人物詮解

《紅樓夢》是中國古典小說中一部最優秀的現實主義文學鉅著，是作者曹雪芹「嘔心瀝血，披閱十載，增刪五次」長期艱辛勞動才給子孫後世留傳下來的一件寶貴的藝術珍品。

《紅樓夢》出世以後，它所具有的思想藝術力量，立刻驚動了當時的社會。人們讀它，談它，對它「愛玩鼓掌」、「讀而豔之」；又為了品評書中人物而「遂相齟齬，幾揮老拳」；還有的青年讀者，為書中的愛情故事感動得「嗚咽失聲，中夜常為隱泣」。因此在當時有「開談不說紅樓夢，讀盡詩書是枉然」一說。

《紅樓夢》在它帶給社會巨大的影響之後，也引起了人們對其品評、研究的興趣。在這一章。我們將針對《紅樓夢》中的主要人物的命運做一些簡單的介紹和研究。

《紅樓夢》中究竟寫了多少人物？

《紅樓夢》洋洋灑灑寫了上百萬字，其中生活情景之繁雜是任何小說都無可比擬的。把這些繁雜的生活情節串聯起來的人物更是數不勝數。於是有人就突發奇想——《紅樓夢》中究竟寫了多少人物？其實不僅有人這麼想了，更有人煞費苦心的對《紅樓夢》中的人物數量進行了統計。清朝嘉慶年間的姜祺可以說是第一個對《紅樓夢》人物數量進行統計的人，他統計的結果是四百四十八人。

民國初年，有一部叫做《紅樓夢人物譜》的書一共收入了七百二十一人。此書對這七百二十一人各做了長短不一的小傳。另外，《紅樓夢人物譜》又收《紅樓夢》所述及的古代帝王二十三人，古人一百一十五人，后妃十八人，列女二十二人，仙女二十四人，神佛四十七人，故事人物十三人，共兩百六十二人，每人略考其生平及傳說。也就是說，這部書最終所統計出來的《紅樓夢》人物數量應該是九百八十三人。

近年來，中國著名紅學家徐恭時又對《紅樓夢》的人物數量進行了認真的統計。徐先生的統計思路是這樣的：先以庚辰本作底本，逐回逐段地把人名材料作成札記，廣覽諸家表譜，相互核對，然後把人物歸類。最後，徐先生統計結果如下：

①　寧榮兩府本支：男十六人，女十一人，寧榮兩府眷屬女三十一人。

②　賈府本族：男三十四人，女八人。

③　賈府姻親：男五十二人，女四十三人。

④　兩府僕人：丫鬟七十三人，僕婦一百二十五人，男僕六十七人，小廝二十七人。

⑤　皇室人物：男九人，女六人。宮太監二十七人，宮女七人。

⑥　封爵人物：男三十七人，眷屬十四人。

⑦ 官吏：有姓名及職名冠姓的男二十六人，只有職稱的三十八人，胥吏男三人。

⑧ 社會人物：各階層男一百零二人，女七十一人。醫生男十四人，門客男十人。優伶男六人，女十七人。僧道男十七人，尼婆四十九人。連宗男四人，女四人。

⑨ 外國人：女二人。

⑩ 警幻仙境：女十九人，男六人。

總計：男四百九十五人，女四百八十人，合計：九百七十五人。其中有姓名稱謂的七百三十二人，無姓名稱謂的二百四十三人。

附錄：

《紅樓夢》中的主要人物歸譜：

- 十二金釵：林黛玉、薛寶釵、賈元春、賈迎春、賈探春、賈惜春、李紈、妙玉、史湘雲、王熙鳳、賈巧姐、秦可卿。
- 十二丫鬟：晴雯、麝月、襲人、鴛鴦、雪雁、紫鵑、碧痕、平兒、香菱、金釧、司棋、抱琴。
- 十二家人：賴大、焦大、王善保、周瑞、林之孝、烏進孝、包勇、吳貴、吳新登、鄧好時、王柱兒、余信。
- 十二兒：慶兒、昭兒、興兒、隆兒、墜兒、喜兒、壽兒、豐兒、住兒、小舍兒、李十兒、玉柱兒。
- 十二賈氏：賈敬、賈赦、賈政、賈寶玉、賈璉、賈珍、賈環、賈蓉、賈蘭、賈芸、賈薔、賈芹。
- 十二官：琪官、芳官、藕官、蕊官、藥官、玉官、寶官、齡官、茄官、艾官、豆官、葵官。
- 七尼：妙玉、智慧、智通、智善、圓信、大色空、淨虛。
- 七彩：彩屏、彩兒、彩鳳、彩霞、彩鸞、彩明、彩雲。

- 四春：賈元春、賈迎春、賈探春、賈惜春。
- 四寶：賈寶玉、甄寶玉、薛寶釵、薛寶琴。
- 四薛：薛蟠、薛蝌、薛寶釵、薛寶琴。
- 四王：王夫人、王熙鳳、王子騰、王仁。
- 四尤：尤老娘、尤氏、尤二姐、尤三姐。
- 四草輩：賈蓉、賈蘭、賈芸、賈芹。
- 四玉輩：賈珍、賈璉、賈環、賈瑞。
- 四文輩：賈敬、賈赦、賈政、賈敏。
- 四代輩：賈代儒、賈代化、賈代修、賈代善。
- 四烈婢：晴雯、金釧、鴛鴦、司棋。
- 四清客：詹光、單聘仁、程日興、王作梅。
- 四無辜：石呆子、張華、馮淵、張金哥。
- 四小廝：茗煙、掃紅、鋤藥、伴鶴。
- 四小：小鵲、小紅、小蟬、小舍兒。
- 四婆子：劉姥姥、馬道婆、宋嬤嬤、張媽媽。
- 四情友：秦鐘、蔣玉菡、柳湘蓮、東平王。
- 四壯客：烏進孝、冷子興、山子野、方椿。
- 四宦官：戴權、夏秉忠、周太監、裘世安。
- 文房四寶：抱琴、司棋、侍書、入畫。

- 四珍寶：珍珠、琥珀、玻璃、翡翠。
- 一主三僕：史湘雲——翠縷、笑兒、篆兒。
- 賈探春——侍書、翠墨、小蟬。
- 賈寶玉——茗煙、襲人、晴雯。
- 林黛玉——紫鵑、雪雁、春纖。
- 賈惜春——入畫、彩屏、彩兒。
- 賈迎春——彩鳳、彩雲、彩霞。

《紅樓夢》寫的是清世祖和董鄂妃的故事嗎？

在《紅樓夢》的研究過程之中，根據研究方法和理念的不同形成過很多派別。索隱派是二十世紀在紅學研究中形成的一個派別。索隱派因力求「索隱」出《紅樓夢》所寫的「真內容」、「真故事」而得名。索隱派根據一些歷史資料、野史雜記來探究《紅樓夢》素材的來源。代表人物及著作有王夢阮、沈瓶庵的《紅樓夢索引》，蔡元培的《石頭記索隱》，鄧狂言的《紅樓夢釋真》等。

索隱派關於《紅樓夢》的研究最具代表性的說法便是認為《紅樓夢》「全為清世祖與董鄂妃而作，兼及當時的諸名奇女。」他們認為，董鄂妃即是秦淮名妓董小宛，本是當時名士冒辟疆的小妾，後來被清兵奪去，送到北京，得到清世祖的寵愛，封為貴妃。後來，董鄂妃早夭。清世祖悲痛欲絕，於是到五台山出家當和尚去了。這樣看來，冒辟疆與他的朋友們說的董小宛之死，都是假的；清史上說的清世祖在位十八年而死，也是假的。

索隱派以此為基礎，認為《紅樓夢》裡的賈寶玉即是清世祖，林黛玉即是董鄂妃。他們還信誓旦旦地說，「世祖臨宇十八年，寶玉便十九歲出家；世祖自肇祖以來為第七代，寶玉便言：『一子成佛，七祖升天』，又恰中第七名舉人；世祖謚『章』，寶玉便謚『文妙』，文章兩字可暗射」。「小宛名白，故黛玉名黛，粉白黛綠之意也；小宛是蘇州人，黛玉也是蘇州人；小宛在如皋，黛玉亦在揚州；小宛來自鹽官，黛玉來自巡鹽御史之署；小宛入宮，年已二十有七；黛玉入京，年只十三餘，恰得小宛之半；小宛遊金山時，人以為江妃踏波而上，故黛玉號『瀟湘妃子』，實從『江妃』二字得來。」

當然，這樣的觀點純粹是牽強附會。沒有根據的觀點是站不住腳的，後來，孟蓴蓀先生的《董小宛考》證明了索隱派的這一觀點是完全錯誤的。孟蓴蓀經過長年的考證，在《董小宛考》發表了以下觀點：董小宛生於明朝天啟四年甲子；清世祖出生的時候，董小宛已經芳齡十五；順治元年，世祖七歲的時候，小宛已經二十一歲了；順治八年正月二日，二十八歲的董小宛死去的時候，清世祖還是一個十四歲的小孩子；董小宛比清世祖年長一倍，斷無入宮邀寵之理。孟蓴蓀的這些觀點證據確鑿，考證方法也很完備，因而可信性較強。所以，索隱派「《紅樓夢》全為清世祖與董鄂妃而作，兼及當時的諸名奇女」的觀點很顯然是錯誤的。

另外，《紅樓夢索隱》說：「漁洋山人題冒辟疆妾圓玉女羅畫三首之二末句云『洛川淼淼神人隔，空費陳王八鬥才』，亦為小宛而作。圓玉者，琬也；玉旁加以宛轉之義，故曰圓玉。女羅，羅敷女也。均有深意。神人之隔，又與死別不同矣。」但是，孟蓴蓀在《董小宛考》裡認為，冒辟疆的妾並不止小宛一人，並且用很多詩來進行證明，光知道姓名的就有女羅姓蔡名含，擅長畫蒼松墨鳳；圓玉當是金曉珠，崑山人，能畫人物。而曉珠最愛畫洛神，故漁洋山人詩有「洛川淼淼神人隔」。

實際上，僅從孟蓴蓀的觀點，我們就能看出索隱派關於「《紅樓夢》寫的是清世祖和董鄂妃的故事」的觀點的荒唐。再來看看胡適是如何批判索隱派的。胡適認為，《紅樓夢索隱》之中的漏洞還不只是孟蓴蓀所指出來的，更有許多絕無道理的附會，例如《紅樓夢索隱》中說：「曹雪芹為世家子弟，《紅樓夢》成書當在乾嘉時代。書中明言南巡四次，是指高宗時事，在嘉慶時所作可知。……意者此書但經雪芹修改，當初創造另自有人。……揣其成書亦當在康熙中葉。……至乾隆時期，事多忌諱，檔案類多修改。《紅樓夢》一收，內廷索閱，將為禁本，雪芹先生勢不得已，乃為一再修訂，俾愈隱而愈不失其真。」但是在接下來講王熙鳳對南巡接駕的時候又說：「此作者自言也。聖祖二次南巡，即駐蹕雪芹之父曹寅鹽署中，雪芹以童年召對，故有此筆。」在講趙嬤嬤說甄家接駕四次一段的下面，又注道：「聖祖南巡四次，此言接駕四次，特明為乾隆時事。」這些地方絕對是捕風捉影，漏洞百出。胡適先生說，僅從此處，我們就能看出很多處錯誤來：

一、《紅樓夢》第十六回說二三十年前「太祖皇帝」南巡時的幾次接駕的情形，趙嬤嬤由於年長，故「親眼看見」，才能說出「噯喲喲，那可是千載希逢的！那時候我才記事兒，咱們賈府正在姑蘇揚州一帶監造海舫，修理海塘，只預備接駕一次，庚辰側批：又要瞞人。把銀子都花得像流海水似的！說起來……」這樣的話來。但是我們到底如何能指定前者為康熙時的南巡而後者為乾隆時的南巡呢？這是第一處漏洞，也是硬傷。

二、康熙帝二次南巡在二十八年（西元一六八九年），到四十三年曹寅才出任兩淮巡鹽御史。《紅樓夢索隱》說康熙帝二次南巡駐蹕曹寅鹽院署，這很顯然是錯誤的。

三、《紅樓夢索隱》說康熙帝二次南巡時，「曹雪芹以童年召對」，又說雪芹成書在嘉慶時。嘉慶元年（西元一七九六年），上距康熙二十八年，已隔一百零七年了。曹雪芹成書時，他可不是一百二三十歲了嗎？這很顯然是不可能的。

四、《紅樓夢索隱》說《紅樓夢》成書在乾嘉時代，又說是在嘉慶時所作，這是絕對錯誤的。根據相關資料記載，《紅樓夢》在乾隆時已經風行，已經為很多人所知道。再者，袁枚在《隨園詩話》裡曾提起曹雪芹的《紅樓夢》，而袁枚死於嘉慶二年，詩話之作更早得多，如何能提到嘉慶時所作的《紅樓夢》呢？如果真是這樣，那可真叫見鬼了！

綜合這些觀點，我們認為，《紅樓夢》所敘的故事情節與清世祖和董鄂妃沒有任何關係。

賈寶玉的生日是哪一天？

《紅樓夢》書中對很多人的生日都有明確的交代，例如第二回寫元春生日是「正月初一」；第二十二回寫薛寶釵生日是「正月二十一日」；第二十六回寫薛蟠生日是「五月初三日」；第四十二回寫巧姐生日是「七月初七日」；第四十三回寫王熙鳳生日是「九月初二日」；第六十二回寫林黛玉和襲人的生日都是「二月十二日」；王夫人生日是「三月初一日」；賈璉生日是「三月初九日」；第七十回寫探春生日是「三月初二日」；第七十一回寫賈母生日是「八月初三日」。但是對賈府中的最重要的人物賈寶玉的出生日期，書中並沒有明確的說明。雖然，書中用了將近兩回（第六十二、六十三回）的篇幅，詳細描寫了賈寶玉生日的熱鬧場面，同一天過生日的還有薛寶琴、平兒、邢岫煙和四兒，但卻並未交代出這一天的確切日期是哪一天。至此，很多人認為，曹雪芹不明確寫出賈寶玉生日是哪一天的這個做法肯定是有意為之的，或許這個日期本身就隱含著什麼重大的歷史事件。於是，很多人花費了大量的精力，從史實入手，認為把曹雪芹本人的生日和賈寶玉的生日結合在一起來考證，可以找到答案。但是，由於曹雪芹的生卒年及生日本身就是個未解之謎，將兩者結合在一起考證，只能是亂上加亂。於是，到現在為止，「賈寶玉的生日究竟是哪一天」——這還是《紅樓夢》研究中的一個謎。不過，現在通行的觀點認為，賈寶玉的生日應該是農曆四月下旬的某一天。

賈寶玉的生日應該是四月的某一天

《紅樓夢》中的很多地方在向我們暗示「賈寶玉的生日應該是四月的某一天」。第六十二回寫道，「當下又值寶玉生日已到」，偏巧「原來邢妹妹也是今兒？我怎麼就忘了」，這時候，探春就發了一籠統的感慨：「倒有些意思，一年十二個月，月月有幾個生日。人多了，便這等巧，也有三個一日、兩個一日的。大年初一日也不白過，大姐姐占了去。怨不得他福大，生日比別人就占先。又是太祖太爺的生日。過了燈節，就是老太太和寶姐姐，他們娘兒兩個遇的巧。三月初一日是太太，初九日是璉二哥哥。二月沒人。」襲人道：「二月十二是林姑娘，怎麼沒人？就只不是咱家的人。」從這一段描寫裡，我們知道一月、二月、三月，賈府都有人過生日。接下來就是四月，但探春偏偏就把話口打住了。這只能說明，探春說這話的時候正好就是四月。也就是說，寶玉過生日的時候就是四月。

我們再來看寶玉過生日的時候是什麼氣候？

第六十三回〈壽怡紅群芳開夜宴〉裡，怡紅院開夜宴為寶玉過生日的時候：

寶玉說「天熱，咱們都脫了大衣裳才好。」眾人笑道：「你要脫你脫，我們還要輪流安席呢。」寶玉笑道：「這一安就安到五更天了。知道我最怕這些俗套子，在外人跟前不得已的，這會子還慪我就不好了。」眾人聽了，都說：「依你。」於是先不上坐，且忙著卸妝寬衣。一時將正裝卸去，頭上只隨便挽著纂兒，身上皆是長裙短襖。寶玉只穿著大紅棉紗小襖子，下面綠綾禪墨袷褲，散著褲腳，倚著一個各色玫瑰芍藥花瓣裝的玉色夾紗新枕頭，和芳官兩個先划拳。

從這一段描述可以得知，賈寶玉過生日的時候，正是春末夏初，大觀園的公子小姐們還穿著很厚的衣服，但是一起鬨就會很熱，所以寶玉提議脫去外衣。

另外根據《紅樓夢》第一回寫道：

一日，炎夏永晝，士隱於書房閒坐，至手倦拋書，伏几少憩，不覺朦朧睡去。夢至一處，不辨是何地方。忽見那廂來了一僧一道，且行且談……士隱意欲也跟了過去，方舉步時，忽聽一聲霹靂，有若山崩地陷。士隱大叫一聲，定睛一看，只見烈日炎炎，芭蕉冉冉，所夢之事便忘了大半。

這裡說，神瑛侍者投胎之日「烈日炎炎，芭蕉冉冉」。而寶玉就是神瑛侍者下凡，這也就是說寶玉的出生之日就是「烈日炎炎，芭蕉冉冉」，也即，寶玉出生的時節氣候是很熱的。

透過以上兩處，我們知道，寶玉生日時的氣候特徵是這樣的：一方面已經「烈日炎炎，芭蕉冉冉」；但另一方面天氣還不是絕對的熱，因為人們還穿著大衣裳、小袷襖。那麼，這是什麼時候呢？一年四季，哪個時候的氣候特徵是這樣的呢？有人說是三月，應該正是暮春季節；有人認為應該是五月或者六月，但是我們認為這兩種說法都不對。首先透過探春的話，我們已經斷定，寶玉的生日不可能是三月；其次，如果寶玉的生日是五月或者是六月，這時候正是炎夏，寶玉就不可能還「穿著大紅棉紗小襖子」。既然這樣，寶玉的生日就只可能是四月。

四月正是春夏之交的季節，晝夜溫差較大，白天「烈日炎炎，芭蕉冉冉」應該合乎情理，而晚上氣溫較低，故而賈寶玉在那個時候還「穿著大紅棉紗小襖子」也極有可能。當然，有人會產生這樣的疑問，古代人所說的日期都是農曆，按照我們的生活常識，一般在農曆四月的時候已經是烈日炎炎了，已經是夏天了，寶玉在夏天還穿「棉襖」？對此，我們認為，該年農曆和陽曆基本上接近，相差不大，這種情況不無可能。再說古代的天氣，一般要比同季節的現在的天氣溫度低很多。

賈寶玉的生日應該是四月下旬的某一天

再有，第六十二回寶玉過生日，「憨湘雲醉眠芍藥裀」的情節也在暗示著寶玉生日的日期。書裡說：

正說著，只見一個小丫頭笑嘻嘻的走來：「姑娘們快瞧雲姑娘去，吃醉了圖涼快，在山子後頭一塊青板石凳上睡著了。」眾人聽說，都笑道：「快別吵嚷。」說著，都走來看時，果見湘雲臥於山石僻處一個石凳子上，業經香夢沉酣，四面芍藥花飛了一身，滿頭臉衣襟上皆是紅香散亂，手中的扇子在地下，也半被落花埋了，一群蜂蝶鬧穰穰的圍著他，又用鮫帕包了一包芍藥花瓣枕著。

根據常識，芍藥花一般是在春夏之交四月下旬至五月中旬開花。再結合上面我們所講過的內容，賈寶玉的生日很可能就是四月下旬的某一天。

四月下旬還是一個相對籠統的概念。具體是四月下旬的哪一天呢？具體哪一天才是賈寶玉的生日呢？如果從《紅樓夢》的文本之中尋找這個問題的答案，只有一條線索——賈敬的死。因為《紅樓夢》中明確交代，賈敬死於寶玉生日之後的第一天。那麼，只要我們弄清楚賈敬死的日期也就弄清楚寶玉生日的日期了。那麼賈敬死的日期究竟是哪一天呢？

我們先來看一下在描寫賈敬的喪事的過程中交代的一系列日期：

第六十三回寫道，「尤氏一面看視這裡窄狹，不能停放，橫豎也不能進城的，忙裝裹好了，用軟轎抬至鐵檻寺來停放，掐指算來，至早也得半月的工夫，賈珍方能來到。目今天氣炎熱，實不得相待，遂自行主持，命天文生擇了日期入殮。壽木已係早年備下寄在此廟的，甚是便宜。三日後便開喪破孝。」

第六十六回寫道，「賈蓉見家中諸事已妥，連忙趕至寺中，回明賈珍。於是連夜分派各項執事人役，並預備一切應用幡槓等物。擇於初四日卯時請靈柩進城，一面使人知會諸位親友。」

讀了這兩段話，我們應該對其中的兩個有關於日期的數字引起注意，一個是「三日後便開喪破孝」；另一個是「擇於初四日卯時請靈柩進城」。如果真的像我們推測的那樣，賈寶玉的生日是四月的某一天的話，那麼先是「三日後便開喪破孝」；中間再浪費一些時間，例如「加鞭便走，店也不投，連夜換馬飛馳」，至少也得十幾天左右；再「擇於初四日卯時請靈柩進城」。這個「初四日」就很可能是五月初四。

此外，第六十五回寫道，「至初二日，先將尤老和三姐送入新房……至次日五更天，一乘素轎，將二姐抬來。」也就是說，賈璉偷娶尤二姐是某月初三。這個初三仍在賈敬死後的七七期內，因此應該為六月初三。而鳳姐根據家奴興兒的話——「這事頭裡奴才也不知道。就是這一天，東府裡大老爺送了殯，俞祿往珍大爺廟裡去領銀子。二爺同著蓉哥兒到了東府裡，道兒上爺兒兩個說起珍大奶奶那邊的二位姨奶奶來。二爺誇他好，蓉哥兒哄著二爺，說把二姨奶奶說給二爺。」——得知實情的真相以後，王熙鳳於第六十八回「一面止了哭挽頭髮，又哭罵賈蓉：『出去請大哥哥來。我對面問他，親大爺的孝才五七，侄兒娶親，這個禮我竟不知道。我問問，也好學著日後教導子侄的。』」這段話告訴我們，賈璉偷娶尤二姐是在「親大爺的孝才五七」的期限之內。也就是說，六月初三還在「親大爺的孝才五七」。而「才五七」也就是說賈敬死後還不到「六七」、還不到四十二天呢。這也就是說，賈敬大約應該死於「六月初三」前的三十六至四十一天之前。

按照這個邏輯，賈敬的死期應該是四月二十到四月二十五之間的某一天。這與上面推斷的「四月下旬的某一天」的結論不謀而合。但是再具體到是四月二十到四月二十五之間的哪一天，這可能已經無從考證了。

賈寶玉為什麼喜歡吃胭脂？

我們在讀《紅樓夢》的時候，能明顯感覺有一種特殊的類似於女性性格的東西在寶玉身上。甚至很多人因為這一點並不喜歡寶玉這個人物形象，認為他缺乏男子漢的氣概，有的只是女子的柔情與蜜意。但是，當我們從寶玉生活的環境來察看這一點的時候，我們可能就會對寶玉的這種獨特的性格多出來些許的諒解——這是由於他生活的特殊環境造成的。

不難想像，賈寶玉從小就生活在脂香粉氣之中。從他出生的那一天起，就生活在奶媽、丫鬟的日夜相伴之下。那些照顧寶玉的奶媽、丫頭就像照顧自己的孩子、親人一樣無微不至的照顧寶玉。對於這個賈府的掌上明珠，賈府上下自然更是托在手裡怕摔了，含在嘴裡怕化了，尤其是像賈母、王夫人之類的人物。就是這樣，寶玉一出生就在一群女性的影子裡生活著，他每天聞著女性身上散發的脂粉芳香，每天觸摸著女性溫柔綿軟的身體，每天看到的最多的無非都是女性綺麗的衣衫和閃光的釵環以及閨房裡的一切東西——這樣的環境直接影響了賈寶玉的性格的形成。

《紅樓夢》第二回〈賈夫人仙逝揚州城，冷子興演說榮國府〉裡有這樣一段描寫：

雨村笑道：「果然奇異。只怕這人來歷不小。」

子興冷笑道：「萬人皆如此說，因而乃祖母便先愛如珍寶。那年周歲時，政老爹便要試他將來的志向，便將那世上所有之物擺了無數，與他抓取。誰知他一概不取，伸手只把些脂粉釵環抓來。政老爹便大怒了，說：『將來酒色之徒耳！』因此便大不喜悅。獨那史老太君還是命根一樣。說來又奇，如今長了七八歲，雖然淘氣異常，但其聰明乖覺處，百個不及他一個。說起孩子話來也奇怪，他說：『女兒是水作的骨肉，男人是泥作的骨肉。我見了女兒，我便清爽；見了男子，便覺濁臭逼人。』你道好笑不好笑？將來色鬼無疑了！」雨村罕然厲色忙止道：「非也！可惜你們不知道這人來歷。大約政老前輩也錯以淫魔色鬼看待了。若非多讀書識事，加以致知格物之功，悟道參玄之力，不能知也。」

是的，抓週的是賈寶玉，沒有人非要強迫他去抓那些紙、墨、筆、硯、金元寶、書本等物，但這只是一個表面現象。好像這是賈寶玉自己的選擇，但這實際上是賈府給的選擇，自從寶玉出生那一天，賈府已經從生活的各個方面影響了寶玉最終必然要做出這樣的選擇。政老爹是發怒了，但是他發怒的對象不應該是賈寶玉，而應該是賈府甚至他自己。作為父親，賈政並沒有盡到父親的職責，給自己的兒子創造一個適合他的生活環境。

獨特的環境造就了寶玉獨特的性格，在這以後，賈寶玉完全按著自己抓週時所「抓」到的命運生活著。第十九回中，襲人勸說寶玉，「再不可毀僧謗道，調脂弄粉，還有更緊要的一件，再不許吃人嘴上擦的胭脂了，與那愛紅的毛病兒。」這並不是一個很隨意的描寫，這也是賈寶玉生活之中的一個獨特的習慣——吃胭脂，它揭示著賈寶玉性格上面的一個獨特之處。其實，讀到這裡，我們完全沒有必要驚異於寶玉為什麼喜歡吃女性嘴上擦的胭脂。實際上我們也沒有驚異，我們似乎在承認，這很正常（當然是對於賈寶玉來講）。

從那以後，寶玉吃胭脂成了他對女性世界頂禮膜拜的一個極典型的細節，從而在書中屢屢出現。

總而言之，我們認為，賈寶玉類似於女性的性格特徵並不是天生，賈寶玉也不是天生就喜歡吃胭脂，這都是後天形成的。

賈寶玉的最後結局究竟如何？

賈寶玉得命運，高鶚在他得續書中是這樣安排的——「中鄉魁寶玉卻塵緣」，也即：賈寶玉中了舉人，但是最後又留下賈桂重振家業，自己則飄然而去出家當了和尚，還被皇帝封了「文妙真人」。但是，按照曹雪芹的本意，賈寶玉的命運是不是這樣的呢？很多紅學專家認為，高鶚的安排是有失妥當的。魯迅就說過：「無論賈氏家業再振，蘭桂齊芳，即寶玉自己，卻成了個披大紅猩猩氈斗篷的和尚多矣，但披這樣闊斗蓬的能有幾個，已經是『入聖超凡』無疑了。」可見，在魯迅看來，賈寶玉的命運不應該是像高鶚所寫的那樣的簡單。

那麼，按照曹雪芹的本意，賈寶玉的命運應該是怎樣的呢？這是一個很難解決的問題，除非曹公在世，否則我們便也無從找到答案。當然，從前八十回的很多地方，我們還是能找到很多預示賈寶玉命運的「伏線」。按照前八十回裡的這些「伏線」提供的線索，關於賈寶玉的命運，我們可以作出以下幾種猜測：

「出家為僧說」

實際上正像高鶚所寫的那樣，賈寶玉很可能在八十回後有出家的經歷，但是肯定不是像高鶚所寫的那樣以出家作為最終歸結點的。關於賈寶玉在八十回後出家的「伏線」在前八十回有很多條。

《紅樓夢》第二十一回有脂批說：「寶玉之情古今無人可比，固矣；然寶玉有情極之毒，亦世人莫忍為者，看到後半部，則洞明矣。此是寶玉三大病也。寶玉有此世人莫忍之為毒，故後文方能『懸崖撒手』一回，若他人得寶釵之妻、麝月之婢，豈能棄而為僧哉！玉一生偏僻處。』」

《紅樓夢》第八十回曾兩次寫到賈寶玉對林黛玉說：「你死了，我做和尚去。」

從這些地方，我們可以得知，賈寶玉最終的命運應該是「懸崖撒手」、「棄而為僧」。這也應該是曹雪芹的本來意願。所以到現在為止，「賈寶玉最後出家為僧說」為很多人所推崇。但是，《紅樓夢》是不是真的就是以賈寶玉出家為僧作為結局呢？這還不一定。所以又有了「賈寶玉和史湘雲結合說」。

「賈寶玉和史湘雲結合說」

這一說產生於清末民初，當時，有人發現了很多關於紅樓夢的資料，例如《閱微草堂筆記》、《紅樓佚話》、《痴人說夢》以及傳聞中的「三六橋本《紅樓夢》」、「端方本《紅樓夢》」等。根據這些資料中的記載，賈寶玉最終的結局並不是出家，而是流浪街頭，「淪為擊柝之役」或「看街兵」，後來在衛若蘭（《紅樓夢》的前八十回曾經出現過的人物）的幫助下與早已為寡的史湘雲再見面，並結為夫妻。當然，這種觀點並不排斥「出家為僧說」。「賈寶玉和史湘雲結合說」的支持者認為，賈寶玉很可能是先出家，然後又還俗，還俗之後才與史湘雲結為夫妻的。還有記載說，賈寶玉和史湘雲結為夫妻之後，「夫婦在都中拾煤球為活」等。當然，這些流傳還是缺乏一定證據的，我們只能把它當成一種猜測。

「兩次出家說」

「兩次出家說」是著名紅學專家梁智歸先生提出來的。梁智歸先生在自己的紅學著作《石頭記探佚》中首次提出了賈寶玉「兩次出家說」，他認為，林黛玉死後，賈寶玉被迫和寶釵成親。但是在結婚以後，賈寶玉由於不滿現實的婚姻，再加上「薛寶釵藉詞含諷諫」，忍無可忍的賈寶玉最後離開寶釵、麝月出家為僧。這就是第二十一回脂批裡所說的：「懸崖撒手」。

但是，令賈寶玉失望的是，遁入空門的自己並沒有在「空門」之中找到自己的精神依託，並最終經歷了澈底的精神破產，於是斷然還俗。還俗以後的賈寶玉與史湘雲結為了夫妻。婚後，賈寶玉和史湘雲這對「風塵知己，患難夫妻」由於物質生活極度貧乏，並沒有獲得想像之中的幸福。於是，賈寶玉又一次經歷了精神上的波折，終於也「雲散高唐，水涸湘江」，再次出家為僧。二入空門的賈寶玉在「茫茫大士、渺渺真人」的引渡下，才回到青埂峰，最終了結塵緣，「復還本質，以了此案」。當然，這也只是猜測，具體的情節到底如何，可能我們永遠也找不到答案了。

林黛玉是怎麼死的？

曹雪芹在《紅樓夢》中傾注筆墨最多的就是林黛玉。林黛玉的悲劇應該是《紅樓夢》整部書的悲劇性的一個歸結點。而林黛玉的最大的悲劇就在於她的「夭亡」，林黛玉之死應當是整部紅樓最為震撼人心的大悲劇。雖然，由於見不到《紅樓夢》原書的後半部分，我們也無從知道作者曹雪芹究竟會對林黛玉之死做一個怎樣的安排。但是，我們可以確定的是，林黛玉之死肯定是《紅樓夢》一書最精彩的部分。

其實，在《紅樓夢》的開篇就預示著林黛玉的一生是一個悲劇，她與賈寶玉必定不會有好的結局。《紅樓夢》第一回寫道：

那僧笑道：「此事說來好笑，竟是千古未聞的罕事。只因西方靈河岸上三生石畔，有絳珠草一株，時有赤瑕宮神瑛侍者，日以甘灌溉，這絳珠草便得久延歲月。後來既受天地精華，復得雨露滋養，遂得脫卻草胎木質，得換人形，僅修成個女體，終日遊於離恨天外，飢則食蜜青果為膳，渴則飲灌愁海水為湯。只因尚未酬報灌溉之德，故其五內便鬱結著一段纏綿不盡之意。恰近日這神瑛侍者凡心偶熾，乘此昌明太平朝世，意欲下凡造歷幻緣，已在警幻仙子案前掛了號。警幻亦曾問及灌溉之情未償，趁此倒可了結的。那絳珠仙子道：『他是甘露之惠，我並無此水可還。他既下世為人，我也去下世為人，但把我一生所有的眼淚還他，也償還得過他了。』因此一事，就勾出多少風流冤家來，陪他們去了結此案。」

這裡所說的「神瑛侍者」就是賈寶玉；而這裡所說的「絳珠仙子」就是林黛玉。「神瑛侍者」賈寶玉「凡心偶熾，乘此昌明太平朝世，意欲下凡造歷幻緣」；而「絳珠仙子」林黛玉則是要「把我一生所有的眼淚還他」。

可見，賈、林之間並沒有天生的姻緣，而只是一種「感恩」關係。也就是說，當林黛玉把淚水都還完以後，她和賈寶玉的緣分也就盡了。那麼，林黛玉淚盡之後，到底是怎麼死去的呢？

目前，關於林黛玉之死的具體情況主要有「上吊說」、「投水說」、「沉湖說」等幾種假說。

「上吊說」

「上吊說」認為林黛玉是自盡而死的。此說認為，榮、寧兩府在被抄家後，就呼喇喇大廈傾，昏慘慘燈焰盡，賈府的人是各自須尋各自門，樹倒猢猻散。尤其是賈母的死給林黛玉帶來了極大的傷痛。如果說林黛玉愛的是賈寶玉，想與賈寶玉廝守終身的話，那麼能幫助林黛玉實現這一夢想的唯一依靠就是她的外婆——賈母。

賈母死後，林黛玉的境況應該是相當悲慘的。後來，發現與寶玉結合沒有希望，林黛玉便選擇了上吊來了結自己的生命。

「上吊說」的最明顯的證據是第五回裡關於林黛玉的判詞：「玉帶林中掛」。這裡的「玉帶林」反過來讀不正是「林帶（黛）玉」嗎？把林帶（黛）玉掛在樹上，不正是上吊自殺嗎？另外，林黛玉本身就是天上的草木之物——「絳珠草」，在林木中死亡也算是回歸自身的本性。

了映射崇禎皇帝的上吊自殺。

當然，還有「上吊說」認為林黛玉的形象是象徵明朝最後一個皇帝崇禎皇帝。讓林黛玉上吊正是為了映射崇禎皇帝的上吊自殺。

但是，話又說回來，從林黛玉的性格來看，如果想要自殺，她很可能不會選擇上吊這種方式，因為「上吊」死之後的屍體是相當醜陋的，而林黛玉天生就是愛美之人，所以「林黛玉上吊」的可能性很小。另外，林黛玉是作者曹雪芹精心刻劃的一個「美」的形象，作者怎麼會用上吊這種方式來安排她的結局呢？

「投水說」

「投水說」認為黛玉先是嫁與北靜王，然後又投水而死的。證據是第四十三回。第四十三回〈閒取樂偶攢金慶壽，不了情暫撮土為香〉寫賈寶玉和茗煙到水仙庵祭祀金釧。在《紅樓夢》裡，水仙庵是祭洛神的地方，洛神又是什麼？是水神！這裡也和金釧跳井之死相呼應。我們先看看下面這段描寫：

茗煙站過一旁。寶玉掏出香來焚上，含淚施了半禮，轉身命收了去。茗煙答應，且不收，忙爬下磕了幾個頭，口內祝道：「我茗煙跟二爺這幾年，二爺的心事，我沒有不知道的，只有今兒這一祭祀沒有告訴我，我也不敢問。只是這受祭的陰魂雖不知名姓，想來自然是那人間有一、天上無雙，極聰明極俊雅的一位姐姐妹妹了。二爺心事不能出口，讓我代祝：若芳魂有感，香魄多情，雖然陰陽間隔，既是知己之間，時常來望候二爺，未嘗不可。你在陰間保佑二爺來生也變個女孩兒，和你們一處相伴，再不可又托生這鬚眉濁物了。」說畢，又磕幾個頭，才爬起來。

在這裡，我們應該注意茗煙的話，「茗煙」諧音「明言」，茗煙在這裡說的話才真正是「明言」，先看看茗煙說了什麼？什麼是「人間有一，天上無雙，極聰明極俊雅的一位姐姐妹妹」？這「人間有一，天上無雙，極聰明極俊雅的一位姐姐妹妹」到底指的是誰？難道真的是指金釧？什麼又是「若芳魂有感，香魂多情，雖然陰陽間隔，既是知己之間，時常來望候二爺，未嘗不可」？到底誰和寶玉是知己？

難道是金釧？其實曹雪芹在這裡用了一種「移花接木」的寫法。這裡表面上看是在祭祀金釧，實際上是在祭祀死後的林黛玉，這也是曹雪芹在寫紅樓夢的時候慣用的手法。也就是說，金釧只是一個配角，她和林黛玉實際上是一個人！那金釧又是怎麼死的？跳井死的，也就是投水而死的！這裡實際上是在暗示林黛玉的命運，也就是說，林黛玉最後是跳井而死的。

另外，在接下來的第四十四回，賈寶玉偷偷出去私祭金釧回來之後：

> 說眾人看演《荊釵記》，寶玉和姐妹一處坐著。林黛玉因看到《男祭》這一出上，便和寶釵說道：「這王十朋也不通的很，不管在那裡祭一祭罷了，必定跑到江邊子上來作什麼！俗語說『睹物思人』，天下的水總歸一源，不拘那裡的水舀一碗看著哭去，也就盡情了。」寶釵不答。寶玉回頭要熱酒敬鳳姐兒。

黛玉說的那一番話，正是一句讖語，一是暗示寫金釧就是在寫黛玉，黛玉就像金釧那樣是投水而死的；二是在暗示八十回後有寶玉舀水祭黛玉的細節。

那麼，說「林黛玉是先嫁給北靜王之後才跳水死的」又怎麼理解呢？這還要看寶玉在水月庵祭祀完之後回到賈府後撒的那個謊。他說：「北靜王的一個愛妾昨日沒了，給他道惱去。他哭的那樣，不好撇下就回來，所以多等了一會子。」這可是一個不小的謊言，居然拿北靜王來做隱飾。我們想一下，如果真的是北靜王的愛妾死了，賈府能沒有消息嗎？要知道，當賈府的秦可卿死了以後，北靜王可是親自來路祭啊！不敢想像，當北靜王的愛妾死了以後，賈府不但漠不關心，還毫不知情！在這裡，曹雪芹仍然用的是「移花接木」的寫法。實際上，北靜王的愛妾真的死了，並且死的這個人就是林黛玉。林黛玉也許是迫於很多的壓力在無奈之下嫁給了北靜王，但是在嫁給北靜王的當天晚上就跳水而亡。林黛玉是不可能和北靜王這樣的「臭男人」生活在一起的，哪怕是一天，林黛玉也接受不了！這是林黛玉親口說的。我們應該記得，有一次，賈寶玉要把北靜王賜給他的一串名貴的念珠送給黛玉的時候，黛玉說的：

「什麼臭男人拿過的，我不要這東西！」但是命運偏偏要和林黛玉開一個玩笑，命運偏偏要她嫁給她不喜歡的「臭男人」——北靜王。

因此，林黛玉很可能是在被迫嫁給北靜王的當天晚上，偷偷跳井自殺的。當然，林黛玉也很不情願這種死法，她更願意像有些人推測的那樣以一種非常詩意的方式死去。但是在王府大院，選擇一種死法畢竟還是有限的，跳井很可能是無奈之舉。

「沉湖說」

黛玉「沉湖說」是紅學泰斗周汝昌鼎力支持的觀點，也是到目前為止關於「黛玉之死」最可信的說法。當然，這一觀點也是從前八十回的許多地方裡暗示出來的。

林黛玉在書中被稱為「瀟湘妃子」，而傳說中的「瀟湘妃子」是指舜的兩位妃子娥皇與女英。據說，當年舜出巡時死於蒼梧，娥皇與女英兩個就奔赴九嶷山，先是啼哭，染竹成斑，後來就淚盡入水，死在江湖之間，後來人們就稱娥皇和女英為「瀟湘妃子」。作者把「瀟湘妃子」這個別號用在林黛玉身上，不僅是要指出「林黛玉愛哭」這一性格特徵，更是要指出黛玉之死是與水分不開的。娥皇和女英當時是淚盡入水身亡的，這也就預示著黛玉也有相同的結果——淚盡人亡，入水而死。

《紅樓夢》第十八回〈皇恩重元妃省父母，天倫樂寶玉呈才藻〉裡寫元妃省親，看戲的時候，元妃點了四出戲，其中第三出戲是《離魂》。脂硯齋的評語說，《離魂》「伏黛玉死」。《離魂》說的是什麼事呢？怎麼「伏黛玉死」呢？我們在讀《離魂》的劇本的時候，可以發現這樣的唱詞：「人到中秋不自由，奴命不中孤月照，殘生今夜雨中休！」這兩句的意思是說，我到中秋節的時候就走到我生命的盡頭了！天上的那一輪孤月根本照不到我這可憐之人的身上，我這短暫的人生今天晚上就要在這雨中了結了！此外，更有「恨匆匆，萍蹤浪影，風剪了玉芙蓉」這樣的悲慘唱詞。可見，如果真的像脂硯齋所說的那樣，這一段內容是「伏黛玉死」的話，那麼黛玉這一朵美麗的芙蓉花肯定應該是殞落在浪影中了。再結合前面那一段唱詞，我們可以得出結論：林黛玉應該是在一個中秋節的晚上，並且是一個下雨的中秋之夜身亡的。「風剪了玉芙蓉」更是直接描寫了黛玉之死。黛玉是芙蓉花的象徵，一風吹過，「剪斷了」玉芙蓉。玉芙蓉凋謝而死，也是很詩意的死亡，不是投水，而是沉水死亡。

《紅樓夢》第六十三回〈壽怡紅群芳開夜宴，死金丹獨豔理親喪〉裡，寫姑娘們抽籤。黛玉默默地想道：「不知還有什麼好的被我掣著方好。」一面伸手取了一根，只見上面畫著一枝芙蓉，題著「風露清愁」四字，那面一句舊詩，道是：

莫怨東風當自嗟。

注云：「自飲一杯，牡丹陪飲一杯。」眾人笑說：「這個好極。除了他，別人不配作芙蓉。」黛玉也自笑了。

好一句「這個好極。除了他，別人不配作芙蓉」。也就是說，在《紅樓夢》一書中，作者寫芙蓉花也就是寫林黛玉的。那麼，寶玉為弔祭晴雯寫的那首〈芙蓉誄〉實際上也是在寫黛玉（其實很早就有人認為，晴雯和黛玉實際上就是一個人物，作者只不過是用他獨有的寫作方法「分身法」將她倆分開來寫的）。芙蓉花是怎麼死的（當然是水生芙蓉）？是在水中慢慢地凋謝而死的。這也就暗示著黛玉也是在水中慢慢地死去的——沉水死亡。

總結以上的這些暗示，我們不僅可以更進一步證實——黛玉是入水而死，我們還可以肯定黛玉的入水之死是非常詩意的死，並非投水而死。投水而死是一種較為激烈的行為，這不符合黛玉的個性。只有慢慢地在水中死亡——「沉水」——才是真正的黛玉。娥皇和女英，芙蓉——這些象徵著林黛玉的意象都是非常詩意的，她們的死都是一個慢慢地沉入水中而死亡的過程。因此，我們推定林黛玉也是沉水死亡的。

至於我們說黛玉是沉「湖」而死，也是有根據的。《紅樓夢》第七十九回〈薛文龍悔娶河東獅，賈迎春誤嫁中山狼〉寫迎春出嫁以後：

寶玉卻從未會過這孫紹祖一面的，次日只得過去聊以塞責。只聽見說娶親的日子甚急，不過今年就要過門的，又見邢夫人等回了賈母將迎春接出大觀園去等事，越發掃去了興頭，每日痴痴呆呆的，不知作何消遣。又聽得說陪四個丫頭過去，更又跌足自嘆道：「從今後這世上又少了五個清潔人了。」因此天天到紫菱洲一帶地方徘徊瞻顧，見其軒窗寂寞，屏帳翛然，不過有幾個該班上夜的老嫗。再看那岸上的蓼花葦葉，池內的翠荇香菱，也都覺搖搖落落，似有追憶故人之態，迥非素常逞妍鬥色之可比。

脂硯齋在「天天到紫菱洲一帶地方徘徊瞻顧，見其軒窗寂寞，屏帳翛然，不過有幾個該班上夜的老嫗」有批語說這是為「對景悼顰兒」做引。據此，我們可以推斷，林黛玉沉水而死的地方很可能就是紫菱洲。也就是說，林黛玉很可能是沉入紫菱洲而死的。紫菱洲是大觀園內的一個小湖泊。所以我們說，林黛玉是「沉湖而死」。

誰謀殺了林黛玉？

關於林黛玉的死，還有一種非常有意思的「謀殺說」。「謀殺說」認為林黛玉死於謀殺。「謀殺說」又有兩個版本：一是林黛玉死於薛寶釵的謀殺；二是林黛玉死於趙姨娘的謀殺。

林黛玉死於薛寶釵的謀殺

認為林黛玉死於薛寶釵的謀殺的人認為，林黛玉初到賈府的時候，雖然有點小病，但畢竟只是一點小症狀。而書中描寫林黛玉症狀真正加重的情節多發生在林黛玉吃了薛寶釵送來的給林黛玉補身子的「燕窩」。我們可能記得，在第四十五回：

這日寶釵來望他，因說起這病症來。寶釵道：「這裡走的幾個太醫雖都還好，只是你吃他們的藥總不見效，不如再請一個高明的人來瞧一瞧，治好了豈不好？每年間鬧一春一夏，又不老又不小，成什麼？不是個常法。」黛玉道：「不中用。我知道我這樣病是不能好的了。且別說病，只論好的日子我是怎麼形景，就可知了。」寶釵點頭道：「可正是這話。古人說：『食穀者生。』你素日吃的竟不能添養精神氣血，也不是好事。」黛玉嘆道：「『死生有命，富貴在天』，也不是人力可強的。今年比往年反覺又重了些似的。」說話之間，已咳嗽了兩三次。寶釵道：「昨兒我看你那藥方上，人參肉桂覺得太多了。雖說益氣補神，也不宜太熱。依我說，先以平肝健胃為要，肝火一平，不能克土，胃氣無病，飲食就可以養人了。每日早起拿上等燕窩一兩，冰糖五錢，用銀銚子熬出粥來，若吃慣了，比藥還強，最是滋陰補氣的。」

從這之後，薛寶釵就按例送燕窩給黛玉補身子。而林黛玉的病情也是在這一回之後開始加重的。開始只是一年犯病兩次，「每年間鬧一春一夏」，而從這之後，林黛玉就是經常、隔三差五的犯病、咳嗽。

對於薛寶釵來講，單不說她是否喜歡賈寶玉，她在思想上是很傳統的一個女性，她也知道父親死後，哥哥撐不起門面，所以薛家的命運就完全繫在自己身上了，如果自己真的能嫁給寶玉，薛家依靠賈家的勢力也還不至於馬上衰落。而且，王夫人、薛姨媽甚至王熙鳳也是希望寶玉娶寶釵的。但是，林黛玉的存在在賈寶玉和薛寶釵之間橫亙了一個巨大的障礙。那麼薛寶釵要想實現自己的目的，就只有除掉林黛玉。所以，薛寶釵表面上是送燕窩給林黛玉，實際上在燕窩中是加入了慢性毒藥的。當然，這是一個大膽的結論，但是它的存在也是有依據的。薛寶釵在送給林黛玉的燕窩之中加慢性毒藥的動機，我們已經談過了。那麼，薛寶釵有沒有在送給林黛玉的燕窩中加慢性毒藥的這種條件呢？有的！薛家是江南富商，說得不好聽一點，是開雜貨舖子的，當然這個雜貨舖子的規模是相當大的，經營項目的種類非常齊全，這自然少不了作藥材生意。況且，我們從書中可以得知，薛寶釵對醫藥方面懂得非常多。例如她對林黛玉說：「昨兒我看你那藥方上，人參肉桂覺得太多了。雖說益氣補神，也不宜太熱。依我說，先以平肝健胃為要，肝火一平，不能克土，胃氣無病，飲食就可以養人了。每日早起拿上等燕窩一兩，冰糖五錢，用銀銚子熬出粥來，若吃慣了，比藥還強，最是滋陰補氣的。」

可見，薛寶釵給林黛玉下藥的動機是存在的，條件也是成熟的。那麼，在送給林黛玉的燕窩裡下慢性毒藥的可能性是很大的。我們如果仔細一點的話就會發現，正是從林黛玉吃了薛寶釵送來的「燕窩」，病情就開始加重。例如第五十二回：

寶玉也覺心裡有許多話，只是口裡不知要說什麼，想了一想，也笑道：「明日再說罷。」一面下了階磯，低頭正欲邁步，復又忙轉身問道：「如今的夜越發長了，你一夜咳嗽幾遍？醒幾次？」黛玉道：「昨兒夜裡好了，只嗽兩遍，卻只睡了四更一個更次，就再不能睡了。」寶玉又笑道：「正是有句要緊的話，這會子才想起來。」一面說，一面便挨過身來，悄悄道：「我想寶姐姐送你的燕窩……」一語未了，只見趙姨娘走了進來瞧黛玉。

從這段對話裡，我們不僅可以看出黛玉自從吃了寶釵送來的燕窩，病情越來越重。更有一句話令人觸目驚心，「寶玉……悄悄道：『我想寶姐姐送你的燕窩……』」作者為什麼在這裡先說完黛玉的病情，立刻就又提起寶釵送的燕窩來？提寶釵送燕窩，就大聲說好了，為什麼又要悄悄說？寶玉的那句話究竟要說什麼？如果不是趙姨娘恰巧經過，寶玉會說出什麼話來？是不是會說：「我想寶姐姐送你的燕窩對你的病情也沒大用處，看這不越來越重了，還是再找個好大夫看看要緊」？如果真是這樣，寶釵投毒的可能性就更大。作者曹雪芹故意沒有讓寶玉把後半句說出來正是要讓讀者揣摩其中的意思。

總而言之，「林黛玉死於薛寶釵的謀殺」這一觀點就是基於這些證據而得出來的結論。這種可能性是完全存在的。

林黛玉死於趙姨娘的謀殺

趙姨娘謀殺林黛玉的動機也是存在的。我們都知道，在整個賈府，最讓趙姨娘頭疼的有兩個人，一個是鳳姐，一個是寶玉。實際上鳳姐還是其次，賈寶玉才真的是趙姨娘的眼中釘，肉中刺。為什麼這樣講呢？我們都知道，趙姨娘在賈府中的地位非常尷尬，自己只是個小妾，從來不被人當人看！女兒探春又不和自己一條心，甚是讓她頭疼！賈環又不爭氣！那麼，趙姨娘怎麼樣才能真正扭轉自己在賈府中的地位呢？至少在趙姨娘自己看來，她只有一條路可走！那就是除掉賈寶玉。沒有了賈寶玉，賈環就是賈政唯一的兒子，就是賈母唯一的孫子了。到那時，趙姨娘在賈府的地位肯定會有所提升，至於是不是會超過王夫人，那也真有可能。趙姨娘的這個小算盤早就有了，她也曾把自己的想法付諸於實踐，例如在第二十五回〈魘魔法姐弟逢五鬼，紅樓夢通靈遇雙真〉裡，趙姨娘曾使用賄賂的方式讓馬道婆去魘寶玉和鳳姐，使鳳姐和寶玉二人幾乎墮進鬼門關。但是這一次，趙姨娘並沒有成功，這一次的失敗更加刺傷了趙姨娘！她親眼看見賈寶玉和鳳姐生病以後賈府上下亂成一窩蜂的情形！賈府越亂，就越能證明賈寶玉和鳳姐在賈府的地位的重要性，就越能刺痛趙姨娘那顆已經不知道受過多少傷痛的破碎不堪的心。當然，這一次的失敗也給趙姨娘提了個醒——直接對寶玉下手，目標太明顯，成功率太低。那麼，怎麼辦呢？天生聰明的趙姨娘立刻發現了另外一個目標——林黛玉，要想除掉賈寶玉，就必須先除掉林黛玉。趙姨娘的這個想法實在是太高明了，當然也相當陰毒！我們都知道，賈府上下包括趙姨娘和賈環都知道，賈寶玉真正愛的是林黛玉。並且，賈寶玉對林黛玉的感情很深，甚至已經到了痴迷的程度。如果林黛玉突然之間死去，那對賈寶玉來講將是一個巨大的打擊。悲痛欲絕的賈寶玉很可能以死來表達自己對林黛玉的愛情。如寶玉隨林黛玉殉情死去，趙姨娘自己的目的不就達到了嗎？

如果趙姨娘真有這樣的想法，那麼她會用什麼樣的方式先除掉林黛玉呢？唯一的好辦法就是投毒，聰明的趙姨娘又馬上想到：林黛玉不是經常吃藥嗎？把藥下在她每天吃的藥丸裡！這不是神不知鬼不覺嗎？但即使是把毒藥下在林黛玉每天吃的藥丸裡也不是一件容易的事情！怎麼下呢？趙姨娘在這時候想到了另外兩個重要的人物——賈菱和賈菖。

賈菱和賈菖是何許人物？賈菖和賈菱都是賈府「草」字輩人物，他們就像賈芹、賈芸一樣都是在榮府謀差事的。賈菱和賈菖具體的差事就是配藥，這一點在第三回裡有所暗示：

眾人見黛玉年貌雖小，其舉止言談不俗，身體面龐雖怯弱不勝，卻有一段自然的風流態度，便知他有不足之症。因問：「常服何藥，如何不急為療治？」黛玉道：「我自來是如此，從會吃飲食時便吃藥，到今日未斷，請了多少名醫修方配藥，皆不見效。那一年我三歲時，聽得說來了一個癩頭和尚，說要化我去出家，我父母固是不從。他又說：『既捨不得她，只怕她的病一生也不能好的了。若要好時，除非從此以後總不許見哭聲，除父母之外，凡有外姓親友之人，一概不見，方可平安了此一世。』瘋瘋癲癲，說了這些不經之談，也沒人理他。如今還是吃人參養榮丸。」賈母道：「正好，我這裡正配丸藥呢。叫他們多配一料就是了。」

這段話裡，賈母所說的「正好，我這裡正配丸藥呢。叫他們多配一料就是了」中的「他們」到底是誰呢？如果沒有脂批的話，單從前八十回的內容，我們便無從得知。但是脂批中說：為後菖菱伏脈。從這條脂批中，我們可知，賈母所說的配藥的「他們」就是指脂批中所說的「菖菱」，而這「菖菱」根據後面的內容自然應該是指兩個人——賈菖和賈菱。很明顯，賈菖和賈菱就應該是在賈府專門為賈母配藥的。

但是根據這條脂批內容，後來肯定應該還有更重要的情節與賈菖和賈菱有關，不然脂批不會說：「為後菖菱伏脈」。但是通讀前八十回的《紅樓夢》，賈菖和賈菱一共就出場兩次，並且都是不痛不癢地點到名字而已。

很顯然，這和脂批裡的「為後菖菱伏脈」是不一致的。既然如此，那就只有一種可能，在八十回之後的內容裡，賈菖和賈菱還有「正傳」。並且，賈菖和賈菱的「正傳」和林黛玉以及「菖菱」二人的差事還有關係。這是「為後菖菱伏脈」這句批語的內容和它出現的位置所透露出來的訊息。

那麼，賈菖和賈菱在後面到底有什麼「作為」呢？單從賈菖和賈菱本身來講，這可能無從得知，但是如果我們把賈菖和賈菱與趙姨娘「除掉黛玉」的想法結合起來，我們便會恍然大悟：很可能是趙姨娘故技重施以賄賂的方式買通了賈菖和賈菱，給黛玉配得藥裡面下了慢性毒藥。況且「菖」是一種藥材，「賈菖」諧「假菖」即假藥甚至毒藥。

再回到趙姨娘身上，我們還可以從書中的很多地方看出趙姨娘實際上很可能就是害死林黛玉的罪魁禍首。例如讀《紅樓夢》的時候，我們曾不止一次發現趙姨娘對林黛玉這個病秧子持有一種特殊的「關懷」。

例如第五十二回寶玉正和黛玉聊天，突然發現趙姨娘來了，寶玉「一語未了，只見趙姨娘走了進來瞧黛玉，問：『姑娘這兩天好？』黛玉便知她是從探春處來，從門前過，順路的人情。黛玉忙陪笑讓坐，說：『難得姨娘想著，怪冷的，親自走來。』又忙命倒茶，一面又使眼色與寶玉。寶玉會意，便走了出來。」

從這句段描寫中，我們可以看出，趙姨娘肯定是經常「關心」黛玉的病情，經常來看黛玉，要不然也不會「黛玉便知她是從探春處來，從門前過，順路的人情」。很可能是趙姨娘經常在去看探春回來的路上，順路來「看看」黛玉。趙姨娘為什麼那麼關心黛玉的病情？那是因為她在觀察黛玉吃了她投的毒藥以後是不是有所反應？說得明白一點，她在盼著黛玉早點死去。

薛寶釵的結局是怎樣的？

薛寶釵，金陵十二釵之一，薛姨媽的女兒，家中擁有百萬之財。她容貌美麗，肌骨瑩潤，舉止嫻雅。她熱衷於「仕途經濟」，勸寶玉去會會做官的，談講談講仕途經濟，被寶玉背地裡斥之為「混帳話」。她恪守封建婦德，而且城府頗深，能籠絡人心，得到賈府上下的誇讚。她掛有一把鏨有「不離不棄，芳齡永繼」的金鎖，薛姨媽早就放風說：「你這金鎖要揀有玉的方可配」。高鶚版的續書之中，在賈母、王夫人等的一手操辦下，賈寶玉被迫娶薛寶釵為妻。由於雙方沒有共同的理想與志趣，賈寶玉又無法忘懷知音林黛玉，婚後不久便出家當和尚去了。薛寶釵只好獨守空閨，抱恨終身。

單從薛寶釵命運發展的主線來講，高鶚版續書關於寶釵命運的設計還是有一定根據的。這一點，我們可以從《紅樓夢》第五回之中，關於寶釵命運的判曲——〈終身誤〉中找到理由。

終身誤

都道是金玉良姻，俺只念木石前盟。

空對著，山中高士晶瑩雪；

終不忘，世外仙姝寂寞林。

嘆人間，美中不足今方信。

縱然是齊眉舉案，到底意難平。

「都道是金玉良姻，俺只念木石前盟」意思是說，在八十回後，大家都承認「金玉良緣」，而只有賈寶玉自己對「木石前盟」念念不忘。從這裡，我們可以推測，在八十回後，很可能是在賈府上下的督促下，賈寶玉最終和薛寶釵結成百年之好。至於是不是像高鶚寫的那樣是賈母、王夫人和鳳姐使用了「掉包計」，才使得寶玉被迫娶了薛寶釵，這倒不一定。

「空對著，山中高士晶瑩雪；終不忘，世外仙姝寂寞林」意思是說，寶玉娶了寶釵以後，雖然每天對著薛寶釵，但是終究忘不掉林黛玉。

「嘆人間，美中不足今方信」可以有兩種解釋，一種是說薛寶釵雖然也是那冰雪聰明之人，但是一心只嚮往「仕途經濟」，終究不合「我」（指賈寶玉）意。另一種解釋是說，薛寶釵雖然最終實現了自己「金玉姻緣」的願望，但是得到了寶玉的人，卻沒有得到寶玉的「心」——所以說美中不足。

「縱然是齊眉舉案，到底意難平」這句的意思就更明顯了，正是說，雖然寶玉和寶釵最終「齊眉舉案」，辦了婚禮，結為了百年之好，但是「到底意難平」——誤了終身的幸福。

單從這一首曲子，我們就可以判斷，寶玉最終還是娶了寶釵。當然，由於「到底意難平」，寶釵和寶玉結婚以後，肯定又發生了一系列的變故。有紅學家推斷，賈寶玉在八十回後肯定是出家去了。那麼，我們斷定，在八十回後，林黛玉先死，然後賈寶玉在賈府上下的督促之下娶了薛寶釵，但是因為「到底意難平」，所以與寶釵結婚不久之後，寶玉就出家了。

那麼，寶玉出家以後，寶釵的命運又如何呢？有人發現第一回裡有一幅獨特的對聯——「玉在匵中求善價，釵於奩內待時飛」。這副對聯是賈雨村所作，脂批說：「表過黛玉則緊接上寶釵。甲夾批：前用二玉合傳，今用二寶合傳，自是書中正眼。」於是根據這條脂批，有人認為這副對聯的意思是說，林黛玉雖然才華橫溢，但只求善「價」（諧嫁），只要能嫁給賈寶玉這個「鬚眉濁物」也就滿足了，而一心追求「仕途經濟」的薛寶釵的心願自然是嫁給同樣一心嚮往「仕途經濟」的賈雨村了。如此看來，在八十回後，很可能是寶釵先嫁給寶玉，寶玉出家以後，寶釵又改嫁賈雨村。但是，冷靜下來思考一下，這種可能性幾乎是不存在的。我們都知道，寶釵一心恪守封建婦德，她不可能在寶玉出家後改嫁賈雨村。如果是這樣的話，那麼，「玉在匵中求善價，釵於奩內待時飛」這副對聯應該怎麼理解呢？它到底是要向我們傳遞什麼訊息呢？有一種意見認為，這副對聯是賈雨村在不得志的情況下，表達自己的志向時所作的。曹雪芹之所以這樣寫，很可能是對賈雨村、林黛玉和薛寶釵三個人的志向追求的一個對比和表達——林黛玉的追求不高，只求個善價而已，而薛寶釵和賈雨村則「志存高遠」，對「仕途經濟」情有獨鍾，時時刻刻想著飛黃騰達——僅此而已。

問題再回到薛寶釵身上，在賈寶玉出家以後，薛寶釵的結局到底是怎樣的呢？其實我們可以從書中的很多地方都可以發現，薛寶釵在寶玉出家以後的生活是非常艱辛的。

在第二十二回〈聽曲文寶玉悟禪機，制燈謎賈政悲讖語〉裡，薛寶釵曾作了這樣的一首燈謎詩：

朝罷誰攜兩袖煙？琴邊衾裡總無緣。
曉籌不用雞人報，五夜無煩侍女添。
焦首朝朝還暮暮，煎心日日復年年。
光陰荏苒須當惜，風雨陰晴任變遷。

「朝罷誰攜兩袖煙？」

杜甫〈和賈至早朝大明宮〉詩：「朝罷香菸攜滿袖」，說早朝回來衣袖上尚有宮中的爐香味。現在稍加改動，說「兩袖煙」，是隱藏謎底「香」字。「兩袖煙」，等於說兩袖風、兩手空。設問「誰攜」，對杜詩作了翻新。這一句的意思是說，榮華富貴過去以後，一無所得，空空如也。

「琴邊衾裡總無緣。」

這一句承上句，解說這是什麼香，用排除法。香有多種，與琴、棋、書、畫為伴的是鼎爐之香，熏被縟、衣服用的則有熏爐、熏籠（古時豪門尚巧製「被中香爐」，見《西京雜記》），都用不著更香，所以說與這些「無緣」。「琴邊衾裡」說夫妻關係。以夜裡同寢、白天彈琴表示親近和樂。《詩．周南．關雎》：「窈窕淑女，琴瑟友之。」在這裡，隱喻寶釵和寶玉沒有做夫妻的緣分。

「曉籌不用雞人報，五夜無煩侍女添。」

曉籌，早晨的時刻。籌，指古代計時報時用的竹籌。雞人，古代宮中掌管時間的衛士。宮中例不畜雞，有夜間不睡的專職衛士頭戴「絳幘」（象徵雄雞雞冠的紅布頭巾）候在宮門外，到了雞叫的時候向宮中報曉。五夜，即五更。古代計時，將一夜時間五等分，叫五夜、五更或五鼓。爐香要加添香料，更香只要點上就是了。「無煩」二字，又翻了唐人李頎《送司勛盧員外》詩「侍女新添五夜香」的案。這兩句的意思是說，主人因愁緒太大，而通宵難眠。

「焦首朝朝還暮暮，煎心日日復年年。」

「焦首」，香是從頭上點燃的，所以說焦首，喻人的苦惱，俗語所謂焦頭爛額。「煎心」，棒香有心，盤香由外往內燒，所以說煎心。佛家有「心香」（意為虔誠）之語。又香有製成篆文「心」字形狀的，叫心字香。煎心，喻人的內心受煎熬。通曉難眠的主人猶如那更香一樣，煩意愁緒使得她（指薛寶釵）焦頭爛額，內心也受著難以克服的煎熬。

「光陰荏苒須當惜，風雨陰晴任變遷。」

這兩句是說，時間過得太快了，「我」已紅顏漸老、青春已逝，世事變幻莫測，而自己卻已心灰意冷，只是聽之任之罷了。

從這首詩中，我們可以得知，薛寶釵在丈夫出家為僧後，過著非常冷落孤淒、終生愁恨的孀居生活，她並沒有像高鶚的續書中所寫的那樣得了「貴子」。可見，「蘭桂齊芳」都是痴人說夢。試想一下，一生只為「仕途經濟」著想，一心想「好風憑藉力，送我上青雲」的薛寶釵最後卻落這麼個下場，真是一個極大的諷刺，到真應了寶玉的意思——一切關於「仕途經濟」的話都是「混帳話」。

其實等待薛寶釵的命運不只是「活得這麼艱苦」就夠了，要知道薛寶釵也是金陵十二釵之一，也是「薄命司」的人物之一。寶釵最終逃不脫像其他「釵」一樣「早亡」的命運。具體到薛寶釵的死，我們認為，薛寶釵很可能是被凍死的。《紅樓夢》第五回講到寶釵的判詞的時候說「可嘆停機德」、「金簪雪裡埋」。

「可嘆停機德」，意思是雖然有著合乎封建婦道標準的那種賢妻良母的品德，但可惜徒勞無功。

「金簪雪裡埋」一般來講有兩種解釋，一是認為這句話本身沒有什麼特殊的意義，就是單純地指薛寶釵的名字，指薛寶釵的出身是出自「雪」諧「薛」家；一是認為這句話暗含了薛寶釵最後凍死在雪堆裡的命運。我們取後一種意思，因為脂硯齋針對此句有一條批語是這樣的：「寓意深遠，皆非生其地之意。」這也就是說，「金簪雪裡埋」並不是單指薛寶釵出身薛家這一事實，而是更有深意。那麼這種深意是什麼呢？我們認為就是這句話所暗含的「薛寶釵最後凍死在雪堆裡」的命運。

另外，也許我們還記得，在講劉姥姥二進大觀園的那一回，劉姥姥講過一個非常奇怪的故事：「我們村莊上種地種菜，每年每日，春夏秋冬，風裡雨裡，那有個坐著的空兒，天天都是在那地頭子上作歇馬涼亭，什麼奇奇怪怪的事不見呢。就像去年冬天，接連下了幾天雪，地下壓了三四尺深。我那日起得早，還沒出房門，只聽外頭柴草響。我想著必定是有人偷柴草來了。我爬著窗戶眼兒一瞧，卻不是我們村莊上的人……也並不是客人，所以說來奇怪。老壽星當個什麼人？原來是一個十七八歲的極標緻的一個小姑娘，梳著溜油光的頭，穿著大紅襖兒，白綾裙子……」可惜的是，這個故事還沒有講完，院子裡卻突然失火了。於是，這故事也就跟著沒有了下文。

那麼，曹雪芹為什麼會憑空讓劉姥姥講這麼一個故事呢？有人猜測說，這個故事裡的偷柴火的「十七八歲的極標緻的一個小姑娘」就是暗指薛寶釵。薛寶釵在八十回後，在寶玉出家以後，一個人孤苦伶仃，在漫漫的冬季，最終淪落為一個「雪（諧『薛』）中抱柴（諧『寶釵』）」的婦女，這也未嘗不可能。再結合「金簪雪裡埋」，我們想像：在一個寒冷的冬季，寶釵一個人在家，沒有了取暖的柴火，四處尋找柴火，但最後由於身體薄弱，力不從心，最後凍死在雪堆裡，這種推測也完全是有可能的。

為什麼說薛寶釵是「大家閨秀的典範」？

對於薛寶釵這一人物形象，歷來有不同的看法。但是對於「薛寶釵是典型的大家閨秀」這一觀點，歷來少有爭議。一般來講，大家閨秀是指那些秉承傳統家學，從高貴的門第中走出來的女子。她們一般有著上等的品貌和教養，端莊大方，舉止幽雅，氣質不凡，穿著高貴而典雅。如果這些就是大家閨秀的典型特點，那薛寶釵真可謂典型的大家閨秀。

薛寶釵一出場，作者就描寫了她的美貌和品格。她穿著「不見奢華，唯覺淡雅」，「品格端方，容貌美麗」；「罕言寡語，人謂裝愚；隨分從時，自雲守拙。」當然，光有美貌，並不能稱得上大家閨秀。大家閨秀應該有的品味和修養，薛寶釵也有。書裡不止一次介紹說，薛寶釵不僅品格端方，容貌美麗，而且天質聰慧，博學宏覽。幼年時富有文化教養的家庭環境和聰慧的心靈，造就了她深厚的修養和廣博的知識。她對文學、藝術、歷史、醫學以至諸子百家、佛學經典，都有廣泛的涉獵，連以「雜學旁收」著稱的賈寶玉也遠非所及。如元妃歸省時，對寶玉詩中「綠玉」改「綠臘」的指點，以及對湘雲問「棔」樹的解釋。

薛寶釵對藝術創作也有著深刻的理解，發表過精闢的見解。如她在論畫時指出，藝術家在創作前必須心中先有丘壑，才能對素材進行精當的剪裁和處理，才能達到真實再現生活的目的；她在詩歌創作中提出要「各出己見」，「不與人同」，「要命意新奇，另開生面」，她反對跟著別人腳跟走的摹擬和模仿的見解，無疑是頗有見地的。顯然，在這些地方，作者是將自己對藝術的獨到見解賦予了這位才華出眾的少女。

不僅如此，薛寶釵更有作為一個大家閨秀應該擁有的獨特的人格魅力。她處事周到，辦事公平，關心人，體貼人，幫助人。一次，襲人想央求湘雲替她做點針線活，寶釵知道後，馬上對她講明史湘雲「在家裡一點做不得主」，「做活做到三更天」，「一來了就說累得慌」的苦衷，責怪她「怎麼一時半刻不會體貼人」，並主動接去了要湘雲做的活計。還有一次，湘雲要開社作東，寶釵因怕她花費引起她嬸嬸抱怨，便資助她辦了螃蟹宴。因此，史湘雲這位心直口快、性情豪爽的小姐，曾經真心地這樣稱讚寶釵：「這些姐妹們，再沒有一個比寶姐姐好的，可惜我們不是一個娘養的——我但凡有這樣一個親姐姐，就是沒了父母，也是沒妨礙的。」對於寄人籬下的林黛玉，家境貧寒的邢岫煙，薛寶釵也都給過種種幫助，這裡就不一一贅述。即使對大觀園的下人，薛寶釵也能體貼他們的起早睡晚、終年辛苦的處境，為他們籌劃一點額外的進益。

另外，從傳統角度來看，「大家閨秀」更重要的是要遵守封建道德的三綱五常。也就是說，一個大家閨秀，必須是一個封建禮教忠誠的信仰者和自覺的執行者。寶釵在這一點上做得也不折不扣，甚至是有過之而無不及。她曾多次規勸賈寶玉走「仕途經濟」、「立身揚名」之道，以至引起賈寶玉的極大反感，說她說的是「混帳話」，並說「好好的一個清白女子，也學的沽名釣譽，入了國賊祿鬼之流」。不僅對寶玉是這樣，對湘雲、黛玉等人，寶釵也是如此，她也多次向黛玉、湘雲進行「女子無才便是德」、「總以貞靜為主」之類的封建說教。當然，也正是因為這樣，我們明顯能感覺到在大觀園的貴族少女中，她是受封建正統思想、封建道德觀念毒害比較深的一個。

因此，作者曹雪芹對薛寶釵的態度是相當矛盾的，既愛又恨。但不管怎樣，這都無法影響到薛寶釵作為封建大家庭「大家閨秀」的典範形象。

秦可卿是病死的嗎？

在紅樓十二釵之中，秦可卿本來應該是最不起眼的一釵。說到出身，她也很一般，書中說，她只是營繕司郎中秦業從養生堂抱養的養女；說到命運，也好不到哪裡，她不能像其他十一釵一樣有人疼有人愛，並且是最早死去的一個釵，紅樓夢故事剛剛打開，她的生命便走到了盡頭。但是，凡是讀過《紅樓夢》的人，沒有一個人不對秦可卿留有深刻印象。當然，並不僅僅是為她獨有的美貌所吸引。而是對於她的死備感興趣。透過她的死和她死後發生在賈府裡的一系列非正常的反應，便可以生出來很多疑問。先看下面幾個疑點：

疑點一：

賈珍哭得淚人一般，正和賈代儒等說道：「合家大小，遠近親友，誰不知我這媳婦比兒子還強十倍！如今伸腿去了，可見這長房內絕滅無人了。」說著，又哭起來。眾人忙勸道：「人已辭世，哭也無益，且商議如何料理要緊。」賈珍拍手道：「如何料理，不過盡我所有罷了！」

秦可卿是賈蓉的妻子，如果說秦可卿死後，賈蓉「哭得淚人一般」，我們還可以理解。然而書中在秦可卿死後根本沒有提過賈蓉，而是著重描寫賈珍的反應，要知道，賈珍是賈蓉的父親，是秦可卿的公公。賈珍如此表現，實在難以理解；作者這樣寫，更讓人思索不透。

疑點二：

賈珍見父親不管，亦發恣意奢華。看板時，幾副杉木板皆不中用。可巧薛蟠來弔問，因見賈珍尋好板，便說道：「我們木店裡有一副，叫做什麼檣木，出在潢海鐵網山上，作了棺材，萬年不壞。這還是當年先父帶來，原是義忠親王老千歲要的，因他壞了事，就不曾拿去。現在還封在店內，也沒有人出價敢買。你若要，就抬來罷了。」賈珍聽了，喜之不禁，即命人抬來。大家看時，只見幫底皆厚八寸，紋若檳榔，味若檀麝，以手扣之，玎璫如金玉。大家都奇異稱讚。賈珍笑問：「價值幾何？」薛蟠笑道：「拿一千兩銀子來，只怕也沒處買去。什麼價不價，賞他們幾兩工錢就是了。」賈珍聽說，忙謝不盡，即命解鋸糊漆。賈政因勸道：「此物恐非常人可享者，殮以上等杉木也就是了。」此時，賈珍恨不能代秦氏之死，這話如何肯聽。

我們知道，秦可卿只是營繕司郎中秦業從養生堂抱養的養女，嫁給賈蓉已是造化。秦可卿死後，為什麼賈珍不僅「哭得淚人一般」，還要不惜一切代價為她置辦上等棺木，要知道，那可是「潢海鐵網山上，作了棺材，萬年不壞」。連賈政都說：「此物恐非常人可享者，殮以上等杉木也就是了。」可賈珍為什麼「恨不能代秦氏之死，這話如何肯聽。」真是讓人匪夷所思。

疑點三：

秦可卿死後，賈珍為了讓喪事辦得更風光一點，不惜一切為賈蓉捐了個五品龍禁尉；當秦可卿出殯的時候場面驚人的隆重，甚至出現了「八公送殯，四王路祭」的千古奇觀！

如果說，賈珍為了面子，為了讓自己的兒媳婦的喪事辦得更風光一點，不惜一切代價為賈蓉捐了個五品龍禁尉，這一點還可以理解。但是，秦可卿出殯的場面就隆重得讓人難以接受。根據相關人士研究，在當時即使是一個二品官員的出殯場面辦成這個樣子，那也相當不錯了。但是，秦可卿只不過是營繕司郎中秦業從養生堂抱養的養女，說多了也只是賈、王、史、薛四大家族之一的賈家的一個小輩。喪事辦成這樣，令人生疑。

綜合這幾個疑問，我們要問：秦可卿到底是何許人士？為什麼她一死，作為公公的賈珍便哭得跟淚人一般？為什麼賈珍要不惜一切代價把她的喪事辦得那麼風光？為什麼秦可卿死後，她的丈夫賈蓉沒有什麼反應，而反應最大的卻是賈珍？

另外，我們都知道，《紅樓夢》在開書第五回「遊幻境指迷十二釵，飲仙醪曲演紅樓夢」中用判詞和曲對秦可卿命運的交代和後面對秦可卿命運的描述是不一致的，這也應該引起我們的注意。先來看秦可卿的判詞和曲：

判詞：

畫：高樓大廈，有一美人懸梁自縊。

情天情海幻情身，情既相逢必主淫。

漫言不肖皆榮出，造釁開端實在寧。

曲：

好事終

畫梁春盡落香塵。

擅風情，秉月貌，便是敗家的根本。

箕裘頹墮皆從敬，家事消亡首罪寧。
宿孽總因情。

顯然，透過判詞和曲，我們至少可以得出兩個結論：一、判詞中暗示著秦可卿是「自縊」，並且是在高樓大廈上「自縊」而死的；二、秦可卿之死和一個「情」字有關，「宿孽總因情」。看來，作者在寫第五回的時候，給秦可卿設計的命運：一、因「情」而死；二、「自縊」而死。那麼，作者為什麼又改變了自己的想法，讓秦可卿「病死」呢？看來，「秦可卿之死」的確蹊蹺，我們要想弄清楚以上提到的這些疑問，就必須先弄清楚一個問題——秦可卿到底是怎麼死的？

接下來，我們來看幾條相關的脂批內容：

甲戌：今秦可卿托……理寧府亦……凡……在封龍禁尉，寫乃褒中之貶，隱去天香樓一節，是不忍下筆也。（按：甲戌本此頁被對角撕去，故缺字甚多。）

推斷：此批語中說「隱去天香樓一節，是不忍下筆也」，很明顯，秦可卿是死於「天香樓」的。那麼，判詞中的「高樓大廈」很可能就是指這裡的「天香樓」。

甲戌：「秦可卿淫喪天香樓」，作者用史筆也。老朽因有魂托鳳姐賈家後事二件，豈是安富尊榮坐享人不能想得到處。其事雖未行，其言其意則令人悲切感服，姑赦之，因命芹溪刪去。

推斷：此批語中說「『秦可卿淫喪天香樓』，作者用史筆也。」從這裡我們至少可以得出這樣的結論：第五回的標題前半部分應該是「秦可卿淫喪天香樓」，而不是「秦可卿死封龍禁尉」；作者之所以要把原來的內容刪掉而改成我們現在能看見的「秦可卿死封龍禁尉」，是批書者認為秦可卿「因有魂托鳳姐賈家後事二件，豈是安富尊榮坐享人能想得到者？其事雖未行，其言其意，令人悲切感服，姑赦之」，於是「命芹溪刪去『遺簪』、『更衣』諸文，」於是，這樣一刪，「是以此回只十頁，刪去天香樓一節，少去四五頁也。」這樣一來，多少關於秦可卿之死的真正原因就被「刪」了。

甲戌側批：可笑，如喪考妣，此作者刺心筆也。

推斷：此條批語是針對「賈珍哭的淚人一般」的。可見，賈珍之所以哭秦可卿哭得像淚人一般，之所以「如喪考妣，此作者刺心筆也」，很可能是因為秦可卿的死與賈珍有極大的關係。

甲戌側批：補天香樓未刪之文。

靖側批：是亦未刪之筆。

推斷：這兩條批語都是針對「因忽又聽得秦氏之丫鬟名喚瑞珠者，見秦氏死了，他也觸柱而亡」而批的。原文關於瑞珠之死的描寫的確是驚心之筆。瑞珠為什麼會「觸柱而亡」，當然很可能是因為主人死去，自己傷心過度的結果，但很可能還另有隱情。

綜合這些疑點，我們到此終於可以得出如下結論：作者本來給秦可卿設計的死法是在「天香樓上自縊而死」的，秦可卿的死和賈珍有很大的關係。

但是秦可卿的死和賈珍到底有什麼關係呢？這時，我們應該從另一個人身上尋找答案，這個人就是焦大。

在第七回〈送宮花賈璉戲熙鳳，宴寧府寶玉會秦鐘〉的末尾部分有這樣一段描寫，有人指派焦大送「秦鐘」回家，焦大不樂意，就在院子裡撒起野來，於是：

眾小廝見他太撒野了，只得上來幾個，揪翻捆倒，拖往馬圈裡去。焦大越發連賈珍都說出來，亂嚷亂叫說：「我要往祠堂裡哭太爺去。那裡承望到如今生下這些畜牲來！每日家偷狗戲雞，爬灰的爬灰，養小叔子的養小叔子，我什麼不知道？咱們『手臂折了往袖子裡藏』！」【甲戌眉批：「不如意事常八九，可與人言無二三。」以二句批是段，聊慰石兄。】、【蒙側批：放筆痛罵一回，富貴之家，每罹此禍。】眾小廝聽他說出這些沒天日的話來，唬的魂飛魄散，也不顧別的了，便把他捆起來，用土和馬糞滿滿的填了他一嘴。

焦大在這裡所說的「爬灰的爬灰」是專指公公和兒媳之間發生性關係的亂倫。通讀整部《紅樓夢》明顯有爬灰嫌疑的只有秦可卿和賈珍。這樣一來，「秦可卿之死」的原因便逐漸明顯起來。第五回判詞和曲之中暗示秦可卿之死與情有關，這就暗示秦可卿和賈珍之間的「情」；判詞之中的「高樓大廈」就是秦可卿所住的天香樓。由此，我們也可以對秦可卿之死做一個具體的推論：秦可卿嫁入賈家，然後與賈珍發生不正常的亂倫關係——賈珍和秦可卿的不正常的亂倫關係持續了相當長的一段時間——丫頭瑞珠在某一天撞見賈珍和秦可卿正在偷情——秦可卿覺得顏面掃地，無臉見人，一氣之下在天香樓「自縊而死」——瑞珠闖了大禍，在賈珍的威脅下，「觸柱而亡」。

賈元春難道真的是「暴病身亡」嗎？

賈元春，賈政與王夫人之長女，自幼由賈母教養。作為長女，賈元春在寶玉三四歲時，就已教寶玉讀書識字，雖為姐弟，有如母子。後因「賢孝才德」，賈元春被選入宮作女史，不久，封鳳藻宮尚書，加封賢德妃。賈家為迎接她來省親，特蓋了一座省親別墅。該別墅之豪華富麗，連元春都覺得太奢華了。元妃雖給賈家帶來了「烈火烹油，鮮花著錦之盛」，但她卻被幽閉在皇家深宮內。省親時，她說一句，哭一句，把皇宮大內說成是「終無意趣」的「不得見人的去處」（這些語句讀來確實有觸目驚心之感，因為在那樣一個以封建王權為尊貴的社會，即使有任何抱怨，但是在「省親」那樣的場合面對那麼些人說出這樣的話，令人費解）。這次省親之後，元妃再無出宮的機會，後暴病而亡。

其實，細心的人讀者應該能感覺到，賈元春的死在《紅樓夢》一書中是相當重要的一部分內容，儘管作者在寫這一部分內容的時候並沒有花費太多的筆墨。但從某種意義上講，「賈元春的死」直接決定了賈家的命運，也直接決定了《紅樓夢》一書內容的發展主線。但是，就是這樣一位能決定賈府命運的人物的死，作者在書中交代得卻非常含糊。通讀《紅樓夢》，在讀到「賈元春之死」這部分內容的時候，大部分讀者都有非常明顯的感覺——賈元春死得太突然。作者為什麼要早早地就讓賈元春死去？賈元春到底又是怎麼死的？要真正揭開紅樓夢的其他迷案，我們必須得先解開這個謎團。

通讀《紅樓夢》，我們至少可以發現有三處描寫直接暗示了「賈元春之死」死得不尋常，並非簡簡單單的「暴病而亡」。

首先，第五回中的關於賈元春的「畫和判詞」的暗示：

只見畫著一張弓，弓上掛著香櫞，也有一首歌詞云：

二十年來辨是非，榴花開處照宮闈。

三春爭及初春景，虎兕相逢大夢歸。

原先有人根據「賈元春居住在宮中」，把「畫」中的「弓」解釋成「宮」。但是，我們認為，這樣的解釋是不合理的。實際上，這裡所講的「弓」就是「弓」，就是象徵軍事和戰爭的「弓」，這說明元春的存在是和政治緊密地聯繫在一起的。至於弓上掛著的「香櫞」則是諧「香冤」，更是證明元春的死純粹是政治的犧牲品。「虎兕相逢大夢歸」中的「虎兕相逢」和書中「是年甲寅年十二月十八日立春，元妃薨日是十二月十九日，已交卯年寅月」是相一致的，因為，「十二地支」中有「寅虎」一支，「寅」即為「虎」，相應地，「兕」就是指「卯」。「虎兕相逢大夢歸」也就預示著——「是年甲寅年十二月十八日立春，元妃薨日是十二月十九日，已交卯年寅月」。當然，關於這一點還有很多種解釋，甚至還有人認為，「虎兕相逢大夢歸」中的「虎」和「兕」並不是地支之中的「虎」和「兔」。但是，不管作何解釋，我們總能從這裡得出一個結論，元春的死是必然的，不僅僅是「暴病而亡」，至於真正的原因，尚待人們的進一步研究。

其次，第五回中描寫賈元春的曲子〈恨無常〉暗示：

恨無常

喜榮華正好，恨無常又到，

眼睜睜，把萬事全拋，
蕩悠悠，把芳魂消耗。
望家鄉，路遠山高。
故向爹娘夢裡相尋告：兒命已入黃泉。
天倫呵，須要退步抽身早！

在脂批本裡，這一曲後有一批語——「悲險之至」。

曲子裡的「無常」，我們既可以理解為「死亡」，又可以理解為「人世無常，變化多端」，人一生不知道會遭遇什麼樣的變故，賈元春很顯然是遭遇了大變故。再有，「望家鄉，路遠山高。故向爹娘夢裡相尋告：兒命已入黃泉。」試想一下，如果賈元春是正常的死亡，或者是暴病而死，那麼她應該是死在宮裡的，在這書中並沒有說賈元春在死之前，並沒有到什麼地方去遊山玩水（想必她還沒有那種機會），那麼憑什麼說「望家鄉，路遠山高。」這就令人費解了。書中給我們的感覺：賈家和皇宮同在京城之內，再遠也遠不到哪裡去，即使是很遠，肯定也不會隔山隔海，沒有必要描寫成「路遠山高」。因此，在曹雪芹本來的設計裡，賈元春肯定應該是死在外地，至少不是皇宮。因此，從這點看來，賈元春的死不是正常死亡。更讓我們疑竇重生的是曲子〈恨無常〉旁邊的那條脂批——「悲險之至」。元春死後，對賈府的任何人來講，悲從中來，這很符合常理，但是「險」怎麼講呢？這不能不讓人懷疑。

再次，賈元春省親的時候點了四齣戲——「豪宴」、「乞巧」、「仙緣」、「離魂」。在脂批本裡，這四齣戲的每一個戲名旁邊都有一條批語：

- 「豪宴」的批語是：《一捧雪》中伏賈家之敗。
- 「乞巧」的批語是：《長生殿》中伏元妃之死。

- 「仙緣」的批語是：《邯鄲夢》中伏甄寶玉送玉。
- 「離魂」的批語是：《牡丹亭》中伏黛玉死。

我們暫不看其他三出戲，單看「乞巧」一齣。脂批的內容講得很明白，認為《長生殿》中伏元妃之死。那麼，《長生殿》是什麼樣的戲呢？《長生殿》講的是唐明皇和楊貴妃的愛情故事，戲中楊貴妃最後縊死於馬嵬坡。既然脂硯齋認為「《長生殿》中伏元妃之死」，那麼，《長生殿》裡的楊貴妃就是指賈元春，也就是說，賈元春很可能是被縊死的。

綜上所述，賈元春這個在賈府或者是在《紅樓夢》全書起著關鍵作用的人物，她的死絕不像書中簡單描寫的那樣是「暴病身亡」。至於賈元春真正的死因，或者將會成為一個永遠也解不開的謎。

史湘雲最後嫁給了賈寶玉？

關於史湘雲的結局，最早談到這個問題的是中國著名的《紅樓夢》研究專家俞平伯。俞平伯認為，現在常見的高鶚版本的後四十回續書對史湘雲命運的處理有失妥當。俞先生認為，僅僅用「姑爺很好，為人又平和」來敷衍「厮配得才貌仙郎」，用「丈夫得了癆病，後來死了，湘雲立志守寡」來迎合「雲散高唐，水涸湘江」，而對第三十一回「因麒麟伏白首雙星」一段描寫隻字不提，這是有失考慮的。另外，在高鶚續書的第八十三回，周瑞家的和王熙鳳談來談去談了半天金麒麟，但最終也沒有半個字是關於湘雲的，這怎麼能讓人接受呢？要知道，在前八十回，金麒麟的主角可是賈寶玉和史湘雲。每一次，只要有金麒麟的出現，都必然有史湘雲和賈寶玉出現。所以，俞平伯說：「高氏寫湘雲，幾乎是無依無據。」

那麼，依照前八十回的思路，史湘雲的命運最終將會是什麼樣子的呢？當然，研究史湘雲的真正結局，我們還必須從第五回中關於史湘雲的判詞和判曲著手。

判詞：

畫：幾縷飛雲，一灣逝水。

富貴又何為，襁褓之間父母違。

展眼吊斜暉，湘江水逝楚雲飛。

「富貴又何為，襁褓之間父母違」二句說的是史湘雲年幼父母雙亡，家族的富貴並不能給她以溫暖。襁褓之間指嬰孩時期。

「展眼吊斜暉，湘江水逝楚雲飛」中「幾縷飛雲，一灣逝水」似乎都是喻夫妻生活的短暫。這兩句的意思是說史湘雲婚後好景不長，轉眼之間夫妻離散。

判曲：

樂中悲

襁褓中，父母嘆雙亡。

縱居那綺羅叢，誰知嬌養？

幸生來，英豪闊大寬宏量，從未將兒女私情略縈心上。

好一似，霽月光風耀玉堂。

廝配得才貌仙郎，博得個地久天長，準折得幼年時坎坷形狀。

終久是雲散高唐，水涸湘江。

這是塵寰中消長數應當，何必枉悲傷！

曲名〈樂中悲〉，是說湘雲的美滿婚姻畢竟不長。

從這兩首判詞和曲子中，我們可以很明顯地看出，史湘雲的最後結局也像其他「釵」一樣是相當悲慘的。有相當一部分人認為，史湘雲最後應該是嫁給了寶玉的。試想一下，史湘雲是列在金陵十二釵的第五位的。據此一點，我們也可以看出，史湘雲和寶玉應該走得更近，不可能像高鶚所寫得那樣讓湘雲嫁給一個在前八十回幾乎沒有出現過的相當次要的人物。

中國多位著名的紅學專家，例如周汝昌、胡文彬、梁歸智、胡邦煒等人，他們都堅持「史湘雲最後應該是嫁給了寶玉」的觀點。當然，他們也有小小的分歧，就是在「湘雲嫁給寶玉」的時間和最後結局上有一些小的不同。周汝昌、梁歸智兩位先生認為，寶玉先娶寶釵而後寶釵難產而死，寶玉在衛若蘭的金麒麟的幫助下與湘雲相會，還俗之後與湘雲成婚，而後又由於某種原因再次出家，湘雲於是「雲散高唐，水涸湘江」。而日本的版本和胡文彬則認為，湘雲最後嫁給「淪為擊柝之役」的寶玉，並且和寶玉白頭偕老。

當然，堅持「史湘雲最後應該是嫁給了寶玉」的觀點是有一定的根據的。主要根據就是「舊時真本」。

關於「舊時真本」是否存在，其唯一的證據是一九二〇年代在上海的《晶報》上曾經披露過。清人《臞猿筆記》中的〈紅樓夢佚話〉載：「《紅樓夢》八十回後，曾經人竄易，世多知之。某筆記言，有人曾見舊時真本，後數十回文字，皆與今本絕異。榮寧籍沒後，備極蕭條。寶釵已早卒。寶玉無以為家，至淪為擊柝之役。史湘雲則為乞丐，後乃與寶玉為婚。」

後來，有人發現，清人蔣瑞藻的《小說考證》裡也有類似的文字，並且有人發現，清人蔣瑞藻的《小說考證》裡的相關記載是從《續閱微草堂筆記》轉錄而來，當然，也有人猜測就是從《臞猿筆記》記載轉錄過來的也未可知。《小說考證》原文說：《紅樓夢》自百回以後，脫枝脫節，終非一人手筆。戴君誠甫曾見一舊時真本，八十回之後皆不與今同。榮寧寂沒以後均極蕭條；寶釵已早卒；寶玉無以為家，至淪為擊柝之流；史湘雲則為乞丐，後乃與寶玉仍成夫婦，故書中回目有「因麒麟伏白首雙星」之言也。聞吳潤生中丞家藏有其本，惜在京邸時未曾談及，俟再踏軟紅，定當假而閱之，以擴所未見也。

這些就是關於「舊時真本」的證據。

但是，著名紅學專家俞平伯認為，這個所謂的「舊時真本」，應該是當時一個八十回之後的另一個補本，並不是一個另一個版本的《紅樓夢》，因為距離曹雪芹年代極近的人，例如張船山、高蘭墅、程偉元、戚蓼生等人都說曹雪芹的原作僅有八十回。無獨有偶，中國著名歷史學家顧頡剛也認為這個所謂的「真本」應該只是一個補本，而不是所謂的「真本」。如果按照這種思路，那麼，在日本流行的「三六橋本」和「端方本」很可能是將書帶回日本的人當時所看到的原曹雪芹的八十回加上另一個人在八十回之後所續的版本，而誤將其認為是曹雪芹的真本。當然，在清人的筆記當中也可能正是如此。

那麼，如果「舊時真本」真的只是一個補本的話，「湘雲賈寶玉說」還有別的證據嗎？有！在紅樓夢第三十一回〈撕扇子作千金一笑，因麒麟伏白首雙星〉中就有很明顯的暗示「湘雲嫁給寶玉」的痕跡。當然，也有人根據第三十一回末尾的批語——「後數十回若蘭在射圃所佩之麒麟，正此麒麟也。提綱伏於此回中，所謂草蛇灰線，在千里之外」，認為，湘雲應該是嫁給了衛若蘭。但是這一點也是不足取的。周汝昌先生就不同意這種觀點，認為史湘雲這麼重要的人物，曹雪芹花那麼多筆墨去寫她，最後卻讓她嫁給一個並不重要的角色衛若蘭，實在是不合情理。再說也不能僅僅因為此麒麟是「若蘭在射圃所佩之麒麟」就證明湘雲嫁給了衛若蘭。總之，「湘雲嫁衛若蘭說」至少是證據不足。

當然，我們並不否認，「後數十回若蘭在射圃所佩之麒麟，正此麒麟也。提綱伏於此回中，所謂草蛇灰線，在千里之外」這條評語是無中生有。在後八十回，湘雲的命運很可能與這個名叫衛若蘭的人有關。周汝昌先生這樣推測，賈府敗落以後，史家也同樣落敗。史湘雲被發賣，正好到了衛若蘭家。史湘雲在衛若蘭身上看到了她非常熟悉的金麒麟。因為衛若蘭身上所佩戴的金麒麟，正是寶玉贈給衛若蘭的，而寶玉的金麒麟對湘雲來講是最熟悉不過的。衛若蘭因此發現了湘雲的真實身分，遂將湘雲送到寶玉處。最後在衛若蘭的幫助下，湘雲和寶玉終成眷屬。

再有，寶釵的判詞裡所說的「縱然齊眉舉案，到底意難平」提到了賈寶玉；黛玉的判詞裡所說的「若說有奇緣，如何心事終虛化」提到了賈寶玉；妙玉的判詞裡所說的「又何須王孫公子嘆無緣」指的也是賈寶玉；晴雯的判詞裡所說的「多情公子空牽念」指的也是賈寶玉；襲人的判詞裡所說的「誰知公子無緣」也是指賈寶玉——難道偏偏史湘雲的判詞裡所說的「才貌仙郎」就是指衛若蘭或者別的人？——這不符合作者的創作思路。

實際上，在前八十回裡，賈寶玉和史湘雲的關係是相當親密的，甚至超出了賈寶玉和薛寶釵的情分。例如二十回有脂批云：「寫得湘雲與寶玉親厚之極，卻不見疏遠黛玉，是何情思耶？」

如果我們讀得仔細，可能還記得在第三十一回裡寫湘雲碰巧拾到了寶玉的金麒麟，拿著和自己的麒麟相比，並發了一大通關於「陰陽」的議論。為什麼這一篇「陰陽」的議論偏偏要在拾到麒麟這一章寫呢？這不就是在暗示賈寶玉和史湘雲的姻緣嗎？

探春到底嫁到哪裡去了？

賈探春，別號蕉下客，賈政之女，姐妹中排行第三。「削肩細腰，長挑身材，鵝蛋臉兒，俊眼修眉，顧盼神飛。」——這是作者在書中對探春相貌的描寫。作為金陵十二釵之一，賈探春性格開朗、大方，才情高且有著自己的一番抱負，是個有政治家風範的小姐。和其他的姐妹相比，探春舉止大方，胸襟闊朗，沒有迎春的懦弱，也沒有惜春的孤僻，是個大氣、具有男子性格的女性。《紅樓夢》中關於探春的故事情節主要有探春組織詩社、探春治家、探春說抱負等，這些情節都給人留下了很深的印象。尤其是探春身上散發出來的那種做事果斷，不拖泥帶水的氣質，更令人難忘。當然，像其他紅樓人物一樣，探春的命運長期以來也是人們爭論的焦點。如果按照《紅樓夢》作者的本意，探春是不是真的像後四十回所描寫的那樣遠嫁給了鎮海總制之子？實際上，這一點是值得商榷的。從前八十回中暗示的探春命運的發展線索來看，探春最終的命運應該是遠嫁，但是不是嫁給鎮海總制之子，這並不能確定。

作者在《紅樓夢》的第五回裡所交代的關於探春的判詞是這樣的：

畫面：後面又畫著兩人放風箏，一片大海，一隻大船，船中有一女子掩面泣涕之狀。

清明涕送江邊望，千里東風一夢遙。

才自精明志自高，生於末世運偏消。

很明顯，探春的命運正像判詞裡所暗示的一樣，最終是遠嫁國外，「漂洋過海，像斷了線的風箏一樣遠離國土的」，並不像續書中所講的那樣只是嫁給了鎮海總制之子。

另外，《紅樓夢》第五回關於探春的曲子也能證明探春最後是遠嫁到國外去了。我們不妨來看一下關於探春的曲子：

一帆風雨路三千，把骨肉家園齊來拋閃。

恐哭損殘年，告爹娘，休把兒懸念。

自古窮通皆有定，離合豈無緣？

從今分兩地，各自保平安。

奴去也，莫牽連。

可見，探春嫁得很遠，並且應該是遠嫁海外，不然何談「一帆風雨路三千」？「把骨肉家園齊來拋閃」更是告訴我們，探春遠嫁是把「家園」和「骨肉」齊來拋閃，如果僅僅像後四十回中所續的那樣探春只是嫁給鎮海總制之子，留在神州大地之內，沒有必要說得這麼悽慘，更談不上「從今分兩地，各自保平安」和「恐哭損殘年」。什麼是「恐哭損殘年」？就是再也沒有機會與家人見面、團圓的意思。

《紅樓夢》第六十三回「壽怡紅群芳開夜宴」有一個這樣的情景：探春抽中的籤上面寫著——「瑤池仙品」，附有詩一句：——「日邊紅杏倚雲栽」，並注：得此籤者必得貴婿。姐妹們看了探春的籤，立刻起鬨說：「我們家已有了個王妃，難道你也是王妃不成？大喜！大喜！」其實這個情節並不是作者隨便寫出來的，什麼是「瑤池仙品」？「日邊紅杏倚雲栽」又怎麼講？皇宮就是「瑤池」，帝王就是天，是太陽，是「日」，這正是有意要暗示「探春最後的結局也是一個王妃」。如果探春只是像後四十回所續寫的那樣嫁給了一個鎮海總制，怎麼能稱得上「瑤池仙品」？更何談「日邊紅杏倚雲栽」？判詞中暗示著探春遠嫁海外，且將會嫁入帝王之家，成為「王妃」，據此，我們可以推斷：探春最後應該是嫁入了海外一小國王室。

另外，讀過《紅樓夢》的人都知道，《紅樓夢》裡描寫過好幾次風箏，而這幾次風箏的出現都和探春有關。第二十二回裡，大家作謎語，探春作的謎語是：「階下兒童仰面時，清明妝點最堪宜。游絲一點渾無力，莫向東風怨別離。」謎底是風箏。並且，探春所作之謎旁邊還有一脂批（庚辰雙行夾批）：此探春遠適之讖也。使此人不遠去，將來事敗，諸子孫不致流散也，悲哉傷哉！此批語不僅能進一步肯定探春的「遠嫁」，更能證明探春的遠嫁是在賈府敗落之前。因為，此批語中說，若是探春不遠嫁，很可能「將來事敗，諸子孫不致流散也」。可見，在探春遠嫁之時，賈府還沒有敗落。

第七十二回，姐妹們在大觀園放風箏，探春放的風箏恰恰是一個「軟翅子大鳳凰」，「鳳凰」是什麼？我們都知道，鳳凰象徵著「皇后」、「王妃」。這還不算，放風箏就放風箏，探春的「軟翅子大鳳凰」風箏偏偏又和外面來的一個「鳳凰」風箏絞在一起，然後又被「門扇大的玲瓏喜字」絞住，然後「三個風箏飄飄搖搖都去了」。如果說《紅樓夢》裡有許多東西是作者隨意寫出來的，但是這裡的描寫絕對是作者故意安排出來的。作者在這裡要告訴我們什麼？明眼人一看便知。

那麼，如果探春真的像我們所說的那樣是遠嫁到海外王室去了，她到底是嫁到哪個國家了呢？這一點，我們可以從薛寶琴身上找到一點線索。《紅樓夢》裡，薛寶琴曾說她跟隨父親到西海沿子上買洋貨，見過一個真真國女孩子寫的詩：

昨夜朱樓夢，今宵水國吟。
島雲蒸大海，嵐氣接叢林。
月本無今古，情緣自淺深。
漢南春歷歷，焉得不關心？

這首詩實際上就是在寫探春。「昨夜朱樓夢，今宵水國吟」暗示探春遠嫁海外；「島雲蒸大海，嵐氣接叢林」暗示探春所嫁到的這個國家是大海上的一個小島國，並且這個小國是熱帶雨林氣候，只有熱帶雨林氣候才會出現「嵐氣接叢林」；「漢南春歷歷，焉得不關心」暗示著探春的名字。從這裡我們可以推斷，這個真真國的女孩子實際上指的就是探春。真真國的外國女孩和探春表面上是兩個人，實際上是一個人，這是作者曹雪芹在寫《紅樓夢》時慣用的手法。也就是說，探春最後是嫁到真真國去了，至於那時的真真國到底是現在的哪個國家？這還有待進一步研究或者已經無從考證，但是大致方位應該是在東南亞一帶。

一般來講，單從「遠嫁海外王室」這一點看來，探春的命運應該是十二釵裡最好的，但事實上並非如此。不要忘了探春本身也是「薄命司」人物之一。既然是「薄命司」之一，最後的結局也好不到哪裡去。關於探春遠嫁後的情況，我們可以從惜春的曲子〈虛花悟〉中看到一絲蛛絲馬跡。

將那三春看破，桃紅柳綠待如何？
把這韶華打滅，覓那情淡天和。
說什麼，天上夭桃盛，雲中杏蕊多。

到頭來，誰把秋捱過？
則看那，白楊村裡人嗚咽，青楓林下鬼吟哦。
更兼著，連天衰草遮墳墓。
這的是，昨貧今富人勞碌，春榮秋謝花折磨。
似這般，生關死劫誰能躲？
聞說道，西方寶樹喚婆娑，上結著長生果。

曲子中說「將那三春看破」預示著「元春」、「迎春」、「探春」的命運都不好。當然，這首曲子中最讓人「驚魂動魄」的是這一句——「說什麼，天上夭桃盛，雲中杏蕊多。到頭來，誰把秋捱過？」這一句中，「天上夭桃，雲中杏蕊」分別說元春和探春；至於「到頭來，誰把秋捱過？」則很可能說的是探春像元春一樣最後都難逃一死，「誰把秋捱過？」連秋天都「捱」不過！可見是短命。探春仍然是死於非命。

探春最「勢利」？

在大觀園裡，探春是除了寶、黛、釵之外，才情最高的一個。賈探春不僅能詩會詞，即使持家守業，也有一套，例如她曾與寶釵協理榮國府，其心中丘壑不比鳳姐差。作者曹雪芹把探春比作一朵玫瑰花，則是形象地對探春性格的一種暗示，說明探春就像玫瑰花一樣又紅又香，但是有刺——即使是鳳姐兒，也獨獨對探春怵三分。但是探春最大的悲劇就是她的出身：探春是趙姨娘所生，在封建大家庭中，庶出，偏生，是件很不光彩的事。這對於探春這個具有政治風度、有番人生抱負的小姐，是個不能為自己所原諒的弱點和暗疾。這個無法彌補的缺憾使得探春對人對事特別的謹慎，唯恐被別人做了議論的對象。也許正是這一點，讓探春覺得非常難堪。再加上趙姨娘自己又不爭氣，讓探春更是覺得無臉見人。於是母女關係一直都不好——趙姨娘對自己這個女兒沒有任何的好感，而探春對自己母親的所作所為也是非常怨恨。

從探春的角度來看，她幾乎沒有把自己的生身母親放在眼裡，她自己這樣說到：「……她（趙姨娘）那想頭自然是有的，不過是陰微鄙賤的見識。她只管這麼想，我只管認得老爺（賈政），太太（王夫人）兩個人，別人我一概不管……」這樣說來，探春是不當趙姨娘為親娘的。

再者，第六十回，探春對李紈尤氏說：「……這麼大年紀，行出來的事總不叫人敬服。這是什麼意思，也值得吵一吵，並不成體統。」這句話足以見得，在別人面前，探春對趙姨娘的態度依然是這樣，不留任何情面，沒有任何母女的感情。

不僅如此，探春對自己的舅舅趙國基、親弟弟賈環也是一樣的冷漠，當趙姨娘質問探春趙國基去世時的禮錢問題時，探春一面哭一面說：「誰是我舅舅？我舅舅年下才升了九省檢點，那裡又跑出一個舅舅來？」探春根本不以趙國基為親，不難想，這也是由於趙姨娘的關係。按說，賈環是她的一母所生的弟弟，但她平時並沒有過多地照顧過他，就連心裡高興時，做雙鞋子也沒有賈環的份，只送給自己喜歡的寶玉哥哥。當趙姨娘向她抱怨時，她卻認為自己的親生母親是個糊塗人，不值得和她理論。

相反，探春對王夫人倒是相當親近。探春的心裡，時時刻刻地想招王夫人的疼愛！就當鴛鴦在賈母面前誓絕鴛鴦偶的時候，賈母錯怪到王夫人的身上，大發雷霆，別的人都不敢言，獨有探春此時有心，進來給王夫人辯解。可見在探春的眼裡，王夫人比自己的母親要親不知多少。

可能正是因為這些，探春在很多讀者看來是一個相當勢利的人。但是細究探春的出身和生活背景，這也是值得原諒的。我們並不能把這些都歸結到探春自己身上——用「勢利」一詞把她全盤否定。表面上看，探春一味的「巴結」王夫人，而對自己的親生母親趙姨娘卻一點感情都沒有——這似乎真的是很勢利。但是我們應該明白的一點就是，探春這樣做，自有她的道理，完全是出於封建倫理的觀念。

傳統的封建倫理觀念給了她這個庶出的女兒太多的壓力，她只是極力想擺脫自己庶出的地位，即使是無法改變，也想透過行動來與自己的母親劃清界限，不至於讓其他人看扁。她這樣做博得了賈府大多數人的認同，討了王夫人的歡心，連王熙鳳都嘆息道：「好！好！好！好個三姑娘！我說她不錯，只可惜她命薄，沒托生在太太肚裡。」

這樣看來，探春是真「勢利」還是假「勢利」，一目了然。

賈迎春是被虐待致死的嗎？

賈迎春是賈赦與妾所生的，排行為賈府二小姐。第三回寫她的外貌「肌膚微豐，合中身材，腮凝新荔，鼻膩鵝脂，溫柔沉默，觀之可親」。迎春生性老實無能，懦弱怕事，正如興兒所說「二姑娘的渾名是『二木頭』戳一針也不知噯喲一聲」。賈府裡的小姐們都有一個專長，不是能詩就是會畫，獨是迎春才具平庸。賈迎春在書中最突出的表現是賈府裡出現風波，抄檢大觀園時，迎春的丫頭司棋因與表兄祕密往來，自主婚約，被抄出「罪證」，行將驅逐出門。司棋百般央求迎春援救，而迎春卻無動於衷，不加過問，聽任司棋受辱被攆，最後憤而撞牆自盡。還有一次，她的攢珠壘絲金鳳首飾被下人拿去賭錢，她不追究，別人設法要替她追回，她卻說：「寧可沒有了，又何必生氣。」俗話說，「性格決定命運」，迎春的性格從某種程度上決定了她悲慘的命運。

在大觀園眾姐妹之中，賈迎春的命運是唯一在前八十回就交代得很清楚的。《紅樓夢》第五回，關於賈迎春的判詞對賈迎春的命運交代得十分清楚：

畫：一惡狼，追撲一美女，欲啖之意。

其下書云：

子系中山狼，得志便猖狂。

金閨花柳質，一載赴黃粱。

「子系中山狼」一句，「子」，中國古代對男子表示尊稱的通稱。「系」，「是」的意思。「子」和「系」合起來就是「孫」，指的是迎春的丈夫孫紹祖。那麼「中山狼」怎麼講呢？這裡實際上是用了一個典故。明代馬中錫《中山狼傳》中講過這樣一個故事：趙簡子在中山打獵，射中了一隻狼。負傷的狼在逃跑的過程中被東郭先生所救。在東郭先生的保護下，狼最終得救了，但是危險過後，狼卻想吃掉東郭先生。後來人們根據這則故事，就把那些忘恩負義的人稱作「中山狼」。作者之所以把孫紹祖稱作「中山狼」，也是因為這個原因。書中交代說，孫紹祖家當初曾經巴結過賈府，在賈家的幫助下，家境才逐漸好起來。但是，當孫紹祖在京「襲了職，又於兵部侯卻提升」後，卻胡亂張狂起來。所以說，「得志便猖狂」。實際上，據書中交代，迎春之所以嫁給孫紹祖，是因為迎春的父親賈赦欠了孫家五千兩銀子還不出，就把迎春嫁到孫家。迎春嫁到孫家，實際上是在抵債，難怪孫紹祖那麼張狂。

「金閨花柳質」指的是從小生活在賈府裡的迎春非常嬌弱，禁不起摧殘。

「一載赴黃粱」直接交代了迎春的悲慘結局，「一載」就是一年。「黃粱」也是用了一個典故，唐代沈既濟傳奇《枕中記》中，盧生睡在一個神奇的枕上，夢見自己榮華富貴一生，年過八十而死，但是，醒來時鍋裡的黃粱米飯還沒有熟。在這裡，意思是說，迎春嫁到孫家不過一年，就死去了。

可見，迎春的命運相當悲慘。那麼，迎春究竟是死於什麼原因呢？這在迎春的判詞中可以很容易地找到答案。《紅樓夢》一書另一處暗示迎春悲慘命運的還有關於迎春的曲子〈西冤家〉：

中山狼，無情獸，全不念當日根由。
一味的驕奢淫蕩貪歡媾。
覷著那，侯門豔質如蒲柳；
作踐的，公府千金似下流。

嘆芳魂豔魄，一載蕩悠悠。

「中山狼，無情獸，全不念當日根由」這一句是對孫紹祖的責罵。孫紹祖實際上是個無情無義的小人，雖然當初是靠著賈府得勢的，但是一有點勢力便張狂得要命，「全不念當日根由」——把賈府的恩情忘了個一乾二淨。

「一味的驕奢淫蕩貪歡媾」斥責孫紹祖不求進取，一味地「驕奢淫蕩貪歡媾」，全不顧迎春「死」與「活」。我們根據這句話可以推斷：孫紹祖實際上是個虐待狂，而賈迎春最後是死於孫紹祖的淫威之下。也就是說，迎春是被孫紹祖虐待致死的。

「窺著那，侯門豔質如蒲柳；作踐的，公府千金似下流」這兩句是在說，孫紹祖全不顧出身侯門、身體嬌弱的迎春，一味地作踐迎春。從這裡我們也可以看出，迎春就是被孫紹祖虐待致死的。

「嘆芳魂豔魄，一載蕩悠悠」，這裡再次強調，迎春嫁入孫家，只不過一載，就「蕩悠悠」——命歸黃泉了。

從這首曲子之中，我們應該能得出結論，迎春的確是被孫紹祖虐待致死的。

惜春到底是不是真的「入攏翠庵為尼」了？

賈惜春，金陵十二釵之一，賈珍的妹妹。因父親賈敬一味好道煉丹，別的事一概不管，而母親又早逝，所以惜春一直在榮國府賈母身邊長大。由於沒有父母憐愛，惜春養成了孤僻冷漠的性格，心冷嘴冷。

那麼，最後惜春的命運究竟如何呢？是不是真的像四十回續書中所寫得那樣「在賈府敗落之後，入攏翠庵為尼」了呢？先看第五回關於惜春的判詞：

畫：一所古廟，裡面有一美人在內看經獨坐。

其判云：

堪破三春景不長，

緇衣頓改昔年妝。

可憐繡戶侯門女，

獨臥青燈古佛旁。

這首判詞對惜春的命運交代得很清楚。「堪破三春景不長」，很明顯，惜春早已看出自己的三個姐姐的命運最終都不過如此——「景不長」。所以，惜春早就有了出家為尼的想法。「緇衣頓改昔年妝」中，「緇衣」是指尼姑穿的黑色的衣服。可見，惜春當尼姑去了。

再看第五回裡關於惜春的一首曲子〈虛花悟〉：

將那三春看破，桃紅柳綠待如何？

把這韶華打滅，覓那清淡天和。

說什麼，天上天桃盛，雲中杏蕊多，到頭來誰把秋捱過？

則看那，白楊村裡人嗚咽，青楓林下鬼吟哦。

更兼著，連天衰草遮墳墓。

這的是，昨貧今富人勞碌，春榮秋謝花折磨。

似這般，生關死劫誰能躲？

聞說道，西方寶樹喚婆娑，上結著長生果。

這首曲子的名字叫〈虛花悟〉，指的就是大觀園裡的如花般的少女——惜春「看」破紅塵的意思。

除了上邊提到的判詞和曲子，在紅樓夢裡還有很多處都暗示著惜春已經看破紅塵，要出家為尼的意思。例如在第七回〈送宮花賈璉戲熙鳳，宴寧府寶玉會秦鐘〉中有這樣一段描寫：

周瑞家的聽了，便往這邊屋裡來。只見惜春正同水月庵的小姑子智能兒一處頑笑，見周瑞家的進來，惜春便問他何事。周瑞家的便將花匣打開，說明原故。惜春笑道：「我這裡正和智能兒說，我明兒也剃了頭同他作姑子去呢，可巧又送了花兒來，若剃了頭，可把這花兒戴在那裡呢？」說著，大家取笑一回，惜春命丫鬟入畫來收了。

請注意惜春說的這句話：「我這裡正和智能兒說，我明兒也剃了頭同他作姑子去呢，可巧又送了花兒來，若剃了頭，可把這花兒戴在那裡呢？」可見，惜春早就和這些出入賈府的尼姑庵裡的人走得很近。更加刺眼的是那兩條脂批。甲戌眉批：「閒閒一筆，卻將後半部線索提動。」說明在後四十回，惜春出家的時候，還有這智能兒的戲。

還有，第七十四回〈惑奸讒抄檢大觀園，矢孤介杜絕寧國府〉裡寫惜春和嫂子尤氏的一場口角，也是暗示惜春命運的一段描寫。

可巧這日尤氏來看鳳姐，坐了一回，到園中去又看過李紈。才要望候眾姐妹們去，忽見惜春遣人來請，尤氏遂到了她房中來。惜春便將昨晚之事細細告訴與尤氏，又命將入畫的東西一概要來與尤氏過目。尤氏道：「實是你哥哥賞他哥哥的，只不該私自傳送，如今官鹽竟成了私鹽了。」因罵入畫，「糊塗脂油蒙了心的。」惜春道：「你們管教不嚴，反罵丫頭。這些姐妹，獨我的丫頭這樣沒臉，我如何去見人。昨兒我立逼著鳳姐姐帶了他去，他只不肯。我想，他原是那邊的人，鳳姐姐不帶他去，也原有理。我今日正要送過去，嫂子來的恰好，快帶了他去。或打，或殺，或賣，我一概不管。」入畫聽說，又跪下哭求，說：「再不敢了。只求姑娘看從小兒的情常，好歹生死在一處罷。」尤氏和奶娘等人也都十分分解，說：「他不過一時糊塗了，下次再不敢的。他從小兒服侍你一場，到底留著他為是。」誰知惜春雖然年幼，卻天生成一種百折不回的廉介孤獨僻性，任人怎說，他只以為丟了他的體面，咬定牙斷乎不肯。更又說的好：「不但不要入畫，如今我也大了，連我也不便往你們那邊去了。況且近日我每每風聞得有人背地裡議論什麼多少不堪的閒話，我若再去，連我也編派上了。」尤氏道：「誰議論什麼？又有什麼可議論的！姑娘是誰，我們是誰。姑娘既聽見人議論我們，就該問著他才是。」惜春冷笑道：「你這話問著我倒好。我一個姑娘家，只有躲是非的，我反去尋是非，成個什麼人了！還有一句話：我不怕你惱，好歹自有公論，又何必去問人。古人說得好，『善惡生死，父子不能有所勖助』，何況你我二人之間。我只知道保得住我就夠了，不管你們。從此以後，你們有事別累我。」尤氏聽了，又氣又好笑，因向地下眾人道：「怪道人人都說這四丫頭年輕糊塗，我只不信。你們聽才一篇話，無原無故，又不知好歹，又沒個輕重。雖然是小孩子的話，卻又能寒人的心。」眾嬤嬤笑道：「姑娘年輕，奶奶自然要吃些虧的。」惜春冷笑道：「我雖年輕，這話卻不年輕。你們不看書不識幾個字，所以都是些呆子，看著明白人，倒說我年輕糊塗。」尤氏道：「你是狀元榜眼探花，古今第一個才子。我們是糊塗人，不如你明白，何如？」惜春道：「狀元榜眼難道就沒有糊塗的不成。可知他們也有不能了悟的。」尤氏笑道：「你倒好。才是才子，這會子又作大和尚了，又講起了悟來了。」惜春道：「我不了悟，我也捨不得入畫了。」尤氏道：「可知你是個心冷口冷心狠意狠的人。」惜春道：「古人曾也說的，『不作狠心人，難得自了漢』。我清清白白的一個人，為什麼教你們帶累壞了我！」

這可謂是《紅樓夢》前八十回裡最能表現惜春性格的一段描寫。從這段話裡，我們看出惜春口口聲聲不離一個「悟」字，這是作者有意安排的。惜春最終難逃「出家為尼」的命運。聽她說：「不作狠心人，難得自了漢」，意思也就是在告訴我們，一個不狠心的人，是不能澈底看破紅塵的。

透過以上這些論述，我們基本上可以弄明白，惜春最終的命運肯定是出家為尼。那麼，惜春到哪裡出家了呢？是不是真的像後四十回續書中寫的那樣是到攏翠庵中為尼了呢？

我們知道，攏翠庵只是大觀園之中的一個小尼姑庵，和惜春判詞中的「青燈、古佛」的描寫有點不一致。攏翠庵是元妃省親的時候才建的，有「燈」也談不上「青」（「青燈」大概是指日久天長，「燈」上落上了厚厚的灰塵，因而才顯得「黑」，也才能談得上「青」）；有「佛」也談不上「古」。再有，從惜春和尤氏的那一段爭吵，我們可以得知，惜春是鐵了心要和賈府劃清界限，因此如果她真的是要出家也肯定不會留在大觀園的攏翠庵裡為尼。況且，賈府敗落以後，大觀園的歸宿還不知道是怎樣呢？即使惜春真的想要留在攏翠庵，可能都沒有機會了，所以惜春出家的地方很可能不是攏翠庵。

如果真的要深究，惜春出家的地方有可能是水月庵（即饅頭庵）。我們應該記得，在第七回描寫周瑞家的到惜春房間送宮花那一段的時候，當週瑞家的來到惜春房間的時候，她發現惜春正和來自水月庵（即饅頭庵）的小尼姑智能兒在玩耍呢。旁邊脂批說：閒閒一筆，卻將後半部線索提動。具體到惜春身上的事情，就是她出家為尼。所以說，惜春後來出家的情節很可能和這智能兒還有一點關係，而惜春出家的地方很可能就是智能兒的出家之地——水月庵（即饅頭庵）。

惜春出家當尼姑後的日子，在第二十二回〈聽曲文寶玉悟禪機，制燈謎賈政悲讖語〉中有所暗示。這一回在描寫猜謎的時候，惜春作了這樣一個謎面：

> 前身色相總無成，不聽菱歌聽佛經。
> 莫道此生沉黑海，性中自有大光明。

這個謎語的謎底是「海燈」。海燈是指點在寺廟裡佛像前的長明燈。這個謎語旁邊的一條脂批應該引起我們的注意：此惜春為尼之讖也。公府千金至緇衣乞食，寧不悲夫！這句批語實際暗示：惜春雖然是出家為尼了，但是並沒有像她想像的那樣過上「清淡天和」的日子，更沒有吃到什麼西方婆娑樹上的長生果，只落了個穿著尼姑衣服四處流浪靠乞討為生的結果。

可見，惜春的命運也是相當悲慘的。

「一從二令三人木」暗示了王熙鳳什麼樣的命運？

王熙鳳是賈府的實際當權派，她主持榮國府，協理寧國府，而且交通官府，是個政治性很強的人物，不是普通的貴族家庭的管家婆。她的顯著特點就是「弄權」，一手抓權，一手抓錢，十足表現出權欲和貪慾。關於王熙鳳的命運，《紅樓夢》的前八十回也沒有交代清楚。公認的《紅樓夢》裡能概括王熙鳳一生命運的是王熙鳳的判詞：

面：一片冰山，山上有一隻雌鳳。

凡鳥偏從末世來，都知愛慕此生才。

一從二令三人木，哭向金陵事更哀。

在這首判詞中，除了「一從二令三人木」這一句，其他地方都很好理解：

「一片冰山」除了「點出王熙鳳生活的時代與環境，是一個冰山即消融的末世」外，還象徵著王熙鳳生平所搜刮的白花花的銀子所堆成的金山銀山；

「一隻雌鳳」自然是指王熙鳳，作者把王熙鳳比做一隻雌鳳，這個喻義是很明顯的。王熙鳳穿著打扮得華麗高貴，她的一雙單鳳三角眼，她的聰明才幹都展現了鳳凰祥瑞的象徵；

「凡鳥偏從末世來，都知愛慕此生才」中的「凡鳥」是從「鳳」字的結構中拆出來的，意思是「鳳凰」。這兩句的意思是說，王熙鳳雖然是個才女，儘管也能得到大家的認可，但是偏偏「從末世來」——生不逢時；

「哭向金陵事更哀」的意思是說王熙鳳這只偏偏生於賈府榮華過後的末世的雌鳥，出了事夫家救不了她，轉而投向娘家，誰知娘家比夫家落敗得更慘——這就是王熙鳳的命運。

但是，判詞中所謂的「一從二令三人木」具體是什麼意思呢？雖然我們都知道這一句才是王熙鳳在八十回後具體遭遇的真實概括，但是具體應該怎麼解釋「一從二令三人木」這七個字卻成了《紅樓夢》研究史上的一大謎題。甲戌本、戚序本在「一從二令三人木」句下，都有小字批注曰：「拆字法」。可「拆字法」到底如何拆法，長期來沒有人能作出圓滿的答案。

現在，我們把歷來人們對「一從二令三人木」所做的比較可信的解釋列在下面：

① 早在西元一七九五年（乾隆六十年），周春在《閱紅樓夢隨筆》一書中，第一個企圖解釋這句判詞。他說：「案詩中『一從二令三人木』句，蓋『二令』冷也，『人木』休也，『一從』月（目）從也，『三』字借用成句而已。」

② 西元一八〇五年（道光三十年），太平閒人張新之的妙復軒評本，在此句下注曰：「王熙鳳終局。『二令三人木』，冷來也。」但「冷來」二字，他沒有解釋。

③ 西元一九四七年，徐高阮在《人間世》第一卷第三期〈讀《紅樓夢》雜記二則〉中，提出新的看法。他說：「以我看來，『從』就是三從四德的從，『一從』是指熙鳳閨中和初嫁守其婦道的時代。『令』就是發號施令的令，『二令』是指王熙鳳執掌家政操縱一切的盛日。『人木』就是休棄的休，『三人木』是指鳳姐時非事敗致遭遣歸的末路。」

④ 西元一九五四年，趙常恂寫信給吳恩裕，對此句另有新解：「愚意以為『一從』，是口，口內加一令字是囹字。『三人木』是口內加人字木字，為囚字困字，疑鳳姐結果或被罪困因於囹圄，方與『哭向金陵事更哀』意義相合。」吳恩裕認為「此解雖於事理相近，然於字義卻遠甚。」於是他在〈有關曹雪芹八種〉裡接受了另一種意見，他說：「或解之曰：（大意）鳳姐對賈璉最初是言聽計『從』，繼則對賈璉可以發號施『令』，最後事敗終不免『休』之，故曰：『哭向金陵事更哀』云云。此說甚是。」

⑤ 西元一九六一年，吳世昌的英文版《紅樓夢探源》一書，推翻了上述種種猜測。他認為，「三休」是指第六十八回鳳姐因賈璉偷娶尤二姐事跑到寧府大鬧時說的三個「休」字。至於「二令」，他以為後

來鳳姐大約被命令降而為妾，這是第一道令；再被命令真正休棄，這是第二道令。所謂「二令」便是指的這「第二道令」。

⑥ 雲南大學楊光漢〈「一從二令三人木」新解〉一文發表於《北方論叢》一九八零第五期，他認為，「一從」即「自從」之意，「二令」即「冷」字，「三人木」就是「人來」二字，合起來就是「自從冷人來」。「冷人」是「冷郎君」柳湘蓮等「綠林好漢、義軍驍將」。而後「農民造反，震撼朝廷」，「這樣，賈府成了眾矢之的。皇帝於是不得不採取權宜之計，賜賈元妃以死，並籍沒賈府，逮捕民憤極大的賈赦、鳳姐等人，『以謝天下』。」簡單點說，《紅樓夢》的原構思是：不僅要寫出四大家族的毀滅，而且要寫出一代王朝的覆亡。

除了判詞，《紅樓夢》前八十回能直接預示王熙鳳命運的還有第五回關於王熙鳳的曲子——〈聰明累〉：

機關算盡太聰明，反算了卿卿性命。
生前心已碎，死後性空靈。
家富人寧，終有個家亡人散各奔騰。
枉費了，意懸懸半世心；
好一似，蕩悠悠三更夢。
忽喇喇似大廈傾，昏慘慘似燈將盡。
呀！一場歡喜忽悲辛。
嘆人世，終難定！

這首曲子是寫王熙鳳的。曲名〈聰明累〉是受聰明之連累、聰明自誤的意思。「聰明累」出自北宋蘇軾〈洗兒〉詩：

人皆養子望聰明，我被聰明誤一生。
唯願孩兒愚且魯，無災無難到公卿。

「機關算盡太聰明，反算了卿卿性命！」王熙鳳是四大家族中首屈一指的「末世之才」，在短暫的幾年掌權中，她極盡權術機變、殘忍陰毒之能事，製造了許多罪惡，直接死在她手裡的就有好幾條人命。但這一切只不過為她自己的最後垮台準備了條件。

第七回〈送宮花賈璉戲熙鳳，宴寧府寶玉會秦鐘〉裡說，周瑞家的女婿冷子興因賣古董和人打官司，求鳳姐討情。官府也將這事擺平了。不用說，王熙鳳也從中漁利了。第十五回〈王鳳姐弄權鐵檻寺，秦鯨卿得趣饅頭庵〉裡，王熙鳳弄權鐵檻寺，間接導致張金哥和守備之子雙雙殉情。第四十四回〈變生不測鳳姐潑醋，喜出望外平兒理妝〉裡，王熙鳳逼死偷情的鮑二媳婦。第六十八回〈苦尤娘賺入大觀園，酸鳳姐大鬧寧國府〉和第六十九回〈弄小巧用借劍殺人，覺大限吞生金自逝〉裡，王熙鳳收買胡君榮，將尤二姐一個已成形的男胎活活打下來。迫使尤二姐吞金自逝，直接害死了兩條人命。另外，為尤二姐一事，因怕張華翻案，鳳姐命旺兒務必將張華治死。

這些是《紅樓夢》表面描寫的和王熙鳳有關的人命官司。此外，王熙鳳在其他方面也是個斂財的高手。王熙鳳貪財無人不知。大觀園上上下下裡裡外外，沒有不被她算計的。

「機關算盡太聰明，反算了卿卿性命」說的就是王熙鳳費盡心機，策劃算計，聰明得過了頭，反而連自己的性命也給算掉了。

「生前心已碎」是指王熙鳳在賈府敗落以後的悲慘境遇，已經到了心碎的地步。但是這還不算，「死後性空靈」是指王熙鳳死後也不得瞑目——指王熙鳳到死都牽掛著她的女兒賈巧姐的命運。

「呀！一場歡喜忽悲辛。嘆人世，終難定」——似乎是歡歡喜喜，卻突然間悲痛橫生，唉！人生難料！

總而言之，從判詞和曲子中，我們可以大致了解到：王熙鳳在八十回後的命運肯定是相當悲慘的，還很可能是在賈府敗落以後就死去了。但是，到底悲慘到什麼程度，也就是說，到底在八十回後會有什麼樣的事情發生在王熙鳳身上呢？有紅學家做出了這樣的推測：

獲罪離家，與寶玉同留獄神廟

獄神廟很可能是待罪候命處，不是監獄。至於王熙鳳獲罪的原因，很可能是她斂財害命等缺德事被揭發。賈寶玉則很可能是因為蔣玉菡之爭得罪忠順王府之事而獲罪的。

在大觀園執帚掃雪

這當是她獲罪外出，經一番周折，重返賈府以後的事。第二十三回裡有脂批說過：怡紅院的穿堂門前，將來「便是鳳姐掃雪拾玉之處」。

被丈夫休棄，「哭向金陵」娘家

第二十一回〈賢襲人嬌嗔箴寶玉，俏平兒軟語救賈璉〉裡，寫平兒發現賈璉所私藏的多姑娘頭髮之事的時候，有一批語：「妙。設使平兒收了，再不致泄漏，故仍用賈璉搶回，後文遺失，方能穿插過脈也。」從這一批語之中，在八十回後，王熙鳳又發現了賈璉藏的頭髮，但是那時候的王熙鳳可能已經沒有現在的地位了。於是，賈璉藉此鬧翻，將王熙鳳休棄。所以後半部那一回的回目叫〈王熙鳳知命強英雄〉。

回首慘痛，短命而死

第四十三回〈閒取樂偶攢金慶壽，不了情暫撮土為香〉中，尤氏對鳳姐說：「明兒帶了棺材裡使去。」旁邊就有這樣一條批語：「此言不假，伏下後文短命。」可見王熙鳳很可能是在賈府敗落不久之後就死了。

巧姐的結局是怎樣的？

巧姐是賈璉與王熙鳳之女。在「金陵十二釵」之中，巧姐是最年幼的一位，在前八十回之中幾乎沒怎麼露面，但是作為十二釵之一，同是「薄命司」人物之一的巧姐，她的命運也是非常值得關注的。

在現存的一百二十回本的《紅樓夢》裡，巧姐的命運是這樣的：賈府敗落以後，巧姐被貪財的舅舅王仁和狠心的叔叔賈環串通賣給一個「外藩」，幸好為劉姥姥所救。後來，在劉姥姥的說合下，巧姐嫁給了一個「家財萬貫，良田千頃」的周姓大地主。如果按照這樣的思路，巧姐兒的命運是相當不錯的，最後仍然過著榮華富貴的生活。但是，只要我們仔細斟酌一下，就會發現其中的破綻。我們都知道，《紅樓夢》在第五回有關於「十二釵」的十二首判詞和曲子，它們分別暗示了十二釵的命運和最後歸宿。而巧姐兒的判詞和曲子所預示的巧姐的命運和歸宿與書中後來描寫的巧姐的歸宿是有出入的。這一點應該引起我們的注意。我們不妨先來看看關於巧姐的判詞和曲子：

判詞：

畫：一座荒村野店，有一美人在那裡紡績（紡織）。

勢敗休云貴，家亡莫論親。

偶因濟劉氏，巧得遇恩人。

曲子：

留餘慶

留餘慶，留餘慶，忽遇恩人；
幸娘親，幸娘親，積得陰功。
勸人生，濟困扶窮。
休似俺那愛銀錢、忘骨肉的狠舅奸兄！
正是乘除加減，上有蒼穹。

那麼，這裡的判詞和曲子應該怎麼理解呢？「一座荒村野店，有一美人在那裡紡績」暗示著巧姐在賈府敗落後，最終會成為一個「紡績」的山村民女。而收留巧姐的正是在前八十回得恩於王熙鳳的劉姥姥，所以說「偶因濟劉氏，巧得遇恩人」（這裡的「劉氏」和「恩人」都是指劉姥姥，「巧」則是指巧姐）。曲子裡的「幸娘親，幸娘親，積得陰功」指的就是當初「王熙鳳在劉姥姥兩進大觀園時施恩於劉姥姥的事情」。至於「休似俺那愛銀錢、忘骨肉的狠舅奸兄」則是指巧姐在賈家敗落以後曾遭到狠心舅舅和其他家人的算計。「正是乘除加減，上有蒼穹」是說上天是公平的，施捨出去的每一份恩德都會得到回報，暗示「王熙鳳先施恩於劉姥姥，之後巧姐又得到劉姥姥幫助的事情」。

很多人在讀紅樓夢的時候，都有過這樣的懷疑，好好的怎麼突然來了個劉姥姥？因為表面看起來，劉姥姥好像是與《紅樓夢》的主線發展相去甚遠的一個人物。但是，事實上並不是這樣的，劉姥姥並不是作者隨意加進來的一個人物。在第六回之中，劉姥姥第一次進大觀園的時候，有一條脂批是這樣的：「此回藉劉嫗，卻是寫阿鳳正傳，並非泛文，且伏『二進』『三進』及巧姐之歸著。」可見，寫劉姥姥實際上是在寫王熙鳳。況且，從這一條批語之中，我們也可以看出，巧姐兒的最後「歸著」與劉姥姥有著極大的關係。甚至可以說，寫劉姥姥就是為了「歸著」巧姐兒的命運。

再有，第四十二回，巧姐兒生病那一段有這樣的描寫和脂批：

鳳姐兒笑道：「到底是你們有年紀的人經歷的多。我這大姐兒時常肯病，也不知是個什麼原故。」

> 劉姥姥道：「這也有的事。富貴人家養的孩子多太嬌嫩，自然禁不得一些兒委曲；再他小人兒家，過於尊貴了，也禁不起。以後姑奶奶少疼他些就好了。」鳳姐兒道：「這也有理。我想起來，他還沒個名字，你就給他起個名字。一則借借你的壽；二則你們是莊家人，不怕你惱，到底貧苦些，你貧苦人起個名字，只怕壓的住他。」【庚辰雙行夾批：一篇愚婦無理之談，實是世間必有之事。】劉姥姥聽說，便想了一想，笑道：「不知他幾時生的？」鳳姐兒道：「正是生日的日子不好呢，可巧是七月初七日。」劉姥姥忙笑道：「這個正好，就叫他是巧哥兒。這叫做『以毒攻毒，以火攻火』的法子。姑奶奶定要依我這名字，他必長命百歲。日後大了，各人成家立業，或一時有不遂心的事，必然是遇難成祥，逢凶化吉，卻從這『巧』字上來。」【蒙側批：作讖語以影射後文。】
>
> 鳳姐兒聽了，自是歡喜，忙道謝，又笑道：「只保佑他應了你的話就好了。」【該批：「應了這話就好」，批書人焉能不心傷？獄廟相逢之日始知「遇難成祥，逢凶化吉」實伏線於千里，哀哉傷哉！此後文字不忍卒讀。辛卯冬日。】

文中，劉姥姥所說的「遇難成祥，逢凶化吉」看起來也是劉姥姥隨口說出來的，但這卻是作者費心安排的。正如批語中說的那樣，是「作讖語以影射後文」的。還有「獄廟相逢之日始知『遇難成祥，逢凶化吉』實伏線於千里，哀哉傷哉！此後文字不忍卒讀」，我們可以得知，後來，在賈府敗落以後，巧姐年齡尚小，也曾流落到獄神廟，正因為劉姥姥在獄神廟的相救，才得以「遇難成祥，逢凶化吉」的。

最後，直接預示巧姐兒命運的還有第四十一回的描寫：

> 忽見奶子抱了大姐兒來，大家哄他頑了一會。那大姐兒因抱著一個大柚子玩的，忽見板兒抱著一個佛手，便也要佛手。【庚辰雙行夾批：小兒常情遂成千里伏線。】丫鬟哄他取去，大姐兒等不得，便哭了。眾人忙把柚子與了板兒，【蒙側批：伏線千里。】將板兒的佛手哄過來與他才罷。那板兒因頑了半日佛手，此刻又兩手抓著些果子吃，又忽見這柚子又香又圓，更覺好頑，且當球踢著玩

去，也就不要佛手了。【庚辰雙行夾批：柚子即今香團之屬也，應與緣通。佛手者，正指迷津者也。以小兒之戲暗透前回通部脈絡，隱隱約約，毫無一絲漏泄，豈獨為劉姥姥之俚言博笑而有此一大回文字哉？】【蒙側批：畫工。】

從這些描寫和脂批內容可以看出，巧姐最後實際上是與板兒結為夫婦了。另外有專家認為，「板兒和巧姐結為夫妻」這一結局實際上從他們的名字中也是可以看出來的。巧姐和板兒兩個名字一個有「巧」，一個有「板」，這和中國自古以來就流傳著的「七巧板」的遊戲名正好相應，從這裡也可以看出作者實際上早就安排好巧姐和板兒這段姻緣了。其實這一點在很多地方都能得到證據，例如，在第六回說到板兒的祖先「因與榮府略有些瓜葛」時，旁邊有這樣一條評語：「略有些瓜葛，是數十回後之正脈也。真千里伏線。」

說到這裡，我們對巧姐的命運已經有了一個相當明瞭的線索。很顯然，巧姐並不如後四十回所寫的那樣是在劉姥姥的說合下嫁給了周姓大地主，而是嫁給了板兒，當了劉姥姥的外孫媳婦。這也和判詞中的「一座荒村野店，有一美人在那裡紡績」正好呼應。

按說，巧姐的命運解釋到這種程度也就可以告一段落了。但是在脂批本《紅樓夢》第六回劉姥姥一進大觀園那一段還有這樣一段批語：

劉姥姥會意，未語先飛紅的臉，欲待不說，今日又所為何來？只得忍恥【甲戌眉批：老嫗有忍恥之心，故後有招大姐之事。作者並非泛寫，且為求親靠友下一棒喝。】說道：「論理今兒初次見姑奶奶，卻不該說，只是大遠的奔了你老這裡來，也少不的說了。」

這批語裡說：老嫗有忍恥之心，故後有招大姐之事。作者並非泛寫，且為求親靠友下一棒喝。批語裡所說的「老嫗」自然是指劉姥姥，但是這「老嫗有忍恥之心，故後有招大姐之事」又從何談起？難道是說如果劉姥姥沒有「忍恥之心」，就不會發生那「招大姐之事」了嗎？這裡的「忍恥之心」的確值得推敲。看來，巧姐身上還有祕密。那麼這又是什麼祕密呢？有人認為〈好了歌〉之中的「擇膏粱，誰承望流落煙花巷」說的也是巧姐。如果真的是這樣，劉姥姥「有忍恥之心，故後有招大姐之事」也就好解釋了。也就是說，巧姐雖然遭舅舅王仁算計，最終流落煙花巷，但是恰巧與劉姥姥在獄神廟相遇。劉姥姥報恩心切，收留巧姐兒，並不顧「巧姐曾流落煙花巷」這一事實（確實有仁恥之心），撮合巧姐和板兒成婚。

妙玉的結局是怎樣的？

妙玉是大觀園裡的特殊人物，她本是蘇州人氏，出身仕宦人家，因從小多病，不得已皈依佛門，帶髮修行。妙玉出身讀書仕宦之家，這使她秉承了一種雅潔之氣；但她的身世又是不幸的，出家之後，父母俱亡，為睹觀音遺蹟和貝葉遺文，她隨師從蘇州到了京城。賈府為元春歸省聘買尼姑，她因為「聽見長安都中有觀音遺蹟並貝葉遺文」，被請到了大觀園的攏翠庵。

妙玉並不像其他的「釵」一樣在第二十二回制燈謎，在六十三回抽籤，所以伏線稀缺。故關於妙玉的命運，我們只能從第五回中關於妙玉的判詞和判曲中尋找依據。

判詞：

畫：又畫著一塊美玉，落在泥垢之中。

其斷語云：

欲潔何曾潔，雲空未必空。

可憐金玉質，終陷淖泥中。

「潔」的意思是操守清白。《楚辭．宋玉．招魂》：「朕幼以廉潔兮，身服義而未沬。」不受曰廉，不汙曰潔。「空」的意思是「虛」。佛教指超乎色相現實的境界為空。「欲潔何曾潔，雲空未必空」的意思是說，妙玉想要透過皈依佛教來跳出這個不乾淨的紅塵世界，但是到最後都是徒勞，即使跳出紅塵，也未必能如願。

「金玉質」喻貴重之意。《詩．小雅．白駒》：「毋金玉爾音，而有遐心。」古凡華麗或可貴之物，常以金玉為喻，質是本體。金玉質，即本體十分貴重，如金玉般寶貴和純潔。喻妙玉身分。「可憐金玉質，終陷淖泥中」的意思是說，可嘆哪！像妙玉這般身分高貴的人，最終也逃不出被紅塵世界汙染的命運。

判曲：

世難容

氣質美如蘭，才華馥比仙。天生成孤僻人皆罕。

你道是，啖肉食腥羶，視綺羅俗厭。

卻不知，太高人愈妒，過潔世同嫌。

可嘆這，青燈古殿人將老，

辜負了，紅粉朱樓春色闌。

到頭來，依舊是風塵骯髒違心願。

好一似，無瑕白玉遭泥陷，

又何須，王孫公子嘆無緣。

曲名「世難容」的意思是說，不被社會所容。曲子的意思大致是，氣質堪與蘭花相媲美的妙玉，才華更是出眾，天生的孤僻性格更是世間少見；但哪裡知道，這樣的人更容易為別人所嫉妒，更容易為世俗所不容；悲哀哪！青燈古殿旁邊的人都將要老去了，青春即將逝去，可哪裡知道到最後還是難以逃脫塵世的汙染？這就好比一塊乾淨的美玉掉到泥淖裡；唉！那些所謂的公子王孫又何必為此感嘆？

從判詞和判曲，我們可以知道，妙玉最後的結局也是非常慘烈的。這也應該是曹雪芹當初在設計妙玉這個人物時的本意。我們現在最常見的高鶚的《紅樓夢》續本中的妙玉的命運：第八十七回「走火入魔」，妙玉同惜春對奕，寶玉觀局，又聽得黛玉琴聲忽變，回庵後神不守舍；第九十五回「扶乩請仙」，寶玉失玉，岫煙求妙玉扶乩尋問玉的下落；第一一二回「妙尼遭劫」，賈府被盜，眾賊將妙玉劫持而去。這最多也只不過是高鶚自己的臆測罷了。當然，高鶚的設計也是完全以第五回曹雪芹關於妙玉的判詞和判曲為依據的。但是，高鶚在作具體的處理時顯得有些倉促和不合理，把「終陷淖泥中」和「到頭來，依舊是風塵骯髒違心願。好一似，無瑕白玉遭泥陷」理解為「妙玉最終落入不肖之徒手中，被奸汙，被劫走」的結果是難以讓人接受的。但是一直以來，苦於沒有證據，真正的「妙玉的命運」似乎成了一個難以解開的謎題。

但是，「妙玉命運」之謎隨著靖本《紅樓夢》的面世又引起了人們新一輪的爭論。「靖藏本」的批語中有一條批語直接和妙玉的命運相關：「妙玉偏辟處此所謂過潔世同嫌也他日瓜州渡口勸懲不哀哉屈從紅顏固能不枯骨□□□」。這條批語雖然晦澀難懂，但是它一出現就引起了人們的關注。《紅樓夢》研究專家周汝昌先生校讀為：「妙玉偏僻處，此所謂『過潔世同嫌』也，他日瓜洲渡口，各示勸懲，紅顏固【不】能不【屈從】枯骨，豈不哀哉？」

如果「靖藏本」《紅樓夢》真的存在，如果「他日瓜州渡口勸懲不哀哉屈從紅顏固能不枯骨□□□」這條批語正如周先生所校讀的那樣，那麼，妙玉最終的結局和瓜州渡口又有了很大的關係。但是隨之而來的爭論又開始了——「紅顏固不能不屈從枯骨」又該怎麼理解呢？很顯然，妙玉判詞中所說的「可憐金玉質，終陷淖泥中」預判曲中所說的「到頭來，依舊是風塵骯髒違心願。好一似，無瑕白玉遭泥陷」和這裡所說的「紅顏固【不】能不【屈從】枯骨」是一個意思。可見，問題發展到這裡，對妙玉命運結局的研究最現實的問題就是要正確解釋「紅顏固不能不屈從枯骨」的含義。也就是說，如果我們弄清楚「紅顏固不能不屈從枯骨」，妙玉的命運結局也就真相大白了。但具體到「紅顏固【不】能不【屈從】枯骨」這句批語，最難解釋的就是「枯骨」。

對「枯骨」的真正含義，目前主要有兩種解釋。

「枯骨」是代指一個老人

這種觀點認為，「枯骨」指的就是有一把老骨頭的老人。「屈從」於一個老人，很可能就是嫁給他當小妾的意思。根據妙玉的性格，即使是嫁給一個王孫公子當小妾恐怕都不大樂意，怎麼可能嫁給一個老人當小妾呢？假設真的有妙玉「屈從」了一個老人的這種情況發生，那麼，必須是在以下這兩種情況之下的事情：一是這個老人有權有勢；二是妙玉有事求於這個老人。持有這種觀點的人認為，很可能是在賈家敗落以後，賈寶玉獲罪，而妙玉為了解救賈寶玉，不惜以出賣自己的身體作為代價。這種觀點的可能性應該是有的。曹雪芹之所以把「妙玉」列為「金陵十二釵」的正釵，肯定是因為「妙玉」在賈寶玉的生命中是一個相當重要的人物。但從前八十回《紅樓夢》來看，妙玉的重要性根本沒有顯現出來。那麼，在八十回後，妙玉肯定應該有重頭戲。再說了，從前八十回中我們也可以看出，妙玉對賈寶玉是有一種特殊的感情的。如果真的在八十回後，賈寶玉獲罪，而妙玉捨身相救，這也在情理之中。如果真的是這樣，妙玉為了救寶玉，捨身伺候一把枯骨，那麼，「可憐金玉質，終陷淖泥中」、「到頭來，依舊是風塵骯髒違心願。好一似，無瑕白玉遭泥陷」這些句子也就容易理解了。

「枯骨」是代指死人的骨頭

持有這種觀點的人認為，身為「薄命司」之一的妙玉最終也很難逃脫短命的命運。《紅樓夢》的香菱、黛玉、妙玉幼年時都有和尚道士要度她們出家的經歷，那麼，在香菱、黛玉身居紅塵不幸死亡的情況下，妙玉難道能逃脫這一宿命嗎？很顯然是不可能的。實際上，如果妙玉不幸早亡，這樣就和迷失的靖藏本上第四十一回的畸笏叟的評語相契合，那就是妙玉最終變成了「枯骨」，而非「屈從枯骨」。當然，認為妙玉早亡並不是說妙玉在八十回後就沒有戲分了！妙玉在八十回後應該是有相當大的戲分的，她很可能是在八十回後對賈寶玉的人生有過相當影響的人物之一。否則，曹雪芹不會把妙玉列在「金陵十二釵」裡面。但是，則妙玉在八十回之後具體有什麼戲分，她和賈寶玉之間又發生了什麼故事，沒有足夠的證據，也不好胡亂臆測。至於「欲潔何曾潔，雲空未必空」、「到頭來，依舊是風塵骯髒違心願。好一似，無瑕白玉遭泥陷」這些句子只不過是要暗示雖然身處佛門淨地，但最終結果仍然逃不脫一個「命薄」的歸宿。那麼這個歸宿是什麼呢？「紅顏固【不】能不【屈從】枯骨」——妙玉最終會早亡，最終的結果仍然是變成一堆「枯骨」。

為什麼說李紈「枉與他人作笑談」？

李紈，字宮裁，賈珠之妻，生有兒子賈蘭。李紈出身金陵名宦，父親李守中曾為國子祭酒。李紈從小就受父親「女子無才便是德」的教育，以認得幾個字，記得前朝幾個賢女便了，每日以紡織女紅為要。賈珠不到二十歲就病死了。李紈就一直守寡。書中說李紈雖然處於膏粱錦繡之中，但「竟如槁木死灰」一般，一概不聞不問，只知道撫養親子，閒時陪侍小姑等女紅、誦讀而已。總而言之，在很多人眼裡，李紈是所謂的「恪守封建禮法的賢女節婦」的典型。

關於李紈的命運，如果單純從後四十回續書來看，李紈的結局是比較完美的——「賈蘭中舉，李紈暗喜」。一個寡婦一生所付出的代價終於有所回報，這當然是令人欣慰的人生喜劇。但是，從前八十回的內容來看，李紈既然是「薄命司」的人物之一，那麼，寡居的李紈就算守寡教子熬到蘭桂齊芳，也仍然難逃「千紅一窟（哭），萬豔同杯（悲）」的命運。暫且拋開後四十回的框框，我們應該能從前八十回的描寫看出李紈的最終結局。

《紅樓夢》第五回裡出現的關於李紈的判詞和曲子對李紈一生命運進行了概括。我們所有的推斷應該從這裡的判詞和曲子入手。先看判詞：

畫：一盆茂蘭，旁有一位鳳冠霞帔的美人。

桃李春風結子完，到頭誰似一盆蘭；

如冰水好空相妒，枉與他人作笑談。

判詞前的畫裡面的「茂蘭」指的是賈蘭，這裡也暗指賈蘭以後要當官、登爵；至於那位鳳冠霞帔的美人自然是指李紈。一向素樸節約的李紈之所以「鳳冠霞帔」，是因為賈蘭當官以後，李紈母享子貴，當了誥命夫人。

「桃李春風結子完」，這一句裡的「李」和「完」喻指李紈的名字。這一句是說，李紈和賈珠結婚以後，生了賈蘭；之後，賈珠就死了。賈珠死了以後，本來是青春年少的李紈就如春天開過的桃李花一樣結完果實就凋謝了。

「到頭誰似一盆蘭」這一句是在說賈蘭，賈蘭後來加官進爵。賈府上下的後代子孫之中，自然沒有人能比賈蘭更有「出息」了。也就是說，別看這麼大個賈府，到頭來，誰又能和賈蘭比呢？

「如冰水好空相妒」中「如冰水好」寫李紈年輕喪夫尊禮守節，撫孤獨立，這種品德在封建統治者看來是像冰水一樣的潔淨美好；「空相妒」，指雖然賈蘭中了舉，李紈也博得了「貞節」的美名，但這無法阻止賈府的衰敗，只能徒然遭人妒忌罷了。

「枉與他人作笑談」的一般的理解是說李紈付出一生來奉行「三從四德」的事實，到最後都只不過是被人當作笑談罷了，但是，這個解釋並不準確。在封建社會，女子奉行三從四德是很正常的事情，一般來講只會為人稱道，談不上「枉與他人作笑談」。那麼，既然賈蘭中舉了，對於李紈來講，這應該是一件令人高興的事，這也是李紈自己一生最大的願望的實現，為什麼會成為人們的笑談呢？這很耐人尋味，不過這個問題將在本文的最後再做詳談。因為要真正弄清楚為什麼會「枉與他人作笑談」，還必須從《紅樓夢》第五回關於李紈的曲子來找答案。

《紅樓夢》不只有暗示十二釵命運的判詞，還有暗示十二釵命運的曲子。其中關於李紈的曲子是這樣的：

晚韶華

鏡裡恩情，更那堪夢裡功名！

那美韶華去之何迅！再休提鏽帳鴛衾。

只這帶珠冠，披鳳襖，也抵不了無常性命。

雖說是，人生莫受老來貧，也須要陰騭積兒孫。

氣昂昂頭戴簪纓；光燦燦腰懸金印；

威赫赫爵祿高登，昏慘慘黃泉路近。

問古來將相可還存？也只是虛名兒與後人欽敬。

該曲子的名字是〈晚韶華〉，意思很明白，就是說李紈在晚年還要風光一回。這自然就是指賈蘭中舉以後，李紈母以子貴，跟著賈蘭享福的事情。

「鏡裡恩情，更那堪夢裡功名」是說，賈珠死得早，李紈和賈珠的夫妻恩情就像鏡子中的虛景一樣，沒有任何實際意義，更談不上功名利祿了，但是即使賈蘭有了功名以後，李紈作為母親的榮華和富貴也只能如夢境一樣虛幻。

「那美韶華去之何迅！再休提鏽帳鴛衾」指青春總是短暫的，時光流逝得太快了。更不用提那「鏽帳鴛衾」。這裡的「鏽帳鴛衾」指夫妻生活。

「只這帶珠冠，披鳳襖，也抵不了無常性命」指當賈蘭長大中舉做官以後，李紈可以享榮華了，但是死期也臨近了，真是得不償失。

「雖說是，人生莫受老來貧，也須要陰騭積兒孫」的意思是說，雖然說人人都怕到老的時候受窮，但是也要為兒孫積德。

「氣昂昂頭戴簪纓；光燦燦腰懸金印；威赫赫爵祿高登，昏慘慘黃泉路近」，這四句是說，功名利祿倒是有了，但是黃泉路也近了，即死期也快到了。

「問古來將相可還存？也只是虛名兒與後人欽敬」的意思是說，從古至今，哪個帝王將相能永享太平？最多也不過是留個虛名供後人敬仰罷了！

這首曲子實際上和判詞的意思差不多。如果說這首曲子和判詞還有差別的話，那就是這首曲子中透露出更多的關於李紈和賈蘭在八十回後的生活痕跡。

現在，讓我們再次回到那個問題上面——為什麼說李紈「枉與他人作笑談」？這到底是為什麼呢？我們在這首曲子中能找到答案。

〈晚韶華〉曲子中有這樣一句話，非常值得我們推敲。那就是——「雖說是，人生莫受老來貧，也須要陰騭積兒孫」。這句話到底是什麼意思呢？難道是說李紈為了怕自己到老的時候受窮，以至於做出了不為自己的兒孫積德的事情？果真如此的話，李紈到底做了什麼不為兒孫積德的事情呢？關於這個問題，我們還得回到前八十回找線索。

在第四十五回〈金蘭契互剖金蘭語，風雨夕悶制風雨詞〉裡，大觀園的姐妹們起詩社，沒錢，李紈也沒有出這個錢，而是找到王熙鳳要錢。王熙鳳就說了下面這席話：「虧你是個大嫂子呢！把姑娘們原交給你帶著唸書學規矩針線的，他們不好，你要勸。這會子他們起詩社，能用幾個錢，你就不管了？老太太、太太罷了，原是老封君。你一個月十兩銀子的月錢，比我們多兩倍銀子。老太太、太太還說你寡婦失業的，可憐，不夠用，又有個小子，足的又添了十兩，和老太太、太太平等。又給你園子地，各人取租子。年終分年例，你又是上上分兒。你娘兒們，主子奴才共總沒十個人，吃的穿的仍舊是官中的。一年通共算起來，也有四五百銀子。這會子你就每年拿出一二百兩銀子來陪他們頑頑，能幾年的限？他們各人出了閣，難道還要你賠不成？這會子你怕花錢，調唆他們來鬧我，我樂得去吃一個河涸海乾，我還通不知道呢！」

從鳳姐這些話中，我們可以知道，李紈在賈府中的收入是相當豐厚的，當然這其中多半部分得益於「老太太」的「偏心」。李紈雖然收入相當高，但是她總是先低順了眉眼，隨時擺出一副無人可依的悽慘模樣，以避耳目。從這裡，我們可以看出，李紈是一個相當有心計的人。她費盡心機斂財就是為自己和賈蘭著想，或者可以說，李紈斂財的目的和出發點實際上就是——「人生莫受老來貧」，怕自己老了以後，賈蘭又一事無成的話，自己孤苦伶仃，沒有著落。當然，只此一點還不能說明李紈的所作所為沒有「陰騭積兒孫」。在賈府敗落以後，賈府很多人不是進監獄，就是到處乞討過活，反正大都相當慘烈。但是只有賈蘭和李紈逃離此劫，為什麼呢？因為賈蘭中舉取得功名。並且，在前面瘋狂斂財的李紈在賈府敗落以後很可能沒有伸出自己的手來幫助一下那些賈府的人。例如，賈寶玉在後八十回的生活很可能是窮困潦倒，但李紈對賈寶玉的慘狀可能是不聞不問。如果李紈要是在後八十回真的是這樣無情無義的話，那麼真可以說是沒有「陰騭積兒孫」。

但是，即使李紈不惜一切代價斂取了大量財產，賈蘭當了大官，但是到最後還不是「昏慘慘黃泉路近」。本來苦難已經熬到頭了，已經要「氣昂昂頭戴簪纓，光燦燦腰懸金印，威赫赫爵祿高登」了，但無奈的是「昏慘慘黃泉路近」——死期也到了——真是「只這帶珠冠，披鳳襖，也抵不了無常性命」！可見，李紈一生的願望雖然已經達成，但是無奈「無常又到」，真可謂白白逝去了大好青春，空浪費了一生心血。這難道不是「如冰水好空相妒，枉與他人作笑談」？

當然，也有人說「氣昂昂頭戴簪纓，光燦燦腰懸金印，威赫赫爵祿高登，昏慘慘黃泉路近。問古來將相可還存？也只是虛名兒與後人欽敬」這幾句指的是賈蘭，意思是說賈蘭將死在李紈前面。如果真的是賈蘭死在李紈的前面，李紈的命運就更是一個悲劇，少年喪夫，中年喪子，這對李紈來講豈不是更大的痛苦？李紈一生費盡心事，不惜一切代價來經營的小家庭到最後落了個這樣的下場，這豈不是「枉與他人作笑談」？真的如此的話，就更應了那句話——「雖說是，人生莫受老來貧，也須要陰騭積兒孫」。

「金陵十二釵」是哪些人？

通常，一提到「金陵十二釵」，大都認為是指「金陵十二釵」正冊裡提到的十二位女子，即：薛寶釵、林黛玉、賈元春、賈迎春、賈探春、賈惜春、秦可卿、史湘雲、妙玉、王熙鳳、賈巧姐和李紈。但是，這實際上是一種誤解。

「金陵十二釵」分正冊、副冊、又副冊，每冊十二個女子，一共應該是三十六位女子。那麼，除了我們已經知道的這十二位金陵十二釵正冊的女子，剩下的那些副冊和又副冊的二十四位女子究竟都是誰呢？

實際上，賈寶玉在看「金陵十二釵」的冊子時，最先看到的不是正冊，也不是副冊，而是又副冊——「寶玉便伸手先將『又副冊』櫥開了，拿出一本冊來，揭開一看，只見這首頁上畫著一幅畫，又非人物，也無山水，不過是水滃染的滿紙烏雲濁霧而已。」但是，寶玉只看了又副冊之中的兩位女性的判詞：

有幾行字跡，寫的是：

霽月難逢，彩雲易散。

心比天高，身為下賤。

風流靈巧招人怨。

壽夭多因譭謗生，
多情公子空牽念。

寶玉看了，又見後面畫著一簇鮮花，一床破席。也有幾句言詞，寫道是：

枉自溫柔和順，
空雲似桂如蘭。
堪嘆優伶有福，
誰知公子無緣。

寶玉看了兩個又副冊之中的女性的判詞，然後「寶玉看了不解。遂擲下這個，又去開了『副冊』櫥門，拿起一本冊來，揭開看時，只見畫著一株桂花，下面有一池沼，其中水涸泥乾，蓮枯藕敗。」後面書云：

根並荷花一莖香，
平生遭際實堪傷。
自從兩地生孤木，
致使香魂返故鄉。

寶玉看了這些「仍不解。便又擲了，再去取『正冊』看」，才看了十二個正冊之中的女子的判詞。透過判詞，我們可以斷定，上面又副冊之中的兩個女子是晴雯和襲人，而副冊之中的這一個女子則是香菱。這樣算來，十二正釵加上晴雯、襲人和香菱一共有了十五位，那麼，剩下的二十一位都是誰呢？

庚辰本《石頭記》第十七回和第十八回有脂批說：

「是處引十二釵總未的確，皆係漫擬也。至回末警幻情榜方知正、副、再副及三四副芳諱。壬午季春。畸笏。」

透過這條評語，我們可以知道，《紅樓夢》在結尾的時候會有一個警幻情榜，情榜不僅有正冊、副冊、又副冊，還有三、四副冊。作者會透過這個情榜把各冊的女性全部都列出來的。當然，這些被列入情榜的人肯定都是《紅樓夢》之中提到過的多情女子。那麼，這些人究竟是怎麼排列的呢？

其實，細心讀過《紅樓夢》的人不難發現，所謂的「金陵十二釵」並不是以情節的多與少而定的。根據已知的正冊、副冊和又副冊的成員可以看出，其實作者劃分正、副及又副的標準是個人的身分和地位，例如，正冊裡的成員都是小姐級的，包括賈府的嫡系小姐、兒媳婦和身分地位相當的親戚；副冊中僅知的是香菱，香菱的身分是妾，書中出現得比較重要的妾並不是很多，所以副冊中應當還包括一些相對較遠且身分略低些的親戚；又副冊中出現的晴雯和襲人都是丫鬟。這樣看來，從正到副到又副，身分上是逐級遞減的。

最近有人提出一個很有意思的觀點，認為十二釵副冊和又副冊的成員名單，全都寫在了《紅樓夢》的回目裡。

- 第一回：甄士隱夢幻識通靈，賈雨村風塵懷閨秀。此回目中之閨秀為嬌杏；
- 第八回：比通靈金鶯微露意，探寶釵黛玉半含酸。此回目中之金鶯為寶釵的丫鬟鶯兒；
- 第二十一回：賢襲人嬌嗔箴寶玉，俏平兒軟語救賈璉。此回目中包含了襲人和平兒兩人；
- 第二十四回：醉金剛輕財尚義俠，痴女兒遺帕惹相思。此回目之痴女兒為小紅；
- 第三十回：寶釵借扇機帶雙敲，齡官劃薔痴及局外。此回目寫到了齡官；
- 第三十二回：訴肺腑心迷活寶玉，含恥辱情烈死金釧。此回目寫到了金釧；
- 第三十五回：白玉釧親嘗蓮葉羹，黃金鶯巧結梅花絡。此回目寫到了玉釧；

- 第四十回：史太君兩宴大觀園，金鴛鴦三宣牙牌令。此回目寫到了鴛鴦；
- 第四十九回：琉璃世界白雪紅梅，脂粉香娃割腥啖膻。此回目中之詠紅梅是指邢岫煙、李紋和李綺；
- 第五十一回：薛小妹新編懷古詩，胡庸醫亂用虎狼藥。此回目之薛小妹為寶琴；
- 第五十二回：俏平兒情掩蝦鬚鐲，勇晴雯病補雀金裘。此回目寫到了晴雯；
- 第五十七回：慧紫鵑情辭試忙玉，慈姨媽愛語慰痴顰。此回目寫到了紫鵑；
- 第六十一回：投鼠忌器寶玉瞞贓，判冤決獄平兒行權。此回目之寶玉瞞贓為的是彩雲；
- 第六十二回：憨湘雲醉眠芍藥茵，呆香菱情解石榴裙。此回目寫到了香菱；
- 第六十五回：賈二舍偷娶尤二姨，尤三姐思嫁柳二郎。此回目寫到了尤二姐和尤三姐；
- 第六十九回：弄小巧用借劍殺人，覺大限吞生金自逝。此回目中借劍殺人之劍，指的是秋桐；
- 第七十一回：嫌隙人有心生嫌隙，鴛鴦女無意遇鴛鴦。此回目中之鴛鴦指的是司棋；
- 第七十七回：俏丫鬟抱屈夭風流，美優伶斬情歸水月。此回目中之美優伶指的是芳官；
- 第七十九回：薛文龍悔娶河東獅，賈迎春誤嫁中山狼。此回目之河東獅指的是夏金桂。

按照這種觀點，這些回目之中所提到的人，共二十三位。而副冊加上又副冊應當是二十四人，那麼，差的那位又是誰呢？麝月！麝月是《紅樓夢》一書中比較重要的丫鬟，根據前八十回的線索，麝月在八十回後應該是最後陪在寶玉身邊的人，所謂的「開到荼蘼花事了」，所以，麝月的名字應當是出現在後幾十回的回目之中的。麝月也應該是又副冊之中的人物之一。

總結這些觀點，我們可以得出副冊和又副冊的完全名單：

金陵十二釵副冊：香菱、薛寶琴、尤二姐、尤三姐、邢岫煙、李紋、李綺、夏金桂、秋桐、小紅、齡官、嬌杏。

副冊之中的香菱、尤二姐、秋桐、嬌杏都是妾；其餘之寶琴、三姐、岫煙、李紋、李綺、金桂都是賈府的親戚，而小紅因為賈芸，齡官因為賈薔之故，也可都可歸入親戚之行列。

金陵十二釵又副冊：晴雯、襲人、平兒、鴛鴦、紫鵑、鶯兒、玉釧、金釧、彩雲、司棋、芳官、麝月。又副冊之中的十二人皆為比較重要的丫鬟。

襲人的結局如何？

《紅樓夢》中人物襲人，原名花珍珠。小時因家裡沒有飯吃，父母快要餓死了，才把她賣給賈府做丫鬟。她一開始服侍賈母，後服侍史湘雲。因賈母恐寶玉之婢不中使，又把她給了寶玉，寶玉把她改名為襲人。她細挑身子，長臉兒。她的所做所為合乎當時的婦德標準和禮法對奴婢的要求。主子命令她服侍誰，她的心裡便唯有誰。她不時規勸寶玉要讀書博取功名。寶玉挨打後，她乘機在王夫人面前進言，大談寶玉「男女不分」，建議「叫二爺搬出園外來住」，嚇得王夫人「如雷轟電掣的一般」。襲人因此取得了王夫人的寵信，王夫人把她升為「準姨娘」。

很久以來，對於襲人的最後結局，大多認為，她在寶玉落魄之前因怕被連累或因種種隱情，被迫無奈的嫁給了因汗巾結緣的「優伶」蔣玉菡，而在後來「供養玉兄、寶卿得同始終」。那麼，襲人婚後的生活是否幸福呢？有很多人認為，襲人和蔣玉菡婚後很幸福。如果襲人婚後既躲官司牽連、保住了性命，同時又能資助寶玉和寶釵，這樣看來，她的結局應該是最好的。但究竟會不會這樣呢？應該不會！曹雪芹給《紅樓夢》定的基本基調就是——悲劇！襲人亦難逃悲劇的命運。

像《紅樓夢》之中的其他人一樣，我們同樣也可以從前八十回的很多地方探究襲人最後的結局。《紅樓夢》第三十一回〈撕扇子作千金一笑，因麒麟伏白首雙星〉裡寫：

「話說襲人見了自己吐的鮮血在地，也就冷了半截，想著往日常聽人說：『少年吐血，年月不保，縱然命長，終是廢人了。』想起此言，不覺將素日想著後來爭榮誇耀之心盡皆灰了，眼中不覺滴下淚來。」

我們知道，《紅樓夢》沒有任何地方是隨便寫出來的，都隱藏著作者的深意。我們認為，這一段描寫就隱藏著襲人最後的命運結局。也就是說，襲人最終也難逃——《紅樓夢》中的潛規則「紅顏薄命」。那襲人到底是怎麼「紅顏薄命」的呢？其實這都隱藏在襲人的判詞之中。第五回，襲人的判詞是這樣的：

畫：一簇鮮花，一床破席。

枉自溫柔和順，
空雲似桂如蘭。
堪嘆優伶有福，
誰知公子無緣。

對這首判詞的解釋，已經有定論。但是對這首判詞旁邊的一條脂批，我們應該引起注意。這條批語是這樣說的：罵死寶玉，卻是自悔。很久以來，人們都認為，「這是寶玉不早聽從『賢襲人』勸『諫』的結果，是寶玉的過失，故日該『罵』應『悔』」。但是我們並不這樣認為，如果真的是這樣理解的話，那麼脂批對襲人是肯定的，但實際上脂硯齋和曹雪芹一直對襲人持有諷刺的態度。曹雪芹對襲人的批判態度從判詞之中的「枉自」、「空雲」、「堪嘆」、「誰知」以及「破席」的比喻都可以看出。所以說，我們認為，上面的那種對「罵死寶玉，卻是自悔」這條批語的理解是錯誤的。

那這條批語應該怎樣理解呢？我們認為，「罵死寶玉，卻是自悔」的意思是這樣的：寶玉「被」罵，襲人自悔，是從襲人的角度來寫的。我們都知道，襲人在賈府人眼裡實際上已經是賈寶玉的「小妾」了，事實上也已經有了婚姻之實。但是最後怎樣了呢？「堪嘆優伶有福，誰知公子無緣」——寶玉沒有福氣消受襲人，襲人最後嫁給了蔣玉菡——一個在當時社會地位相當低下的人。更可笑的是，蔣玉菡和賈寶玉還有不一般的「曖昧關係」。這樣來講，不管是對於賈寶玉，還是對於襲人，都是一個巨大的諷刺，尤其對賈寶玉來講，諷刺更甚。因此，襲人的外嫁無異於是對寶玉的「大罵」。那麼襲人為什麼要「自悔」呢？這應該是指襲人結婚以後的事情。

第六十三回中，襲人抽中花籤上的詩句對她婚後的生活有所暗示。這首詩是這樣的：

尋得桃源好避秦，桃紅又見一年春。

花飛莫遣隨流水，怕有漁郎來問津。

「尋得桃源好避秦，桃紅又見一年春」這兩句自然是說，襲人在結婚以後好比找到了人生的桃花源，開始了幸福的生活。「花飛莫遣隨流水，怕有漁郎來問津」這兩句是在諷刺襲人。這兩句之中所說的「漁郎」是指賈寶玉。我們應該還記得，第四十五回，黛玉和寶玉開玩笑：「那裡來的漁翁！」

整體而言，這首詩的意思是說，襲人在尋得安身避難之處後，「又見一年春」，但不想讓飛花逐水流出，唯恐打漁之人——賈寶玉見得流出的桃花後來尋覓此隱處。這裡描寫的是襲人在外嫁之後的難言之隱——既怕寶玉知道自己的婚後的情況，但是又很想讓寶玉知道自己的婚後生活。為什麼襲人會有這樣的矛盾呢？這是因為襲人婚後的生活並不幸福。試想一下，蔣玉菡再是那溫順之人，但他畢竟只是一個優伶。很可能蔣玉菡在結婚之後舊習難改，並且對襲人並不好。而襲人一方面不願意讓寶玉得知原本已是他房內之人卻又另嫁別人；一方面又非常思念寶玉。襲人的婚後生活就在這樣的矛盾和不幸之中度過。在長期的矛盾和不幸之中的襲人慢慢地發現，能真正給自己幸福的人其實只有寶玉。於是，襲人非常後悔，正好應了脂硯齋的那一句批語：「罵死寶玉，卻是自悔」。最後，襲人在長期的懊悔和痛苦中觸發舊症，在寶玉出家，寶釵心死之後，與大觀園的眾姐妹一樣，早早地離開了人世！

齡官是黛玉的翻版？

長期以來，很多人認為，晴雯和黛玉實際上是一個人。例如作者在書中就明確提到過，晴雯長得削肩膀，水蛇腰，眉眼皆有些像林黛玉。但是近來有很多人提出異議，認為晴雯和黛玉只不過是形似而已，談到性格，兩個人是風馬牛不相及：豪爽、脾氣火爆的晴雯顯然和整天以淚洗面的黛玉不是一類人。那麼，在《紅樓夢》中究竟有沒有和黛玉一樣的人物呢？有！有人提出在《紅樓夢》中真正和黛玉是同一類人的是齡官，並且認為齡官簡直就是黛玉的翻版。

齡官，是賈家買來扮演小旦的戲子，長得眉蹙春山，眼顰秋水，面薄腰纖，裊裊婷婷，戲又唱得極好。元春省親時，她的演唱得到了賈元春的稱讚。

《紅樓夢》第十三回寫到：

（寶玉）一面想，一面又恨認不得這個是誰。再留神細看，只見這女孩子眉蹙春山，眼顰秋水，面薄腰纖，裊裊婷婷，大有林黛玉之態。

賈寶玉對林黛玉的熟悉程度和珍愛程度是可想而知的。但是當賈寶玉面對這個陌生的齡官的時候，卻覺得她「大有林黛玉之態」。可見，齡官和黛玉並不是一般的形似。不然的話，賈寶玉也不會拿這個唱小旦的戲子來「唐突」黛玉。其實，不僅賈寶玉這麼認為，賈府很多人都發現了這個祕密。記得有一次，寶釵生日時大家看大戲，大家都覺得齡官很像一個人，但是一下子說不出來像誰。鳳姐就說：「那個戲子很像一個人。」大家一看，都知道是黛玉。沒有心機的湘雲突然發現真的很像林黛玉，於是破口說了出來，這一說果然惹怒了林黛玉。由此可以證明：齡官和黛玉確實是很像。

讀得更仔細一點，我們還會發現，其實齡官不僅僅是和林黛玉形似，就連性格都非常相似，兩個人都非常清高、孤傲、自尊極強。黛玉的性格自不必說，我們單來看齡官。齡官第一次出場是在元妃省親的時候。當時，齡官戲唱得好，元春非常喜歡，就命她另唱兩齣。賈薔就趕緊命齡官唱。但是齡官並沒有唱賈薔吩咐的那兩齣戲，而是唱了自己最喜歡的兩齣。從這裡可以看出，這齡官雖然身分低下，但是非常有骨氣，並不甘心屈服於別人，而是要做真正的自己，這和林黛玉的性格是何其相像？再有，第三十六回，賈寶玉求齡官唱戲文，但是當齡官面對這個在賈府高高在上的小主人的時候，並不買他的帳，說：嗓子啞了，娘娘傳去時還沒唱呢！這不正是林黛玉之性格的「複製」嗎？

另外，齡官的痴情和林黛玉的痴情如出一轍。齡官愛賈薔，愛到深處一個人在地上畫他的名字，這個舉動並不是人人都會做得出來的，甚至林黛玉也不敢這樣做——黛玉最外露的情感表現也不過是寫幾首詩在寶玉給她的手帕上。但齡官毫不掩飾對賈薔的感情。有一次，齡官不開心。賈薔為了哄她開心，買了一隻小鳥，送她玩。就在其他的女孩兒都覺得十分好玩的時候，而齡官卻認為賈薔沒把她好好地放在心上，因為她剛吐血了，沒有心情玩，所以在心裡生賈薔的氣。這和林黛玉生賈寶玉的氣是何等相像？

綜合以上觀點，我們不難發現，從容貌上講，齡官容貌美麗，體態風流，纏綿痴情而又體弱多病，與林黛玉非常形似；從性格上講，齡官自尊、自愛、清高、孤傲、倔強，這又和林黛玉非常神似。因此，我們說齡官是黛玉的翻版，在她身上，也從另一面預示了黛玉的命運。

賈母真是拆散寶黛姻緣的罪人嗎？

在高鶚的續書中，高鶚讓賈母和王熙鳳使用掉包記讓寶釵冒充黛玉嫁給了寶玉。長期以來，這個設計令很多人都非常失望。一邊洞房花燭，一邊焚稿斷痴情，魂歸離恨天——果然是夠悲慘的，但這是不是曹雪芹的意願呢？很顯然，這樣的結局是相當荒唐的。

賈母果真不希望林黛玉嫁給賈寶玉嗎？賈母真的很喜歡薛寶釵嗎？我們認為這很值得懷疑。下面，我們不妨先來看看賈母喜歡什麼樣的女性。

賈母喜歡鳳姐、鴛鴦、晴雯、寶琴。

賈母喜歡鳳姐，這一點毋庸置疑。鳳姐兒活潑大方，能言善道，總能把賈母哄得哈哈大笑。單不說鳳姐兒在賈府別人眼中的人緣，鳳姐兒絕對是賈母眼中的開心果；賈母喜歡鴛鴦，喜歡得一天也離不了，少了她吃不下飯。連那樣鬍子斑白的做了大官的兒子，問她要鴛鴦做姨娘，她也不給；晴雯的樣子不用說了——「削肩膀，水蛇腰，妖妖僑僑」、「眉眼有些像林妹妹」——是個長像妖媚、性格剛直的女孩子，賈母說：「晴雯那丫頭我看她甚好，這些丫頭的模樣爽利言談針線多不及她，將來只她還可以給寶玉使喚得」；對於寶琴，賈母一見就歡喜非常，她問薛姨媽寶琴的生辰八字，薛姨媽估計她是想為寶玉求配，只得半吐半露的告訴她，寶琴已經許配人了。

那麼，鳳姐、鴛鴦、晴雯、寶琴都是些什麼樣的女孩兒呢？

鳳姐的性格，絕不是什麼溫柔端莊之人，她對待下人嚴厲苛刻，對尤二姐、秋桐等人費盡心機，貪財妄為，心狠手辣。但是，她呈現給賈母的，卻是活潑機靈、心細周到、爽朗大方的一面。賈母喜歡的，也正是這一面。鴛鴦是個性情剛烈的女孩兒，個性極強。鴛鴦是在賈母身邊長大的，深得賈母的喜歡。晴雯比鴛鴦更甚，性格更強，「心比天高，身為下賤」。寶琴「年輕心熱」，十分可愛，也是賈母喜歡的類型。

從這些女孩兒的身上，我們可以看出，賈母喜歡的女孩子，幾乎都是一類人，都是性情直率、機靈活潑、能言善辯的。如果我們深究一點，就會發現，鳳姐、鴛鴦、晴雯、寶琴這些女孩子身上，我們都分明能看到黛玉的影子。但唯獨沒有寶釵的影子。這就表明，賈母並不喜歡薛寶釵那樣性格的女孩兒。那麼，賈母會讓自己的命根子賈寶玉娶一個連自己都不中意的薛寶釵嗎？顯然不會。

事實上，賈母還明確表示過自己對薛寶釵的不喜歡。賈母帶著劉姥姥遊大觀園時，去了黛玉的瀟湘館，去了探春的秋爽齋。秋爽齋三間屋子並不隔斷，陳設典雅，華麗中透著大方。賈母在瀟湘館發現那紗窗舊了，命人用大家都不認識的料子「軟煙蘿」糊在窗戶上。在秋爽齋，只找出一個毛病，就是「後廊檐下的梧桐」太細了，還沒長成。但是當賈母走到薛寶釵居住的蘅蕪苑的時候：

及進了房屋，雪洞一般，一色玩器全無，案上只有一個土定瓶中供著數枝菊花，並兩部書，茶奩茶杯而已。床上只吊著青紗帳幔，衾褥也十分樸素。賈母嘆道：「這孩子太老實了。你沒有陳設，何妨和你姨娘要些。我也不理論，也沒想到，你們的東西自然在家裡沒帶了來。」說著，命鴛鴦去取些古董來，又嗔著鳳姐兒：「不送些玩器來與你妹妹，這樣小器。」王夫人鳳姐兒等都笑回說：「他自己不要的。我們原送了來，他都退回去了。」薛姨媽也笑說：「他在家裡也不大弄這些東西的。」賈母搖頭道：「使不得。雖然他省事，倘或來一個親戚，看著不像；二則年輕的姑娘們，房裡這樣素淨，也忌諱。我們這老婆子，越發該住馬圈去了。你們聽那些書上戲上說的小姐們的繡房，精緻的還了得呢。他們姐妹們雖不敢比那些小姐們，也不要很離了格兒。有現成的東西，為什麼不擺？若很愛素淨，少幾樣倒使得。我最會收拾屋子的，如今老了，沒有這些閒心了。他們姐妹們也還學著收拾的好，只怕俗氣，有好東西也擺壞了。我看他們還不俗。如今讓我替你收拾，包管又大方又素淨。我的梯己兩件，收到如今，沒給寶玉看見過，若經了他的眼，也沒了。」

曹雪芹這一段描寫並不是隨便寫的，就是為了表明賈母對薛寶釵的態度。賈母不喜歡薛寶釵房間的擺設實際上就是對薛寶釵的一種否定。但從這一點看來，賈母也不會讓自己的命根子娶薛寶釵為妻。

再說，在日常生活中，賈母老是把「兩個玉兒」掛在嘴邊，這就表明，在賈母的思想裡，早已經將寶玉和黛玉看做一對兒了。有時候，賈母也會恨鐵不成鋼，發點感慨，但是一語一動都是自己對「兩個玉兒」深愛的流露。例如，寶黛吵架的時候，她急得哭了，就會說：「我這老冤家是那世裡的孽障，偏生遇見了這麼兩個不省事的小冤家，沒有一天不叫我操心。真是俗語說的：『不是冤家不聚頭』。幾時我閉了這眼，斷了這口氣，憑著這兩個小冤家鬧上天去，我眼不見心不煩，也就罷了。偏又不咽這口氣。」賈母雖然這樣說，但是她心裡最明白，即使臨死，她也是放不下寶玉和黛玉的。從這些話裡，我們體會到的不僅僅是賈母作為祖母和外婆對自己的後輩的親情之愛，更是已經明白兩個玉兒之間是有真愛的。試想一下，賈母怎麼會像高鶚所續寫的那樣，使用掉包計讓賈寶玉娶薛寶釵，而置林黛玉於一邊不管呢？這是不可能的。因此，我們認為，即使在曹雪芹的本意裡，賈寶玉和林黛玉最終並沒有結成百年之好，那肯定也不是賈母的原因。

劉姥姥為何要進大觀園？

劉姥姥是狗兒的岳母。狗兒姓王，當年他祖上也曾做過小官，因而認識王夫人之父，因貪圖王府的權勢就認了宗。其後，狗兒的祖父過世，家道中落，就遷出城外務農，因家中人口簡單，孩子無人照料，就把寡居的岳母接來同住，藉以照料。這便是劉姥姥與賈府的很牽強的一點關係。

很多人讀《紅樓夢》的時候，有個疑問：大觀園裡鮮活曼妙的少女盛多如雲，再不然也是已上了年紀的如賈母、王夫人等這些儀態萬千的貴婦人，為什麼偏偏要插進一個格格不入的鄉間老嫗劉姥姥？換句話說，為什麼會有劉姥姥三進大觀園這樣的描寫呢？

其實，劉姥姥這個人物並不是作者隨便寫出來的。有專家認為，劉姥姥在某種程度上決定和推進著《紅樓夢》一書的情節發展。細讀《紅樓夢》，我們不難發現，對於賈府來講，劉姥姥雖然是個外人，但是劉姥姥卻是賈府興衰史的唯一的見證人。

《紅樓夢》第六回寫劉姥姥一進榮國府。作為一個普通的農村老太太，劉姥姥深知接近上層社會的名流肯定不會像想像中的那麼簡單，於是她先透過與她家中曾略有瓜葛的王夫人這一邊進行周旋，找到了王夫人的陪房——周瑞家的。透過周瑞家的，劉姥姥得知現如今在賈府中真正掌權的是「璉二奶奶」王熙鳳。再透過周瑞家的，劉姥姥見到了王熙鳳房裡的丫頭平兒。最後透過平兒見到了在賈府相當有地位的王熙鳳。至此，劉姥姥在賈府的人際關係之門才真正打開。劉姥姥一進榮國府便旗開得勝，使一個小小的莊戶人家和赫赫有名的金陵大戶逐漸建立關係。她不但使賈府認下了這門親，還拿回來二十兩銀子外加一吊錢的援助，使這個莊戶人家度過了難關。同時，劉姥姥一進榮國府，耳聞目睹榮府表面上一派榮華繁盛的景象，由此「一進」便正式揭開了《紅樓夢》故事的正傳，開始了對現實生活深刻的描寫與對封建末期社會的解剖。

劉姥姥二進大觀園，所占的篇幅最多，是《紅樓夢》一書中著重描寫的內容之一。作者對「劉姥姥二進大觀園」這一部分內容是相當重視的，花費了大量的筆墨。

二進大觀園，劉姥姥是相當幸運的。賈母剛好就想找個「差不多年紀的老人家說說話兒」，劉姥姥成了最佳人選。但是，在這樣一個到處充斥著權力和榮華的大家庭，劉姥姥是否會為賈府上上下下所接受？這是劉姥姥必須解決的一個難題。但是，憑藉自己極強的應變能力和「忍恥之心」（脂批用語），劉姥姥做得非常好。

劉姥姥在給賈母留下初步好印象之後，又得在賈府上下各大人脈面前爭取印象分，而說故事就是個拋磚引玉的好法子。劉姥姥先講了一個「神祕紅襖女孩」的故事，但是故事剛講一半，就恰好趕上了南院馬棚走水（即失火），犯了忌諱。這可以說是劉姥姥在賈府遇到的第一個大尷尬，但是劉姥姥立刻心領神會，隨即又透過第二個故事——「九十歲老人晚年得孫」，贏得了賈府上下的一片喝彩。劉姥姥在故事最後說：「可見這些神佛還是有的。」、「這一席話，實合了賈母王夫人的心事，連王夫人都聽住了。」王夫人正好是信佛之人，這樣的話，王夫人當然喜歡。這就為劉姥姥接下來在賈府之中的人脈關係奠定了又一個基礎。

接著，作者又透過劉姥姥隨賈母遊歷大觀園，一一將在此以前從未提及的大觀園之中的景點進行了詳細的交代。透過這一部分內容的描寫，讀者不僅對大觀園有了進一步的了解，更是對《紅樓夢》有了深層次的了解。

另外，在這一部分之中，還順帶寫了妙玉。賈母和眾人遊大觀園遊累了，就到了就近的櫳翠庵稍作歇息。妙玉是櫳翠庵的主人，接待了這一干人等。妙玉給賈母沏了老君眉。賈母嘗了一口，給了劉姥姥。妙玉看在眼裡，沒動聲色，但是最後卻命人把劉姥姥喝過茶的那個杯子扔掉。這顯示了妙玉清高氣傲的品質。這裡同時也凸顯了劉姥姥作為山村老婦，終究不會為上層主流社會的貴族們所接受的境遇。

劉姥姥二進大觀園的最後一件事，也是最富傳奇色彩的一件事——給巧姐兒起名字。鳳姐介紹說：「正是生日的日子不好呢，可巧是七月初七日。」劉姥姥忙笑道：「這個正好，就叫他是巧哥兒。這叫做『以毒攻毒，以火攻火』的法子。姑奶奶定要依我這名字，他必長命百歲。日後大了，各人成家立業，或一時有不遂心的事，必然是遇難成祥，逢凶化吉，卻從這『巧』字上來。」脂批說：「作讖語以影射後文。」其實作者筆下還自有一段因緣的安排，同時也為日後劉姥姥盡力搭救巧姐作下的鋪墊。當時巧姐被姥姥救出於青樓時年僅八歲，而起名的時候，巧姐至多不過兩三歲，所以，作者又在暗示賈府的敗落不過就是這五六年之內的事。

整體而言，劉姥姥二進榮國府，深入到賈府的許多角落，引出了賈府衣、食、住、行等各個方面。這次劉姥姥所接觸的人物之多，所見的場面之廣，感受驚嘆之深，都勝過了第一次。角色也由王家的親戚轉為了賈母的座上賓，出席了賈府豐盛的家宴，遊覽了大觀園。作者透過劉姥姥的觀察、體驗、評論，進一步地表現了賈府主子們的享樂與奢侈，既寫出了賈府鮮花錦簇之盛，又為日後賈府敗落巧姐被救埋下了伏筆。

劉姥姥三進榮國府時，賈府將家破人亡，一片蕭索淒涼。賈府的老祖宗賈母已死，昔日潑辣的鳳姐病得骨瘦如柴，神情恍惚，只得把自己的獨生女兒託付給這位昔日來攀附的窮老婆子。而劉姥姥知恩圖報，她想盡辦法，四處尋找，最終救出了被賣入青樓裡當老鴇丫鬟的巧姐，並將她撫養長大，嫁給孫子板兒，使其過起普通人的生活。第三次進榮府，劉姥姥見證了賈府的衰落。（當然，這裡有的內容是我們根據脂批內容得出來的。）

縱觀劉姥姥三次進賈府的情節，我們不難發現，一進，明則為「錢」，暗則將府內的人脈看遍；二進，面面俱到地將賈府裡所有的事物容情於景，如鏡子般照出了大觀園裡平時可見和不可見的玉上瑕疵；三進，感恩圖報，奮力救下鳳姐兒的遺孤，這就是「偶因濟村婦，巧得遇恩人」。劉姥姥這一角色的意義就在於此：作者用她引出故事，推進情節，前後一以貫之。劉姥姥從內部，從近處對賈府進行透視和詳察，小說情節因此得以展開，從而更深入更細膩地揭示賈府內部的生活細節。

為什麼說賈政是「假正經」？

曹雪芹寫《紅樓夢》，在給人物起名字的時候，很多地方運用了諧音法。脂硯齋對此也有所披露，例如脂硯齋在賈雨村、霍啟、英蓮、元春四姐妹等人名後分別批出「假語村言」、「禍起」、「應憐」、「原應嘆惜」，就是告訴我們這些人物的名字實際上都運用了取意於其「諧音」的字。但是，我們並不能把這個當作讀《紅樓夢》的一種準則，認為《紅樓夢》裡所有的名字都是這樣的。例如很多人認為，賈政之名取意於「假正經」這一點，我們認為，賈政並非那種假正經之人，而是一個純粹的「正經人」。至少按照儒家傳統來看，賈政是一個標準的儒家弟子。

首先，賈政對皇上絕對是忠心耿耿，不帶一點兒私心，從「賈元春省親」這一事件之中就可以看出來。元妃歸省，賈政覺得皇恩浩蕩，大費心力建造了省親別墅。也許有很多人認為，賈政透過建造省親別墅，搜刮了大量財富，並從皇上那裡得到了大量的贊助，但實際上並不是這樣。至少我們從書裡沒有得到任何關於這一點的暗示。相反，在省親的前前後後，我們看到的都是心懷一片恭肅忠敬之意的賈政。元妃省親回到榮府，賈政是何等虔誠：先是參拜，後是稱「臣」，未及問候女兒，「聖君萬歲千秋」之類的話先祝禱了一大套，然後又自表決心——賈政一定不辜負皇上的聖恩，最後才談及父女之情：「……貴妃切勿以政夫婦殘年為念，懣憤金懷，更祈自加珍愛。唯業業兢兢，勤慎恭肅以侍上，庶不負上體貼眷愛如此之隆恩也。」

賈政對皇上的一片赤誠之心，並不僅僅表現在元春省親這一件事，即使是在抄家之後，賈政也是如此。例如皇上一時聽了御史之言令錦衣軍將賈府家產抄沒，賈政雖心生悲鬱，但對皇上絕無怨言。抄家之後，賈政只是從自己身上找原因，認為賈府之所以會衰落，完全是因為自己平日裡疏於家政管理所致，再加上後生子弟們不爭氣，家道才一敗如此。於是，賈政在錦衣軍翻箱倒櫃逞兇施威以後，尚能面北含淚謝恩。這能說賈政是假正經嗎？

其次，再來看賈政對自己官位的態度。賈政的官場生涯，在冷子興的口中表述得非常清楚——「次子賈政，自幼酷喜讀書，祖父最疼。原欲以科甲出身的，不料代善臨終時遺本一上，皇上因恤先臣，即時令長子襲官外，問還有幾子，立刻引見，遂額外賜了這政老爹一個主事之銜，令其入部習學，如今現已升了員外郎了。」可見，賈政並不是那種一味靠祖上榮華坐吃山空的紈絝子弟，而是一心追求事業，到任後，還大力反腐倡廉，意欲做個清官。可見，賈政不僅有忠誠之心，更備清廉之德。這絕不是賈政故作矜持，絕不是像有些人所說的那樣是假正經。

最後，作為兒子和父親，賈政也絕對夠資格。對自己的母親，賈政只堅持一句話：順者為孝。賈政對賈母可謂百依百順、恭恭敬敬、唯命是從，平日裡有什麼好吃的好玩的，賈政總是以賈母為先；開家宴的時候，賈政為了讓自己的母親高興往往是不惜一切代價。抄家之後，賈母向家人散發餘資，分派家務，賈政便大有自責之意，不忍之心。這也展現了賈政對母親的一片深情。對兒子賈寶玉，賈政往往是恨鐵不成鋼，即使是有時候會對寶玉「動粗」，但往往是出於一片愛心，想讓寶玉歸於正途，將來好光宗耀祖。從這一點也看不出賈政什麼地方有假正經的表現。

由上看來，賈政確實算得上一個好官員，一個好父親，一個好兒子，一個有情趣的人。說他「假正經」，憑何而來？

當然，有人說，賈政「整天一本正經，滿口仁義道德；治家無能，導致賈家一敗塗地；為官也很失敗，放了江西糧道，一任手下胡為。教育寶玉從來不知鼓勵，死板、苛刻、不苟言笑，時時以嚴父形象出現。寶玉不好也就罷了，好了也不說一句好。還動輒『叉出去』、『該打！』、『更不好了』。就是這樣一個正統封建禮教的化身，卻偏偏喜歡惡俗不堪的趙姨娘，還居然養了個一肚子壞水，刁險陰損、齷齪不堪的環兒……」——這不是「假正經」又是什麼？這樣的觀點乍看起來相當有理，但是仍然經不起推敲！

「治家無能，導致賈家一敗塗地」，這跟人是否「假正經」沒有關係。

「教育寶玉從來不知鼓勵，死板、苛刻、不苟言笑，時時以嚴父形象出現……」，這實際上是賈政對寶玉一片恨鐵不成鋼之心的表現，並不是什麼假正經！即使「死板、苛刻、不苟言笑……」，這也只是教育方法的選擇，或者只是性格使然！怎麼能跟「假正經」聯繫起來呢？

「就是這樣一個正統封建禮教的化身，卻偏偏喜歡惡俗不堪的趙姨娘，還居然養了個一肚子壞水，刁險陰損、齷齪不堪的環兒……」，《紅樓夢》開始的時候，趙姨娘已經是一個半老徐娘，的確是惡俗不堪，但是「納小妾」只是古時候的一種風氣，這跟個人人格好像沒有什麼關係。所以說，單憑這一點就說賈政是「假正經」，恐怕證據不足！

「為官也很失敗，放了江西糧道，一任手下胡為」，這只是高鶚自己續寫的內容，並不是曹雪芹的原意，所以更不能成為證明賈政就是「假正經」的證據。

其實只要留心一點，我們就會發現，曹雪芹在刻劃賈政這一人物形象的時候，是懷有十分尊重、愛戴、同情的心情的，並沒有諷刺這個人物的意思，因此，賈政之名跟「假正經」沒有任何關係。相反，整部《紅樓夢》，整個賈府也只有賈政這個人物有挽救賈府於危難之中的希望，但是無奈賈府沒落已深入「骨髓」，這個唯一的希望最後也化為泡影。

為什麼說賈雨村是《紅樓夢》的穿線人物？

在《紅樓夢》中，有一個名叫賈雨村的人，作者對他著墨並不多，但他卻是整部《紅樓夢》中一個相當重要的人物。賈雨村的名字來自「假語村言」，而作者曹雪芹寫《紅樓夢》，自命為「假語村言」，可見賈雨村在紅樓夢整部小說立意上的非同尋常的意義。基於此，很多專家認為，賈雨村在《紅樓夢》之中是一個意義非凡的穿線人物，在《紅樓夢》的情節設置上起著相當重要的作用。

我們不妨回到《紅樓夢》文本來看賈雨村。賈雨村是和另外一個重要人物甄士隱相應出現的，正是他二人引出了紅樓夢的整個故事情節，小說開篇第一回就寫到：「作者自云：因曾歷過一番夢幻之後，故將真事隱去，而借通靈之說，撰此《石頭記》一書也。故曰甄士隱云云。……又何妨用假語村言，敷演出一段故事來，亦可使閨閣昭傳……故曰賈雨村云云。」但是，隨著故事情節的進一步發展，就像曹雪芹在書中交代的那樣，既然真事隱去了（甄士隱），那麼剩下的便是假語村言（賈雨村）了，所以賈雨村消隱以後仍見於很多重大的事件之中。相比於癩頭和尚、跛足道人這兩個近乎神話的人物在很多地方做出的對世人、對賈府衰落的暗示，賈雨村則是透過直接涉入賈府的現實生活，對賈府的興衰起直接的推波助瀾的作用。

賈雨村首次出現的時候便以一種權奸之像與讀者見面：「那甄家丫鬟擷了花，方欲走時，猛抬頭見窗內有人，敝巾舊服，雖是貧窘，然生得腰圓背厚，面闊口方，更兼劍眉星眼，直鼻權腮。」這「直鼻權腮」之人正是賈雨村，天生一副奸像。脂硯齋對賈雨村的容貌有兩條批語：甲戌側批——是莽操遺容。甲戌眉批——最可笑世之小說中，凡寫奸人則用「鼠耳鷹腮」等語。

脂硯齋批得甚是恰當。賈雨村雖然一個落魄書生，但是並不甘於久居他人屋簷之下，日日操心的是何年何月才能飛黃騰達。總之，賈雨村是當時社會中熱心於功名利祿之輩的一個活生生的典型。作者雖然也寫道賈雨村是讀書上進的正人君子，但是我們分明感覺到他是一個時時刻刻準備著為追求利慾不顧一切，卻又時時不忘把自己打扮成正人君子的十足的小人。而對於賈雨村這樣的人，作者是極其反對，並對其抱有一種批判態度的，這從賈寶玉身上就能明顯地看出來，作者寫賈雨村實際上正是在襯托賈寶玉。賈雨村和賈寶玉正好是一對南轅北轍的人物，賈雨村對功名利祿迫不及待，時時不忘飛黃騰達，而賈寶玉則對「仕途經濟」十分鄙視。第三十二回中寫道：「正說著，有人來回說：『興隆街的大爺來了，老爺叫二爺去。』寶玉聽了，便知是賈雨村來了，心中好不自在。」用賈雨村來襯寫賈寶玉，看來作者真有此意。

當然，賈雨村這個人物形象的意義並不僅限於此。在《紅樓夢》的情節發展的過程中，賈雨村的穿線作用不容忽視。賈雨村雖然出現的次數有限，但是只要有重大的能直接關係賈府命運的事件發生，賈雨村必然出現。

小說在寫到賈寶玉出生入世的一段時，雖然最初是透過冷子興之口傳達出來的，但是最早對賈寶玉「銜玉而生」、愛「紅」之奇怪性格作出深刻解釋的卻是賈雨村。

後來，賈雨村作為林黛玉的老師護送林黛玉進京。賈雨村透過賈府的勢力當官以後，感恩戴德地幫助無法無天的呆霸王薛蟠打官司。當然這些情節只是不痛不癢的。但是可怕的是賈雨村就像是一個幽靈一樣，時時隱藏在某個角落，只要他一出現，賈府必出大事。對於賈府，對於賈寶玉，賈雨村就是一個災星。這其中最重要的一件事就是：賈雨村與賈赦害石呆子。正是這一件事為賈府日後的抄家和衰落埋下了大患。賈府在被抄以後，賈雨村的表現就更是說明了他的醜惡和無賴。他對待賈府的態度就跟他在發達以後對待那個門生的態度完全一樣，一副恩將仇報的醜惡嘴臉。

總而言之，賈雨村是一個待價而沽、奸詐巧取、利慾熏心、趨炎附勢、見利忘義、恩將仇報的十足小人。在賈雨村身上，直接呈現著賈府從「興」到「衰」的全部痕跡。而賈府從「興」到「衰」的過程正好是《紅樓夢》一書的主線，所以說，賈雨村就是紅樓夢的穿線人物，在紅樓夢一書的情節設置上起著相當重要的作用。

為什麼說晴雯「心比天高」？

「心比天高，身為下賤。」這是作者給晴雯的判詞。那麼，晴雯的心怎麼高了？充其量不過就是想成為一個通房大丫頭，伺候寶二爺一輩子。賈母把她派到寶玉身邊，原本也是這個用意——「這些丫頭的模樣、爽利言談、針線，多不及她，將來只她還可以給寶玉使喚得（第七十八回）。」這樣看來「身為下賤」還可以理解，但是「心比天高」又從何談起？

作為《紅樓夢》之中最可愛，個性最鮮明的丫頭，晴雯以「勇補雀金裘」、「千金撕扇」和「抄檢大觀園」時的「倒箱」之舉，給人留下了深刻的印象。但是，「霽月難逢，彩雲易散。心比天高，身為下賤，風流靈巧招人怨。壽夭多因譭謗生，多情公子空牽念」，晴雯最終沒有逃脫這樣的命運。她因「風流靈巧招人怨」，最後以「多因譭謗生」而死。小說第七十七回以「俏丫鬟抱屈夭風流」作為回目，表明了作者對晴雯之死的憤懣和同情。一個「屈」字的意義，道出了晴雯的不幸。其實，單從晴雯本身來看，她的心性是極高的，不僅聰明伶俐，而且性格活潑，很討人喜歡，在賈母把她送到寶玉房裡的那一刻起，她也已經像襲人一樣把自己當作了寶玉房裡的人。這可以看作是她「心比天高」的一個表現，但是這個權利是賈母給她的。

正是這樣的心理背景，讓晴雯在寶玉房裡十分自信。在很多地方的描寫之中，晴雯儼然是以寶玉房裡的主人身分出現的。但是「壽夭多因譭謗生」，晴雯的張揚引起了很多人的嫉妒，誹謗自然就來了。晴雯的「心比天高」害了她。

在晴雯被攆出大觀園之後，她「心比天高」的個性再一次得到了張揚。第七十八回寫寶玉來到晴雯床前看視：

（寶玉）一面想，一面流淚問道：「你有什麼說的，趁著沒人告訴我。」晴雯嗚咽道：「有什麼可說的！不過挨一刻是一刻，挨一日是一日。我已知橫豎不過三五日的光景，就好回去了。只是一件，我死也不甘心的：我雖生的比別人略好些，並沒有私情密意勾引你怎樣，如何一口死咬定了我是個狐狸精！我太不服。今日既已擔了虛名，而且臨死，不是我說一句後悔的話，早知如此，我當日也另有個道理。不料痴心傻意，只說大家橫豎是在一處。不想平空裡生出這一節話來，有冤無處訴。」說畢又哭。寶玉拉著他的手，只覺瘦如枯柴，腕上猶戴著四個銀鐲，因泣道：「且卸下這個來，等好了再戴上罷。」因與他卸下來，塞在枕下。又說：「可惜這兩個指甲，好容易長了二寸長，這一病好了，又損好些。」雯拭淚，就伸手取了剪刀，將左手上兩根蔥管一般的指甲齊根鉸下；又伸手向被內將貼身穿著的一件舊紅綾襖脫下，並指甲都與寶玉道：「這個你收了，以後就如見我一般。快把你的襖兒脫下來我穿。我將來在棺材內獨自躺著，也就像還在怡紅院的一樣了。論理不該如此，只是擔了虛名，我可也是無可如何了。」寶玉聽說，忙寬衣換上，藏了指甲。晴雯又哭道：「回去他們看見了要問，不必撒謊，就說是我的。既擔了虛名，越性如此，也不過這樣了。」

透過這段描寫，我們仍然可以看出晴雯極強硬的性格特點。這段話表明了晴雯做事光明磊落的性格特點。晴雯說：「我太不服！」這是她的反抗，儘管「有冤無處訴」也絕不低頭，這就是晴雯的骨氣，她的性格至死不變。一直到死，晴雯都對自己就這麼死去不甘心——正所謂「心比天高，身為下賤」。

整體而言，「心比天高，身為下賤」的晴雯，不僅引起讀者的無限同情，更引起讀者對封建社會的強烈憤恨。她的高尚品質和她的反抗精神帶給我們的觸動將是永久的。

賈珍和賈薔之間到底有什麼關係？

有人認為，焦大口中所說的「養小叔子的事情」指的不是秦可卿和賈寶玉，因為寶玉年紀還很小，焦大不可能對這樣一個毛頭小子撒氣。那焦大口中的「養小叔子的」究竟是指誰呢？有人認為，焦大很可能是在說賈珍和賈薔。有的人可能會認為這個提法有點荒唐——他們兩個「男性」怎麼就成了「養小叔子」了？但實際上是很有根據的。「同性戀」在整部《紅樓夢》中曾不止一次出現過。從作者曹雪芹來講，「同性戀」似乎是司空見慣的事情。在《紅樓夢》中，曹雪芹是把「同性戀」當作一種普通的感情來描寫的，例如賈寶玉和秦鐘、蔣玉菡、柳湘蓮之間就有「同性戀」的嫌疑；薛蟠也是一個好「龍陽之興」的人物。第六十五回賈珍、賈璉的小童們「公公道道的貼一爐子燒餅」；第五十八回藕官、藥官、蕊官的情感等。著名女作家張愛玲也認為，「養小叔子的事情是指賈珍和賈薔」這一點甚是可信。

那麼，我們說「養小叔子」指的是「賈珍和賈薔」有什麼根據嗎？當然有的。我們來看下面這段話：

原來這一個名喚賈薔，亦係寧府中之正派玄孫，父母早亡，從小兒跟賈珍過活，如今長了十六歲，比賈蓉生的還風流俊俏。他兄弟二人最相親厚，常相共處。寧府人多口雜，那些不得志的奴僕們，專能造言誹謗主人，因此不知又有了什麼小人詬誶謠諑之辭。賈珍想亦風聞得些口聲不大好，自己也要避些嫌疑，如今竟分與房舍，命賈薔搬出寧府，自去立門戶過活去了。【蒙側批：此等嫌疑不敢認真搜查，悄為分計，皆以含而不漏為文，真實靈活至極之筆。】這賈薔外相既美，內性又聰明，雖然應名來上學，亦不過虛掩眼目而已。仍是鬥雞走狗，賞花玩柳。總恃上有賈珍溺愛，【蒙雙行夾批：貶賈珍最重。】下有賈蓉匡助，【蒙雙行夾批：貶賈蓉次之。】因此族中人誰敢來觸逆於他。他既和賈蓉最好，今見有人欺負秦鐘，如何肯依？如今自己要挺身出來報不平，心中卻忖度一番，想道：「金榮賈瑞一干人，都是薛大叔的相知，向日我又與薛大叔相好，倘或我一出頭，他們告訴了老薛，我們豈不傷和氣？待要不管，如此謠言，說的大家沒趣。如今何不用計制服，又止息了口聲，又不傷了臉面。」想畢，也裝出小恭，走至外面，悄悄的把跟寶玉的書僮名喚茗煙者喚到身邊，如此這般調撥他幾句。

這段描寫中有很多疑問可供我們揣測。「他兄弟二人最相親厚，常相共處。寧府人多口雜，那些不得志的奴僕們，專能造言誹謗主人，因此不知又有了什麼小人詬誶謠諑之辭。」賈容和賈薔「長相共處」到底是怎麼個「長相共處」？若是正常的兄弟關係，「那些不得志的奴僕們」又是怎樣「造言誹謗主人」的？賈珍為什麼「想亦風聞得些口聲不大好」，他到底聽說了什麼？為什麼說賈珍因為「自己也要避些嫌疑」，才「命賈薔搬出寧府，自去立門戶過活去了」？賈珍到底要避什麼嫌疑？那些「小人詬誶謠諑之辭」到底說的是什麼？脂批說「皆以含而不漏為文」，那麼那些沒有露出來的到底是些什麼內容？賈珍對自己的兒子賈蓉尚且是拳打腳踢，為什麼偏偏要溺愛賈薔？賈珍到底是怎麼溺愛賈薔的？若是正常的「叔侄」（按輩份賈珍是賈薔的叔叔）關係，為什麼寫賈珍溺愛賈薔反倒是「貶賈珍最重」？按道理，賈薔年幼失去雙親，生活上得到「賈蓉匡助」是很正常的，這也說明賈蓉是個心地善良之人。為什麼說作者寫「賈蓉匡助」賈薔反倒是「貶賈蓉」（實際上賈蓉和賈薔的關係也是值得推敲的）？

這些疑問都是非常值得我們揣摩的，但是這些疑問同時也是非疑之疑。正如脂批內容說的那樣「此等嫌疑不敢認真搜查，悄為分計，皆以含而不漏為文，真實靈活至極之筆」，這些疑問實際上是不言自明的。作者實際上正是想透過這段「疑問百出」的內容告訴我們，賈珍和賈薔之間有一種非同尋常的關係，甚至賈蓉和賈薔之間的關係也不正常！

按說，賈薔作為寧府一個玄孫（即使是正派玄孫），在寧府這個勢利的大家庭中不應該有那麼高的地位，但是事實正相反，賈薔不僅在寧府，甚至是在榮府也算得上是十分有面子的人物。第十二回〈王熙鳳毒設相思局，賈天祥正照風月鑑〉裡有「賈薔和賈蓉收拾賈瑞，替王熙鳳出氣」的描寫，別的且不說，單從這一點看來，賈薔在王熙鳳眼裡就算得上一個人物，不然她不會把自己那麼隱私的事情讓賈薔來摻和。那賈薔的資本從哪裡來？自然是從賈珍那裡來的，這和「賈珍從小溺愛」賈薔有很大關係。那麼，賈珍為什麼要溺愛賈薔呢？這一點也不難理解，誰讓人家賈薔「外相既美，內性又聰明」甚至「比賈蓉生的還風流俊俏」呢？俗話說得好，「無風不起浪」，如果賈珍和賈薔之間是正常的親屬關係，肯定也不會有那些「詬誶謠諑之辭」。另外，寧國府是個什麼地方？「除了大門口那兩個石獅子是乾淨的，再找不到一塊乾淨的地方了」，因此，賈珍和賈薔之間的關係很可能像焦大說的那樣是一種「養小叔子的關係」。當然，有的人會問了，賈薔並不是賈珍的「小叔子」啊？怎麼能說是養小叔子呢？至於這一點，我們給出的答案是：「小叔子」很可能是古代對某一類人（例如賈薔這一類被人「養」起來的男性）的一種統稱。

因此，與那些「不得志的奴僕們」比起來，賈薔是十分得勢的。據此，我們推測，因為賈薔生性風流倜儻，博得賈珍的好感，與賈珍有「同性戀」關係。賈珍和賈薔的關係後來在賈府上下傳開，引起那些「不得志的奴僕們」的「詬誶謠諑之辭」，賈珍為了「避些嫌疑」，於是「分與房舍，命賈薔搬出寧府，自去立門戶過活去了。」這樣看來，焦大說的養小叔子的事情很可能真的是指賈珍和賈薔。

王熙鳳和賈蓉之間有什麼事？

關於焦大口中的「養小叔子的養小叔子」，還有多種解釋，例如有很多人就認為，焦大所罵之人實際上是指王熙鳳和賈蓉。其實，這一點也是可能的。因為我們從《紅樓夢》的很多地方的確能覺察到王熙鳳和賈蓉之間的關係非常微妙。

第十二回〈王熙鳳毒設相思局，賈天祥正照風月鑑〉：賈瑞調戲王熙鳳，王熙鳳「毒設相思局」，讓賈蓉和賈薔懲治賈瑞。試想一下，王熙鳳為什麼偏偏會讓賈蓉來辦這種事？按說，這應該是王熙鳳的隱私，而王熙鳳偏偏把這個隱私告訴了賈蓉。可見，王熙鳳和賈蓉之間的關係不一般，至少不是正常的嬸子跟侄子的關係。

第六回〈賈寶玉初試雲雨情，劉姥姥一進榮國府〉裡的一段關於賈蓉和王熙鳳的對話就更讓人雲裡霧裡：

剛說到這裡，只聽二門上小廝們回說：「東府裡的小大爺進來了。」鳳姐忙止劉姥姥：「不必說了。」一面便問：「你蓉大爺在那裡呢？」只聽一路靴子腳響，進來了一個十七八歲的少年，面目清秀，身目俏，輕裘寶帶，美服華冠。劉姥姥此時坐不是，立不是，藏沒處藏。鳳姐笑道：「你只管坐著，這是我侄兒。」劉姥姥方扭扭捏捏在炕沿上坐了。

賈蓉笑道：「我父親打發我來求嬸子，說上次老舅太太給嬸子的那架玻璃炕屏，明日請一個要緊的客，借了略擺一擺就送過來的。」鳳姐道：「說遲了一日，昨兒已經給了人了。」賈蓉聽著，嘻嘻的笑著，在炕沿上半跪道：「嬸子若不借，又說我不會說話了，又挨一頓好打呢。嬸子只當可憐侄兒罷。」鳳姐笑道：「也沒見我們王家的東西都是好的不成？一般你們那裡放著那些東西，只是看不見我的才罷。」賈蓉笑道：「那裡有這個好呢！只求開恩罷。」鳳姐道：「若碰一點兒，你可仔細你的皮！」因命平兒拿了樓房的鑰匙，傳幾個妥當人抬去。賈蓉喜的眉開眼笑，說：「我親自帶了人拿去，別由他們亂碰。」說著便起身出去了。

這裡鳳姐忽又想起一事來，便向窗外叫：「蓉哥回來。」外面幾個人接聲說：「蓉大爺快回來。」賈蓉忙復身轉來，垂手侍立，聽何指示。那鳳姐只管慢慢的喫茶，出了半日的神，又笑道：「罷了，你且去罷。晚飯後你來再說罷。這會子有人，我也沒精神了。」賈蓉應了一聲，方慢慢的退去。

王熙鳳最後把賈蓉叫回來到底想說什麼？為什麼因為「這會子有人」又不說了？為什麼這回不說就罷了還要等到「晚飯後你來再說罷」？如果「這會子」沒人，王熙鳳到底要對賈蓉說什麼？還是要和賈蓉做什麼？當然，作者並沒有寫賈蓉晚飯後來到鳳姐這邊，聽鳳姐說了什麼或者做了什麼，但是我們從王熙鳳和賈蓉的這段對話可以看出：賈蓉和王熙鳳之間的關係是非常微妙的、反常的！我們彷彿看到鳳姐瞇著眼睛，「慢慢的喫茶」，忖度了半日，才微笑著（一種讓人心神蕩漾的笑容）說：「罷了，你且去罷。晚飯後你來再說罷。這會子有人，我也沒精神了。」彷彿不情願讓賈蓉立刻走掉，但是有什麼辦法呢？「這會子有人，我也沒精神了」——等沒有人的時候，有精神的時候再說吧——晚飯後就有精神了。

從這些地方，我們可以明顯地感覺到，王熙鳳和賈蓉之間有一種非同尋常的關係。那麼，隱藏在王熙鳳和賈蓉之間的這種非同尋常的關係是不是就是焦大口中所說的那種「養小叔子」的關係呢？這是非常有可能的！我們再來看看王熙鳳聽到焦大罵「養小叔子的養小叔子」時的反應：「鳳姐和賈蓉等也遙遙的聞得，便都裝沒聽見」。作者所寫的這一句意味太深了，為什麼曹雪芹偏偏要說「鳳姐和賈蓉等也遙遙的聞得，便都裝沒聽見」。為什麼不寫成是「鳳姐和尤氏聽了，便裝作沒有聽見」？這實際上是作者在向我們暗示焦大所說的「養小叔子」的事指的就是鳳姐和賈蓉，所以才會說：「鳳姐和賈蓉等也遙遙的聞得，便都裝沒聽見」——這是兩人「做賊心虛」的表現。

那麼，有的人又要說了，如果鳳姐和賈蓉之間真的有焦大所說的那種關係，那麼賈璉能不知道嗎？如果賈璉知道了能饒得了他們嗎？實際上對王熙鳳和賈蓉之間的關係，賈璉也是有所耳聞的，並且像其他男人一樣，賈璉心裡也是非常「酸」的。關於這些內容，我們從書中的描寫可以看出，例如第十二回〈王熙鳳毒設相思局，賈天祥正照風月鑑〉：

> 平兒咬牙道：「沒良心的東西，過了河就拆橋，明兒還想我替你撒謊！」賈璉見他嬌俏動情，便摟著求歡，被平兒奪手跑了，急的賈璉彎著腰恨道：「死促狹小淫婦！一定浪上人的火來，他又跑了。」平兒在窗外笑道：「我浪我的，誰叫你動火了？難道圖你受用一回，叫他知道了，又不待見我。」賈璉道：「你不用怕他，等我性子上來，把這醋罐打個稀爛，他才認得我呢！他防我像防賊的，只許他同男人說話，不許我和女人說話，我和女人略近些，他就疑惑，他不論小叔子侄兒，大的小的，說說笑笑，就不怕我吃醋了。以後我也不許他見人！」平兒道：「他醋你使得，你醋他使不得。他原行的正走的正，你行動便有個壞心，連我也不放心，別說他了。」賈璉道：「你兩個一口賊氣。都是你們行的是，我凡行動都存壞心。多早晚都死在我手裡！」

且聽賈璉在這裡和平兒說了什麼：「你不用怕他，等我性子上來，把這醋罐打個稀爛，他才認得我呢！他防我像防賊的，只許他同男人說話，不許我和女人說話，我和女人略近些，他就疑惑，他不論小叔子侄兒，大的小的，說說笑笑，就不怕我吃醋了。以後我也不許他見人！」賈璉在這句話裡所提到的「小叔子侄兒」到底說的是誰？縱觀整部《紅樓夢》，賈府裡真正能和王熙鳳「說說笑笑」的男人除了賈寶玉還真就只有賈蓉了。那麼，賈璉是不是在暗指賈寶玉呢？肯定不是。一方面，賈寶玉是王熙鳳的姨媽王夫人的兒子；另一方面，王熙鳳又是賈寶玉的嫂子。再者，賈寶玉當時在王熙鳳和賈璉眼裡充其量也只是個孩子，即使平常和王熙鳳「說說笑笑」也不會讓賈璉把他們往「性」的問題上想。於是，賈璉在上面那句話裡所講的和王熙鳳說說笑笑的人只有一個——賈蓉。可見，就是賈璉也對王熙鳳和賈蓉的關係抱有懷疑態度，這也正是作者曹雪芹所要表達的意思。那麼，焦大嘴裡所說的「養小叔子」就很可能是指王熙鳳和賈蓉。賈璉既然對王熙鳳和賈蓉的關係十分懷疑，為什麼還表現得那麼平靜呢？要是換做別的男人，肯定早已醋意大發了。可能有三個原因可以解釋賈璉的這種不正常的態度：

①　賈璉本身在這方面就是一個沒有規矩的人，他自然沒有「臉」來指責王熙鳳。

②　賈璉對王熙鳳和賈蓉的關係只是懷疑，並沒有充足的證據。王熙鳳在賈府的地位是相當高的，在賈母的庇護下，幾乎可以用「飛揚跋扈」來形容她在賈府的地位。我們可以想像，如果賈璉沒有充足的證據是不敢輕舉妄動的，否則的話不僅會被王熙鳳奚落一頓，如果王熙鳳再告到賈母那裡，那更是吃不了兜著走。所以，賈璉在這種情況下，即使是懷疑賈蓉和王熙鳳之間有非正常的關係，但是沒有證據也無可奈何，只能在暗地裡嚼嚼舌頭。

③　家醜不可外揚，如果王熙鳳和賈蓉真的有那種關係，那麼，把這種事情嚷嚷出去，對賈璉自身也沒有什麼好處。再說，王熙鳳在老太太那裡是非常有地位的，即使賈璉有證據，老太太也是不會輕易相信的，說不定到最後還會連累自己，這也是賈璉對王熙鳳和賈蓉的關係無動於衷的原因之一。

當然，賈璉對王熙鳳的態度也不是放任自流的。例如，賈璉說：「你兩個一口賊氣。都是你們行的是，我凡行動都存壞心。多早晚都死在我手裡！」可見賈璉對王熙鳳有相當大的怨氣，早晚都會採取行動來報復王熙鳳。而這其中的絕大部分怨氣很可能就是因為王熙鳳和賈蓉之間的不正當的關係。

賈寶玉有「斷袖」之嫌？

中國古代稱同性戀為斷袖之交，讀過紅樓夢的人，往往有這樣的懷疑：賈寶玉是不是也有「斷袖」之嫌呢？其實這不應該僅僅是懷疑，因為我們的確能從《紅樓夢》的很多地方找到賈寶玉「斷袖」的證據。先不說別的，賈寶玉對「斷袖」的態度就是非常讚賞的，這在紅樓夢中有直接的描寫，例如賈寶玉從芳官口中得知藕官和藥官的同性戀情之後，他不僅不覺得奇怪，倒「獨合了他的呆性，不覺又是歡喜，又是悲嘆，又是稱奇道絕」。從這裡我們可以看出，在賈寶玉眼裡，「同性戀情」是很正常的一件事情，同時在整部《紅樓夢》中，我們可以明顯地看出有幾個男人和賈寶玉有不一般的同性戀情。

秦鐘

在《紅樓夢》一書中，和賈寶玉關係最為親密的男性非秦鐘莫屬。秦鐘和賈寶玉可謂是一見鍾情。第七回〈送宮花賈璉戲熙鳳，宴寧府寶玉會秦鐘〉寫秦鐘和寶玉第一次見面的時候：

那寶玉只一見了秦鐘的人品出眾，心中便有所失，痴了半日，自己心中又起了呆意，乃自思道：「天下竟有這等人物！如今看來，我竟成了泥豬癩狗了。可恨我為什麼生在這侯門公府之家，若也生在寒門薄宦之家，早得與他交結，也不枉生了一世。我雖如此比他尊貴，可知錦繡紗羅，也不過裹了我這根死木頭；美酒羊羔，也不過填了我這糞窟泥溝。『富貴』二字，不料遭我荼毒了！」秦鐘自見了寶玉形容出眾，舉止不浮，更兼金冠繡服，驕婢侈童，秦鐘心中亦自思道：「果然這寶玉怨不得人溺愛他。可恨我偏生於清寒之家，不能與他耳鬢交接，可知『貧富』二字限人，亦世間之大不快事。」二人一樣的胡思亂想。

由此可見，從第一次見面，秦鐘、寶玉二人就彼此有意結交。寶玉也就是從這開始就喜歡上秦鐘了。

自此以後，他二人同來同往，同起同坐，愈加親密。又兼賈母愛惜，也時常的留下秦鐘，住上三天五日，與自己的重孫一般疼愛。因見秦鍾不甚寬裕，更又助他些衣履等物。不上一月之工，秦鐘在榮府便熟了。寶玉終是不安分之人，竟一味的隨心所欲，因此又發了癖性，又特向秦鐘悄說道：「咱們倆個人一樣的年紀，況又是同窗，以後不必論叔侄，只論弟兄朋友就是了。」（蒙側批：悄說之時何時？舍尊就卑何心？隨心所欲何癖？相親愛密何情？）先是秦鍾不肯，當不得寶玉不依，只叫他「兄弟」，或叫他的表字「鯨卿」，秦鐘也只得混著亂叫起來。

正如脂批所說，不知這裡所說的寶玉又發了什麼「癖性」？悄說之時何時？舍尊就卑何心？隨心所欲何癖？相親愛密何情？這裡實際上是交代了秦鐘和賈寶玉之間的同性戀情。接下來寫頑童鬧私塾時更將同性戀公開拿出來說，當時男校裡竟然是男色橫行的，這才有了秦鐘與憐香（男的）之間的故事，既而引出私塾的一陣打鬧。寶玉為了幫助秦鐘也動起手來。寶玉是個斯文人，如今肯為秦鐘出手，不可不說兩人之間不止一般的朋友關係。

當然，更能引發人們想像的是下面這件事情。第十五回〈王鳳姐弄權鐵檻寺，秦鯨卿得趣饅頭庵〉寫秦可卿死後，賈寶玉和秦鐘一起到饅頭庵為秦氏送葬。在饅頭庵，寶玉抓住秦鐘和智能兒偷情——

> 秦鐘連忙起來，抱怨道：「這算什麼？」寶玉笑道：「你倒不依，咱們就喊起來。」羞的智慧趁黑地跑了。寶玉拉了秦鐘出來道：「你可還和我強？」秦鐘笑道：「好人，你只別嚷的眾人知道，你要怎樣我都依你。」寶玉笑道：「這會子也不用說，等一會睡下，再細細的算帳。」一時寬衣要安歇的時節，鳳姐在裡間，秦鐘寶玉在外間，滿地下皆是家下婆子，打鋪坐更。鳳姐因怕通靈玉失落，便等寶玉睡下，命人拿來塞在自己枕邊。寶玉不知與秦鐘算何帳目，未見真切，未曾記得，此係疑案，不敢纂創。

這裡是最能說明秦鐘和寶玉之間的同性戀情的描寫，尤其是秦鐘那句「你要怎樣我都依你」的時候，秦鐘和寶玉之間的關係便已明朗化了。至於寶玉究竟躺下以後要怎樣和秦鐘算帳，並非真的像作者所說的那樣「未見真切，未曾記得，此係疑案，不敢纂創」，這實際上正是在向我們暗示秦鐘和寶玉之間的「同性關係」。

蔣玉菡

賈寶玉和蔣玉菡，一個是侯門公子，一個是名優，書中雖然沒有正面描寫他們之間的戀情，但是他們之間的關係是相當曖昧的。第二十八回〈蔣玉菡情贈茜香羅，薛寶釵羞籠紅麝串〉寫賈寶玉和蔣玉菡初次見面：

少刻，寶玉出席解手，蔣玉菡便隨了出來。二人站在廊檐下，蔣玉菡又陪不是。寶玉見他嫵媚溫柔，心中十分留戀，便緊緊的搭著他的手，叫他：「閒了往我們那裡去。還有一句話借問，也是你們貴班中，有一個叫琪官的，他在那裡？如今名馳天下，我獨無緣一見。」蔣玉菡笑道：「就是我的小名兒。」寶玉聽說，不覺欣然跌足笑道：「有幸，有幸！果然名不虛傳。今兒初會，便怎麼樣呢？」想了一想，向袖中取出扇子，將一個玉訣扇墜解下來，遞與琪官，道：「微物不堪，略表今日之誼。」琪官接了，笑道：「無功受祿，何以克當！也罷，我這裡得了一件奇物，今日早起方繫上，還是簇新的，聊可表我一點親熱之意。」說畢撩衣，將繫小衣兒一條大紅汗巾子解了下來，遞與寶玉，道：「這汗巾子是茜香國女國王所貢之物，夏天繫著，肌膚生香，不生汗漬。昨日北靜王給我的，今日才上身。若是別人，我斷不肯相贈。二爺請把自己繫的解下來，給我繫著。」寶玉聽說，喜不自禁，連忙接了，將自己一條松花汗巾解了下來，遞與琪官。

「寶玉出席解手，蔣玉菡便隨了出來」，只這一句就將賈寶玉和蔣玉菡之間「互相愛慕，一見鍾情」的緣分講了出來，看來二人是有「梯己話」要講的。接下來更奇，兩個大男人，初次見面，交換見面禮，如果說換別的東西也就罷了，偏偏換了兩條汗巾。汗巾是古代男子的貼身物品（據襲人的話：「你有了好的繫褲子，把我那條還我罷」，汗巾應該是繫褲子的東西）。兩個大男人互送自己的貼身物品，可見多麼不尋常！另外，若不是二人互生情愫，寶玉又怎麼會「見他嫵媚溫柔，心中十分留戀，便緊緊的搭著他的手」？蔣玉菡又怎麼會把自己繫褲子的汗巾送給寶玉，並說出「若是別人，我斷不肯相贈」這樣的話來？這樣也就罷了，蔣玉菡還「二爺請把自己繫的解下來，給我繫著」，親口索要賈寶玉的褲腰帶，這不讓人產生遐想，真正罕事！至於「賈寶玉不惜一切代價幫助蔣玉菡逃出忠順王府，在外面自己過活」，雖然沒有明寫，但是這其中更隱藏著賈寶玉和蔣玉菡之間的難以割捨的「情事」。第三十三回，忠順王府來人打聽蔣玉菡的下落，賈寶玉起先並不承認，後來：

> 那長史官冷笑道：「現有據證，何必還賴？必定當著老大人說了出來，公子豈不吃虧？既云不知此人，那紅汗巾子怎麼到了公子腰裡？」寶玉聽了這話，不覺轟去魂魄，目瞪口呆，心下自思：「這話他如何得知！他既連這樣機密事都知道了，大約別的瞞他不過，不如打發他去了，免的再說出別的事來。」

真不敢想像寶玉在這裡所想的他和蔣玉菡之間的「別的事情」指的是什麼？還有什麼事情能讓他害怕到如此程度？這裡，不言自明。

柳湘蓮

除了秦鐘和蔣玉菡，另外與賈寶玉有非正常關係的男人就是柳湘蓮。

第四十七回，寫柳湘蓮說自己要出遠門，且看賈寶玉的表現：

> 寶玉便拉了柳湘蓮到廳側小書房中坐下，問他這幾日可到秦鐘的墳上去了。（庚辰雙行夾批：忽提此人使我墮淚。近幾回不見提此人，自謂不表矣。乃忽於此處柳湘蓮提及，所謂「方以類聚，物以群分」也。）湘蓮道：「怎麼不去？前日我們幾個人放鷹去，離他墳上還有二里，我想今年夏天的雨水勤，恐怕他的墳站不住。我背著眾人，走去瞧了一瞧，果然又動了一點子。回家來就便弄了幾

百錢，第三日一早出去，雇了兩個人收拾好了。」寶玉道：「怪道呢，上月我們大觀園的池子裡頭結了蓮蓬，我摘了十個，叫茗煙出去到墳上供他去，回來我也問他可被雨沖壞了沒有。他說不但不沖，且比上次又新了些。我想著，不過是這幾個朋友新築了。我只恨我天天圈在家裡，一點兒做不得主，行動就有人知道，不是這個攔就是那個勸的，能說不能行。雖然有錢，又不由我使。」湘蓮道：「這個事也用不著你操心，外頭有我，你只心裡有了就是。眼前十月初一，我已經打點下上墳的花消。你知道我一貧如洗，家裡是沒的積聚，縱有幾個錢來，隨手就光的，不如趁空兒留下這一分，省得到了跟前扎煞手。」

秦鐘和寶玉是什麼關係？這個我們已經分析過了。那柳湘蓮在這其中又是什麼身分？什麼又是脂批內容所說的「方以類聚，物以群分」？很明顯，這裡的「方以類聚，物以群分」不正是指賈寶玉、秦鐘和柳湘蓮三人嗎？再說了，作者已經明確地說過，這柳湘蓮「原是世家子弟，讀書不成，父母早喪，素性爽俠，不拘細事，酷好耍槍舞劍，賭博吃酒，以至眠花臥柳，吹笛彈箏，無所不為。」什麼是「眠花臥柳」？什麼又是「無所不為」？可見這柳湘蓮和秦鐘本是一路貨色。再有，第六十六回，柳湘蓮遠行歸來再見到寶玉的時候，書中說：「二人相會，如魚得水。」兩個大男人，即使關係再好，久未見面，一見面便「如魚得水」，到底能說明什麼？

《紅樓夢》寫法詮解

《紅樓夢》開篇第一回就說：「至若離合悲歡，興衰際遇，則又追蹤躡跡，不敢稍加穿鑿，徒為供人之目而反失其真傳者。」

對此，脂硯齋作批語說：「事則實事，然亦敘得有間架、有曲折、有順逆、有映帶、有隱有見、有正有閏，以致草蛇灰線、空谷傳聲、一擊兩鳴、明修棧道、暗渡陳倉、雲龍霧雨、兩山對峙、烘雲托月、背面敷粉、千皴萬染諸奇書中之祕法，亦不復少。余亦於逐回中搜剔刳剖明白注釋以待高明，再批示誤謬。」

作者說：「至若離合悲歡，興衰際遇，則又追蹤躡跡，不敢稍加穿鑿」；脂硯齋說：「事則實事」。可見，《紅樓夢》一書不是憑空創作出來的，是有一定的現實依據的。但是在那個大興文字獄的時代，誰敢正面評論現實呢？於是方法只有一個，只有「敘得有間架、有曲折、有順逆、有映帶、有隱有見、有正有閏，以致草蛇灰線、空谷傳聲、一擊兩鳴、明修棧道、暗渡陳倉、雲龍霧雨、兩山對峙、烘雲托月、背面敷粉、千皴萬染諸奇書中之祕法，亦不復少」，這樣才能既說了歷史，又能保證自己不受文字獄牽連。

在這種情況之下，曹雪芹《紅樓夢》的寫作過程中自創了很多種手法來。在這一章，我們將具體介紹幾種曹雪芹在寫《紅樓夢》的時候慣用的手法。

《紅樓夢》中的諧音法

「諧音法」是作者曹雪芹在創作《紅樓夢》過程中使用的最典型的手法。所謂「諧音法」，實際上就是利用字與字之間的諧音，故意把原字的字義隱去，而代之以新字的字義。對於「諧音法」，作者開宗明義，一開篇就點明就裡：

作者自云，因曾歷過一番夢幻之後，故將真事隱去，而借「通靈」之說，撰此《石頭記》一書也，故曰「甄士隱」云云。但書中所記何事，又因何而撰是書哉？自云：「今風塵碌碌，一事無成，忽念及當日所有之女子，一一細推了去，覺其行止見識，皆出於我之上。何堂堂之鬚眉，誠不若彼一干裙釵？實愧則有餘，悔則無益之大無可奈何之日也。當此時則自欲將已往所賴上賴天恩、下承祖德，錦衣紈絝之時、飫甘饜美之日，背父母教育之恩、負師兄規訓之德，已至今日一事無成、半生潦倒之罪，編述一記，以告普天下人。雖我之罪固不能免，然閨閣中本自歷歷有人，萬不可因我不肖，則一併使其泯滅也。雖今日之茅椽蓬牖，瓦灶繩床，其風晨月夕，階柳庭花，亦未有傷於我之襟懷筆墨者。雖我未學，下筆無文，又何妨用假語村言，敷演出一段故事來，亦可使閨閣昭傳，復可悅世之目，破人愁悶，不亦宜乎？」故曰「賈雨村」云云。

在這段話裡，作者寫得很明白，「甄士隱」這一名字的本意是將「真事隱去」，是「真事隱」的諧音，而「賈雨村」則是從「假語村言」或者「假語存」的發音演變而來。

當然，「諧音法」並不是我們自己的臆測，批書人「脂硯齋」也在批語之中點明了作者在創作的過程中運用了「諧音法」：

例一：當日地陷東南，這東南一隅有處曰姑蘇，有城曰閶門者，最是紅塵中一二等富貴風流之地。這閶門外有個十里街，街內有個仁清【甲戌側批：又言人情，總為士隱火後伏筆。】巷，巷內有個古廟，因地方窄狹，人皆呼作葫蘆【甲戌側批：糊塗也，故假語從此具焉。】廟。廟旁住著一家鄉宦，姓甄，【甲戌眉批：真。後之甄寶玉亦藉此音，後不注。】名費，【甲戌側批：廢。】字士隱。【甲戌側批：託言將真事隱去也。】嫡妻封【甲戌側批：風。因風俗來。】氏，情性賢淑，深明禮義。家中雖不甚富貴，然本地便也推他為望族了。因這甄士隱稟性恬淡，不以功名為念，每日只以觀花修竹，酌酒吟詩為樂，倒是神仙一流人品。只是一件不足：如今年已半百，膝下無兒，只有一女，乳名英蓮，【甲戌側批：設云「應憐」也。】年方三歲。

例二：這士隱正痴想，忽見隔壁葫蘆廟內寄居的一個窮儒，姓賈名化，【甲戌側批：假話。妙！】表字時飛，【甲戌側批：實非。妙！】別號雨村【甲戌側批：雨村者，村言粗語也。言以村粗之言演出一段假話也。】者走了出來。這賈雨村原係胡州【甲戌側批：胡謅也。】人氏，也是詩書仕宦之族，因他生於末世，父母祖宗根基已盡，人口衰喪，只剩得他一身一口，在家鄉無益。

以上這兩段都是開篇第一回的內容，作者在這兩段裡大量運用了「諧音法」，正如批語之中所批的那樣。實際上，在《紅樓夢》之中，類似這樣的寫作方法有很多處，批語也一一點到，再例如：

「嚴老爺來拜」處有批語說：炎也。炎既來，火將至耶；

「因見嬌杏那丫頭買線」處有批語說：僥倖也；

在寫到「元春、迎春、探春、惜春」分別有批語說「元、迎、探、惜」分別諧「原、應、嘆、息」，合起來就是「原應嘆息」；

「當日同僚一案參革的號張如圭」處有批語說：「蓋言：『如鬼如蜮』也，亦非正人正旨」；

「豐年好大雪」處有批語「隱『薛』」；

「這個被打之死鬼，乃是本地一個小鄉紳之子，名喚馮淵」處有批語說：「真真是冤孽相逢」，可見，馮淵之名來自「逢冤」之諧音；

「偏頂頭遇見了門下清客相公詹光、單聘仁二人走來」處有批語「妙！蓋沾光之意」和「更妙！蓋善於騙人之意」。可見，詹光即「沾光」，單聘仁即「善於騙人」。

「銀庫房的總領頭領名喚吳新登」處有批語說：「妙！蓋云吳星戥也。」靖藏本更是有批語一語道破天機：「沾光、善騙人、吳星戥皆隨事生情，調侃世人。」

「倉頭上的頭領名喚戴良」處有批語說：「妙！蓋云大量也。」

「獨有一個賣半名喚錢華的」處有批語說：「亦錢開花之意，隨事生情。因情得文。」

對於曹雪芹在《紅樓夢》中的這些諧音法的運用，有的讀者覺得很滑稽，認為這只不過是作者的一種遊戲筆墨。另有些讀者則以為，這裡大有名堂，不該輕易放過。人們應該從書中人名上受到舉一反三的啟發。那麼，我們究竟應該怎樣看待《紅樓夢》中的諧音法呢？我們認為，首先要肯定「諧音法」的存在，透過以上的論述，我們確實應該看出，《紅樓夢》中的諧音法是確實存在的，並不是我們的主觀臆測。當然，我們在肯定「諧音法存在」的同時，也要有一個度，不應該把它片面誇大，例如有些人將「李紈」認為是「李自成完」的縮寫、認為「秋梨」隱「因你」、「冰糖」隱「病躺」、「曹雪芹」隱「抄寫勤」、「孔梅溪」隱「恐沒戲」、「賈珠之死」隱寫「朱由儉之死」、賈蘭隱寫「家裡亂」等，這就有點過分了，這樣隨意索之，簡直是荒唐，這分明就是先定下一個框架，然後用諧音法往裡硬套，是不科學的。

總而言之。曹雪芹的「諧音」不是隨便用的。他一定是在書中設定一些九連環。且環環相扣，叫你又一一梳理開後，留下最後一個「諧音」的環節，又必與其他環節相輔相成。識得最後鏈條，自然一氣貫通。所以，對於《紅樓夢》之中「諧音法」的研究，要建立在「研究作者寫作思路」的基礎之上，而不能隨便索引。

《紅樓夢》中的分身法

曹雪芹在創作《紅樓夢》的時候，出於多種原因的考慮創造並使用了上百種隱寫祕法。「分身法」是《紅樓夢》裡的最重要的隱寫祕法之一。「分身法」是著名紅學專家霍國玲女士首先提出來的。所謂

「分身法」（也叫分寫法），就是作者在利用小說隱寫歷史的時候，不是把歷史上發生的故事一對一的寫進小說之中，而是把歷史上真實存在的人物和事件及其所發生的地點分別隱寫在小說中的幾個或更多的人物、故事和地點之中的一種寫作方法。

「分身法」其實並不是後人強加穿鑿，曹雪芹在創作《紅樓夢》的時候，確實是有意運用的。這在《紅樓夢》之中的很多地方都可以看出來。

女媧石和十二釵

《紅樓夢》第一回就說：

原來女媧氏煉石補天之時，於大荒山無稽崖練成高經十二丈、方經二十四丈、頑石三萬六千五百零一塊。媧皇氏只用了三萬六千五百塊，只單單的剩了一塊未用，便棄此後在山青埂峰下。

在「高經十二丈」處，有脂硯齋評語說：總應十二釵；在「方經二十四丈」處有脂硯齋批語說：照應副十二釵。從這裡可見，女媧石雖然是一塊石頭，但是寫它是用來喻人的。而十二正釵、十二副釵都是女媧石的「分身」。

絳珠仙草和林黛玉、神瑛侍者和賈寶玉

同樣是在《紅樓夢》第一回寫到：

只因西方靈河岸上三生石畔，有絳珠草一株，時有赤瑕宮神瑛侍者，日以甘露灌溉，這絳珠草便得久延歲月。後來既受天地精華，復得雨露滋養，遂得脫卻草胎木質，得換人形，僅修成個女體，終日遊於離恨天外，飢則食蜜青果為膳，渴則飲灌愁海水為湯。只因尚未酬報灌溉之德，故其五內便鬱結著一段纏綿不盡之意。恰近日這神瑛侍者凡心偶熾，乘此昌明太平朝世，意欲下凡造歷幻緣，已在警幻仙子案前掛了號。警幻亦曾問及灌溉之情未償，趁此倒可了結的。那絳珠仙子道：「他是

甘露之惠，我並無此水可還。他既下世為人，我也去下世為人，但把我一生所有的眼淚還他，也償還得過他了。」因此一事，就勾出多少風流冤家來，陪他們去了結此案。」

很明顯，這裡所說的絳珠仙草就是林黛玉；而神瑛侍者就是賈寶玉。也就是說，絳珠仙草和林黛玉實際上是一個人的分寫；神瑛侍者和賈寶玉也是同一個人的分寫。

林黛玉和十二釵

《紅樓夢》第二回寫林黛玉的出身的時候寫她的父親林如海：

這林如海姓林名海，表字如海。乃是前科的探花，今已升至蘭台寺大夫，本貫姑蘇人氏，今欽點出為巡鹽御史，到任方一月有餘。

在「本貫姑蘇」一詞之後有脂硯齋批語說：十二釵正出之地，故用真，但是書中另有地方在介紹十二釵出身之地時明確說過：只有妙玉和黛玉是姑蘇人氏，剩餘的都是金陵人氏。這怎麼解釋呢？很明顯，這裡作者也用了分身法——十二釵實際上都是黛玉的分身。也就是說，十二釵雖然性格各異，但是都是黛玉原型的一個方面。

賈家和甄家、賈寶玉和甄寶玉

同樣是第二回，賈雨村對冷子興說：「正是這意。你還不知，我自革職以來，這兩年遍遊各省，也曾遇見兩個異樣孩子。【甲戌側批：先虛陪一個。】所以，方才你一說這寶玉，我就猜著了八九亦是這一派人物。不用遠說，只金陵城內，欽差金陵省體仁院總裁【甲戌側批：此銜無考，亦因寓懷而設，置而勿論。】甄家，【甲戌眉批：又一真正之家，特與假家遙對，故寫假則知真。】你可知麼？」

我們應該仔細看脂硯齋的評語，什麼是「先虛陪一個」？什麼是「亦因寓懷而設」？什麼又是「又一真正之家，特與假家遙對，故寫假則知真」？這明顯就是在告訴我們，甄家是不存在，甄家實際上就是賈家的分身，和賈家是一家。而甄家的甄寶玉實際上也是賈家的賈寶玉的一個分身。

寶玉與秦鐘

《紅樓夢》第七回寫秦可卿有一弟弟名叫秦鐘，「較寶玉略瘦些，清眉秀目，粉面朱唇，身材俊俏，舉止風流，似在寶玉之上，只是羞羞怯怯，有女兒之態，靦腆含糊」。後來，秦鐘與寶玉情投意合，相伴讀書。但是脂硯齋有一條批語說：「秦鐘」，情種也。但是在《紅樓夢》一書中，除了寶玉堪稱「情種」以外，還有別人更比寶玉更有情嗎？不見得！

另外，書中寫道：

一時擺上茶果，寶玉便說：「我兩個又不吃酒，把果子擺在裡間小炕上，我們那裡坐去，省得鬧你們。」

脂硯齋接著說：眼見得二人一身一體矣。這不就是告訴我們秦鐘和賈寶玉實際上就是一個人的分身嗎？

除了上面的這些例子，我們在《紅樓夢》中還可以見到很多分身法的運用實例。在這裡就不一一贅述了。

《紅樓夢》中的合身法

「合身法」是指在同一個小說人物身上，隱寫幾個不同的歷史人物的寫作方法。「合身法」同「分身法」一樣，是曹雪芹創造的重要寫作祕法之一。我們上面已經介紹過「分身法」，當把一個人物的長相、性格、愛好、經歷等特點分別寫在不同的人物身上的時候，這是分身法。相應地，當在同一個人物身上兼寫有不同人物的性格、長相、愛好、經歷等特點的時候，這就是合身法。合身法和分身法是邏輯關係上相對的兩種不同的創作手法。

關於「合身法」的運用，脂硯齋在批語中有過明確的提示。《紅樓夢》第三回寫林黛玉隨刑夫人去問候賈赦的時候，寫到：「眾小廝退出，方打起車簾，邢夫人攙著黛玉的手，進入院中。黛玉度其房屋院宇，必是榮府中花園隔斷過來的。進入三層儀門，果見正房廂廡遊廊，悉皆小巧別緻，不似方才那邊軒峻壯麗，且院中隨處之樹木山石皆有。一時進入正室，早有許多盛妝麗服之姬妾丫鬟迎著，邢夫人讓黛玉坐了，一面命人到外面書房去請賈赦。」

接著，脂硯齋有批語說：「這一句都是寫賈赦，妙在全是指東擊西打草驚蛇之筆。若看其寫一人即作此一人看，先生便呆了。」脂硯齋的實際意思是在說什麼呢？什麼是「若看其寫一人即作此一人看，先生便呆了」？「指東擊西打草驚蛇之筆」到底怎麼講呢？很明顯脂硯齋是在說，這些描寫雖然表面上是在寫賈赦，實際上一筆寫了很多人，並不僅僅是在寫賈赦。這就是曹雪芹在創作《紅樓夢》的時候慣用的一種創作手法——合身法。

合身法在《紅樓夢》人物設置上最突出的應用是石頭和寶玉。我們在讀《紅樓夢》的時候，常常會產生這樣的矛盾，「石頭」到底是誰？是「賈寶玉」？還是與寶玉隨身而來的「通靈寶玉」？抑或是曹雪芹自己？但是當我們得知這只是曹雪芹在寫作手法上玩的一個小花樣的時候，就會恍然大悟了，原來他們實際上就是一個人。這就是曹雪芹的合身法的神奇之處。

有的紅學專家，以合身法為理論基礎，認為《紅樓夢》中很多人物實際上都是歷史上真實人物的合身，例如賈寶玉是曹雪芹、乾隆、雍正的合身；賈母是曹雪芹祖母和香玉皇后的合身等，但是在沒有確鑿的史料依據面前，這些結論是沒有說服力的，我們在此不再一一贅述了。但是我們依然肯定，「合身法」肯定是曹雪芹在創作《紅樓夢》時刻意用的一種創作手法。

《紅樓夢》中的隱喻法

《紅樓夢》中運用了大量的隱喻。下面我們透過幾條脂批來看看《紅樓夢》之中的隱喻。

《紅樓夢》第一回寫到：

> 當日地陷東南，這東南一隅有處曰姑蘇，有城曰閶門者，最是紅塵中一二等富貴風流之地。這閶門外有個十里【甲戌側批：開口先云勢利，是伏甄、封二姓之事。】街，街內有個仁清【甲戌側批：又言人情，總為士隱火後伏筆。】巷，巷內有個古廟，因地方窄狹，【甲戌側批：世路寬平者甚少。亦鑿。】人皆呼作葫蘆【甲戌側批：糊塗也，故假語從此具焉。】廟。

對照原文和脂批，我們可以得知，這裡的「十里」隱喻「勢利」；「仁清」隱喻「人情」；「地方窄狹」隱喻「世路寬平者甚少」；「葫蘆」隱喻「糊塗」。

《紅樓夢》第五回，賈寶玉在夢中到警幻仙姑那裡看金陵十二釵薄冊，警幻仙姑請他喝的茶叫「千紅一窟」，喝的酒是「萬豔同杯」，聞的香是「群芳醉」。千紅一窟、萬豔同杯和群芳醉的意思很好理解，意思大概是「千紅一哭」、「萬豔同悲」和「群芳碎」，暗示著大觀園的姐妹們最後的悲慘命運。這也足見曹雪芹慨嘆女子命運悽慘之深重程度。《老殘遊記》的作者劉鶚在自序中說：雪芹之大痛深悲，乃是為「千紅」一哭，為「萬豔」同悲。這裡的隱喻也十分明顯。

隱喻法運用最多的是在名字設置上。《紅樓夢》第十四回描寫為秦可卿送殯的隊伍的時候寫到：

> 那時官客送殯的，有鎮國公牛清之孫現襲一等伯牛繼宗，理國公柳彪之孫現襲一等子柳芳，齊國公陳翼之孫世襲三品威鎮將軍陳瑞文，治國公馬魁之孫世襲三品威遠將軍馬尚，修國公侯明之孫世襲一等子侯孝康；繕國公誥命亡故，其孫石光珠守孝不曾來得。

對這段內容，脂批說：牛，丑也。清，屬水，子也。柳拆卯字。彪拆虎字，寅字寓焉。陳即辰。翼火為蛇；巳字寓焉。馬，午也。魁拆鬼，鬼，金羊，未字寓焉。侯、猴同音，申也。曉鳴，雞也，酉字寓焉。石即豕，亥字寓焉。其祖曰守業，即守夜也，犬字寓焉。此所謂十二支寓焉。

看了脂批，我們便不難發現，原來這些王公貴族的名字並不是隨隨便便起的，卻是大有來頭。那有什麼來頭呢？「此所謂十二支寓焉」——一語道破，他們的名字都跟「十二地支」——子、丑、寅、卯、辰、巳、午、未、申、酉、戌、亥——有所關聯。「牛，丑也。清，屬水，子也」寓「牛清生於子年」；「柳拆卯字。彪拆虎字，寅字寓焉」寓「柳彪生於虎年」；「陳即辰。翼火為蛇；巳字寓焉」寓「陳翼生於蛇年」；「馬，午也。魁拆鬼，鬼，金羊，未字寓焉」寓「馬魁生於羊年」；「侯、猴同音，申也。曉鳴，雞也，酉字寓焉」寓「侯明生於羊年」；「石即豕，亥字寓焉。其祖曰守業，即守夜也，犬字寓焉」寓「石守業生於狗年；石光珠生於豬年」。

「隱喻」的運用在《紅樓夢》中有很多，在這裡不一一例舉。

《紅樓夢》中的「顛倒相酬」法

關於《紅樓夢》的研究，離不開寫作方法的研究。其實正如很多專家所說的那樣，《紅樓夢》之中的確是運用了很多隱祕的創作手法。「顛倒相酬法」是《紅樓夢》的主要隱寫方法之一。所謂「顛倒相酬」法，就是作者在利用小說隱寫歷史的時候，把歷史上的時間、地點、人物、事件，歷史人物的性別、年齡等，以及寫作文字上的各種順序打亂並做了顛倒以後再寫入小說之中的一種隱祕寫法。

「顛倒相酬」法是曹雪芹首創的一種寫作方法。脂硯齋在批語之中也曾多次暗示《紅樓夢》另有「隱」情。而用「顛倒相酬」法恰好能夠驗證脂硯齋的所說。也正是因為像脂硯齋所說的那樣「有隱」，所以才會有「顛倒相酬」。「顛倒相酬」不僅僅是《紅樓夢》一書整體情節設計上的主要方法，在一些具體的情節設置上更是有很多運用，例如「劉姆乞謀」、「蓉兒求借」、「夢中風流」、「醒後風流」等情景設置明顯就運用了此法。另外，《紅樓夢》有一書名叫做《風月寶鑑》，寓意此書像「風月寶鑑」有正反兩面，賈瑞的風月寶鑑正面是美女，反面是骷髏，那麼《紅樓夢》這本「風月寶鑑」也許正面是「荒唐言」，反面是「真事隱」——也就是說，作者表面上是寫了「滿紙荒唐言」，但實際上也許是有「正經事」想講。那麼，曹雪芹有什麼「正經事」要講呢？有專家認為，這是在明告我們，作者正是以寫「歡樂的小說場面」記述自己的「一把辛酸淚」，是以「喜劇的小說」隱寫「悲劇的歷史」——這是情感上的顛倒；是以寫「美女的筆墨」來記述「醜陋的歷史」——這是美與醜的顛倒；是以寫「純潔的愛情故事」來記述「自己愛情婚姻的不幸」——這是理想與現實的顛倒。

專家認為，曹雪芹在創作《紅樓夢》的時候，之所以會運用「顛倒相酬」法，之所以會有意把正面小說中的時間、地點、人物、事件、年齡、性別、情感、文字等打亂顛倒，完全是為了隱寫歷史的需要。

那麼，曹雪芹要用這種十分隱晦的方法隱寫哪段歷史呢？這可能要涉及到曹雪芹的家族史。

據相關史料記載，曹雪芹家與清室尤其是康熙、乾隆、雍正三朝有著緊密的聯繫。康熙朝，曹家正是極盛時期，很得康熙皇帝的關照。但是到了雍正、乾隆兩朝，皇室先後兩次抄了曹雪芹的家，致使曹家一敗塗地。曹雪芹也因此開始了貧困交加的生活。曹雪芹有「苦海冤河」，想把自己家族的歷史記載下來，但是又不能直言其事，因為當時有非常嚴酷的文字獄。為了躲避當時愈演愈烈的「文字獄」的迫害，曹雪芹無奈之下創造多種祕寫奇法，將這段歷史隱寫在一部小說的背後。「顛倒相酬」法只是這多種祕寫奇法之中的一種。

運用「顛倒相酬」法，曹雪芹在《紅樓夢》的總體設計上，虛構了四大家族、幾百個小說人物、幾十個愛情婚姻故事。但實際上，這麼多的內容的原型都來自於曹家自己的歷史。按照「顛倒相酬」的說法，這叫做「多」與「少」的顛倒，「繁」與「簡」的顛倒，「喜」與「悲」的顛倒，「美女」和「骷髏」的顛倒，「風花雪月」與「刀光劍影」的顛倒。作者把歷史事件上的「少」、「簡」、「悲」、「骷髏」、「刀光劍影」等特點，用小說中的「多」、「繁」、「喜」、「美女」、「風花雪月」的形式來隱寫和描述曹家自己的家族史。

「顛倒相酬」法和《紅樓夢》之中的其他隱寫手法一樣，是曹雪芹利用小說隱寫歷史的工具。利用小說隱寫歷史，是曹雪芹的一大發明。我們在讀《紅樓夢》的時候，不能簡單地迷戀於表面的故事情節，而應該透過表面的故事情節讀到小說更深層次的東西，也只有這樣，我們才不會辜負作者的一片苦心。

《紅樓夢》人物名字的喻意

《紅樓夢》裡人物眾多，作者在給人物命名的時候也很注意把名字和人物的性格結合起來，很有考究。《紅樓夢》中人物名字的總體特點是用字奇，字面廣，有的用的是鳥名，有的是花名，有的是寶珠玉器的名字，豐富多彩，富貴高雅。但是，據相關專家研究，《紅樓夢》中人物名字的意義還不止於此，許多人物的名字都是大有深意，暗藏玄機的。他們認為，如果我們能真的弄清楚這些人物名字的內在含義，我們離真正理解《紅樓夢》也就不遠了。那麼，這些名字到底暗藏什麼玄機呢？到底有什麼喻意呢？各方專家彼此爭論不休，各說各理，至今也還沒有定論。

現在，我們暫且列舉一些比較通行的觀點：

甄士隱：「真事隱」

甄士隱是《紅樓夢》一書中出現最早的人物之一。作者在第一回之中就講道：「因曾歷過一番夢幻之後，故將真事隱去」。可見，甄士隱就是「真事隱」。有專家認為，這一做法主要是從政治上考慮的，本來的意願是為了避開當時殘酷的文字獄，也算是作者曹雪芹不得已而為之，將「真」和「假」寫成人生況味，虛實相弔，可謂苦心。說到底，這和「假做真時真亦假」相合，也是「滿紙荒唐言」、「誰解其中味」的細節展現。當然，作者曹雪芹的這一做法最終成就了一種「假筆」、「曲筆」的寫作手法，對後世影響極深。

賈雨村：「假語存」

賈雨村諧「假語存」，和「甄士隱諧『真事隱』」相互映照異曲同工。現今，有很多專家懷疑，《紅樓夢》中所謂的「假語村言」可能是後人所改，只有「假語存」才對得上「真事隱」。

茫茫大士、渺渺真人和空空道人

在《紅樓夢》中，「茫茫大士、渺渺真人和空空道人」分別是三個仙人的名字，意思很容易理解，正如書中所講：「那紅塵中有些樂事，但不能永遠依恃；況又有『美中不足，好事多磨』八個字緊相連屬，瞬息間則又樂極生悲，人非物換，究竟到頭一夢，萬境歸空。」總而言之，這三個名字於無奈之中流露出一種濃厚的虛無色彩。

甄英蓮：「真應憐」

甄應蓮即書中的「香菱」，在《紅樓夢》一書之中起著相當重要的作用，直接關係著《紅樓夢》一書的情節的設計。《紅樓夢》一書的情節都是從香菱身上引出來的，因此，有人認為，香菱是《紅樓夢》一書的引線人物。香菱一生命運坎坷，充滿波折，結局也非常悲慘，「真應憐」！

霍啟：「禍起」

我們上面說過，香菱，即甄英蓮是《紅樓夢》一書的引線人物。而作為甄士隱的家僕——霍啟在照顧香菱的過程中，將香菱丟失，從而引出紅樓夢的整個故事，澈底改變了香菱一生的命運。因此，霍啟諧「禍起」，從他出場的那一刻開始，禍事不斷。

封肅：「風俗」

封肅是甄士隱的岳丈，為人奸險小氣，貪慕權貴。封肅諧「風俗」，意思是說像封肅這樣的人在當時有很多；奸險小氣，貪慕權貴在當時非常普遍。另外，封肅的「封」，還可作「瘋」講。

嬌杏：「僥倖」

在《紅樓夢》中，嬌杏本來是甄士隱的一個女婢，因為偶然瞥了一眼賈雨村，被賈雨村記住，後賈雨村發達了，便娶了嬌杏，後來嬌杏成了正室夫人。認真思考一下，嬌杏的確是夠幸運的，真是「僥倖」。試想一下，如果嬌杏當初不偷看賈雨村那一眼，她的命運也許會很慘，也許會在甄家失火以後，窮困潦倒，度過一生。另外，與香菱比起來，嬌杏更是幸運的，真是「僥倖」。這正是：世事無定，旦夕禍福，嬌杏真的是「僥倖」，正是「偶因一回顧，便為人上人」。

冷子興

關於冷子興的名字到底暗含著什麼意思，迄今仍無定論。但是對冷子興之中的「冷」字，大概不難理解，《紅樓夢》中說，「欲知目下興衰兆，須問旁觀冷眼人」，那麼，誰是冷眼旁觀人呢？冷子興應該算是一個代表。對於賈府來講，冷子興雖然是一個局外人。但是冷子興應該算是全書第一個看出賈府衰敗跡象的人，例如冷子興說：「安福尊榮者盡多，運籌謀劃者無一，其日用排場費用，又不能將就省儉，如今外面的架子雖未甚倒，內囊卻也盡上來了……。」冷子興在跟賈雨村對話的過程中，對賈府的很多事情都看得很清楚，描述得非常詳細。冷子興「演說榮國府」，將賈府的人物上上下下細數了一遍，對紅樓夢全書的情節造成了一個通觀全局的作用，十分難得。

林如海

林如海的名字的含義也還沒有比較合理的解釋，但是有專家認為，林如海的名字和「茫茫大士、渺渺真人和空空道人」的含義應該比較接近，也是在形容一種廣闊飄渺的意境。

林黛玉

林黛玉的名字應該分開來解：「林」字取「林黛玉乃絳珠草」之意，表明林黛玉乃是自然之木；「黛」指的是古代女子用於畫眉的黑色石頭；「玉」一直都被認為是靈石的統稱，在中國傳統的文化裡，玉是一種高貴的象徵，代表著一切高貴典雅的事物。

馮淵：「逢冤」

《紅樓夢》中，馮淵本來也算是一個富家少爺，但是最後因為香菱和薛蟠大動干戈，被薛蟠打死，真是夠冤枉的。更加冤枉的是，馮淵死後，因為自家實力不強，連給自己申冤的機會都沒有了。死不瞑目，真可謂冤。

賈、王、史、薛：「假」、「亡」、「死」和「雪」

賈、王、史、薛是《紅樓夢》中的四大家族。第四回中的護官符很形象地說明了四大家族的地位：

賈不假，白玉為堂金作馬。

阿房宮，三百里，住不下金陵一個史。

東海缺少白玉床，龍王來請金陵王。

豐年好大雪，珍珠如土金如鐵。

並且，透過賈雨村的「門子」之口「這四家皆聯絡有親，一損皆損，一榮皆榮，扶持遮飾，俱有照應的」，我們知道，這四家有著很密切的關係。當然，即使這樣，四大家族最終也難逃其衰落的命運。賈是「假」的、王終究會「亡」、史最後難逃一「死」、薛也只不過是一堆「雪」，最後也會空無虛有。

薛蟠

薛蟠的名字隱喻了其性格的殘忍和暴虐，「蟠」本義是「曲折、盤繞」的意思，其字「文龍」，便是說：薛蟠就像傳說中的蟠龍一樣殘忍和暴虐。

元春、迎春、探春、惜春：「原應嘆息」

「春」象徵著生命的絢麗多姿，賈府——元春、迎春、探春、惜春正像是春天的花朵一樣勃發著生命的活力。但是，「時過令移，百花凋零」，再絢爛的春天也會消失在炎熱的夏季，再美麗的花朵也會凋零。賈府四春的命運就像春天開過的花一樣，雖然也曾經絢麗多彩，但是難免凋零，到最後才發現：花兒開得再美麗，但究其生命本質，卻發現這原本是一件不幸的事情——「原應嘆息」。「原應嘆息」象徵著「賈府四春」最後不幸的人生遭遇。

襲人：「花氣襲人」

在《紅樓夢》中，襲人是最受歡迎的丫頭之一，是生命力最強的丫頭，不管是對於自己的上層人物（例如賈母、王熙鳳、王夫人、賈寶玉），還是對於自己的下級，都有極好的人緣。當然，也正是襲人乖巧的性格成就了她相對來講比較幸運的結局——和蔣玉菡結為夫妻。正如「花氣襲人知晝暖」這句詩所講的一樣，襲人的名字暗示了她乖巧的性格，這乖巧的性格又是成就她較強的生命力的直接原因，如果她像晴雯一樣到處得罪人，恐怕就不會「花氣襲人」。

薛寶釵

薛寶釵的「薛」喻「雪」，而「雪」是不會長久的，這預示了薛寶釵的悲慘命運；薛寶釵的「寶」和「釵」則是象徵著高貴，但畢竟只是個俗物，這對薛寶釵來講是一個諷刺，同時有和「金玉良緣」一說相互照應。

史湘雲

史湘雲的名字是她的命運的總結，這在書裡交代得很清楚——「湘江水逝楚雲飛」。

秦可卿

秦可卿的名字很久以來都是一個謎，現在通行的觀點把「秦可卿」三字理解為「情可情」，這是因為大部分人認為秦可卿本身就是為情而死，而曹雪芹又自認為，《紅樓夢》一書的目的就是「大旨談情」，秦可卿是《紅樓夢》情的化身。

秦鐘

秦鐘是秦可卿的弟弟，他的名字也和「情」字分不開，可理解為「情種」或者「鍾情」。在書中，秦鐘因性格品貌很合賈寶玉的喜好，被賈寶玉引為知己。

王熙鳳

「鳳」是中國古代傳說中的神鳥，「熙」諧「稀」，王熙鳳的名字的意思也就是暗示：王熙鳳是女中豪傑，是神鳥。當然，「凡鳥偏從末世來」，雖為「神鳥」，但是生不逢時，王熙鳳的命運並不好。

晴雯

晴雯，「情文」也，書中的解釋是「日邊霞雲」。

平兒

平兒是紅樓夢中最乖巧、可人的丫頭。平兒，人如其名，平實穩重，平凡得體，平易近人。

賈政

賈政，諧「假正經」或「自以為正直」，意思是諷刺賈政表面上冠冕堂皇，本質上其實很迂腐。

賈赦

赦，諧「色」，意思是說賈赦是一個大色鬼，從賈赦不惜一切代價要納鴛鴦為妾這一點就可證明。

賈璉

賈璉，「璉」字，諧「臉」，賈璉就是「假臉」。賈璉雖然表面上對王熙鳳言聽計從，但實際上一肚子壞水，真乃假臉。

戴權

戴權，諧「大權」或者「帶權」，意思是說，戴權是一個大權在握的高高在上的統治者形象。例如戴權藉著秦可卿的喪事跟賈珍索賄，權力的奧祕和意義便在其中。

詹光、來升、吳新登、程日興、單聘人

詹光、來升、吳新登、程日興、單聘人是賈府門下的一幫酸腐清客和管事，特別為賈政所看重，分別諧「沾光」、「來升（官）」、「無星戥」（「戥」是稱量中藥的小秤，「無星戥」意為「沒原則、欠公平」）、「乘日興」、「善騙人」。

賈芸

賈芸，芸諧「云」。根據脂硯齋的評語，賈芸在八十回後有著大量的戲份，這從「芸」也可以看出。

小紅

小紅，原名「林紅玉」，跟林黛玉的「林」，還有個「紅」，最後加個「玉」，單從這三個字，我們似乎也可以看出，小紅在《紅樓夢》中是一個很重要的人物。書裡記載說，小紅聰明，記性好，勤快，敢追求自由戀愛；脂硯齋的批語又說，小紅後來搭救了身陷牢獄的賈寶玉。可見，小紅在八十回後應該是重要人物。但遺憾的是，高鶚的續書把小紅寫丟了。

茜雪

茜雪之「茜」諧「歉」，雪的意思是「昭雪」。茜雪在《紅樓夢》的開頭就被寶玉攆出了賈府，但是明顯是被寶玉冤枉的。於是，脂硯齋說，「歉雪」在後四十回出來了，探望監獄裡的賈寶玉，使寶玉非常後悔當初的行為。如果真的是這樣，茜雪這名子就大有深意了。

麝月

麝月之「麝」為鹿寶，「月」乃夜華，可見這個名字是非常大氣的，從中我們也可以看出曹雪芹對這個人物的重視程度。有專家研究說，這是因為「麝月的原型在曹家敗落後依然跟隨曹雪芹很長時間」。

卜世仁

卜世仁諧「不是人」，卜世仁是賈芸的舅舅，但是在賈芸困難之際並沒有伸出自己的援助之手，當賈芸跟他借銀子的時候，他非但不借，還嘲笑一番，真「不是人」。

賈環

賈環之「環」諧「壞」，意指他是一個壞傢伙，事實上在紅樓夢中正是如此，賈環似乎從來沒有做過一件好事。

紫鵑

紫鵑之「鵑」是一種叫做杜鵑的鳥。據說，杜鵑鳥是世界上最善解人意的鳥，紫鵑應該是黛玉身邊最善解人意之人，是黛玉的閨中密友。

孫紹祖

孫紹祖諧「孫臊祖」，意思是說：給祖先丟人。在《紅樓夢》中，孫紹祖是將軍世家，不能在外殺敵，只能在家打老婆，這隻「中山狼」害死了賈迎春。

總之，《紅樓夢》中的人物眾多，曹雪芹起名很注意人物的性格化，用字奇，字面廣，有的用的是鳥名，有的是花名，有的是寶珠玉器的名字，豐富多彩，富貴高雅。許多人物的名或字，或幾個人的名字合起來，都是大有深意的。有的暗示了人物的命運，有的則是對情節發展的某種隱喻，有的概括了人物性格的某些特點，有的是對人物行事為人的絕妙諷刺，有的是人物故事的某種暗示等。

《紅樓夢》人物命名方法

《紅樓夢》人物眾多，一姓一名，皆為曹雪芹苦心孤詣所作，個個均有深意。縱觀全書人物之命名藝術，其命名的方法有：諧音法、取形法、取義法、生肖法、拆字法、關係法、隨事法、詩詞法、別號法等。

諧音法

《紅樓夢》第一回寫甄士隱的時候說：

廟旁住著一家鄉宦，姓甄，【甲戌眉批：真。後之甄寶玉亦藉此音，後不注。】名費，【甲戌側批：廢。】字士隱。【甲戌側批：託言將真事隱去也。】嫡妻封【甲戌側批：風。因風俗來。】氏，情性賢淑，深明禮義。——只是一件不足：如今年已半百，膝下無兒，【甲戌側批：所謂「美中不足」也。】只有一女，乳名英蓮，【甲戌側批：設雲「應憐」也。】年方三歲。

可見，甄士隱，真事隱去；英蓮，「應憐」也，這些名字都取自於諧音。

取形法

賈家長晚各支，按輩份排列，按字形命名。

書中的第一代水字旁：寧國公賈演、榮國公賈源；

第二代人字旁，賈代善、賈代化；

第三代文字旁，賈敬、賈赦、賈政；

第四代玉字旁，賈珍、賈璉、賈琮、賈寶玉、賈環；

第五代草字頭：賈蓉、賈蘭、賈芸等。

取義法

如：金榮，有正本脂批云：妙名蓋雲，有金自榮廉恥何益哉！金榮，「小名金哥。」庚辰本脂硯齋批云：「俱從財一字上發出。」

第二回寫到：「這林如海姓林名海。」甲戌本脂批云：「蓋雲學海文林也，總是暗寫黛玉。」

第四回寫到：「原來這李氏即賈珠之妻，父名李守中。」甲戌本脂批云：「妙。蓋云人能以理自守，安得為情所陷哉。」

第八回寫到：「獨有一個買辦名喚錢華的。」甲戌本脂批：「亦錢開花之意，隨事生情，因情生文。」

金哥、錢華、林如海等名字都是從字義方面命名的。

生肖法

秦可卿死後送殯的客人中有賈府的六家世交：牛清、柳彪、陳翼、馬魁、侯曉明、石守業等之孫。對此，庚辰本脂硯齋眉批云：「牛，丑也，清屬水，子也。柳，折（拆）卯字，彪折（拆）虎字，寅字寓焉。陳即辰，翼火為蛇，已字寓焉。馬，午也，魁折（拆）鬼字，鬼金羊未字寓焉。侯猴同音，申也，曉鳴，雞也，酉字寓焉。石即豕，亥字寓焉，其祖日守業，即守鎮也，犬字寓焉，所謂十二支寓焉。」

很明顯，這裡用了賈府六家世交之祖，其中寓著子、丑、寅、卯、辰、已、午、未、申、酉、戌、亥十二地支，亦即，鼠、牛、虎、兔、龍、蛇、馬、羊、猴、雞、狗、豬十二生肖。

這是生肖取名法。

拆字法

鳳姐名叫「王熙鳳」，其判詞云：「凡鳥偏從末世來」，凡鳥拆鳳字；

薛蟠老婆夏金桂，判詞拆字為「自從兩地生孤木」是兩個「土」字，加上木，乃金桂的「桂」字。

迎春的丈夫孫紹祖，前判詞有「子系中山狼」子系，合成「孫」字。

這裡用的都是拆字法。

關係法

關係法是按照一定關係編排人物命名，或飛禽，或花草，或礦物等。

賈府「四春」的丫鬟按琴、棋、書、畫；抱琴、司棋、侍書、入畫；脂批云：「賈家四釵之鬟，暗以琴棋書畫列名，省力之甚，醒目之甚，卻是俗中不俗之處。」

寶玉的四個書僮，焙銘對鋤蘗，雙瑞對壽兒。

第三回說：「原來這襲人亦是賈母之婢，本名珍珠。」甲戌本脂批云：「亦是賈母之文章。前鸚哥已伏下一鴛鴦，今珍珠又伏下一琥珀矣。以下乃寶玉之文章。」看來，賈母的丫鬟也是這樣，鸚哥對鴛鴦，珍珠對琥珀。後來，鸚哥給了黛玉，改名為紫鵑，與黛玉帶來的丫鬟雪雁相對。

王熙鳳有一個丫頭叫善姐。但是這善姐一點不善，她奉命「侍候」尤二姐時有意折磨尤二姐，「善」從何談？

趙姨娘有一個丫頭叫小鵲。小鵲含有報喜之意，但是小鵲似乎沒有報過喜。然而卻報過憂。有一次，小鵲向怡紅院報了一則消息，使怡紅院一片恐慌：賈寶玉驚怕不已，不得不臥床裝病。這哪裡是報喜？

隨事法

隨事法，就是隨著事件的發生而給相關人物起一個和相關事件有關聯的名字。

第二回：葫蘆廟失火之前，在「因士隱令家人霍啟」，脂批云：妙，禍起也。

第八回：「且賈家現今司塾是賈代儒。」甲戌本脂批：「隨筆命名，省事。」

第十九回：「花自芳。」庚辰脂批云：「隨姓成名，隨手成文。」

第十六回：「號山子野者。」庚辰本脂批云：「妙號，隨事生名。」

第三十七回：「叫過本處的一個老宋媽媽來。」庚辰本脂齋硯批云：「宋，送也。隨事生文，妙。」

詩詞法

詩詞法就是以從詩詞之中取義給人物命名。

襲人的名字來自「花氣襲人知晝暖，飛來飛去依人裾」；

湘雲的名字來自「湘江水滿，雲飛天淨」；

秦鐘的名字來自「未嫁先名玉，來時本姓秦」；

別號法

大觀園之中的姐妹們都是非常有才華的，就連別號都起得溫文爾雅，唯妙唯肖。

林黛玉戲謔劉姥姥為「母蝗蟲」，不僅形象而且令人發笑。

賈寶玉的別號叫「無事忙」，十分貼切。

第二十一回：「名喚多官，都喚他作多渾蟲。」脂批云：「今是多多也，妙名，更好，今之渾蟲更多也。」讓老婆賣淫的多官，當然是渾蟲，此號一針見血。

第三十八回：「劉姥姥稱賈母為老壽星。」脂批云：「更妙，賈母之號何其多耶，在諸人口中則曰老太太，在阿鳳口中則曰老祖宗，在僧尼口中則曰老菩薩，在劉姥姥口中則曰老壽星者，即似有數人，想去則皆賈母，難得如此名盡其妙。」

當然，除了上述九種方法之外，作者還有雙關法、五行法、隱喻法、直言法等，在此不一一贅述。

《紅樓夢》詩詞燈謎詮解

曹雪芹的《紅樓夢》，是一部詩化了的小說。它那行雲流水般的散文中，處處沁透著詩情的芬芳。《紅樓夢》中的大量詩詞曲賦，猶如鑲嵌在碧海青天裡的珍珠，閃耀著奇異的光芒。《紅樓夢》是「文備眾體」的百科全書，其中具備中國文學史上眾多體裁的詩文，不啻為一部個人撰寫的小型「文選」。人們通常所說的「紅樓夢詩詞」，其實是「紅樓夢詩詞曲賦」的略稱，它還包括「詩詞曲賦」以外的各種韻文體裁。據統計，其中：詩八十一首（其中五絕四首，七絕二十六首，五律九首，七律三十七首，排律二首，歌行二首，樂府一首）；詞十八首；曲十八首；賦一篇；歌三首；偈四首；謠一首；諺一首；贊文一篇；誄文一篇；燈謎詩十三首；詩謎十一首；曲謎一首；酒令十六首；牙牌令七首；駢文一篇；擬古文一篇；書啟三篇；預言一則；對句兩則；對聯二十二副；匾額十八個，上列各項總計兩百二十五篇，除去匾額還有兩百零七篇詩文。

《紅樓夢》裡的詩詞作品，凝聚了曹雪芹畢生的智慧和心血，展現了他卓越的文學才華，其作品可謂佳句疊出，美不勝收。曹雪芹的詩詞不但文采出眾，而且其中暗含了大量的隱喻和象徵，所以詩詞考究在「紅學」中占有重中之重的地位。

在這一章中，我們將節選適量精彩的詩詞曲賦以及少量其他體裁的韻文做簡單介紹。

〈好了歌〉詮解

《紅樓夢》第一回有一首〈好了歌〉，如下：

世人都曉神仙好，只有功名忘不了！
古今將相在何方？荒塚一堆草沒了！
世人都曉神仙好，只有金銀忘不了！
終朝只恨聚無多，及到多時眼閉了！
世人都曉神仙好，只有嬌妻忘不了！
君生日日說恩情，君死又隨人去了！
世人都曉神仙好，只有兒孫忘不了！
痴心父母古來多，孝順兒孫誰見了？

當時已經是窮困潦倒的甄士隱在聽了跛足道人的這首〈好了歌〉後做出了自己的解釋：

陋室空堂，當年笏滿床！衰草枯楊，曾為歌舞場。
蛛絲兒結滿雕梁，綠紗今又糊在篷窗上。
說什麼脂正濃，粉正香，如何兩鬢又成霜？
昨日黃土隴頭埋白骨，今宵紅綃帳底臥鴛鴦。
金滿箱，銀滿箱，轉眼乞丐人皆謗。
正嘆他人命不長，那知自己歸來喪？
訓有方，保不定日後作強梁；

擇膏粱，誰承望流落在煙花巷！

因嫌紗帽小，致使鎖枷扛；

昨憐破襖寒，今嫌紫蟒長。

亂哄哄你方唱罷我登場，反認他鄉是故鄉。

甚荒唐，到頭來都是為他人作嫁衣裳！

表面上看，〈好了歌〉是跛足道人專門唱給甄士隱聽的，是要啟發甄士隱。但實際上，〈好了歌〉是對殘酷黑暗的封建制度的一種控訴。當然，一生飽讀詩書的甄士隱，再結合自己家破人亡、窮困潦倒的人生經歷，突然幡然醒悟，作出了經典的〈好了歌注〉。甄士隱的〈好了歌注〉進一步昇華了〈好了歌〉的思想，把〈好了歌〉的思想闡釋得更加具體、更加形象、更加冷酷無情。富貴的突然貧賤了，貧賤的又突然富貴了，想當年歌舞昇平，笏滿床，誰知道現在卻是陋室空堂，衰草枯楊；本來想教導後輩光宗耀祖，吃皇糧，誰想到，到最後他偏偏要去把強盜當；千嬌百媚的女兒啊，本來想讓你嫁入豪門——擇膏粱，到最後，誰承望你卻流落煙花巷；總嫌烏紗帽小，總想著在官場上平步青雲，一步登天，誰承想一不小心把枷鎖扛；世人啊！糊塗！你爭我奪，何時休？亂哄哄！人來人去，到最後都是為他人作嫁衣裳！悲慘哪！這基本上就是〈好了歌〉以及〈好了歌注〉所要表達的思想。

〈好了歌〉和〈好了歌注〉，形象地為我們勾畫了一幅封建末期統治階級內部各政治集團、家族及其成員之間為權勢利慾劇烈爭奪，興衰榮辱迅速轉換的歷史圖景。封建倫理道德的虛偽、敗壞；政治風雲的動盪、變幻；以及人們對現存秩序的深刻懷疑、失望等，都在這兩首歌詞之中表現得淋漓盡致。正如歌詞中所唱的一樣，「亂烘烘你方唱罷我登場」，這正是封建階級內部興衰榮枯轉遞變化過程的形象的反映，是封建社會經濟基礎已經日漸腐朽的深刻說明，表明上層建築已經發生動搖，正逐漸趨向崩潰。正如有些研究者所描述的那樣，這些徵兆都具有時代的典型性。曹雪芹透過這樣的描寫，給我們留下了一幅極其生動的封建末期社會的諷刺畫。

那麼，如果我們回到〈好了歌〉和〈好了歌注〉本身對紅樓夢人物命運和故事情節的預示上來講，我們能從〈好了歌〉和〈好了歌注〉得到什麼暗示呢？也即：如果真的像有些研究者所說的那樣，〈好了歌〉和〈好了歌注〉是對全書榮寧二府興衰際遇的一種概括和預示，那麼，我們能從他們之中尋找《紅樓夢》後八十回故事情節發展線索什麼暗示呢？

事實上，也許正如我們所想像的那樣，〈好了歌〉和〈好了歌注〉所言說的種種榮辱悲歡，是以小說的具體情節為依據的。有的研究者認為，〈好了歌〉的開頭就對以賈府為代表的四大家族的敗亡結局作了預示，例如，在書中就有不少一邊送喪一邊尋歡的醜事描寫。當然，但要句句落實到某人某事是困難的，因為有些話似乎帶有普遍性。例如脂濃粉香一變而為兩鬢如霜便是自然規律，它可能是對大觀園中一些女孩兒的概括描寫，例如可以指寶釵也可以指湘雲。也就是說，〈好了歌〉和〈好了歌注〉中的某些概括和預示，是就其整體而言的，不好說哪一句是專指哪個或哪幾個人物。

但是，〈好了歌〉和〈好了歌注〉中的說法也不是就絕對沒有針對性，例如，甲戌本的批語就指出「金滿箱，銀滿箱，轉眼乞丐人皆謗」指的是「甄玉、賈玉一干人」，預示著甄寶玉和賈寶玉最後要淪為乞丐，這一說法和原燕京大學藏七十八回《脂硯齋重評石頭記》第十九回脂批說賈寶玉後來「寒冬酸齏，雪夜圍破氈」是一致的。也就是說，賈寶玉和甄寶玉最後的命運非常相似，都是淪為乞丐。再有，脂批說「蛛絲兒結滿雕梁，綠紗今又糊在篷窗上」說的是「雨村一干新榮暴發之家」，「因嫌紗帽小，致使鎖枷扛」指的是「賈赦、雨村一干人」，可見，賈雨村和賈赦等人很可能在八十回後的命運是因貪財作惡而獲罪。脂批還說「昨憐破襖寒，今嫌紫蟒長」指的是「賈蘭、賈芸一干人」，這也就是說，賈蘭和賈芸在八十回後的命運很可能是飛黃騰達。這裡預示的賈蘭的命運和李紈的判詞中所預示的是一個意思，至於賈芸只有這一條批語可以得出少許線索。

另外，在「說什麼脂正濃，粉正香，如何兩鬢又成霜」和「訓有方，保不定日後作強梁」旁邊分別有兩條批語說「兩鬢又成霜」為「黛玉、晴雯一干人」；而「日後作強梁」是「柳湘蓮一干人」。這就很讓人摸不著頭腦。因為黛玉、晴雯和柳湘蓮等人的命運本來是已經定了的。難不成黛玉能夠長壽？晴雯死而復生？湘蓮又重新還俗？自然不是這樣。有紅學家認為，批在「兩鬢又成霜」旁邊的批語「黛玉、晴雯一干人」實際上是抄錯了位置。「黛玉、晴雯一干人」應該是放在「昨日黃土隴頭埋白骨，今宵紅綃帳底臥鴛鴦」這一句旁邊的，預示著「黛玉和晴雯」都成了「黃土隴」之中的「白骨」。至於「訓有方，保不定日後作強梁」這句的確是像批語說的那樣是指柳湘蓮。我們應該都記得在書中有這樣一段描寫，薛蟠回江南採購貨物回來後說「天下竟有這樣奇事：我同夥計販了貨物，自春於起身往回裡走，一路平安。誰知前日到了平安州界，遇一夥強盜，已將東西劫去，不想柳二弟從那邊來了，方把賊人趕散，奪回貨物，還救了我們性命。我謝他又受，所以我們結拜了生死弟兄。」什麼叫「柳二弟從那邊來了」，到底是從「哪邊」來了？從薛蟠的口吻，我們似乎可以感覺到，柳湘蓮幾乎不用吹灰之力就把「賊人趕散，奪回貨物，還救了我們性命」，這柳湘蓮即使有天大的本事，一個人對付一夥強盜似乎是有些困難的，除非他就是那個「強盜頭子」。再根據，《莊子．山木》：「從其強梁。」呂注：「多力也。」我們似乎能隱隱感覺到，這個柳湘蓮就應該是「訓有方，保不定日後作強梁」中的「強梁」的本來面目——「強盜頭子」。再說，脂批在提示人物情節上都不是隨便說的，而洋洋灑灑一部《紅樓夢》，除了柳湘蓮，很難有第二個人能和這裡的「強梁」聯繫到一起。當然，也有人持相反的觀點，認為書中根本沒有寫柳湘蓮之父是誰，也沒寫如何教子有方，也沒有其他預示說柳湘蓮要當強盜，怎麼能證實就是指的柳湘蓮？

最後，我們再來看看「蛛絲兒結滿雕梁」這句。脂批說這句是指「瀟湘館、紫（絳）芸軒等處」。那麼，我們能從這句脂批內容得到什麼線索呢？有專家認為，根據其他線索得到的結論：「賈府獲罪，寶玉離家（或為避禍）在外久留不歸，時至秋天。此後，他的居室絳芸軒當然是人去室空。林黛玉因經不起這個突如其來的打擊，憂忿不已，病勢加重，挨到次年春殘花落時節就淚盡『證前緣』了，瀟湘館於是也就成了空館。」於是，當最後，賈寶玉再次回到大觀園的時候，黛玉已經死了很久，原本是「鳳尾森森，龍吟細細」的瀟湘館此時已經是「落葉蕭蕭，寒煙漠漠」（庚辰本第二十六回脂批指出佚稿中文字）；而原本是「怡紅塊綠」的怡紅院此時也已經是「紅稀綠瘦」（庚辰本第二十六回脂批）——總而言之，兩處原本豪華不盡的地方到最後都逃不掉「蛛絲兒結滿雕梁」的悲慘結局。賈寶玉再次回到大觀園之後，只好對著這樣的慘狀「對境悼顰兒」（庚辰本第七十九回批）。此外，「擇膏粱，誰承望流落在煙花巷」這一句雖然沒有脂批指明暗示「誰」的命運，但是很可能是賈巧姐的命運寫照。

〈葬花吟〉詮解

說到吟詩填詞，大觀園中的姐妹們個個都是高手，而林黛玉可謂是大觀園中高手中的高手。在林黛玉的所有作品中，〈葬花吟〉無疑是她的代表作。〈葬花吟〉這首出自《紅樓夢》第二十七回〈滴翠亭楊妃戲綵蝶，埋香塚飛燕泣殘紅〉的在風格上仿效初唐體的歌行的詩歌，在詩歌藝術上達到了登峰造極的地步。

花謝花飛花滿天，紅消香斷有誰憐？
游絲軟繫飄春榭，落絮輕沾撲繡簾。
閨中女兒惜春暮，愁緒滿懷無釋處，
手把花鋤出繡閨，忍踏落花來復去。
柳絲榆莢自芳菲，不管桃飄與李飛。
桃李明年能再發，明年閨中知有誰？
三月香巢已壘成，梁間燕子太無情！

明年花發雖可啄，卻不道人去梁空巢也傾。
一年三百六十日，風刀霜劍嚴相逼，
明媚鮮妍能幾時，一朝飄泊難尋覓。
花開易見落難尋，階前悶殺葬花人，
獨倚花鋤淚暗灑，灑上空枝見血痕。
杜鵑無語正黃昏，荷鋤歸去掩重門。
青燈照壁人初睡，冷雨敲窗被未溫。
怪奴底事倍傷神，半為憐春半惱春：
憐春忽至惱忽去，至又無言去不聞。
昨宵庭外悲歌發，知是花魂與鳥魂？
花魂鳥魂總難留，鳥自無言花自羞。
願奴脅下生雙翼，隨花飛到天盡頭。
天盡頭，何處有香丘？
未若錦囊收豔骨，一抔淨土掩風流。
質本潔來還潔去，強於汙淖陷渠溝。
爾今死去儂收葬，未卜儂身何日喪？
儂今葬花人笑痴，他年葬儂知是誰？
試看春殘花漸落，便是紅顏老死時。

一朝春盡紅顏老，花落人亡兩不知！

先不說〈葬花吟〉從藝術上帶給我們的享受，針對《紅樓夢》本身來講，〈葬花吟〉為我們研究《紅樓夢》提供了探索曹雪芹筆下的「寶黛悲劇」最終走向的重要線索。

甲戌本有批語說：「余讀〈葬花吟〉至再，至三四，其淒楚感慨，令人身世兩忘，舉筆再四，不能下批。有客曰：『先生身非寶玉，何能下筆？即字字雙圈，批詞通仙，料難遂顰兒之意。俟看過玉兄後文再批。』噫唏！阻餘者想亦《石頭記》來的，故停筆以待。」脂批說「看過玉兄後文」具體是指什麼呢？且看：

「不想寶玉在山坡上聽見，先不過點頭感嘆；次後聽到『儂今葬花人笑痴，他年葬儂知是誰』，『一朝春盡紅顏老，花落人亡兩不知』等句，不覺慟倒山坡之上，懷裡兜的落花撒了一地。試想林黛玉的花顏月貌，將來亦到無可尋覓之時，寧不心碎腸斷！既黛玉終歸無可尋覓之時，推之於他人，如寶釵、香菱、襲人等，亦可到無可尋覓之時矣。寶釵等終歸無可尋覓之時，則自己又安在哉？且自身尚不知何在何往，則斯處、斯園、斯花、斯柳，又不知當屬誰姓矣！因此一而二，二而三，反覆推求了去，真不知此時此際欲為何等蠢物，杳無所知，逃大造，出塵網，使可解釋這段悲傷。」

這一段自然就是「玉兄後文」了。從這裡我們可以看出，賈寶玉從黛玉詩中聽出了「黛玉終歸無可尋覓之時」的悲音，繼而又悟出了「如寶釵、香菱、襲人等，亦可到無可尋覓之時矣。寶釵等終歸無可尋覓之時，則自己又安在哉？且自身尚不知何在何往，則斯處、斯園、斯花、斯柳，又不知當屬誰姓矣！因此一而二，二而三，反覆推求了去，真不知此時此際欲為何等蠢物，杳無所知，逃大造，出塵網，使可解釋這段悲傷」的感嘆。

同時，根據明義的《題紅樓夢》絕句——「傷心一首葬花詞，似讖成真自不知。安得返魂香一縷，起卿沉痼續紅絲，」我們可以看出，〈葬花吟〉實際上是林黛玉自作的詩讖。也就是說，〈葬花吟〉實際上是在暗示林黛玉最終的命運。

「花謝花飛花滿天，紅消香斷有誰憐？游絲軟繫飄春榭，落絮輕沾撲繡簾」四句首先描寫了「謝了春紅」的暮春景色。接著，「閨中女兒惜春暮，愁緒滿懷無釋處，手把花鋤出繡閨，忍踏落花來復去」四句描寫了「閨中女兒」傷春、惱春的心路歷程，暮春景色化作一片傷春愁緒——「一切景語皆情語也」。「柳絲榆莢自芳菲，不管桃飄與李飛。桃李明年能再發，明年閨中知有誰」四句表達了林黛玉對世態炎涼、人情冷暖的嚴厲批判，——林黛玉對自己的命運似乎早有察覺。

「一年三百六十日，風刀霜劍嚴相逼，明媚鮮妍能幾時，一朝飄泊難尋覓」，現實的生活是殘酷的，作者透過此四句表達了自己對長期迫害著她的冷酷無情現實的控訴。

「願奴脅下生雙翼，隨花飛到天盡頭。天盡頭，何處有香丘？未若錦囊收豔骨，一抔淨土掩風流；質本潔來還潔去，強於汙淖陷渠溝。」作為〈葬花吟〉全詩的最強音，這四句把全詩的悲情推到了另一個高度。其中，「天盡頭，何處有香丘？」具有承上啟下的功用。意思是說，理想的歸宿在現實之中是不存在的，只能在理想中滿足自己的理想了。後三句則直接點明了林黛玉的最終結局。

「儂今葬花人笑痴，他年葬儂知是誰？試看春殘花漸落，便是紅顏老死時。一朝春盡紅顏老，花落人亡兩不知！」這幾句話曾在《紅樓夢》一書中反覆出現，以至於瀟湘館裡的鸚鵡都學會了。詩裡一邊說「他年葬儂知是誰」，一邊又說「紅消香斷有誰憐」、「一朝飄泊難尋覓」、「試看春殘花漸落，便是紅顏老死時。一朝春盡紅顏老，花落人亡兩不知」，這不正是在告訴我們黛玉亦如晴雯那樣死於十分悽慘寂寞的境況之中嗎？

當然，黛玉死之時肯定並不像高鶚版的續書中寫的那樣死於「大家都忙著為寶玉辦喜事因而無暇顧及」之時。相關專家研究認為，黛玉死的時候，賈寶玉和王熙鳳很可能都已經入獄或者為避禍流浪在外，與黛玉不得相見。當時的情況很可能正如詩中所說——「柳絲榆莢自芳菲，不管桃飄與李飛」、

「三月香巢已壘成，梁間燕子太無情。明年花發雖可啄，卻不道人去梁空巢也傾」——也就是說，原本寶玉和黛玉婚事已經在某個春天定下，「香巢已壘成」，但是等到當年秋天到來的時候，「梁間燕子太無情」，寶玉就像梁間的燕子那樣無情地拋開黛玉被迫出門流浪，至於流浪的原因很可能是入獄或者出門避禍。寶玉走了，「花魂鳥魂都難留」，林黛玉想自己應該怎麼辦呢？恨不得自己能生出一對翅膀來隨他而去，正是「願奴脅下生雙翼，隨花飛到天盡頭」。但是，這只能是一種想像，人不能憑空生出一對翅膀來，對林黛玉來講，思念寶玉，擔心寶玉，唯一的表達自己情緒的方式便是——「淚水」。林黛玉很可能在賈寶玉出門流浪之後，日夜悲啼，終至於「淚盡證前緣」了，最終「未若錦囊收豔骨，一抔淨土掩風流。質本潔來還潔去，強於汙淖陷渠溝。」

當然，我們在承認〈葬花吟〉的積極作用的時候，也不能忽視〈葬花吟〉本身的消極意義。〈葬花吟〉之中蘊含著的消極頹傷的情緒極其濃重，這應該引起我們的注意。我們在欣賞〈葬花吟〉從藝術上帶給我們的美感的同時，也要注意不要陷入太深。正如有一位專家所說的那樣——「我們同情林黛玉，但同時也看到這種多愁善感的貴族小姐，思想感情是十分脆弱的。」

〈芙蓉女兒誄〉詮解

誄文是漢魏六朝文人寫作的一種重要的文體形式，誄文作為一種文體形式，形成於兩漢之交，以揚雄〈元后誄〉為代表。誄文文體形式的形成，是先秦喪祭命謚誄辭與銘頌結合的產物。

誄，音「ㄌㄟˇ」，誄文是敘述死者生前事跡，表示哀悼，相當於今天的致悼辭或哀悼死者的文章，也簡稱為「誄」。《說文》裡解釋說，誄文是累列生時行跡，讀之以作謚者。《墨子．魯問》裡又說，誄者，道死人之志也。但有一點需要注意，古人講究上下尊卑，「誄」只能用作「上對下」、「尊對卑」，也就是說，幼不誄長，卑不誄尊（見《禮記．曾子問》）。

《紅樓夢》也有誄文。第七十八回裡，寶玉寫完〈姽嫿詞〉回到園子裡，「猛然見池上芙蓉，想起小丫鬟說晴雯作了芙蓉之神，不覺又喜歡起來，乃看著芙蓉嗟嘆了一會。忽又想起死後並未到靈前一祭，如今何不在芙蓉前一祭，豈不盡了禮，比俗人去靈前祭弔又更覺別緻。」於是決定作一篇祭文在芙蓉花前祭奠一下晴雯。於是便有了《紅樓夢》裡最著名的誄文〈芙蓉女兒誄〉。

長期以來，很多人都認為，這篇〈芙蓉女兒誄〉表面上看雖然是寶玉為晴雯所作，但是只要稍微深究一下，就會發現，誄文所言所記，與晴雯毫無干係。

首先，晴雯的身世與被祭奠人明顯不符。

《紅樓夢》第二十六回：「佳蕙點頭想了一會，道：『可也怨不得，這個地方難站。就像昨兒老太太因寶玉病了這些日子，說跟著服侍的這些人都辛苦了，如今身上好了，各處還完了願，叫把跟著的人都按著等兒賞他們。我們算年紀小，上不去，我也不抱怨；像你怎麼也不算在裡頭？我心裡就不服。襲人那怕他得十分兒，也不惱他，原該的。說良心話，誰還敢比他呢？別說他素日殷勤小心，便是不殷勤小心，也拼不得。可氣晴雯、綺霰他們這幾個，都算在上等裡去，仗著老子娘的臉面，眾人倒捧著他去。你說可氣不可氣？』」

從這裡，我們可以看出，晴雯實際上是有父母的，要不「她怎麼仗著老子娘的臉面」，「都算在上等裡去」了呢？另外，在夢稿本《紅樓夢》第二十四回裡有這樣的描寫：「這日晚上，（寶玉）從北靜王府裡回來，見過賈母、王夫人等，回至園內，換了衣服，正要洗澡。襲人因被薛寶釵煩了去打結子；秋紋、碧痕兩個去催水；檀雲又因他母親的生日接了出去；麝月又現在家中養病；雖還有幾個作粗活聽喚的丫頭，估著叫不著他們，都出去尋夥覓伴的玩去了。」從這段描寫裡，我們可以知道，在作者最初的設計裡，晴雯本不叫晴雯，而叫做檀雲。檀雲有父母，「因他母親的生日接了出去」，就說明晴雯是有父母的。至於，在晴雯死後，書裡交代說：「這晴雯當日是賴大家用銀子買的，那時晴雯才得十歲，尚未留頭。因常跟賴嬤嬤進來，賈母見他生得伶俐標緻，十分喜愛。故此賴嬤嬤就孝敬了賈母使喚，後來就到了寶玉房裡。這晴雯進來時，也不記得家鄉父母。只知有個姑舅哥哥，專能庖宰，也淪落在外，故又求了賴家的收買進來吃工食。賴家的見晴雯雖到賈母跟前，千伶百俐，嘴尖性大，卻倒還不忘舊，故又將他姑舅哥哥收買進來，把家裡一個女孩子配了他。……若問他夫妻姓甚名誰，便是上次賈璉所接見的多渾蟲燈姑娘兒的便是了。目今晴雯只有這一門親戚，所以出來就在他家。」這肯定是為了儘量讓晴雯往〈芙蓉女兒誄〉之中被祭奠人的身分上靠。因為，〈芙蓉女兒誄〉之中的被祭奠之人明顯是沒有父母的孤兒，例如誄文中說：「竊思女兒自臨濁世，迄今凡十有六載。其先之鄉籍姓氏，湮淪而莫能考者久矣。」再從「捉迷屏後，蓮瓣無聲」，我們可以知道，被祭奠之人應該是漢人（「蓮瓣」是形容纏裹後的小腳，漢族的女子纏腳，滿族的女子是不纏腳的），並且應該是從江南來的南方女子。

其次，被祭奠的女子與寶玉的關係非常親密，不是妻妾，就是情人，而晴雯與寶玉只是主僕關係。

誄文中寫道：「而玉得於衾枕櫛沐之間，棲息宴遊之夕，親暱狎褻，相與共處者，僅五年八月有畸。」晴雯只是寶玉的一個丫頭，雖說兩人從小在一起長大，但畢竟還只是主僕關係，說是「而玉得於衾枕櫛沐之間，棲息宴遊之夕」還說得過去，但是何談「親暱狎褻」？這分明是夫妻之間或者情人之間的舉動，要知道，在怡紅院，始終堅持要與寶玉劃清界限的只有晴雯一個人。

「眉黛煙青，昨猶我畫；指環玉冷，今倩誰溫？」這一句大概是描寫古代夫妻之間，閨房之內伉儷情深，夫妻恩愛，丈夫為妻子描眉的事情。我們知道，寶玉雖然從小就有吃胭脂的壞習慣，但書中並沒有寶玉為女子描眉的情節。

「樓空鳷鵲，徒懸七夕之針；帶斷鴛鴦，誰續五絲之縷？」這一句是描寫情人之間分別後的傷感情緒，意思是說，情人分離之後，一切都落空了。寶玉和晴雯之間不是情人關係，用「七夕」之典來描述二人之關係，顯然不可靠！

「孤衾有夢，空室無人。桐階月暗，芳魂與倩影同銷；蓉帳香殘，嬌喘共細言皆絕。」這一句更是在表達對去世的曾經與自己同床共枕的愛人的思念之情，而晴雯與寶玉之間的關係還沒有到這種地步。因此，寶玉不可能把「蓉帳香殘，嬌喘共細言皆絕」這樣的話用在晴雯身上。

「及聞槥棺被燹，慚違共穴之盟；石槨成災，愧迨同灰之誚。」這一句描寫的是夫妻之間的盟誓——「生同衾，死同穴」。晴雯和寶玉又不是夫妻，何來此種誓言？

「自為紅綃帳裡，公子情深；始信黃土壟中，女兒命薄！」、「公子」與「女兒」曾同處紅綃帳裡？寶玉和晴雯似乎還沒有這種關係。即使有也只是小孩子之間的戲耍，而不是「公子情深」的愛情宣言。

「汝南淚血，斑斑灑向西風；梓澤余衷，默默訴憑冷月。」這一句之中有兩個典故：一是汝南淚血，《樂府詩集》中有〈碧玉歌〉：「〈碧玉歌〉者，宋汝南王所作也，碧玉，汝南王妾名，以寵愛之甚，所以歌之。」二是梓澤余衷，說的是石崇與綠珠的故事，石崇有別館在河陽的金谷，又名梓澤。這兩個典故都是把被祭奠之人當作自己的寵妾。這和寶玉與晴雯之間的關係不符。

再次，晴雯即使是再嬌貴，很為寶玉看重，也只不過是一個奴婢，最終難逃「霽月難逢，彩雲易散。心比天高，身為下賤。風流靈巧招人怨。壽夭多因譭謗生，多情公子空牽念」的命運。與其他人物比起來，晴雯最多也只不過是一個配角。然而，我們來看看誄文裡是怎麼說的：「其為質則金玉不足喻其貴，其為性則冰雪不足喻其潔，其為神則星日不足喻其精，其為貌則花月不足喻其色。」什麼是「其為質則金玉不足喻其貴」？什麼是「其為性則冰雪不足喻其潔」？什麼是「其為神則星日不足喻其精」？什麼是「其為貌則花月不足喻其色」？這難道是在寫晴雯嗎？說實話，祭奠晴雯沒有必要這麼大費筆墨！

話又說回來，晴雯是個什麼樣的人物？有一次，她懲罰偷東西的丫頭——墜兒，「晴雯道：『你瞧瞧這小蹄子，不問他還不來呢。這裡又放月錢了，又散果子了，你該跑在頭裡了。你往前些，我不是老虎吃了你！』墜兒只得前湊。晴雯便冷不防欠身一把將他的手抓住，向枕邊取了一丈青，向他手上亂戳，口內罵道：『要這爪子作什麼？拈不得針，拿不動線，只會偷嘴吃。眼皮子又淺，爪子又輕，打嘴現世的，不如戳爛了！』墜兒疼的亂哭亂喊。」單從這裡看，晴雯也不配這些話——「其為質則金玉不足喻其貴，其為性則冰雪不足喻其潔，其為神則星日不足喻其精，其為貌則花月不足喻其色。」

還有一次，她對待芳官的乾娘：「你老人家太不省事。你不給他洗頭的東西，我們饒給他東西，你不自臊，還有臉打他。他要還在學裡學藝，你也敢打他不成」、「什麼『如何是好』，都攆了出去，不要這些中看不中吃的！」連王善保家的也說：「別的都還罷了。太太不知道，一個寶玉屋裡的晴雯，那丫頭仗著他生的模樣兒比別人標緻些。又生了一張巧嘴，天天打扮的像個西施的樣子，在人跟前能說慣道，掐尖要強。一句話不投機，他就立起兩個騷眼睛來罵人，——大不成個體統。」可見晴雯天生就是那種潑辣的性格。根本談不上「文雅」，怎麼能說是「質比金玉還貴，性比冰雪還潔，神勝過星日，貌勝過花月」？

綜合以上三點，我們可以肯定，〈芙蓉女兒誄〉所「誄」之人絕非晴雯，而是另有其人。如果不是晴雯，那又是誰呢？有人根據脂批內容，認為這篇「誄文」所「誄」之人應該是黛玉。證據如下：

第七十九回，當寶玉才祭完了晴雯，黛玉便走出來，贊寶玉的誄文是「好新奇的祭文！可與曹娥碑並傳的了。」又提出要修改其中的兩句，把「紅綃帳裡，公子多情；黃土壟中，女兒薄命」改為「茜紗窗下，小姐多情；黃土壟中，丫鬟薄命」。在這裡，第一次提到誄文與黛玉有關。

庚辰本脂硯齋有夾批曰：「又當知雖誄晴雯，而又實誄黛玉也，奇妙至此。若必因誄晴雯，則呆之至矣。」在此處靖藏本亦有眉批曰：「觀此知雖誄晴雯，實誄黛玉也」。另外，在「黛玉聽了，忡然變色」處庚辰本有夾批曰：「觀此句，便知誄文實不為晴雯所作也」。

這樣看來，「〈芙蓉女兒誄〉誄黛玉之說」似乎是有道理的。但是這同樣也經不起推敲。誄文中說

「姐妹悉慕英嫻、嫗媼咸仰惠德」，這很顯然並不是黛玉之性格。

「鷹鷙、鳩鴆」等語是屈原在《離騷》中用來比喻賢人與惡人的，是屈原借來表達自己的政治思想的，與男女之情毫無干係。〈芙蓉女兒誄〉如果僅僅是一篇祭奠兒女情長的文章，為什麼會用這麼多代表政治瓜葛的詞語呢？是不是作者有意引導讀者將芙蓉女兒之死與政治勾掛呢？這很有可能。

〈芙蓉女兒誄〉所說的「高標見嫉，闈幃恨比長沙；直烈遭危，巾幗慘於羽野」也用了兩個典故，一是用了「賈誼因高潔不群而遭嫉被貶」的典故，這說明〈芙蓉女兒誄〉之中所祭奠之人可能與賈誼有同樣的經歷，很顯然，這和林黛玉沒有關係。二是借用了「鯀為解除人民之苦，得罪了『天帝』」的典故，這就說明「芙蓉女兒」之慘死也很可能與「鯀之死」有類似的原因。

「委金鈿於草莽，拾翠盒於塵埃。」這兩句的意思是說，被祭奠之人所佩戴的金飾「委棄」於「草莽」，而「翠盒」失落於「塵埃」。這兩句明顯與黛玉和晴雯不符。《紅樓夢》之中並沒有這樣的情節。

「望徹蓋之陸離兮，抑箕尾之光耶？」這兩句所表達的意思更是不同尋常。這兩句中所用之典故，是來表達被祭奠之「芙蓉女兒」在塵世之間有極其崇高的地位，以至於死後可以「騎其尾」以遨遊太空。這顯然不是指黛玉和晴雯。

更令人費解的是下面的一大段騷體歌詞：

天何如是之蒼蒼兮，乘玉虬以游乎穹窿耶？
地何如是之茫茫兮，駕瑤象以降乎泉壤耶？
望徹蓋之陸離兮，抑箕尾之光耶？
列羽葆而為前導兮，衛危虛於旁耶？
驅豐隆以為比從兮，望舒月以離耶？

聽車軌而伊軋兮，御鸞鷖以征耶？
問馥郁而薆然兮，紉蘅杜以為纕耶？
炫裙裾之爍爍兮，鏤明月以為璫耶？
籍葳蕤而成壇畸兮，檠蓮焰以燭蘭膏耶？
文　匏以為觶斝兮，漉醽醁以浮桂醑耶？
瞻雲氣而凝盼兮，彷彿有所覘耶？
俯窈窕而屬耳兮，恍惚有所聞耶？
期汗漫而無夭閼兮，忍捐棄余於塵埃耶？
倩風廉之為余驅車兮，冀聯轡而攜歸耶？
余中心為之慨然兮，
卿偃然而長寢兮，豈天運之變於斯耶？
既窀穸且安穩兮，反其真而復奚化耶？
余猶桎梏而懸附兮，靈格余以嗟來耶？
來兮止兮，君其來耶！

這一大段騷體歌詞，表達了作者對芙蓉女兒的頌讚，把芙蓉女兒描繪成能夠駕玉龍、乘瑤象，遨遊於天宇之神。這些情節絕對不是林黛玉和丫頭晴雯所能承受得起的。那〈芙蓉女兒誄〉之中所誄之人既非黛玉又非晴雯，那是誰呢？到現在為止，還沒有一個具有說服力的答案。

〈懷古絕句十首〉詮解

薛寶琴為薛蝌之妹，也是薛姨媽的侄女，薛蟠、薛寶釵的堂妹，出身在一個豪商之家，從小跟著父親走遍三山五嶽，到西海沿子上買過洋貨，還接觸過真真國的女孩子，算是一個出國留學過的人物，因此她性格開朗，見多識廣，一到賈府，便給大觀園帶來幾分「開放」的氣息。她長得十分美麗，賈母甚是喜愛，誇她比畫上的還好看。王夫人也認她為乾女兒。她自幼讀書識字，本性聰敏，在大觀園裡曾作〈懷古絕句十首〉，後嫁都中梅翰林之子。特別是與寶釵相比，世俗的禮教觀念對她約束較少，思想自由，天真純淨，令人刮目相看。

《紅樓夢》第五十回，姐妹們在暖香塢做燈謎時，李紈道：「昨日姨媽說，琴妹妹見的世面多，走的道路也多，你正該編謎兒，正用著了。你的詩且又好，何不編幾個我們猜一猜？」寶琴聽了，點頭含笑，自去尋思。後來，寶琴果然說：「我自小兒所走的地方的古蹟不少。我今揀了十個地方的古蹟，作了十首懷古的詩，詩雖粗鄙，卻懷往事，又暗隱俗物十件，姐姐們請猜一猜。」於是就有〈赤壁懷古〉、〈交趾懷古〉、〈鐘山懷古〉、〈淮陰懷古〉、〈廣陵懷古〉、〈桃葉渡懷古〉、〈青塚懷古〉、〈馬嵬懷古〉、〈蒲東寺懷古〉、〈梅花觀懷古〉等十首懷古詩。

詩雖做得不錯，「眾人看了，都稱奇道妙」，可明明說的是猜謎，但是薛寶琴把這十首詩作出來以後，也沒有人猜出來謎底，更古怪的是從此就沒有再提起過。曹雪芹也沒有在書中明示或暗示過這十首懷古詩的謎底。那麼，這十首懷古詩的謎底究竟是什麼？很多人為此絞盡腦汁，但是一直以來也沒有一個真正具有說服力的答案。現在通行的觀點認為，這十首詩實際上就是《紅樓夢》的「錄鬼簿」，是已死和將死的大觀園女兒的哀歌。十首懷古絕句，名為「懷古」，實為「悼今」，名為「燈謎」，實為「人生之謎」。有專家認為，在《紅樓夢》之中，雖然各個「釵」在「薄命司」內都有判詞，但是並不表明所有人都是早夭。從曹雪芹的本意來講，早夭的人應該只有秦可卿、金釧兒、晴雯、香菱、林黛玉、賈元春、賈迎春、王熙鳳、李紈等十個人（當然，那些和寶玉無關的人物不在內）。而這十首懷古詩就是這十個人的哀歌。

赤壁懷古

赤壁沉埋水不流，
徒留名姓載空舟。
喧闐一炬悲風冷，
無限陰魂在內遊。

《赤壁懷古》是十首懷古詩中的第一首。〈赤壁懷古〉寫的是封建大家庭衰敗的全過程。賈、王、史、薛四大家族雖然是名門望族，但在衰敗以後，都難逃苦難的命運，死亡纍纍，恰如赤壁中曹家人馬之「一敗塗地」。實際上，赤壁之戰還是有很多東西可以發揮的，但是這首懷古詩卻句句珠璣，口口聲聲和一個「死」字分不開，寫得十分陰森悽慘。赤壁之戰的敗者是曹操，這也許是在暗示作者自身的命運，因為作者本身也姓曹。作為懷古詩的第一首，〈赤壁懷古〉把那種悲涼氣氛熏染到了一定的程度，實在是起得很高！「無限英魂在內遊」一句不僅暗示了賈府上上下下的人的命運結局，又是下面各首內容的提示。

交趾懷古

銅鑄金鏞振紀綱，
聲傳海外播戎羌。
馬援自是功勞大，
鐵笛無須說子房。

有專家認為，〈交趾懷古〉是在寫賈元春。「銅鑄金鏞振紀綱」中的「銅鑄金鏞」隱指宮闈，語出漢代張衡《東京賦》中的：「宮懸金鏞」。另外，南齊武帝則置金鐘於景陽宮，令人聞鐘聲而起來梳妝，要宮妃黎明即起，就是為了「振紀綱」，這正好是在暗示元春的身分和地位。「銅鑄金鏞振紀綱」和元春判詞中所說的「榴花開處照宮闈」說的是一個意思。「聲傳海外播戎羌」一句和元春所作謎語異曲同工：燈謎中說爆竹如雷，震得人恐妖魔懼一樣；這一句又說「名聲外播疆域之外」，都是在喻指元春封貴妃時的顯赫聲勢。「馬援自是功勞大」一句用了「馬援正受皇帝的恩遇而忽然病死於遠征途中」的典故，同時這一句和判詞中所說的「喜榮華正好，恨無常又到」、「望家鄉，路遠山高」等句子說的是一個意思。當然，因為到現在，我們還無法確定元春的真正死因，因此對於「鐵笛無須說子房」的含義就無從解釋了。

鍾山懷古

名利何曾伴汝身，
無端被詔出凡塵。
牽連大體難休絕，
莫怨他人嘲笑頻。

很明顯，〈中山懷古〉這首詩是在寫李紈。我們都知道，李紈青春喪偶，心如「槁木死灰」，對於外界之事，「一概無見無聞」，所以說：「名利」不「曾伴汝身」。但是，李紈並沒有就這樣平庸一輩子，賈蘭中舉以後，李紈「母以子貴」，最後她「被詔出凡塵」，「戴珠冠，披鳳襖」，「爵祿高登」。當然，這一切並不是李紈自己決定的，完全是賈蘭的緣故，所以詩中說：「牽連大抵難休絕」。「莫怨他人嘲笑頻」講的是李紈最後的結局，這和李紈判詞中的「枉與他人作笑談」是一個意思。

淮陰懷古

壯士須防惡犬欺，
三齊定位蓋棺時。
寄言世俗休輕鄙，
一飯之恩死也知。

這一首〈淮陰懷古〉是在說王熙鳳。「壯士須防惡犬欺」一句中的「惡犬」可能是指賈璉。開始的時候，賈璉是怕鳳姐，但是後來鳳姐反被他所欺。最後，鳳姐終被他休棄，回娘家，「哭向金陵事更哀」。當然，也有專家認為，這一句的意思是在暗示：鳳姐最後的命運是被一個家奴告發，以至獲罪坐牢。脂評曾把第二十一回「俏平兒軟語救賈璉」與後半部佚稿中「王熙鳳知命強英雄」一回加以對比，嘆息說：「此日阿鳳英氣何如是也？他日之身微運蹇，展眼何如彼耶？人世之變遷如此，光陰倏爾如此！」

「三齊定位蓋棺時」，有人認為這一句是指：王熙鳳獨操大權，主持榮國府，協理寧國府，以及包攬外界訴訟、放債等事的「三齊位」，既確「定」了秦可卿「蓋棺」，同時，也決「定」她將來的下場。後來，王熙鳳獲罪坐牢，執帚掃雪，被夫所棄，短命而死，都是她自食惡果，正如第四十三回，尤氏對鳳姐說：「明兒帶了棺材裡使去。」脂批：「此言不假，伏下後文短命。」對「弄權鐵檻寺」，貪贓害人一節，脂評就指出：「如何消繳，造業者不知，自有知者。」、「知其平生之作為，回首時無怪乎其慘痛之態」。歷史上，蒯通曾預言過韓信的下場，而《紅樓夢》中秦可卿也曾託夢鳳姐要她為自己留後路。可見，韓信和王熙鳳都是「不見棺材不落淚」之人，到最後都只得自食其果，等到「蓋棺時」，也許都沒有回過神來！

「寄言世俗休輕鄙，一飯之恩死也知」二句是說王熙鳳曾施恩於劉姥姥，而劉姥姥「到死」也沒有忘記王熙鳳給她的「一飯之恩」。劉姥姥當初到賈府伸手告貸，雖然得了鳳姐二十兩銀子，卻受盡了王熙鳳和賈府之人的「輕鄙」。但是後來王熙鳳全憑劉姥姥的幫助，女兒巧姐才逃出了火坑。

廣陵懷古

蟬噪鴉棲轉眼過，
隋堤風景近如何。
只緣占得風流號，
惹出紛紛口舌多。

這首〈廣陵懷古〉說的是晴雯。前兩句寫歡樂宴遊生活的短暫。怡紅院「粉垣環護，綠柳周垂」，通往柳葉渚，還有一條柳堤，正好用「隋堤風景近如何」作比。寶玉，晴雯「相與共處者，僅五年八月有畸」，所以說「蟬噪鴉棲轉眼過」。後兩句「只緣占得風流號，惹出紛紛口舌多」和晴雯判詞中所說的「風流靈巧招人怨，壽夭多因誹謗生」說的是一個意思。

桃葉渡懷古

衰草閒花映淺池，
桃枝桃葉總分離。
六朝梁棟多如許，
小照空懸壁上題。

這首〈桃葉渡懷古〉是說賈迎春的。《紅樓夢》第十七回寫道，迎春被接出大觀園後，寶玉「天天到紫菱洲一帶地方，徘徊瞻顧」，「看那岸上的蓼花葦葉，池內的翠荇香菱，也都覺搖搖落落，似有追憶故人之態」，不正是「衰草閒花映淺池」嗎？寶玉寫過一首詩，其中兩句說：「池塘一夜秋風冷，吹散芰荷紅玉影」，和「衰草閒花映淺池」也是同一種意境。另外，「桃枝桃葉總分離」中的「桃枝桃葉」不正好是在預示賈寶玉和賈迎春的姐弟關係嗎？至於後兩句很可能暗示的是八十回後的內容，因此不好揣測。

青塚懷古

黑水茫茫咽不流，
冰弦拔盡曲中愁。
漢家制度誠堪嘆，
樗櫟應慚萬古羞。

這首〈青塚懷古〉是說香菱的。香菱很可能是死於「乾血之症」，即她的判詞中所畫的那樣：「一方池沼，其中水涸泥乾」，也就是說，香菱這枝荷花是死於水涸泥乾。這正和「黑水茫茫咽不流」說的是一個意思。「冰弦拔盡曲中愁」說的是香菱永別故鄉親人，寂寞孤淒的悲慘命運。香菱是薛蟠的小妾，整天受著正室夏金桂的虐待和迫害，最終加重了病情，走上死路，而「正室和小妾」正是所謂的「漢家制度」。香菱與其說是死於「乾血之症」，不如說是死於「漢家制度」，所以說「漢家制度誠堪嘆」。薛蟠為人橫暴，卻怕「河東獅吼」，被悍婦夏金桂捏在手裡，由她說了算。這樣看來，薛蟠實際上是草包一個，是不成材的「樗櫟」。他只會一味地屈從金桂，虐待香菱，真該永遠受人們的諷刺。

馬嵬懷古

寂寞脂痕漬汗光，
溫柔一旦付東洋。
只因遺得風流跡，

至今衣衾尚有香。

這首〈馬嵬懷古〉是說秦可卿的。「寂寞脂痕漬汗光，溫柔一旦付東洋」說的是秦可卿「淫喪天香樓」、懸梁自盡的事情。秦可卿「生得裊娜纖巧，行事又溫柔和平」，所以才有「溫柔一旦付東洋」的句子。「只因遺得風流跡，至今衣衾尚有香」說的是賈寶玉在秦可卿房中「神遊太虛境」的事情。

蒲東寺懷古

小紅骨賤最身輕，
私掖偷攜強撮成。
雖被夫人時吊起，
已經勾引彼同行。

這首〈蒲東寺懷古〉是說金釧兒的。「小紅骨賤最身輕」一句表面上看是嚴詞譴責，但實際上並非如此。這首詩的作者是寶琴，寶琴作為大家閨秀倘不責備紅娘幾句，則有失閨閣小姐身分，所以才用了「小紅骨賤最身輕」這樣的句子。但是對曹雪芹本人來講，他是不會對金釧兒持這種態度的。我們從書中其他的地方也可以看出，例如書中寫王夫人「忽見金釧兒行此無恥之事，此乃平生最恨者……」，這裡雖然也用了很嚴厲的詞語，但是這並不能表明是對金釧兒的批判。「私掖偷攜強撮成」是寫賈寶玉和金釧兒之間的兒女私情。

梅花觀懷古

不在梅邊在柳邊，
個中誰拾畫嬋娟。
團圓莫憶春香到，

一別西風又一年。

這首〈梅花觀懷古〉是寫林黛玉的。我們知道，杜麗娘受封建禮教壓迫，愛情理想未實現，抑鬱而死。林黛玉在這一點上和杜麗娘的形象有相同之處。「個中誰拾畫嬋娟」是針對賈寶玉來寫的，說賈寶玉雖然對林黛玉有愛情，但是到最後都成了一場空，成了「鏡中花」、「水中月」；說賈寶玉的願望，終於成了「畫餅」，賈寶玉只有在畫中欣賞空無的愛情。對賈寶玉來講，黛玉不能像麗娘那樣死而復生，所以詩的第三句用否定語氣說不能「團圓」。另外，〈葬花吟〉中說：「試看春殘花漸落，便是紅顏老死時。」可見，春天又是寶黛曾經以為可以實現美好理想的時節，所謂「三月香巢已壘成」是也。但是黛玉死後，「人去梁空巢也傾」，所以才有「團圓莫憶春香到」這句詩。

〈菊花詩〉詮解

《紅樓夢》第三十八回〈林瀟湘魁奪菊花詩，薛蘅蕪諷和螃蟹詠〉，薛寶釵做東，大擺螃蟹宴，期間大家還做了菊花詩。菊花詩十二題，詠物兼賦事；題目編排序列，憑作詩者挑選；限用七律，不限韻腳。這十二首菊花詩分別是蘅蕪君薛寶釵的〈憶菊〉和〈畫菊〉；怡紅公子賈寶玉的〈訪菊〉和〈種菊〉；枕霞舊友史湘雲的〈對菊〉、〈供菊〉和〈菊影〉；瀟湘妃子林黛玉的〈詠菊〉、〈問菊〉和〈菊夢〉；蕉下客探春的〈簪菊〉和〈殘菊〉。我們將具體對這十二首菊花詩作一簡單的解釋：

寶釵（蘅蕪君）

憶菊

悵望西風抱悶思，蓼紅葦白斷腸時。

空籬舊圃秋無跡，瘦月清霜夢有知。

念念心隨歸雁遠，寥寥坐聽晚砧遲。
誰憐我為黃花瘦，慰語重陽會有期。

「悵望西風抱悶思，蓼紅葦白斷腸時」中：蓼，水蓼，花很小，顏色為紅色，花朵呈穗狀；葦，即蘆葦，開白花。一般來講，「蓼紅葦白時」，菊花還沒有開。但詩中以菊擬所「憶」之人，所以才有「悶思」、「斷腸」這樣的詞語。

「空籬舊圃秋無跡，瘦月清霜夢有知」中：舊圃，以前的花圃；秋無跡，即花無跡，修辭說法；夢有知，意思是說唯有夢中能見，這是「憶」的最高境界。

「念念心隨歸雁遠，寥寥坐聽晚砧遲」中：「念念」一句的意思是說，秋雁北歸南飛，勾起作者無限的想念之情，在傳說中，雁是能帶書傳訊的信使；寥寥，意思是寂寞空虛的樣子；砧，與興秋思有關，也是在寫「憶」，參見寶玉〈詠白海棠〉詩注；遲，意思是說不盡，沒完沒了。

「誰憐我為黃花瘦，慰語重陽會有期」中：「黃花」，就是指菊花，這一句之中的黃花意象借用宋代女詞人李清照寫自己孀居愁緒的〈醉花陰〉詞「莫道不銷魂，簾卷西風，人比黃花瘦」；重陽，指陰曆九月初九，重陽節。在中國古代，以九為陽數，二「九」相重，所以叫重陽，亦稱重九。一般來講，重陽節正是菊花盛開之時，中國自古就有登高賞菊的習俗，所以說「重陽是長期分離之人相會之期」。

整體而言，寶釵這首詩用的是「四支」韻。書中，探春對這首詩有很高的評價：「到底要算蘅蕪君沉著，『秋無跡』、『夢有知』，把個『憶』字烘染出來了。」事實上，在寶釵的這首詩中，最精彩的兩句正是探春所高度評價的這兩句「空籬舊圃秋無跡，瘦月清霜夢有知」。在這首詩之中，薛寶釵把菊花擬人化了，明是憶菊，實是憶人。

另外，這首詩預示了寶釵將來的悲苦命運：在寶玉出家以後，寶釵獨居的「悶思」、「斷腸」的淒涼情緒都在詩中表現得淋漓盡致。這樣看來，薛寶釵在「憶菊」之中所憶的人就是賈寶玉，是離家出走的寶玉。當然，話又說回來，即使這首詩中暗示的東西再多，它也只不過是一首詩歌，只是朦朧地表達作者的一種內在的情緒，我們不好把每一句都落實，所以肯定它暗示的就是什麼，這也是沒有意義的。

寶釵（蘅蕪君）

畫菊

詩餘戲筆不知狂，豈是丹青費較量。
聚葉潑成千點墨，攢花染出幾痕霜。
淡濃神會風前影，跳脫秋生腕底香。
莫認東籬閒採掇，黏屏聊以慰重陽。

「詩餘戲筆不知狂，豈是丹青費較量」二句：丹青，指的是繪畫時所用的各種各樣的顏料，有時候亦「作畫」的代稱；較量，意思是憂慮，思考如何恰當。

「聚葉潑成千點墨，攢花染出幾痕霜」二句：聚葉，意思是要把菊葉畫得茂密一點，所以說「千點墨」；攢，簇聚，我們知道，花朵是由好多花瓣集合構成的，故說「攢花」；霜，這裡指代菊花瓣，故用「幾痕」。這二句之中提到了中國國畫之中的幾種畫菊的方法，例如潑墨、烘染等法。「潑墨」、「攢花」是畫菊常用方法，這在《畫居逸品》有很好的記載：「酒酣潑墨，寫菊數本……寒香飄拂，涼風颯然。」

「淡濃神會風前影，跳脫秋生腕底香」二句的意思是說，畫菊者風前的菊花姿影心領神會，然後在紙上用濃淡來表現；有濃淡相映，才能密而不亂，才有遠近掩映，才能出神入化，才能以假亂真；跳脫，是手鐲的一種，用珍物連綴而成，又做「挑脫」、「條脫」。《全唐詩話》：「（文宗）問宰臣：『古詩云：輕衫襯跳脫。跳脫是何物？』宰臣未對。上曰：『即今之腕釧也。』」

「莫認東籬閒採掇，黏屏聊以慰重陽」二句的意思是說，畫得太真了，以至於不要錯認是真的菊花而隨手就去採摘。「東籬閒採掇」，語用陶潛著名詩句：「採菊東籬下，悠然見南山。」掇，拿取；黏屏，把畫貼在屏風上；慰重陽，重陽節雖然到了，但是沒有機會賞菊，只好以觀畫代之，以此來安慰一下自己寂寞的心情。

這一首詩也是寶釵所作，用的是「七陽」韻。寶釵不愧為詩詞高手，這首詩寫得非常精彩，絲毫不遜於上一首。「攢花染出幾痕霜」、「跳脫秋生腕底香」等句，構思和造句均不落俗套，令人身臨其境。另外，最後兩句——「莫認東籬閒採掇，黏屏聊以慰重陽」是寶釵在日後寡居生活的真實寫照。有人認為，這也是在暗示，寶釵最後雖然和寶玉結為夫妻，但是寶玉出家，致使寶釵和寶玉的夫妻生活有名無實。

寶玉（怡紅公子）

訪菊

閑趁霜晴試一遊，酒杯藥盞莫淹留。
霜前月下誰家種，檻外籬邊何處秋。
蠟屐遠來情得得，冷吟不盡興悠悠。
黃花若解憐詩客，休負今朝掛杖頭。

「閑趁霜晴試一遊，酒杯藥盞莫淹留」二句：淹留，意思是說滯留住。後一句的意思是說，不必為了飲酒或身體病弱而留在家中。

「霜前月下誰家種，檻外籬邊何處秋」二句：何處秋，即何處花，這裡用的是修辭說法。這兩句之中的「誰家」、「何處」都深刻地突顯了「訪菊」之中的「訪」。

「蠟屐遠來情得得，冷吟不盡興悠悠」二句：蠟屐，木底鞋，據說古人制屐的時候會在上面塗蠟所以才有「蠟屐」，語用《世說新語》阮瑀「自吹火蠟屐」事。這兩句表達了一種「曠怡閒適」的感覺，把古代富貴者多著木屐遊山玩水的情景表達得很清楚；得得，意思是說「特地」，是唐時方言。

「黃花若解憐詩客，休負今朝掛杖頭」二句：冷吟，在寒秋季節吟詠；解，懂得，能夠；「休負」句的意思是說不要辜負我今天的乘興遊訪；「掛杖頭」，語用《世說新語》阮修「以百錢掛杖頭，至店，便獨醉酣暢」事，在這裡取其興致很高的意思。

實際上，十二首菊花詩是有順序的。寶釵說：「起首是〈憶菊〉；憶之不得，故訪，第二是〈訪菊〉；訪之既得，便種，第三是〈種菊〉；種既盛開，故相對而賞，第四是〈對菊〉；相對而興有餘，故折來供瓶為玩，第五是〈供菊〉；既供而不吟，亦覺菊無彩色，第六便是〈詠菊〉；既入詞章，不可不供筆墨，第七便是〈畫菊〉；既為菊如是碌碌，究竟不知菊有何妙處，不禁有所問，第八便是〈問菊〉；菊如解語，使人狂喜不禁，第九便是〈簪菊〉；如此人事雖盡，猶有菊之可詠者，〈菊影〉、〈菊夢〉二首續在第十第十一；末卷便以〈殘菊〉總收前題之盛。這便是三秋的妙景妙事都有了。」

寶玉選作了第二、三首。〈訪菊〉這首用的是「十一尤」韻。〈訪菊〉這首詩是賈寶玉平時愜意生活的真實寫照。平時，寶玉大多數時間都是無拘無束地同眾姐妹在大觀園內盡情玩樂，這在〈訪菊〉這首詩中表現得淋漓盡致。

寶玉（怡紅公子）

種菊

攜鋤秋圃自移來，籬畔庭前故故栽。
昨夜不期經雨活，今朝猶喜帶霜開。

冷吟秋色詩千首，醉酹寒香酒一杯。
泉溉泥封勤護惜，好知井徑絕塵埃。

移來，是指把菊苗移來，突出了「種菊」的「種」；不期，是「未曾料想到」的意思；秋色，指菊，這裡用秋色來代指菊花開放的季節；酹，灑酒於地表示祭奠的意思，在這裡的意思是對著菊花舉杯飲酒的意思，與吟詩一樣，都表示興致高；寒香，還是在寫「菊」；泉溉泥封，指用水澆灌，用土封培，是種菊的技術，這裡仍然突顯了「種菊」的「種」；好和，須和；井徑，指田間的小路，泛指偏僻小徑，「好知井徑絕塵埃」這句的意思是說讓菊花跟它所在的小路一起都與塵世的喧鬧隔絕。

能寫出這樣的詩作，寶玉也不愧為賈府公子。這首詩用的是「十灰」韻。我們應該記得，在第五回之中，警幻仙子在說寶玉的時候說：「在閨閣中，固可為良友，然於世道中未免迂闊怪詭，百口嘲謗，萬目睚眦」，也就是說寶玉可為閨閣中女兒的良友，和那些「玩弄女性的紈絝子弟」是有所區別的。寶玉之所以不是一般的玩弄女性的紈絝子弟，正是因為他尊重女性、關心女性、保護女性，無論是千金小姐還是小家碧玉，也不論是奴婢還是戲子，他都把她們當做和自己一樣的人來平等對待。在這首詩之中，如果我們把女子比作菊花的話，那麼寶玉吟誦的種菊、灌菊、護菊，就正好表達了寶玉愛護女性、尊敬女性的高尚情操。

湘雲（枕霞舊友）

對菊

別圃移來貴比金，一叢淺淡一叢深。
蕭疏籬畔科頭坐，清冷香中抱膝吟。
數去更無君傲世，看來唯有我知音。

秋光荏苒休辜負，相對原宜惜寸陰。

科頭，古時候人們把不戴帽子稱為「科頭」，這首詩中的「科頭」是指不拘禮法的樣子，與下句中的「傲世」相關合，這個用法取意於唐代詩人王維〈與盧員外象過崔處士興宗林亭〉詩：「科頭箕踞（抱膝而坐）長松下，白眼看他世上人。」傲世，是描寫菊的風格，菊花不畏風霜，冒寒開放，有「傲霜枝」之稱，有「傲世」之態；知音，是指知己朋友；荏苒意思是時間過得很快。

這首詩用的是「十二侵」韻。湘雲從小就喜愛男裝，甚至有一次賈母竟把她誤認成寶玉。第六十三回書中寫道：「湘雲素習憨戲異常，她也最喜武扮的，自己每每束鑾帶，穿折袖。」在本詩中，湘雲以一個男性抒情主角出現，正表現了她豪爽不羈的瀟灑風度。「科頭」是指不戴帽子的男子，只能是男人的形象；古代女孩子沒有帽子，無所謂「科頭」。但是，天生「英豪闊大寬宏量」的湘雲偏偏把自己比作男子，以遣興取樂。這裡凸顯了史湘雲獨特的性格特徵。

湘雲（枕霞舊友）

供菊

彈琴酌酒喜堪儔，几案婷婷點綴幽。
隔座香分三徑露，拋書人對一枝秋。
霜清紙帳來新夢，圃冷斜陽憶舊遊。
傲世也因同氣味，春風桃李未淹留。

「彈琴酌酒喜堪儔，几案婷婷點綴幽」二句：喜堪儔，意思是說，高興菊花能作伴；「几案婷婷點綴幽」，即「婷婷點綴几案幽」；婷婷，指菊枝樣子好看；幽，說因菊而環境顯得幽雅。

「隔座香分三徑露，拋書人對一枝秋」二句：三徑露，指菊，修辭說法，取意於陶潛〈歸去來辭〉

「三徑就荒，松菊猶存」意，「三徑」原出處參見前清客《蘭風蕙露》對聯注，「香分三徑露」，是說菊之香氣從三徑分得，與下句「一枝」一樣，正寫出「供」字。

「霜清紙帳來新夢，圃冷斜陽憶舊遊」二句：霜清，仍是修辭說法，指菊花清雅；「紙帳來新夢」，意思是說房內新供菊枝，使睡夢也增香，因紙帳上多畫花卉，而真的菊自然大大超過所畫的花，所以及之。這裡取意於《遵生八箋》：「紙帳，用藤皮繭紙纏於木上，以索纏緊，勒作皺紋，不用糊，以線折縫之，頂不用紙，以稀布為頂，取其透氣；或畫以梅花，或畫以蝴蝶自是分外清致。」

「霜清紙帳來新夢，圃冷斜陽憶舊遊」二句：圃冷，菊圃冷落；斜陽，衰颯之景；舊遊，舊時的同遊者、老朋友。

「傲世也因同氣味，春風桃李未淹留」二句的意思是說作者自己也與菊花一樣傲世，對世上的榮華富貴並不看在眼裡。「春風桃李」，喻世俗榮華；淹留，是流連忘返的意思。

這首詩的名字叫做「供菊」，意思是把菊花插在花瓶中作擺設來賞玩。這首詩用的也是「十一尤」韻。湘雲在此詩中所描寫的「彈琴飲酒，賞菊吟詩，蔑視富貴，佯狂傲世」等情操，很合黛玉的口味，所以黛玉評價這首詩說：「據我看來，頭一句好的是『圃冷斜陽憶舊遊』，這句背面傅粉。『拋書人對一枝秋』已經妙絕，將供菊說完，沒處再說，故翻回來想到未折未供之先，意思深透。」詩中所描寫的情操是史湘雲真性情的流露。

湘雲（枕霞舊友）

菊影

秋光疊疊復重重，潛度偷移三徑中。
窗隔疏燈描遠近，籬篩破月鎖玲瓏。

寒芳留照魂應駐，霜印傳神夢也空。
珍重暗香休踏碎，憑誰醉眼認朦朧。

「秋光疊疊復重重，潛度偷移三徑中」句中：秋光，指菊影；「潛度偷移」，說菊花隨著日光西斜而影子在不知不覺地移動。

「窗隔疏燈描遠近，籬篩破月鎖玲瓏」句中：「窗隔」句的意思是隔著窗子透出稀疏的燈光，在地上描下了濃淡不同的遠近菊影；「籬篩」句的意思是說竹籬好比篩子，透過月光的碎片，就像把明淨精巧的菊花姿影封鎖在裡面；玲瓏，空明的樣子，又常形容雕鏤精巧。

「寒芳留照魂應駐，霜印傳神夢也空」句中：寒芳，指菊；留照，留下肖像，即留下影子；魂應駐，花魂應該也留在菊影之中，說菊影能傳神；霜印，指菊影；夢也空，影雖能傳花之神，但畢竟是虛象，「夢也空」就是虛象的修辭說法。

「珍重暗香休踏碎，憑誰醉眼認朦朧」句中：暗香，指菊，因寫月夜花影，所以用「暗」；休踏碎，正點出「菊影」，影在地上，因珍惜，所以不願踩它。

菊花詩十二首，湘雲獨做三首，可見湘雲在《紅樓夢》中之地位是相當重要的。這首詩用的是「一冬」韻。此詩中所表達的是作者由愛菊花而愛上菊影的思想感情。作者透過日光、燈光、月光把菊影之神態描繪得栩栩如生。當然，此詩的最後兩句，「寒芳留照魂應駐，霜印傳神夢也空」，明顯是在暗示湘雲未來淒涼的命運。

黛玉（瀟湘妃子）

詠菊

無賴詩魔昏曉侵，繞籬欹石自沉音。

毫端蘊秀臨霜寫，口角噙香對月吟。

滿紙自憐題素怨，片言誰解訴秋心。

一從陶令平章後，千古高風說到今。

「無賴詩魔昏曉侵，繞籬欹石自沉音」二句：無賴，百無聊賴的意思，無法可想；詩魔，佛教把人們有所欲求的念頭都說成是魔，宣揚修心養性用以降魔，這句取意於白居易的〈閒吟〉詩說：「自從苦學空門法，銷盡平生種種心；唯有詩魔降未得，每逢風月一閒吟」；昏曉侵，從早到晚地侵擾的意思；欹，這裡通作「倚」；沉音，心裡默默地在念。

「毫端蘊秀臨霜寫，口角噙香對月吟」二句：毫端，筆端；蘊秀，藏著靈秀——「毫端蘊秀」的意思是心頭蘊秀的修辭說法；臨霜寫，是指對菊吟詠的修辭說法；臨，即臨摹、臨帖之「臨」；霜，非指白紙，乃指代菊，前已屢見；寫，描繪。這兩句把人美、花美、景美、情美、詩美等諸美集中寫於兩句詩之中，構思可謂新穎，造句可謂巧妙，確實是精彩的詠菊詩句。

「滿紙自憐題素怨，片言誰解訴秋心」二句：素怨，即秋怨，與下句「秋心」成互文；「素怨」、「秋心」皆借菊的孤傲抒自己的情懷。這兩句寫出了黛玉平素多愁多病，自怨自艾的情狀；道出了作者自己一懷情愫不被人理解的苦悶。

「一從陶令平章後，千古高風說到今」二句：「一從」，自從的意思；「陶令」，即陶淵明（西元三六五年至四二七年），東晉詩人，字符亮，一說名潛字淵明，曾做過八十多天彭澤縣令，所以稱陶令；「平章」，鑑賞、議論的意思；「高風」，高尚的品格，在這裡並指陶淵明與菊花。

十二首菊花詩，林黛玉做了三首，並且一首比一首好，被譽為十二首詠菊詩之冠。而在這三首之中，「詠菊」一首堪稱經典。

黛玉（瀟湘妃子）

問菊

欲訊秋情眾莫知，喃喃負手叩東籬：
孤標傲世偕誰隱，一樣花開為底遲？
圃露庭霜何寂寞，鴻歸蛩病可相思？
休言舉世無談者，解語何妨話片時？

秋情，即中間兩聯所問到的那種思想情懷；喃喃，不停地低聲說話；負手，把兩手交放在背後，是有所思的樣子；扣，詢問；東籬，指代菊；孤標，孤高的品格；標，標格；為底，為什麼這樣；蛩，蟋蟀；可，是不是；鴻、蛩、菊，都是擬人寫法；解語，能說話。

這一首詩在十二首菊花詩中排名第二，用的是「四支」韻。

雖然這一首詩被李紈排在第二位，但是在黛玉三首菊花詩中，寫得新穎別緻，並最能代表其個性的是這一首。不管是「輕俗傲世」，還是「花開獨遲」，都道出了黛玉清高孤傲，目下無塵的品格。「鴻歸蛩病」則寫的又是黛玉苦悶徬徨的心情。實際上，在整個大觀園，甚至這個世界上，對黛玉來說，舉世可談者只有寶玉一人，然而礙於「禮教之大防」，並沒有痛痛快快地暢敘衷曲的機會。「問菊」全詩除頭聯之外，頷聯、頸聯、尾聯全為問句，明顯地突出了「問菊」中的「問」字。更加難能可貴的是，「問」字問得巧而且妙，正如湘雲評價說：「『偕誰隱』、『為底遲』，真個把個菊花問的無言可對。」

黛玉（瀟湘妃子）

菊夢

籬畔秋酣一覺清，和雲伴月不分明。

登仙非慕莊生蝶，憶舊還尋陶令盟。
睡去依依隨雁斷，驚回故故惱蛩鳴。
醒時幽怨同誰訴，衰草寒煙無限情。

「秋酣一覺清」，秋菊酣睡，夢境清幽；「和雲」句取意於唐代張賁以「和霜伴月」，在這裡以寫菊花夢魂高飛，以「不分明」說夢境依稀恍惚；「登仙」句，說夢魂蹁躚，彷佛成仙，但並非是羨慕莊子變作蝴蝶。「憶舊」，實即「夢舊」，詩題中「夢」字句中不出現是詠物詩技巧上的講究；「尋盟」，表示結交友好，出自《左傳》，這一聯構思可能是受元代柯九思「蝶化人間夢，鷗尋海上盟」詩句的啟發；「睡去」句，意思是夢見歸雁，依戀之心久久相隨，直至它飛遠看不見；「故故」，意思和「屢屢」、「時時」接近。

這首詩排名菊花詩第三，用的是「八庚」韻。詩旨正如標題「菊夢」那樣，明寫夢境，實質是寫黛玉自己夢幻般的情思，帶有明顯的讖語的意味，例如「和雲伴月」、「登仙」都是死亡的代名詞。總之，這一首詩之中透露出來的那種淒涼頹敗的氣氛，是對黛玉的將來悲慘結局的一種暗示。

探春（蕉下客）

簪菊

瓶供籬栽日日忙，折來休認鏡中妝。
長安公子因花癖，彭澤先生是酒狂。
短鬢冷沾三徑露，葛巾香染九秋霜。
高情不入時人眼，拍手憑他笑路旁。

「簪菊」的意思是把菊花插在頭上。把菊花插在頭上是中國古代的一種風俗習慣，很多古書都對這一習俗有記載，例如《乾淳歲時記》說：「都人九月九日，飲新酒，泛萸簪菊。」《菊譜》敘曰：「唐輩下歲時記：九月宮掖間，爭插菊花，民俗尤甚。杜牧詩曰：『黃花插滿頭』。」

「瓶供籬栽日日忙，折來休認鏡中妝」二句：「鏡中妝」，指簪、釵一類首飾，女子對鏡梳妝時插於發間。當然，這裡所說的簪菊，並非是日常的打扮，這是一種特殊的風俗。

「長安公子因花癖，彭澤先生是酒狂」二句中的「長安公子」可能指的是杜牧。杜牧的〈九日齊山登高〉詩有「塵世難逢開口笑，菊花須插滿頭歸。但將酩酊酬佳節，不用登臨嘆落暉」等句子。很明顯，杜牧之詩句和探春的詩句並提相合；「彭澤先生」是指陶淵明。

「短鬢冷沾三徑露，葛巾香染九秋霜」二句：「三徑露」，是指代菊，這兩句都形容簪菊；「葛巾」是指用葛布做的頭巾；「九秋霜」，指代菊；「九秋」，即秋天，意謂秋季九十日。

「高情不入時人眼，拍手憑他笑路旁」，這兩句的意思是說，時俗之人不能理解那種高尚的情操，那就讓他們在路上見了插花醉酒的樣子而拍手取笑吧。這兩句的意思大概取自於李白的〈襄陽歌〉：「襄陽小兒齊拍手，攔街爭唱白銅鞮。傍人借問笑何事？笑殺山公醉似泥」和陸游的〈小舟游近村舍舟步歸〉「兒童共道先生醉，折得黃花插滿頭」。

這首詩是探春的作品，被李紈評為菊花詩第七，用的是「七陽」韻。

我們都知道，探春是一個非常有才華的人，才情志高，精明幹練不亞於男人。此首詩之中的「短鬢」、「葛巾」等詞都暗示賈探春以男人自況。另外，賈探春眼光獨到，她對寧榮兩府內部的腐敗和矛盾看得非常清楚。但是，作為一個閨房女子，她是沒有辦法的，於是只好潔身自好。「高情不入時人眼，拍手憑他笑路旁」，這兩句正好表明了賈探春嫉視醜惡，不隨風流俗的清高態度。

探春（蕉下客）

殘菊

露凝霜重漸傾欹，宴賞才過小雪時。
蒂有餘香金淡泊，枝無全葉翠離披。
半床落月蛩聲病，萬里寒雲雁陣遲。
明歲秋風知再會，暫時分手莫相思。

「傾欹」，指菊傾側歪斜；「小雪」，立冬以後的一個節氣；「餘香」，實即「余瓣」；「淡泊」，指顏色黯淡不鮮；「離披」，亦作「披離」，散亂的樣子；「知再會」，意思是「不知能否再見」的意思。

這也是賈探春的作品，是十二首菊花詩的最後一首，用的是「四支」韻。

賈探春的這首〈殘菊〉是十二首菊花詩的點睛之筆，正如寶釵所說的那樣：「……末卷便以〈殘菊〉總收前題之盛。」可見，「盛」和「殘」是相對的，前面的菊花詩把菊花的各個方面都描寫到了，最後該收尾了，恰好也到了菊花凋謝的時候。總而言之，再「盛」也終將以「殘」作為結果。這實際上也是賈府兩院甚至賈、王、史、薛四大家族的最終的歸結。另外，〈殘菊〉也暗示了賈探春最終的悲慘命運，例如「萬里寒雲」正是在寫她日後遠嫁時的情形；「暫時分手莫相思」則可以同「從今分兩地，各自保平安。奴去也，莫牽連」的曲子對應起來。

最後，有專家認為，菊花詩之所以正好是十二首可能是作者有意為之，是為了對應「十二正釵」。那麼，作者是不是真的就是拿十二首菊花詩來影射十二正釵的命運呢？應該是這樣的。十二個正釵，正如十二朵菊花，但是最後是葉缺花殘，萬豔同悲，歸到「薄命司」去，真乃普天之下第一悲事！

〈飛鳥各投林〉詮解

《紅樓夢》第五回〈遊幻境指迷十二釵，飲仙醪曲演紅樓夢〉裡寫賈寶玉夢遊太虛幻境，警幻仙子命人給賈寶玉演了《紅樓夢曲》。其中一支收尾的曲子名叫〈飛鳥各投林〉：

為官的，家業凋零；富貴的，金銀散盡。
有恩的，死裡逃生；無情的，分明報應。
欠命的，命已還；欠淚的，淚已盡。
冤冤相報實非輕，分離聚合皆前定。
欲知命短問前生，老來富貴也真僥倖。
看破的，遁入空門；痴迷的，枉送了性命。
好一似食盡鳥投林，落了片白茫茫大地真乾淨！

這首曲子實際上並不難理解，非常通俗易懂，它是對賈府甚至《紅樓夢》中所提到的四大家族最後走向敗落的一個預示。周汝昌在《紅樓夢與中華文化》中曾經對此曲有過詳細的解釋，他認為〈飛鳥各投林〉是《紅樓夢》全劇三大主線之一——「人散」的一個具體的概括。

周汝昌先生說：「……這第三條大線就是『人散』。人散雖與家亡相聯，又自成體段，前文已經說過。秦可卿與鳳姐託夢的結語，說了兩句七言詩——秦可卿也能作詩！豈不甚奇？須知所謂『正邪兩賦而來』之人，大抵皆屬於詩人型。這是個專題，宜有專文討論。如今只說可卿最後說道是：『三春去後諸芳盡，各自須尋各自門。』署名『梅溪』的，於此便批：『不必看完，見此二句，便欲墮淚。』可知這人散一線，是書中最後的一局——也就是結局，所以它獨自構成一大經緯。『三春去後諸芳盡』，有幾層涵義。一即字面義：三春（孟、仲、季，即『九十春光』）過去了，百花凋謝。二是『三春』又指書中所敘三次重要的元宵佳節——第十八回省親，第五十四回夜宴，與八十回後某回的一次元宵節（大約是巨變的發生）。三是『三春』又指賈氏姐妹，元、迎、探，特別是探春一去，方是人散的總潰之始。」

可見，〈飛鳥各投林〉和「三春去後諸芳盡」有異曲同工的妙處，所講的是一個意思，正如周汝昌先生所說的表現的正是賈府甚至賈、王、史、薛四大家族的命運走向。

那麼，〈飛鳥各投林〉之中的歌詞是不是還有具體所指呢？例如「有恩的，死裡逃生」是不是指巧姐？「欠淚的，淚已盡」是不是在說林黛玉？周汝昌認為是這樣的，〈飛鳥各投林〉的每一句歌詞都是有所指的，具體如下：

「為官的，家業凋零；富貴的，金銀散盡」，這兩句是對賈府甚至四大家族「家亡」的總體概括；

「有恩的，死裡逃生」，這一句應該是指巧姐，和巧姐的判詞「偶因濟劉氏，巧得遇恩人」正好呼應；

「無情的，分明報應」，這應該是在寫寶釵和妙玉；

「欠命的，命已還」，這是指元春；

「欠淚的，淚已盡」，這是指林黛玉，《紅樓夢》開始第一回就說林黛玉是來報恩的，來還淚的。

「冤冤相報實非輕」，這是指迎春；

「分離聚合皆前定」，這是在寫探春和湘雲；

「欲識命短問前生」，這是在寫王熙鳳；

「老來富貴也真僥倖」，這是在寫李紈，李紈在八十回後，應該會大富大貴。

「看破的，遁入空門」，這明顯是寫惜春；

「痴迷的、枉送了性命」，毫無疑問，這是秦可卿。

對這個結論，周汝昌還作了這樣的解釋：

「以上十二句，本以為恰好分屬十二釵，但首二句並非婦女之事，而脂批於此正有總括榮寧的語義（其實應是總括賈王史薛四門），那麼可知此二句是先從『家亡』領起，以下才是每句分屬。又由於只剩下了十句，而『分離、聚合』明明是兩者的合詞並詠，這又明白了還有一句應該也是合詠二人，於是我尋找這個可能性時，發現『看破的，遁入空門』也可能包括妙玉惜春二人而言。但細味其言，終以指惜春更為切合，蓋妙玉之出家，固幼年多病，為父母所捨身，又因避權勢仇家之難，方進京入園的，並非『看破』之故，因此我仍以本句只指惜春，而並妙姑於寶釵一起，理由全在不能忘記『報應』二字是眼目。寶釵屬於『無情』，書中有明文點破（她抽的花名酒籌是『任是無情也動人』，是為力證），這樣是合榫的。」

「另需說明的則尚有元春、鳳姐、迎春三人的分屬，以其容或招來爭議，所以也是研討的題目。我將鳳姐隸於『命短』句下，理由也是書有明文暗示。元春原係死於非命，實因政治變故而致，受逼而亡（如書中暗示如楊貴妃），故為『欠命』。迎春為何隸於『冤冤相報』之下呢？這並非指此無辜少女本身，而是罪孽在她父親賈赦，賈赦多行不良，貪財好色，害人性命，如姜亮夫教授所見舊抄本，賈氏之敗實由賈赦之罪發而引起，他害了兩條人命。我以為這兩條命案皆是女子，其一即鴛鴦，說詳後文。另一條女命當然也是因他好色圖淫而致某女於死（疑是嫣紅，說亦詳後文）。所以冤冤相報是說他害人家的女兒，孫紹祖也害了他的女兒，是即曲文的本意。」

另外，著名紅學專家俞平伯對此曲子也有自己的理解：「《十二釵曲》末折是總結；但宜注意的，是每句分結一人，不是泛指，不可不知。除掉『好一似』以下兩讀是總結本折之詞，以外恰恰十二句分配十二釵。我姑且列一表給你看看，你頗以為不謬否？（表之排列，依原文次序。）」

- 為官的，家業凋零——湘雲
- 富貴的，金銀散盡——寶釵
- 有恩的，死裡逃生——巧姐
- 無情的，分明報應——妙玉
- 欠命的，命已還——迎春
- 欠淚的，淚已盡——黛玉
- 冤冤相報實非輕——可卿
- 分離聚合皆前定——探春
- 欲識命短問前生——元春
- 老來富貴也真僥倖——李紈
- 看破的，遁入空門——惜春
- 痴迷的、枉送了性命——鳳姐

整體而言，作為《紅樓夢曲》的總收尾，〈飛鳥各投林〉是對以賈家為代表的封建貴族階級命運的概括，也可以說是一首帶有濃厚思辨的主題歌，和作者曹雪芹在小說中所使用的「家散人亡各奔騰」、「樹倒猢猻散」等句子是一個意思。小說第十三回，鳳姐夢見秦可卿對她說「常言『月滿則虧，水滿則溢』、『否極泰來』，榮辱自古週而復始，豈人力所能常保的。」秦可卿就是在告訴我們，「物極必反」，凡事有始必有終，有盛必有衰，這是萬事萬物的規律，人力不可抗拒，這是在向王熙鳳暗示賈府的末日已經到了，要做好準備，為以後的日子做打算，這和〈飛鳥各投林〉傳達的是一個意思。作者曾在書中說過：「至若離合悲歡，興衰際遇，則又追蹤躡跡，不敢稍加穿鑿」，正是在向我們說，《紅樓夢》所反映的正是貴族家庭的興衰始終。

賈府有極盛的時候，作者在書中描寫得很詳盡。但作者這樣寫是有自己的目的的，作者寫賈府的「極盛」，正是要反襯他們日後的「極衰」；寫賈府的「赫赫揚揚」，正是要反襯他們日後的「煙消火滅」。雖然，我們現在也許沒有可能再看到曹雪芹八十回後的稿子了，但是我們可以肯定作者給《紅樓夢》設計的結局一定是「樂極悲生，人非物換」，「樹倒猢猻散」，肯定不是像高鶚續書中所寫的那樣賈家最後又「沐天思」、「延世澤」、「蘭桂齊芳」，安排一個不喜不悲的「團圓」結局。有專家認為，從脂硯齋等人的批語之中透露出來的訊息，我們可以知道以下等情節：賈家敗落後，當年「金窗玉檻」、「珠寶乾坤」的大觀園要變成「落葉蕭蕭，寒煙漠漠」的一片淒涼頹敗景象；被攆出大觀園的寶玉和寶釵要有一段「寒冬噎酸齏、雪夜圍破氈」的困苦生活；王熙鳳要有一個「身微遠塞」、「回首慘痛」的可悲下場；惜春要沿門托鉢，「緇衣乞食」；賈赦、賈珍之流要被撤職罷官，扛上枷鎖，或被殺頭，或被流放充軍——這些情節正好和〈飛鳥各投林〉之中的句子相吻合。

《通靈寶玉與金鎖之銘文》詮解

我們都知道，在《紅樓夢》之中，賈寶玉有一塊寶玉，而薛寶釵有一個金鎖。「金玉姻緣」之說就是指賈寶玉的寶玉和薛寶釵的金鎖。對這兩件寶貝的詳細描述在第八回：

寶釵抬頭只見寶玉進來，連忙起身含笑答說：「已經大好了，倒多謝記掛著。」說著，讓他在炕沿上坐了，即命鶯兒斟茶來。一面又問老太太、姨媽安，別的姐妹們都好。一面看寶玉頭上戴著縲絲嵌寶紫金冠，額上勒著二龍搶珠金抹額，身上穿著秋香色立白狐腋箭袖，腰繫五色蝴蝶鸞絛，項上掛著長命鎖、記名符，另外有一塊落草時銜下來的寶玉。寶釵因笑說道：「成日家說你的這玉，究竟未曾細細的賞鑑，我今兒倒要瞧瞧。」說著便挪近前來。寶玉亦湊了上去，從項上摘了下來，遞在寶釵手內。寶釵托於掌上，只見大如雀卵，燦若明霞，瑩潤如酥，五色花紋纏護。這就是大荒山中青埂峰下的那塊頑石的幻相。後人曾有詩嘲云：

女媧煉石已荒唐，又向荒唐演大荒。
失去幽靈真境界，幻來親就臭皮囊。
好知運敗金無彩，堪嘆時乖玉不光。
白骨如山忘姓氏，無非公子與紅妝。

那頑石亦曾記下他這幻相併癩僧所鐫的篆文，今亦按圖畫於後。但其真體最小，方能從胎中小兒口內銜下。今若按其體畫，恐字跡過於微細，使觀者大廢眼光，亦非暢事。故今只按其形式，無非略展些規矩，使觀者便於燈下醉中可閱。今注明此故，方無「胎中之兒口有多大，怎得銜此狼犺蠢大之物」等語之謗。

通靈寶玉正面圖式 —— 通靈寶玉反面圖式

玉寶靈通 —— 三二一

仙莫 —— 知療除

壽失 —— 禍冤邪

恆莫 —— 福疾祟

昌忘

寶釵看畢，又從新翻過正面來細看，口內念道：「莫失莫忘，仙壽恆昌。」念了兩遍，乃回頭向鶯兒笑道：「你不去倒茶，也在這裡發呆作什麼？」鶯兒嘻嘻笑道：「我聽這兩句話，倒像和姑娘的項圈上的兩句話是一對兒。」寶玉聽了，忙笑道：「原來姐姐那項圈上也有八個字，我也鑑賞鑑賞！」寶釵道：「你別聽他的話，沒有什麼字。」寶玉笑央：「好姐姐，你怎麼瞧我的了呢。」寶釵被纏不過，因說道：「也是個人給了兩句吉利話兒，所以鏨上了，叫天天帶著，不然，沉甸甸的有什麼趣兒。」一面說，一面解了排扣，從裡面大紅襖上將那珠寶晶瑩黃金燦爛的瓔珞掏將出來。寶玉忙託了鎖看時，果然一面有四個篆字，兩面八字，共成兩句吉讖。亦曾按式畫下形相：

瓔珞正面式

音注云：不離不棄。

瓔珞反面式

音注云：芳齡永繼。

寶玉看了，也念了兩遍，又念自己的兩遍，因笑問：「姐姐這八個字倒真與我的是一對。」鶯兒笑道：「是個癩頭和尚送的，他說必須鏨在金器上……」寶釵不待說完，便嗔他不去倒茶，一面又問寶玉從那裡來。

自此以後，書中雖然多次寫到「金玉姻緣」，但是再沒有把寶玉的寶玉和寶釵的金鎖放在一起描寫。當然，這並不奇怪，令我們奇怪的是通靈寶玉與金鎖上的「銘文」。「莫失莫忘，仙壽恆昌」是什麼意思？「不離不棄，芳齡永繼」又怎麼講？

其實，「莫失莫忘，仙壽恆昌」、「不離不棄，芳齡永繼」是四句告誡語，也就是說若能如此就會吉祥：賈寶玉只要時時刻刻攜帶這個寶玉，就能夠長命百歲，「仙壽恆昌」；薛寶釵也只有對她的金鎖「不離不棄」，也才能「芳齡永繼」，一生平安。但是，通讀《紅樓夢》，我們似乎能明顯感覺到這些話用在賈寶玉和薛寶釵身上是一種深刻的諷刺。試想一下，寶玉和寶釵，將來一個要出家當和尚，一個要守活寡，長壽又有什麼用？說是「仙壽恆昌」，寶玉並沒有成佛作祖；說是「芳齡永繼」，寶釵同樣要衰老貧病。這樣看來，「莫失莫忘，仙壽恆昌」、「不離不棄，芳齡永繼」不過是表面吉利的兩句空話而已。

不過，作為小說之中的「意象」，通靈寶玉和金鎖也是根據一定的情節安排而設定的。通靈寶玉作為賈寶玉的命根子，它的「莫失莫忘，仙壽恆昌」的誡語和書中的某些情節是有一定的關係的。據脂批提示，後半部原稿有「誤竊」、「鳳姐掃雪拾玉」、「甄寶玉送玉」等情節，講的就是賈寶玉丟失「通靈寶玉」的情節。通靈寶玉上說「莫失莫忘，仙壽恆昌」，賈寶玉如果丟失掉通靈寶玉後肯定會遭受重大的災難，當然具體遭受什麼樣的災難，我們可能沒有機會知道了。而薛寶釵的金鎖則是為了呼應「金玉姻緣」之說而設計的。

另外，根據有關紅學專家的考證，封建皇朝的傳國玉璽上，也鐫有八個字——「受命於天，既壽永昌」。這應該就是曹雪芹所講的「莫失莫忘，仙壽恆昌」這句話的原型。既然是這樣，有很多人立刻把賈寶玉和傳國玉璽聯繫在一起，認為賈寶玉的通靈寶玉就是傳國玉璽。更有人根據《紅樓夢》的成書年代，認為《紅樓夢》之中有映射清康熙末年的奪嫡之爭這一事件的情節，賈寶玉就是清康熙的太子胤礽。當然，這只是一種猜想。

《燈謎語十首》詮解

謎語又叫「春謎」、「燈謎」、「燈虎」、「文虎」、「悶悶兒」、「謎謎子」等。《紅樓夢》書中有許多饒有趣味的謎語，有的在書中已由作者揭出謎底，這裡我們稱為紅樓夢中的春燈謎；有的在書中未給出謎底，屬於紅樓夢中的絕底詩謎。以下，我們單就第二十二回〈聽曲文寶玉悟禪機，制燈謎賈政悲讖語〉中的燈謎做一個簡單的解釋。

賈環謎語：

大哥有角只八個，二哥有角只兩根；

大哥只在床上坐，二哥愛在房上蹲。

第二十二回，元春派太監出來到榮府送謎語讓大家猜，同時榮府的小姐、少爺們也都編了謎語讓太監帶給元春猜。「太監去了，至晚出來傳諭：『前娘娘所制，俱已猜著，唯二小姐與三爺猜的不是。

小姐們作的也都猜了，不知是否。』說著，也將寫的拿出來。也有猜著的，也有猜不著的，都胡亂說猜著了。太監又將頒賜之物送與猜著之人，每人一個宮製詩筒，一柄茶筅，獨迎春、賈環二人未得。迎春自為玩笑小事，並不介意，賈環便覺得沒趣。且又聽太監說：『三爺說的這個不通，娘娘也沒猜，叫我帶回問三爺是個什麼。』」賈環做了一個什麼樣的謎語呢？就是上面那個謎語。那麼賈環這個謎語到底「壞」在什麼地方，以至於讓元妃批評這首謎語「不通」，根本沒有猜呢？據賈環自己說，他的謎語的謎底一個是枕頭，一個是房脊上的獸頭。先不說枕頭和房上的獸頭之間的風馬牛不相及的關係，單看賈環的謎面，就能看出他的謎語的確出得不怎麼樣，首先一點就是語言粗鄙不堪，難上大雅之堂，怪不得元春「根本沒猜」。什麼「大哥」、「二哥」，完全是市井無賴的口吻，毫無讀書人的文雅之氣！其實做出這樣的謎語，完全是由賈環這樣的卑鄙小人之人格決定的。賈環是寶玉的同父異母的弟弟，趙姨娘的親生子。庶出的賈環在家中地位並不高，但是自己偏偏又不自重，心術不正，行為頑劣，一向被人鄙視。總而言之，賈環在賈府就是一個小丑似的人物，他做出那樣的謎語完全合乎他的身分。而作者曹雪芹，透過這首謎語又讓他出了一次醜。

賈母謎語

猴子身輕站樹梢。

元春派太監出來到榮府送謎語讓大家猜，同時榮府的小姐、少爺們也都編了謎語讓太監帶給元春猜。這引起了賈母的興趣。於是，賈母便舉辦了一個燈謎會，在上房懸燈結綵，「設了酒果，備了玩物」。燈謎會上，賈府的小姐少爺們各顯神通，作出了很多燈謎。就連平常最喜歡假正經的賈政也來捧場。當然，作為賈府的主心骨，賈母也不甘落後，作出了上面這個燈謎。

賈母的燈謎的謎底是什麼呢？是荔枝，實際上並不難猜。但是賈政為了博賈母高興，「便故意亂猜別的」，讓這謎底蒙上了一層神祕色彩。當然，也許是賈政不願意說出那個謎底。因為，這個謎語對賈府來講同樣也是一個悲讖。「猴子身輕站樹梢」——這很容易令人聯想起秦可卿託夢給鳳姐說的「樹倒猢猻散」那句俗話。「樹都要倒了」，賈府上上下下這一群「猴子」卻絲毫沒有危機感，還張燈結綵開什麼燈謎會。這真是一大諷刺。

賈政謎語

身自端方，體自堅硬；
雖不能言，有言必應。

燈謎會上，賈政雖然一向不屑於這樣的活動，但是既然來了就沒有忘記也大顯身手一番，做了這個燈謎。做完這個燈謎以後，賈政還生怕賈母猜不著，立即把謎底告訴寶玉，暗示寶玉告訴賈母。所以，賈母一猜便著：「是硯台！」

賈政作的這個燈謎也十分有意思。首先一點，這個燈謎與賈政的身分非常相稱，我們知道，賈政慣以文人自居，其實不過是草包一個。但是不管怎樣，賈政應該還算個有德之人，至少是符合封建階級的道德標準的，例如他和賈赦比起來，不嫖不賭，恪守「忠孝」之道，儼然是位道學先生，能稱得上是「身自端方」。但是，賈政畢竟是封建階層的最忠誠的維護者，於是他對寶玉的叛逆行為是深惡痛絕的，為此曾把寶玉打得死去活來，這又稱得上「體自堅硬」。慣以文人自居的賈政雖然並無真才實學，但是在任何時候都不忘記自己的「文人身分」，彷彿天生就和筆、硯結下了多麼深的情緣，連作謎語也是滿口筆墨紙硯。所以這個謎語出自賈政之口是很正常的，但實際上對賈政是個莫大的諷刺。

元春謎語

能使妖魔膽盡摧，身如束帛氣如雷；
一聲震得人方恐，回首相看已成灰。

賈母、賈政的謎語猜完之後，就輪到猜眾姐妹的謎語了，首先就是元春的。這個謎語不算很難，賈政猜道：「這是爆竹嗎？」寶玉答：「是。」

這個謎語更有意思，有專家認為，這個謎底實際上也可以是元春自指。謎語之中說「能使妖魔膽盡摧，身如束帛氣如雷」，賈元春貴為皇妃，足以摧毀任何現實和虛幻之中的妖魔鬼怪了。貴妃娘娘「一聲震得人方恐」，這也說得過去，例如賈元春省親之類的盛大舉動不正是「一聲震得人方恐」嗎？上自王公貴族，下迄市井小民，誰不嘖嘖豔羨？但是，有盛必有衰，大盛就是大衰，烈火烹油的盛舉之後，接著就是煙消火滅之時，到那時，正好是「回首相看已成灰」。這樣看來，賈元春的謎語的謎底真可以說就是她自己。當然，這個謎語同時也是她的家族命運的極恰當的讖語。

迎春謎語

天運人功理不窮，有功無運也難逢。

因何鎮日紛紛亂？只為陰陽數不同。

這首謎語的謎底是算盤。這雖然是迎春出給別人的謎語，但是同時也是自己命運之謎的一個概括。後來，迎春的父親賈赦想選一個有財有勢的乘龍快婿，結果選中了「中山狼」孫紹祖。這正是賈赦打自己的如意算盤的結果。對於迎春的親事，賈府上下都知道不好，但是賈母心中雖不稱意，但又不想出頭多事；賈政深惡孫家，「勸諫過兩次，無奈賈赦不聽」；寶玉為此痴痴呆呆的，也只能跌足自嘆；王夫人十分憐惜迎春，也只能勸她服從命運……個人都有個人的算盤，但是最終都沒有挽救迎春。迎春「有運無功」，最終走進了虎狼之窩，斷送了性命。這樣回過頭來再看迎春的謎語，此謎實際上是一首帶有濃厚宿命色彩的自傷自悼的抒情詩。

探春謎語

階下兒童仰面時，清明妝點最堪宜。
游絲一斷渾無力，莫向東風怨別離。

探春的謎語的謎底是風箏。「無巧不成書」，在《紅樓夢》一書中，作者每寫及探春命運時，總用風箏暗喻，這可能是作者有意為之，例如探春的判詞前面畫著兩人放風箏，第七十回探春的軟翅鳳凰風箏被風颳走等。其實這些都預示著探春最終遠嫁他鄉的命運。後來，探春的命運驗證了這些暗示，她就如斷線的風箏，遠嫁他鄉。

惜春謎語

前身色相總無成，不聽菱歌聽佛經。
莫道此身沉墨海，性中自有大光明。

這是惜春的謎語。謎底是「佛前海燈」。海燈是點在寺廟裡佛像前的長明燈。這個謎語也是惜春命運的一個歸結，隱喻惜春將來會出家為尼。如果出家人都能完成自己的心願——成佛作祖，永生不死，這應該算得上是一件好事。對惜春將來出家為尼的設計，作者是懷著巨大的悲痛來描寫的。實際上，「成佛作祖，永生不死」——這只不過是那些出家人自欺欺人的精神安慰而已，是不可能實現的。也就是說，惜春的命運最後是相當悲慘的，即使作者說「性中自有大光明」也不能遮掩惜春悲慘的結局。這個謎語和惜春判詞之中所說的「可憐繡戶侯門女，獨臥青燈古佛旁」講的是一個意思。

黛玉謎語

朝罷誰攜兩袖煙，琴邊衾裡兩無緣。
曉籌不用雞人報，五夜無煩侍女添。

焦首朝朝還暮暮，煎心日日復年年。
光陰荏苒須當借，風雨陰晴任變遷。

這個謎語的謎底是「更香」。「更香」是古代人計時用的工具，更香上標出刻度，以燃燒的長短計算時間。

在程乙本之中，這個謎語是林黛玉作的。但是在脂本系統中，有的（例如庚辰本）屬寶釵，有的（例如甲辰本）屬黛玉。於是，針對這條謎語的歸宿，在《紅樓夢》的研究史上引起了不少的爭論。有人認為，「朝罷誰攜兩袖煙，琴邊衾裡兩無緣。曉籌不用雞人報，五夜無煩侍女添」，這明顯是薛寶釵日後寡居生活的真實寫照。但是有的人又認為，「琴邊衾裡兩無緣」這一句用在寶釵身上不合適，因為寶釵畢竟還和寶玉結婚了並不是絕對無緣，因此這是在寫林黛玉。

現在通行的觀點認為這應該是在寫林黛玉。「琴邊衾裡兩無緣」，是說黛玉和寶玉沒有夫妻恩愛的情份，白白地戀愛一場；「曉籌不用雞人報」，是在寫林黛玉憂思不眠之意，例如第七十六回寫湘雲去瀟湘館過夜，湘、黛二人同時失眠，黛玉說：「我這睡不著也並非今日，大約一年之中通共也只好睡十夜滿足的。」黛玉多病、多愁、多淚，焦首煎心，日日年年，正是她的特點；「光陰荏苒須當借，風雨陰晴任變遷」最後兩句是同情憐惜的話：要珍惜青春的時光，周圍生活中的風雨陰晴、是非糾葛任它去，不要掛在心上，這分明是在勸說林黛玉。

寶玉謎語

南面而坐，北面而朝。
象憂亦憂，象喜亦喜。

這首謎語為寶玉所作，謎底是鏡子。在早期的《石頭記》的本子上面，並沒有這首謎語。後來有人發現明代馮夢龍編的《掛枝兒》中有這首謎語詩。於是，有專家猜測，這首謎語應該是後人增補的。這首謎語作得非常巧妙，和鏡子的特點結合得非常完美。連賈政看後都說：「好，好，如猜鏡子，妙極。」

寶釵謎語

有眼無珠腹內空，荷花出水喜相逢。
梧桐葉落分離去，恩愛夫妻不到冬。

這是寶釵的謎語，謎底是「竹夫人」。「竹夫人」是一種用竹篾編成的夏季抱著取涼的器具。實際上這首謎語並無深意，猜起來也不算很難。但是單從謎面來看，卻實有很多當時人看來十分「不吉利」的字句。「梧桐葉落分離去，恩愛夫妻不到冬」，顯然預言寶釵同寶玉的婚姻生活很短暫，不能白頭偕老。這也難怪「賈政看完，心內自忖道：『此物還倒有限。只是小小之人作此詞句，更覺不祥，皆非永遠福壽之輩。』想到此處，愈覺煩悶，大有悲戚之狀，因而將適才的精神減去十分之八九，只垂頭沉思。」

另外，這首謎語在很多脂本之中是沒有的，因此有人認為此謎並非出自曹雪芹筆下，而為後人所增補。因為，以寶釵大家閨秀的身分和平日守「禮」的態度推斷，她不可能去寫「恩愛夫妻」這類的話。這種看法是很有道理的，由此可見，這首謎語應該是後人增補的。

《花名籤令八則》詮解

《紅樓夢》中描寫了很多種酒令，例如拇戰和射覆。第六十三回〈壽怡紅群芳開夜宴，死金丹獨豔理親喪〉裡，眾姐妹們玩了一種新酒令——「花名籤」，即：用骰子擲點定人，由那個人從簡裡抽籤，籤上畫著一種花，又題著評價這種花的一句成語，最後是吟詠這種花的一句舊詩。其實，如果我們仔細揣摩的話，就會發現，這些花、成語和詩句，有的象徵著籤者的特點，更有的隱示著得籤者未來的遭遇。下面，我們來做一個簡單的解釋：

寶釵籤

牡丹——豔冠群芳——任是無情也動人。

這是薛寶釵的籤。薛寶釵是典型的大家閨秀，說其美貌「豔冠群芳」，壓倒大觀園群芳；「任是無情也動人」，是說薛寶釵即便是在靜默的時候，也有一種動人的魅力。《紅樓夢》中不僅多次像這樣提到薛寶釵的美貌，更是透過別人的角度來寫寶釵之美，例如寶玉就曾經多次為寶釵之美所傾倒。但是，話又說回來，寶玉雖然多次為寶釵之美所吸引，但是他對寶釵並沒有愛情。後來，當他們成親以後，寶玉始終不忘「世外仙姝寂寞林」。

探春籤

杏花——瑤池仙品——日邊紅杏倚雲栽。

這是賈探春的籤。「瑤池仙品」是隱喻探春天生聰明伶俐，品行高雅；「日邊紅杏倚雲栽」是在隱喻探春將來的命運，這表明探春將來的歸宿應該不錯，另外籤上有一注說：「得此籤者必得貴婿」，大家取笑探春：「我們家已有了個王妃，難道你也是王妃不成？」從這些內容，我們應該看出，探春將來肯定是嫁入豪門，很可能是當了王妃。當然，她只是到很遠的地方當王妃去了，所以避免不了「分骨肉」的悲哀。「清明涕泣江邊望，千里東風一夢遙」說的正是探春未來的命運。

李紈籤

老梅——霜曉寒資——竹籬茅舍自甘心。

這是李紈的籤。「霜曉寒資」和《紅樓夢曲》中李紈的判詞名「晚韶華」是一個意思，都是在寓意李紈將來「母以子貴」的榮耀。「竹籬茅舍自甘心」，是在影射李紈在稻香村寂寞孤寂的寡居生活。丈夫死後，李紈槁木死灰般地度過一生，到老將死時才掙得一頂「珠冠」，可謂可憐，用「老梅」來形容李紈，寓意深遠。

湘雲籤

海棠——香夢沉酣——只恐夜深花睡去。

「香夢沉酣」、「只恐夜深花睡去」都是在暗示湘雲在寶玉生日吃酒醉後，睡倒在山石後青板石凳上，芍藥花飛滿一身的憨態，表現了湘雲可愛的性格。所以，黛玉才會打趣說：「『夜深』兩個字改『石涼』兩個字！」另外，這個籤對湘雲也是一個極大的諷刺。湘雲性格活潑開朗，整天陶醉於青春的歡樂之中，對未來的厄運毫無心理準備，以至於後來當悲慘命運到來之時，後悔不迭。

麝月籤

荼蘼花——韶華勝極——開到荼蘼花事了。

麝月的籤很有意思。荼蘼花開的時候，春天已經要過去了，所以籤牌上注說：「在席各飲三杯送春。」、「韶華勝極」是講榮華富貴已經走到極點了，再往前走就是悲慘命運。「開到荼蘼花事了」也是一個意思，榮華富貴只能「開到荼蘼花」，然後就「事了」，一切繁榮都將隨風而去。寶玉已經覺出其中不祥的意味，「麝月問怎麼講，寶玉愁眉忙將籤藏了說：『咱們且喝酒。』說著，大家吃了三口，以充三杯之數。」有專家認為，之所以讓麝月抽這樣的籤，很可能是因為麝月要陪伴寶玉到最後，是榮府衰亡的最後見證人。

香菱籤

並蒂花——聯春繞瑞——連理枝頭花正開。

這一籤是香菱抽到的。「並蒂花」是映射香菱原來的名字「英蓮」的「蓮」字。在《紅樓夢》中，香菱一直是被喻為荷花的，例如她的判詞中說：「根並荷花一莖香」；「聯春繞瑞」是說香菱美麗的容顏和絢爛的青春；「連理枝頭花正開」是從一首詩歌中抽出來的，下一句是「妒花風雨更相摧」。實際上後半句才是作者所要表達的意思，意思是說，後來香菱遭夏金桂嫉妒，並受她迫害的命運。

黛玉籤

芙蓉——風露清愁——莫怨東風當自嗟。

這是黛玉的籤。芙蓉自然是指林黛玉；「風露清愁」是對林黛玉平日生活情形的一個概述，與〈葬花詞〉中的「風刀霜劍嚴相逼」意近；「莫怨東風當自嗟」的意思是說，不要怨恨環境的冷酷，還是承認自己命運不好吧，這是對林黛玉命運的一種悲惋和嘆惜。實際上抽到這樣的籤，林黛玉心裡也十分不舒服，黛玉抽籤之前默默想：「不知還有什麼好的被我掣著才好」，可掣出的偏偏是這種頹喪的句子。

襲人籤

桃花——武陵別景——桃紅又是一年春。

襲人被喻為桃花，這是在諷刺襲人，她後來嫁給蔣玉菡為妻，辜負了寶玉的一片好心，可謂「桃花花心」；「武陵別景」用秦末戰亂生靈塗炭來喻賈家敗亡，襲人將像桃花源中人一樣，躲開這場災難，與蔣玉菡結為夫妻過上好的生活；「桃紅又是一年春」也是在諷刺襲人，襲人是寶玉的侍妾，對寶玉百般體貼、愛護，曾發誓：「便拿八人轎也抬不出我去」（第十九回），可後來還是被蔣玉菡抬去了。

《紅樓夢》醫事詮解

《紅樓夢》是一部百科全書式的小說，這種說法一點都不誇張，它有著深厚的文化底蘊。在這其中，醫事文化是最搶眼的一點。中醫專家陳存說：「我從做醫生的角度來看，對他書中寫出許多男男女女的病情，從發病造成性命結束止，要是不懂得一點醫理，哪裡會寫得如此切合病情，而且有幾個人連病況都描寫詳盡，特別是死亡的經過，宛如醫家目睹一般。所以我說曹雪芹的才華，不限於寫一部《紅樓夢》，他對醫學的理論、病情的觀察以及藥方的組織，也頗有才華。」可見，紅樓夢中的醫學文化是相當道地的。另外，紅學專家宋淇也說，曹雪芹費了不少筆墨，將書中主要人物的病症、起因、進展、醫療過程等，用不同的手法表達出來。尤以前八十回，有些人用的是單刀直入的描寫方法，例如寶釵、賈瑞、秦可卿、尤二姐；有些人用的是逐漸透露法，例如晴雯、王熙鳳、黛玉；有些人有藥方，有些人卻只有症候，變幻多端，完全合乎曹雪芹「誓不作雷同之語」的原則。

在這一章，我們將對《紅樓夢》的醫學文化做一些簡單的介紹。

「冷香丸」藥效為什麼那麼神奇？

《紅樓夢》第七回裡，周瑞家的到寶釵房間裡問好，隨便問起：「這有兩三天也沒見姑娘到那邊逛逛去，只怕是你寶兄弟衝撞了你不成？」寶釵解釋說自己之所以這幾天沒出去逛，是因為自己「那種病」又犯了。周瑞家的問是什麼「病根兒」，寶釵又解釋說：「我這是從胎裡帶來的一股熱毒」，犯時出現喘嗽等症狀，「若吃尋常藥，是不中用的」，幸好一個和尚「說了一個海上方，又給了一包藥末子作引子，異香異氣的。不知是那裡弄了來的。他說發了時吃一丸就好。倒也奇怪，吃他的藥倒效驗些」。實際上，根據寶釵的描述，寶釵的病在中醫上叫做「熱症」，症狀表現為發熱、口渴、舌紅、煩躁不安、脈搏快等。「熱症」雖然不算什麼疑難雜症，也不會危及生命，但是並不好治，並不像寶釵所說的那樣「也不覺什麼，只不過喘嗽些，吃一丸也就罷了」。

我們先按照書中的描述，來看看著冷香丸是怎麼製成的？根據寶釵的描述，「東西藥料一概都有限，只難得『可巧』二字：要春天開的白牡丹花蕊十二兩，夏天開的白荷花蕊十二兩，秋天的白芙蓉花蕊十二兩，冬天的白梅花蕊十二兩。將這四樣花蕊，於次年春分這日晒乾，和在藥末子一處，一齊研好。」又要雨水這日的雨水十二錢，「白露這日的露水十二錢，霜降這日的霜十二錢，小雪這日的雪十二錢。把這四樣水調勻，和了藥，再加十二錢蜂蜜，十二錢白糖，丸了龍眼大的丸子，盛在舊瓷罈內，埋在花根底下。若發了病時，拿出來吃一丸，用十二分黃柏煎湯送下。」從寶釵的話裡，我們可以得知，這冷香丸還真不是一般的丸藥，單說這成藥的過程就「真真把人瑣碎死」，也難怪它藥效神奇，「吃一丸也就罷了」！

讀了寶釵這一段描述，我們往往會覺得這是作者在故弄玄虛。但是真正從醫學角度來看，冷香丸的存在和製作方法是符合醫學理論的。

首先，從中醫學角度來講，冷香丸的製作方法和治病原理是符合醫學理論的。我們知道，中醫上無論是湯劑飲片，還是丸散膏丹，都講究尊古炮製這一規律。進一步講，中醫製藥對原材料的採集時間、配製方法、量的搭配和製作工藝都要求非常嚴格。中醫上認為，這些講究是極其重要的，只有這樣才能從製作和配料上保證藥效。《紅樓夢》中薛寶釵所說的冷香丸所用的四種原材料——四種花蕊，都必須在花兒綻放的時候採集，並且必須用特殊的方法保存。經過將近一年的保存，到來年「春分」時節晒乾，這是因為春分這天晝、夜等長，取的正是這一天的陰陽和諧之氣。而製藥所使用的採集於「雨水」、「白露」、「霜降」、「小雪」這四個節氣的那一天的水，看似玄妙，實際上也是有一定道理的，這是因為中醫上認為，雨、露、霜、雪的水質清純輕，非常易於上達肺部而造成治療作用。

其次，根據現代科學研究表明，雨、露、霜、雪水分之中含雜質最少，並且在幾乎沒有空氣汙染的古代，這四種水分幾乎就是最純淨的水。這其中，尤以由水蒸氣直接凝固而成的霜和雪最為純淨，是上好的水分，進入人體後很容易被人體所吸收，經過一系列化學變化，能激發酶的活性，促進代謝，充分發揮藥物療效。另外，寶釵所使用的四種花蕊的藥效更是令人不敢想像——白牡丹花性平味淡，可調經活血除煩；白荷花性味甘平，能清暑祛溼、止咳定喘；白芙蓉花性平味辛，可清熱解毒、平喘止咳；白梅花性平味酸微澀，可利肺化痰、開鬱和胃。這四種花蕊再經過蜂蜜、白糖及四個節氣之水的調和，最終便有了升清降濁、清瀉肺熱、定喘止嗽的奇效。

再次，冷香丸所使用的四種原料白牡丹、白荷花、白芙蓉和白梅花四種花均為白色，是在遵從中醫五行五色歸經理論。我們知道，寶釵之病最典型的症狀便是「不過喘嗽些」，很明顯這是肺部疾病。在中醫理論上，「肺」為白色，所以只有用白色花蕊才能直達肺部，治此病之根。那麼，為什麼要用「黃柏煎湯送服」呢？根據專家研究，這是因為黃柏為治「腎」良藥，可滋陰和清下焦腎之熱毒。為什麼要「滋陰和清下焦腎之熱毒」呢？這和寶釵之病的病根有很大的關係。寶釵的病「從娘胎裡帶來的熱毒」，患的是「熱氣喘」，只有用黃柏才能瀉下焦腎的熱毒，也才能除去上焦肺熱，最終治癒寶釵的「喘嗽」的症狀。

最後，冷香丸中牡丹花味甘苦、辛，性微寒，能清熱涼血，活血散瘀。《本草綱目》說其「和血、生血、涼血、治血中伏火，除煩熱」，並有「花為陰，……能瀉陰胞中之火」及「白花者補」的效用；荷花性溫、味甘苦，《羅氏會約醫鏡》上說「荷花清心益腎，黑頭髮，治吐衄諸血」；芙蓉花味微辛、性平，《本草綱目》說它「清肺涼血，散熱解毒」，可用於久咳吐血、月經過多、帶下諸證；白梅花味酸微澀，性平無毒，既能疏肝解鬱、理氣和胃，又能「助清陽之氣上升」。冷香丸四味花卉中藥取意於色白入肺，清宣華蓋，疏肝清熱，理氣化痰；並以黃柏煎湯送服，以清虛熱、燥溼化痰，諸藥契合病機，配方頗為精巧，值得現代醫學借鑑。

總而言之，曹雪芹獨具匠心為寶釵設計的冷香丸，並不是憑空想像出來的，而是有一定的中醫理論基礎的，細細讀來，理、法、方、藥絲絲入扣，令人嘆服。

當然，也有專家認為，冷香丸雖然在一定程度上是符合中醫理論的，但是真正像寶釵所說得那樣「只不過喘嗽些，吃一丸也就罷了」，冷香丸之所以有效果，之所以能造成藥未服，病情也減輕三分的效果，這裡包含著神奇的心理療法，正像寶釵所說的那樣，「倒也奇怪，吃他的藥倒效驗些」，很可能只是「效驗些」，並不能除去病根。根據現代醫學研究，像寶釵這種病，很可能是「氣喘病」，而氣喘病的發作和一個人的心理情緒的好壞有很大的關係。寶釵是「藏愚守拙」，是很有心計的，冷香丸給寶釵帶來的心理暗示作用，與藥物相得益彰，很可能正是「倒也奇怪，吃他的藥倒效驗些」的真正原因。更應該引起我們的注意的是，冷香丸的藥方是一個「海上方」，是一個四處雲游的和尚給的「土方子」，這就在寶釵的心裡留下了一絲神祕感和心理暗示：這「和尚」這麼神祕，這藥自然也神祕，而神祕的東西往往令人深信不疑，因此寶釵認為吃這種藥肯定有效，所以也就真的「有效」了。冷香丸的第二個神祕之處是它的製作工藝——「東西藥料一概都有限，只難得『可巧』二字。冷香丸的製作工藝給寶釵也帶來了一定的心理暗示：這藥的製作工藝這麼繁瑣，應該有效。

王熙鳳得的是什麼病？

《紅樓夢》中曹雪芹筆下的王熙鳳是個不甘示弱的女性。這個處於沒落的封建大家庭的管家，雖然具有特殊的地位和高貴的待遇，但是因過於爭強好勝，最終由於過度勞累，心神憔悴，患上了重病。關於王熙鳳的病，書中雖然沒有花費大量的筆墨來描寫，但是「王熙鳳得病」在《紅樓夢》情節發展上卻起著相當重要的作用。細心的人肯定早已發現，賈府的敗落就是隨著王熙鳳得病開始的。隨著王熙鳳的病情的加重，賈府敗落的跡象也越來越明顯。那麼王熙鳳究竟得了什麼病呢？我們不妨隨著《紅樓夢》的描述對王熙鳳的病情來做一個簡單的診斷。

關於王熙鳳得病的情節最早出現在第五十五回，「剛將年事忙過，鳳姐便小月了。在家一月不能理事。一月之後，復添了下紅之症。一直服藥調養到八九月間，才漸漸的起復過來，下紅也漸漸止了」，但是境況並沒有因此而向好的方向轉化。第六十六回寫道：「五六月間，賈敬喪事，鳳姐身體未癒。」也就是說，王熙鳳的病並沒有痊癒。雖然，第六十六回說：「八月初，賈璉去平安府，半月後回到家。那時鳳姐已大愈。」但是，在第六十七回裡又有了這樣的描寫：「襲人道：『奶奶身上欠安，本該天天過來請安才是。但只怕奶奶身上不爽快，倒要靜靜兒的歇歇兒，我們來了，倒吵的奶奶煩。』」可見，王熙鳳一直是拖著一個病身子。第六十八回裡，「九月十五日鳳姐兒將尤二姐騙入大觀園」，這應該是導致王熙鳳大病的一個導火線。從此以後，王熙鳳的病情越加嚴重。緊接著，在第七十二回裡，作者透過鴛鴦之口直接點出了王熙鳳的病根兒：

> 鴛鴦又安慰了他一番，方出來。因知賈璉不在家中，又因這兩日鳳姐兒聲色怠惰了些，不似往日一樣，因順路也來望候。因進入鳳姐院門，二門上的人見是他來，便立身待他進去。鴛鴦剛至堂屋中，只見平兒從裡間出來，見了他來，忙上來悄聲笑道：「才吃了一口飯歇了午睡，你且這屋裡略坐坐。」鴛鴦聽了，只得同平兒到東邊房裡來。小丫頭倒了茶來。鴛鴦因悄問：「你奶奶這兩日是怎麼了？我看他

懶懶的。」平兒見問，因房內無人，便嘆道：「他這懶懶的也不止今日了，這有一月之前便是這樣。又兼這幾日忙亂了幾天，又受了些閒氣，從新又勾起來。這兩日比先又添了些病，所以支持不住，便露出馬腳來了。」鴛鴦忙道：「既這樣，怎麼不早請大夫來治？」平兒嘆道：「我的姐姐，你還不知道他的脾氣的。別說請大夫來吃藥，我看不過，白問了一聲身上覺怎麼樣，他就動了氣，反說我咒他病了。饒這樣，天天還是察三訪四，自己再不肯看破些且養身子。」鴛鴦道：「雖然如此，到底該請大夫來瞧瞧是什麼病，也都好放心。」平兒道：「我的姐姐，說起病來，據我看也不是什麼小症候。」鴛鴦忙道：「是什麼病呢？」平兒見問，又往前湊了一湊，向耳邊說道：「只從上月行了經之後，這一個月竟淅淅瀝瀝的沒有止住。這可是大病不是？」鴛鴦聽了，忙答道：「噯喲！依你這話，這可不成了血山崩了。」平兒忙啐了一口，又悄笑道：「你女孩兒家，這是怎麼說的，倒會咒人呢。」鴛鴦見說，不禁紅了臉，又悄笑道：「究竟我也不知什麼是崩不崩的，你倒忘了不成，先我姐姐不是害這病死了。我也不知是什麼病，因無心聽見媽和親家媽說，我還納悶，後來也是聽見媽細說原故，才明白了一二分。」平兒笑道：「你該知道的，我竟也忘了。」

到第七十四回的時候，王熙鳳的病已經非常嚴重，「八月十五日前幾天抄檢大觀園，夜裡，鳳姐下面淋血不止」。

透過這些描寫，我們可以肯定，王熙鳳真的是像鴛鴦說的那樣是得了「血山崩」，而病根很可能就是那次「小月」和平時過度勞累所致。那麼什麼是血山崩呢？相關醫學資料記載：

血崩亦稱崩中、暴崩，指婦女不在經期而突然陰道大量出血的急性病症。崩之病名首見於《內經》：「陰虛陽搏謂之崩」。

本病病因頗多，有因勞傷過度，氣虛下陷，統攝無權所致；有因暴怒傷肝，肝不藏血，經血妄行而發為血崩；亦可素體熱盛，復感熱邪或恣食辛燥之品，積熱化火，熱迫血行而發病；另有經期產後，餘血未盡，或因外感，夾內傷，瘀血內阻。惡血不去，新血不得歸經，造成崩中。《針灸甲乙經．卷十一》載有針灸治療之法：「崩中腹上下痛，中郄主之」。唐《備急千金要方》進一步明確治療穴位的部位、針灸深度、艾灸壯數；《針灸資生經》所整理的治療崩漏腧穴已近二十個，明《針灸大成》對病因及腧穴又有發展。

現代西醫學中的功能性子宮出血之症者，與本證相類。從《紅樓夢》中王熙鳳所患的血山崩症狀來看，實際就是中醫所說的崩漏，現代醫學稱之為功能失調性子宮出血。專家指出，經婦科檢查，凡生殖器官無器質性病變而引起的子宮出血，均稱之為功能性子宮出血，簡稱「功血」。

換句話說，王熙鳳得的也就是功能性子宮出血。從醫學上講，產生這種病的原因很多，例如中醫認為，素體虛弱，傷腎傷脾，沖任失調，血失統攝可致功血；素體內熱，七情過極，五志化火，熱蘊於血，擾動血海，可致功血；經產感邪，素多抑鬱，致使經脈不暢，沖任阻滯，血不循經而妄行，可致功血。而要預防此病或者完全康復，需保持心情舒暢、情緒樂觀，不生氣、不發怒、不疲勞過度，注意性生活或經期、產褥期、人工流產後的衛生，加強營養，加強身體鍛鍊。採用中醫辨證施治，或西醫內分泌治療，是完全可以治癒的。但是爭強好勝的王熙鳳哪裡有這些意識？她帶病操持家務，生怕落在別人後面。當得知賈璉在外面偷娶了尤二姐以後，更是大發雷霆，想方設法把尤二姐算計致死。但是算計來算計去，到最後都算計到了自己頭上，由於調理不善，致使病情加重，根據相關資料記載，在曹雪芹的原稿裡，八十回後的王熙鳳在賈府敗落之後正是死於此病。

林黛玉為什麼要吃「人參養榮丸」？

《紅樓夢》第三回寫林黛玉剛到賈府的時候：

眾人見黛玉年貌雖小，其舉止言談不俗，身體面龐雖怯弱不勝，卻有一段自然的風流態度，便知他有不足之症。因問：「常服何藥，如何不急為療治？」黛玉道：「我自來是如此，從會吃飲食時便吃藥，到今日未斷，請了多少名醫修方配藥，皆不見效。那一年我三歲時，聽得說來了一個癩頭和尚，說要化我去出家，我父母固是不從。他又說：『既捨不得他，只怕他的病一生也不能好的了。若要好時，除非從此以後總不許見哭聲，除父母之外，凡有外姓親友之人，一概不見，方可平安了此一世。』瘋瘋癲癲，說了這些不經之談，也沒人理他。如今還是吃人參養榮丸。」賈母道：「正好，我這裡正配丸藥呢。叫他們多配一料就是了。」

那麼，林黛玉究竟有什麼病？為什麼要吃人參養榮丸呢？人參養榮丸到底是一種什麼樣的藥？

首先，根據書裡的介紹，林黛玉明顯就有不足之症。醫學上講，不足之症也就是指先天稟賦不足，也稱為先天虛怯。林黛玉的不足之症可以從以下兩個方面得到驗證：一、林黛玉的父母都可以算得上是早逝，母親賈敏剛過四旬就一病不起，後不治身亡；父親林如海剛剛五十出頭便也撒手西歸，至此，林黛玉天生遺傳父母親的較弱的體質，不足之症始於遺傳。二、林黛玉說，自己「從會吃飲食時便吃藥，到今日未斷，請了多少名醫修方配藥，皆不見效。」這是不足之症的最明顯的症狀，可見林黛玉天生身體孱弱。

其次，林黛玉口口聲聲提到的「人參養榮丸」實際上是出自宋代的《太平惠民和劑局方》一書中所記載的「人參養榮湯」。該書中記載說，「人參養榮湯」由人參、黃耆、白朮、茯苓、陳皮、甘草、熟地、當歸、白芍、桂心、五味子、遠志、生薑、大棗等組成。還說該湯補益氣血，但偏於溫補陽氣。當然，《紅樓夢》一書並沒有說明林黛玉所服用的「人參養榮丸」的具體組成。但是在第四十五回中，寶釵探望林黛玉，說起這病症來的時候，寶釵道：「昨兒我看你那藥方上，人參肉桂覺得太多了。雖說益氣補神，也不宜太熱。依我說，先以平肝健胃為要，肝火一平，不能克土，胃氣無病，飲食就可以養人了。」從這段話，我們可以斷定，林黛玉所講的人參養榮丸就是《局方》的「人參養榮湯」，只不過由水煎劑改為丸劑罷了。另外，明代著作《保命歌括》卷十二中記載有「人參養榮丸」的詳細記載，說該藥由人參、白朮、白茯苓、炙黃耆、山藥、當歸、熟地、生地、白芍、山萸肉、五味子、陳皮、遠志等十三味藥組成。具體的製作方法和食用方法是把上述十三味藥，研為細末，用鴨血入蜜煉，和藥為丸，如梧桐籽大，鹽湯送下。並記載說該藥主治男婦氣血兩虛，精神短少，脾胃不足，形體羸瘦。具體到上面的十三味藥，人參、白朮、茯苓、黃耆、山藥有益氣健脾，培補後天水谷之化源的功效；熟地、山萸肉、山藥乃「六味地黃丸」之三補，滋補先天之腎水；當歸、熟地、生地、白芍——「四物湯」補肝養血、緩肝之急；茯神、遠志、五味子，養心安神，交通心腎；陳皮行胃助納，防胃氣之壅滯；鴨血，鹹寒入腎，可制參芪溫升之性；蜂蜜，甘溫入脾，可緩參芪燥熱之性。實際上，根據《紅樓夢》的描述，林黛玉不僅先天體質孱弱，有不足之症，而很可能還患有肺癆，即肺結核。上述十三味藥調和使用，可養脾土；益肺金；益腎水；涵肝木，故而該方是補而不燥，滋而不膩的方劑。因此，肺結核患者吃人參養榮丸可謂是對症下藥。

給秦可卿看病的是不是御醫？

我們讀《紅樓夢》，讀到秦可卿那一段的時候會產生許多疑問。這其中最大的疑問便是：秦可卿到底是什麼人物，她生病的時候，為什麼會有太醫來給她看病？要知道，太醫可是皇宮裡的御用醫務人員，是御醫，只有真正的特權階層才能請得動的。有的人根據這一點認為秦可卿肯定不是一般人物，要不然怎麼能有資格接受御醫的「診治」？但是現在很多專家開始認為這只是一個誤解，給秦可卿看病的並不是真正的太醫。有專家認為，因為御醫院在清代被稱為太醫院，所以御醫也經常被人稱為太醫，這是事實。但是被稱為太醫的絕大多數並非御醫，舉個例子，古人把當官者稱為「老爺」，但是被稱為「老爺」的並不一定都是當官的。所以說，有時候，「太醫」也可以是人們對那些所謂的醫術高明之醫生的尊稱，並不一定都是御醫。

關於清代的太醫院的記載，我們可以在《清史稿．職官志》找到一些記載：當時，太醫院的大夫一般分為四個等級：第一等級的被稱為「御醫」，僅有十三人，一般都有官銜，例如在雍正乾隆時期為七品，和縣令一個級別；第二等級的被稱為「吏目」，僅有二十六人，八品和九品各十三人；第三等被稱為「醫士」，僅十二人，有九品官銜；第四等被稱為「醫生」，約有三十人，是最低級的頭銜。根據有關專家研究，在這四種級別之中，只有「御醫、吏目、醫士」才有處方權，而第四級別的「醫生」至多也只是個見習大夫，沒有處方權，沒有獨立行醫的資格。

現在，我們再來看《紅樓夢》之中給秦可卿看病的那些醫生能不能稱得起「御醫」：

第十回裡，尤氏對金榮的母親說：「況且如今又沒個好大夫，我想到他這病上，我心裡倒像針扎似的。你們知道有什麼好大夫沒有？」試想一下，秦可卿之身分如果真能請得動太醫院的「御醫」，怎麼還抱怨「況且如今又沒個好大夫」呢？還有必要到處打聽「你們知道有什麼好大夫沒有」？難道是說「太醫院的醫生不夠好嗎」？可見，原來給秦可卿看病的人雖然被賈府上上下下稱為「太醫」，但實際上名不副其實，根本不是真正的太醫——御醫。

秦可卿的病並不是什麼疑難雜症，更不是像那些「太醫」們所說得那樣是「喜脈」，最後偏偏被一個江湖郎中——張友士診出了結果：「看得尊夫人這脈息：左寸沉數，左關沉伏，右寸細而無力，右關需而無神。其左寸沉數者，乃心氣虛而生火；左關沉伏者，乃肝家氣滯血虧。右寸細而無力者，乃肺經氣分太虛；右關需而無神者，乃脾土被肝木克制。心氣虛而生火者，應現經期不調，夜間不寐。肝家血虧氣滯者，必然肋下疼脹，月信過期，心中發熱。肺經氣分太虛者，頭目不時眩暈，寅卯間必然自汗，如坐舟中。脾土被肝木克制者，必然不思飲食，精神倦怠，四肢痠軟。據我看這脈息，應當有這些症候才對。或以這個脈為喜脈，則小弟不敢從其教也。」

甚至連秦可卿身邊的婆子也看出了門道：「何嘗不是這樣呢。真正先生說的如神，倒不用我們告訴了。如今我們家裡現有好幾位太醫老爺瞧著呢，都不能的當真切的這麼說。有一位說是喜，有一位說是病，這位說不相干，那位說怕冬至，總沒有個準話兒。求老爺明白指示指示。」

難道太醫院的醫生不如一個江湖郎中嗎？如果真的是太醫院的御醫，作為奴才的婆子敢這麼當著外人褒貶麼？我們看看張友士又說了什麼——「大奶奶這個症候，可是那眾位耽擱了。要在初次行經的日期就用藥治起來，不但斷無今日之患，而且此時已全愈了。如今既是把病耽誤到這個地位，也是應有此災。依我看來，這病尚有三分治得。吃了我的藥看，若是夜裡睡的著覺，那時又添了二分拿手了。據我看這脈息：大奶奶是個心性高強聰明不過的人，聰明忒過，則不如意事常有，不如意事常有，則思慮太過。此病是憂慮傷脾，肝木忒旺，經血所以不能按時而至。大奶奶從前的行經的日子問一問，斷不是常縮，必是常長的。是不是？」

難道真的是太醫院的御醫們醫術不高明嗎？這倒未必，原因在於以前給秦可卿看病的那些被稱為「太醫」的人根本不是什麼「御醫」，而只是一些混飯吃的民間庸醫而已。真正的御醫個個都是醫術高明的，例如第四十二回的王太醫：

一時只見賈珍、賈璉、賈蓉三個人將王太醫領來。王太醫不敢走甬路，只走旁階，跟著賈珍到了階磯上。早有兩個婆子在兩邊打起簾子，兩個婆子在前導引進去，又見寶玉迎了出來。只見賈母穿著青皺綢一斗珠的羊皮褂子，端坐在榻上，兩邊四個未留頭的小丫鬟都拿著蠅帚漱盂等物；又有五六個老嬤嬤雁翅擺在兩旁，碧紗櫥後隱隱約約有許多穿紅著綠戴寶簪珠的人。王太醫便不敢抬頭，忙上來請了安。賈母見他穿著六品服色，便知御醫了，也便含笑問：「供奉好？」因問賈珍：「這位供奉貴姓？」賈珍等忙回：「姓王。」賈母道：「當日太醫院正堂王君效，好脈息。」王太醫忙躬身低頭，含笑回說：「那是晚生家叔祖。」賈母聽了，笑道：「原來這樣，也是世交了。」一面說，一面慢慢的伸手放在小枕頭上。老嬤嬤端著一張小杌，連忙放在小桌前，略偏些。王太醫便屈一膝坐下，歪著頭診了半日，又診了那隻手，忙欠身低頭退出。賈母笑說：「勞動了。珍兒讓出去好生看茶。」

賈珍賈璉等忙答了幾個「是」，復領王太醫出到外書房中。王太醫說：「太夫人並無別症，偶感一點風涼，究竟不用吃藥，不過略清淡些，暖著一點兒，就好了。如今寫個方子在這裡，若老人家愛吃，便按方煎一劑吃，若懶得吃，也就罷了。」說著吃過茶寫了方子。剛要告辭，只見奶子抱了大姐兒出來，笑說：「王老爺也瞧瞧我們。」王太醫聽說忙起身，就奶子懷中，左手托著大姐兒的手，右手診了一診，又摸了一摸頭，又叫伸出舌頭來瞧瞧，笑道：「我說姐兒又罵我了，只是要清清淨淨的餓兩頓就好了，不必吃煎藥，我送丸藥來，臨睡時用薑湯研開，吃下去就是了。」說畢作辭而去。

從這一段描寫可見，御醫出診是要穿本品級的官服的，並且是有一定講究的；御醫水平之高，不是那些「混飯吃久慣行醫」的江湖郎中所能比的。這也可以證明，原來給秦可卿看病的那些人實際上還真是些「混飯吃久慣行醫」的江湖郎中，根本不是什麼御醫。之所以賈府上下都把他們稱為「太醫」，只不過是表示對他們的一種尊重罷了。

香菱是死於「乾血之症」？

香菱是甄士隱的女兒，原名英蓮，後被「拐子」拐賣，再後來被金陵薛家搶去後改名香菱，作了「呆霸王」薛蟠的妾。

高鶚在續書中對香菱的命運的設計——第一百零三回寫夏金桂欲毒死香菱，反而自己誤服毒藥，「施毒計金桂自焚身」；第一百二十回寫香菱被扶正為妻，「產難完劫，遺一子於薛家以承宗祧」——在很多紅學家看來，這是違背了原著本意的。那麼，香菱的最後的結局究竟是怎樣的呢？

實際上，曹雪芹對香菱的結局的設計雖然已經成了一個謎，但是我們仍然能從曹雪芹給香菱下的判詞中看到一點曹雪芹的本來意思。在《紅樓夢》的第五回，賈寶玉夢遊太虛幻境的時候，寫道：

寶玉看了不解。遂擲下這個，又去開了「副冊」櫥門，拿起一本冊來，揭開看時，只見畫著一株桂花，下面有一池沼，其中水涸泥乾，蓮枯藕敗。後面書云：

根並荷花一莖香，平生遭際實堪傷。
自從兩地生孤木，致使香魂返故鄉。

很顯然，這首判詞說的是香菱。

「根並荷花一莖香，平生遭遇實堪傷。」描述的正是香菱前期的命運。香菱是紅樓眾多人物之中出場最早的一個，當然也是命運波動最大的一位。實際上，從出身來看，香菱出身並不俗，她的父親甄士隱也是擁有萬貫家財的鄉紳。但是隨著自己在元宵節被拐賣，香菱的命運就出現了諸多戲劇性的變化。在被拐賣的過程之中，幾經易主，都最終沒有擺脫掉奴僕的命運。但是這並沒有影響到香菱的大家小姐的相貌和長相，例如第七回裡，周瑞家的就跟別的丫頭這樣描述過香菱的相貌：「這個模樣兒，竟有些像咱們東府裡的小蓉奶奶的品格兒。」可見香菱也是一絕色人物，否則也不會讓薛蟠為了她和別人大動干戈。曹雪芹用荷花來隱喻香菱也正是要表現香菱大家小姐的風範，出水芙蓉般的美麗，和她的性情的雅緻。

但是，香菱的命運隨著薛蟠和夏金桂的結合陷入了前所未有的困境。書中描寫到，對於夏金桂的到來，香菱是喜不自勝的，她原本想：「巴不得早些過來，又添一個作詩的人了」；夏金桂來了以後，自為得了護身符，自己身上分去責任，到底比這樣安寧些；「又聞得是個有才有貌的佳人，自然是典雅和平的：因此她心中盼過門的日子比薛蟠還急十倍」。於是，香菱整天忙碌著為薛蟠娶親，倒是一點都沒有意識到自己即將來臨的威脅。於是，夏金桂一過門，香菱就十分殷勤小心服侍。但是，香菱的想法畢竟是太天真了，她難逃「自從兩地生孤木，致使香魂返故鄉」，脂批說，「自從兩地生孤木」這是運用了拆字法，實際上是從夏金桂的「桂」字中拆出來的一句詩。也就是說，夏金桂一出現，香菱的命運也就走到盡頭了。事實上也正是如此，夏金桂並不像香菱想像之中的那樣是一位性情溫和的大家閨秀。我們來看曹雪芹是怎樣描寫夏金桂的：

原來這夏家小姐今年方十七歲，生得亦頗有姿色，亦頗識得幾個字。若論心中的丘壑經緯，頗步熙鳳之後塵。只吃虧了一件，從小時父親去世的早，又無同胞弟兄，寡母獨守此女，嬌養溺愛，不啻珍寶，凡女兒一舉一動，彼母皆百依百隨，因此未免嬌養太過，竟釀成個盜跖的性氣。愛自己尊若菩薩，窺他人穢如糞土；外具花柳之姿，內秉風雷之性。在家中時常就和丫鬟們使性弄氣，輕罵重打的。今日出了閣，自為要作當家的奶奶，比不得作女兒時靦腆溫柔，須要拿出這威風來，才鈐壓得住人；況且見薛蟠氣質剛硬，舉止驕奢，若不趁熱灶一氣炮製熟爛，將來必不能自豎旗幟矣；又見有香菱這等一個才貌俱全的愛妾在室，越發添了「宋太祖滅南唐」之意，「臥榻之側豈容他人酣睡」之心。因他家多桂花，他小名就喚做金桂。他在家時不許人口中帶出金桂二字來，凡有不留心誤道一字者，他便定要苦打重罰才罷。他因想桂花二字是禁止不住的，須另換一名，因想桂花曾有廣寒嫦娥之說，便將桂花改為嫦娥花，又寓自己身分如此。

正如曹雪芹所描述的那樣，夏金桂天生潑辣，並且從小嬌生慣養，傲氣十足，柔弱的香菱哪裡是她的對手？於是，這夏金桂先是一步緊似一步地挾制住了薛蟠，然後有計劃控制薛姨媽和薛寶釵。當然，聰明的寶釵是不會隨其所欲的，所以金桂知其不可犯，每欲尋隙，又無隙可乘，只得曲意附就。那麼，能讓金桂隨意欺負的就只有文弱的香菱了。於是，金桂便將香菱的名字改為秋菱，之後又設計了「讓香菱取帕子；將寶蟾收房；後裝病弄奸；慫恿得薛蟠用門閂朝香菱劈頭劈面的打起來；逼得薛姨媽差點沒將香菱給賣了」等一系列陰謀。

試想一下，在這樣的情況之下，香菱還能活下去嗎？想必是連「苟活」的機會都沒有了吧？「自從兩地生孤木，致使香魂返故鄉」，夏金桂一來，香菱的死期也就不遠了，那麼，香菱究竟是怎麼死的呢？

有很多紅學家認為，香菱死於夏金桂的虐待，這一點也是有一定的道理的，但是證據不足。我們認為，香菱應該是病死的。在《紅樓夢》的第八十回有這樣一段描寫：

「自此以後，香菱果跟隨寶釵去了，把前面路徑竟一心斷絕。雖然如此，終不免對月傷悲，挑燈自嘆。本來怯弱，雖在薛蟠房中幾年，皆由血分中有病，是以並無胎孕。今復加以氣怒傷感，內外折挫不堪，竟釀成乾血之症，日漸羸瘦作燒，飲食懶進，請醫診視服藥亦不效驗。」

從這段話可以看出，香菱本來就是有病的，並且還不是一般的病，是「乾血之症」。什麼是「乾血之症」？這乾血之症乃婦科病，主要症狀有：面目暗黑，肌肉消瘦，潮熱盜汗，口乾顴紅，月經澀少或閉經等。

即使在現在看來，這「乾血之症」也是個重病，並不好治，更何況在醫療並不發達的清朝。所以說，這「乾血之症」很可能才是導致香菱之死的根本原因。當然，我們這樣說並不是為夏金桂開脫責任，並不是說香菱之死和夏金桂沒有任何關係。香菱的病是個慢性病，可能由來已久，這種病最怕的是精神上受刺激，而夏金桂的到來，直接導致了香菱病情的加重。例如書裡說，夏金桂來了以後，由於作風問題，引起了薛家的大亂，香菱雖然「把前面路徑竟一心斷絕」，但是「終不免對月傷悲，挑燈自嘆」，再加上自小便沒有父母的關愛，本希望和夏金桂與薛蟠好好過日子，但是想不到是那樣的一種現實，於是失望至極，病情加重。最終，香菱在病痛的折磨之下，「日漸羸瘦作燒，飲食懶進，請醫診視服藥亦不效驗」。最後應了那兩句詩——「自從兩地生孤木，致使香魂返故鄉」，香菱就這樣在絕望中死去。

晴雯得了女兒癆？

晴雯是寶玉房裡的丫頭，也是大觀園最有風頭的人物之一。書裡記載，晴雯從小被賣給賈府的奴僕賴大家為奴；賴嬤嬤到賈府去時常帶著她，賈母見了喜歡，賴嬤嬤就孝敬了賈母。晴雯長得風流靈巧，眉眼兒有點像林黛玉，口齒伶俐，針線活尤好。晴雯的反抗性最強，她蔑視王夫人為籠絡小丫頭所施的小恩小惠；嘲諷向主子討好邀寵的襲人是「哈巴狗兒」；抄檢大觀園時，唯有她「挽著頭髮闖進來，『豁啷』一聲將箱子掀開，兩手提著底子，朝天往地下盡情一倒，將所有之物盡都倒出」，還當眾把狗仗人勢的王善保家的痛罵一頓。當然，即使是這樣，晴雯最終也難逃一個被壓迫者的宿命。她的反抗，遭到了殘酷報復。王夫人在她病得「四五日水米不曾沾牙」的情況下，從炕上拉下來，硬給攆了出去。當天寶玉偷偷前去探望，晴雯深為感動，便絞下自己兩根蔥管一般的指甲、脫去了一件貼身穿的舊紅綾小襖兒贈給他。當夜，晴雯悲慘地死去。寶玉深感哀傷，特作〈芙蓉女兒誄〉，祭奠晴雯。

細讀《紅樓夢》，不難發現，晴雯的死是非常突然的。

書裡關於晴雯的死是這樣交代的：第七十八回裡，王夫人向賈母匯報攆走晴雯的情況：「前日又病倒了十來天，叫大夫瞧，說是女兒癆。」

那麼，「女兒癆」是一種什麼病？根據相關醫學研究，這裡所說的「女兒癆」實際上就是女性青春期結核病。「女兒癆」的主要特點是症狀多，病情進展快，病灶容易溶解，迅速形成空洞和排菌。過去對這種急重症肺結核病確實束手無策，但自化學療法成了治療結核病最銳利的武器後，一改「女兒癆」難於治好的看法，事實上只要堅持合理的藥物治療，「女兒癆」是可以治好的。當然，在醫療事業很不發達的古代，「女兒癆」往往就是死症病——只要得了這種病，肯定難逃一死。但是，晴雯這「女兒癆」來得太突然，根本沒有任何徵兆，於是，疑點就出現了。很多人懷疑晴雯並不是死於「女兒癆」，而是被王夫人逼死的。

根據書裡記載，晴雯的身體狀況其實一直不錯，即使病過一兩次，也是偶感風寒。例如，第五十一回，晴雯病了，有醫生為她診脈之後說：「幸虧是小姐素日飲食有限，風寒也不大，不過是血氣原弱」，當然，如果說這只是庸醫的診斷的話，那麼王太醫的話應該不假，書裡說：「請了王太醫來，診了脈後，說的病症與前相仿」；另外，第五十五回又說：「幸虧她素日是個使力不使心的，再素習飲食物清淡，肌飽無傷」。從這些描寫之中，我們知道，晴雯雖然天生身體較弱，但是由於飲食合理，身體狀況還是不錯的。再說，晴雯熬夜玩占花名籤（六十三回）；玩抓子兒贏瓜子兒，追著要打芳官（六十四回）；大清早與麝月合夥胳肢芳官（七十回）；把寶玉的大魚風箏放跑了（七十回）；熬夜伴寶玉讀書，出主意讓寶玉應付賈政（七十三回）。另外，書中還記載說：「因晴雯睡臥警醒，且舉動輕便，故夜晚一應茶水起坐呼喚之任皆是委她一人」。這些足以表明晴雯精力旺盛，並且性格很好，古靈精怪，自然更不是王夫人口裡的「一年之中，病不離身」之人。「女兒癆」是一種慢性消耗性傳染病，主要症狀有咳嗽、咯血、胸痛、氣促、乏力、消瘦等，患者日漸消瘦，最後肺部潰爛，咯血而死。「女兒癆」從發病到死，最快也要一到兩年。但是在這之前晴雯沒有任何得「女兒癆」的跡象，怎麼可能是死於「女兒癆」呢？

現在，我們來看看晴雯在死之前究竟發生了些什麼事？晴雯生病最早出現在第七十四回，開始時只是「身上不自在」，到後來又「連日不自在」，後來又「病重」，又「四五日水米不黏牙，懨懨弱息，兩個女人才架了出去了」，又「世事不知，也出不得一聲兒，只有倒氣的分兒了」，後來才死去。如果單是這樣，晴雯的死是不會令人產生懷疑的。但是在這過程之中，我們不能忽略的一件事就是「王夫人痛罵晴雯」這一細節。我們來看這段描寫：

素日這些丫鬟皆知王夫人最嫌趫妝豔飾語薄言輕者，故晴雯不敢出頭。今因連日不自在，並沒十分妝飾，自為無礙。及到了鳳姐房中，王夫人一見他釵嚲鬢鬆，衫垂帶褪，有春睡捧心之遺風，而且形容面貌恰是上月的那人，不覺勾起方才的火來。王夫人原是天真爛漫之人，喜怒出於心臆，不比那些飾詞掩意之人，今既真怒攻心，又勾起往事，便冷笑道：「好個美人！真像個病西施了。你天天作這輕狂樣兒給誰看？你幹的事，打量我不知道呢！我且放著你，自然明兒揭你的皮！寶玉今日可好些？」晴雯一聽如此說，心內大異，便知有人暗算了他。雖然著惱，只不敢作聲。他本是個聰敏過頂的人，見問寶玉可好些，他便不肯以實話對，只說：「我不大到寶玉房裡去，又不常和寶玉在一處，好歹我不能知道，只問襲人麝月兩個。」王夫人道：「這就該打嘴！你難道是死人，要你們作什麼！」晴雯道：「我原是跟老太太的人。因老太太說園裡空大人少，寶玉害怕，所以撥了我去外間屋裡上夜，不過看屋子。我原回過我笨，不能服侍。老太太罵了我，說：『又不叫你管他的事，要伶俐的作什麼。』我聽了這話才去的。不過十天半個月之內，寶玉悶了大家頑一會子就散了。至於寶玉飲食起坐，上一層有老奶奶老媽媽們，下一層又有襲人麝月秋紋幾個人。我閒著還要作老太太屋裡的針線，所以寶玉的事竟不曾留心。太太既怪，從此後我留心就是了。」王夫人信以為實了，忙說：「阿彌陀佛！你不近寶玉是我的造化，竟不勞你費心。既是老太太給寶玉的，我明兒回了老太太，再攆你。」因向王善保家的道：「你們進去，好生防他幾日，不許他在寶玉房裡睡覺。等我回過老太太，再處治他。」喝聲「去！站在這裡，我看不上這浪樣兒！誰許你這樣花紅柳綠的妝扮！」晴雯只得出來，這一氣非同小可，一出門便拿手帕子握著臉，一頭走，一頭哭，直哭到園門內去。

試想一下，晴雯雖然只是一個小丫頭，但是素來心性極強，從小又嬌生慣養，一直在寶玉的呵護下長大，哪裡受得了這樣的侮辱？晴雯的病也就是這以後開始加重的。後來，在王夫人堅持要把晴雯攆出去的情況之下，素來爭強好勝的晴雯一下子好比天塌地陷一般。她也知道，這所受的冤枉是不可能昭雪了，她的命運也走到盡頭了：一方面，如果僥倖留在大觀園，也不會有出頭之日了，肯定是死路一條；另一方面，如果真的被攆出去，那更是死路。所以，不管怎樣，自己都沒有活路，晴雯自己心裡很清楚自己的遭遇。於是，本來乖巧可愛的晴雯從此愈感鬱悶和憤懣。

晴雯被送出去之後，被送到了境遇更慘的地方。我們可以從寶玉偷偷探訪晴雯的描寫中看出來：

進來，一眼就看見晴雯睡在蘆席土炕上，幸而衾褥還是舊日鋪的。心內不知自己怎麼才好，因上來含淚伸手輕輕拉他，悄喚兩聲。當下晴雯又因著了風，又受了他哥嫂的歹話，病上加病，嗽了一日，才朦朧睡了。忽聞有人喚他，強展星眸，一見是寶玉，又驚又喜，又悲又痛，忙一把死攥住他的手。哽咽了半日，方說出半句話來：「我只當不得見你了。」接著便嗽個不住。寶玉也只有哽咽之分。晴雯道：「阿彌陀佛，你來的好，且把那茶倒半碗我喝。渴了這半日，叫半個人也叫不著。」寶玉聽說，忙拭淚問：「茶在哪裡？」晴雯道：「那爐台上就是。」寶玉看時，雖有個黑沙吊子，卻不像個茶壺。只得桌上去拿了一個碗，也甚大甚粗，不像個茶碗，未到手內，先就聞得油膻之氣。寶玉只得拿了來，先拿些水洗了兩次，復又用水汕過，方提起沙壺斟了半碗。看時，絳紅的，也太不成茶。晴雯扶枕道：「快給我喝一口罷！這就是茶了。哪裡比得咱們的茶！」寶玉聽說，先自己嘗了一嘗，並無清香，且無茶味，只一味苦澀，略有茶意而已。嘗畢，方遞與晴雯。只見晴雯如得了甘露一般，一氣都灌下去了。寶玉心下暗道：「往常那樣好茶，他尚有不如意之處；今日這樣，看來，可知古人說的『飽飫烹宰，飢饜糟糠』，又道是『飯飽弄粥』，可見都不錯了。」一面想，一面流淚問道：「你有什麼說的，趁著沒人告訴我。」晴雯嗚咽道：「有什麼可說的！不過挨一刻是一刻，挨一日是一日。我已知橫豎不過三五日的光景，就好回去了。只是一件，我死也不甘心的：我雖生的比別人略好些，並沒有私情密意勾引你怎樣，如何一口死咬定了我是個狐狸精！我太不服。今日既已擔了虛名，而且臨死，不是我說一句後悔的話，早知如此，我當日也另有個道理。不料痴心傻意，只說大家橫豎是在一處。不想平空裡生出這一節話來，有冤無處訴。」說畢又哭。

可見晴雯也知道自己的死期不遠了，才會說出「今日既已擔了虛名，而且臨死，不是我說一句後悔的話，早知如此，我當日也另有個道理」的話來。至於她的表哥和表嫂，巴不得她早嚥氣，好得那值數百金的衣服首飾。晴雯又受了他倆的歹話，閃了風，著了氣，虛弱到連近在咫尺的茶水也喝不到，直至要渴死！

晴雯正是在這極度虛弱與悲憤中死去的！縱觀晴雯之死，從有病到死亡，時間沒有超過一個月，因此不可能死於「女兒癆」。晴雯的判詞裡有這樣一句詩：「壽夭多因誹謗生」，再根據晴雯死那一回的標題：「俏ㄚ鬟抱屈夭風流」，可見晴雯不是死於疾病，晴雯真正的死因是王夫人的逼迫和侮辱。至於「女兒癆」，只不過是王夫人搪塞老太太，斷了賈母念頭的謊言罷了！

什麼是冰片和麝香？

《紅樓夢》第二十四回有這樣一段描寫：

「正說著，只見一群人簇著鳳姐出來了。賈芸深知鳳姐是喜奉承尚排場的，忙把手逼著，恭恭敬敬搶上來請安。鳳姐連正眼也不看，仍往前走著，只問他母親好，『怎麼不來我們這裡逛逛？』賈芸道：『只是身上不大好，倒時常記掛著嬸子，要來瞧瞧，又不能來。』鳳姐笑道：『可是會撒謊，不是我提起他來，你就不說他想我了。』賈芸笑道：『侄兒不怕雷打了，就敢在長輩前撒謊。昨兒晚上還提起嬸子來，說嬸子身子生的單弱，事情又多，虧嬸子好大精神，竟料理的周周全全，要是差一點兒的，早累的不知怎麼樣呢。』

「鳳姐聽了滿臉是笑，不由的便止了步，問道：『怎麼好好的你娘兒們在背地裡嚼起我來？』賈芸道：『有個原故，只因我有個朋友，家裡有幾個錢，現開香鋪。只因他身上捐著個通判，前兒選了雲南不知哪一處，連家眷一齊去，把這香鋪也不在這裡開了。便把帳物攢了一攢，該給人的給人，該賤發的賤發了，像這細貴的貨，都分著送與親朋。他就一共送了我些冰片，麝香。我就和我母親商量，若要轉買，不但賣不出原價來，而且誰家拿這些銀子買這個作什麼，便是很有錢的大家子，也不過使個幾分幾錢就挺折腰了，若說送人，也沒個人配使這些，倒叫他一文不值半文轉賣了。因此我就想起嬸子來。往年間我還見嬸子大包的銀子買這些東西呢，別說今年貴妃宮中，就是這個端陽節下，不用說這些香料自然是比往常加上十倍去的。因此想來想去，只孝順嬸子一個人才合適，方不算遭塌這東西。』一邊說，一邊將一個錦匣舉起來。

「鳳姐正是要辦端陽的節禮，採買香料藥餌的時節，忽見賈芸如此一來，聽這一篇話，心下又是得意又是歡喜，便命豐兒：『接過芸哥兒的來，送了家去，交給平兒。』因又說道：『看著你這樣知好歹，怪道你叔叔常提你，說你說話兒也明白，心裡有見識。』」

讀到這裡，很多讀者都會疑惑：這冰片和麝香到底是什麼東西？王熙鳳從小生在富貴之家，什麼沒有見過？就偏偏對這兩件東西感了興趣？那麼，這冰片和麝香到底是什麼呢？到底是做什麼用的？我們現在來對此作一個簡單的介紹：

冰片

冰片，又名龍腦，古稱龍腦香，為龍腦香科常綠喬木龍腦香樹脂的加工結晶品，為常用中藥之一。天然冰片有龍腦香和艾腦之分，後者是菊科植物艾納香葉提取的結晶，龍腦香是冰片中的正品，主要成分是龍腦。合成冰片主要是用樟腦、松節油為主要原料經化學方法加工合成的，除龍腦外還含有大量的異龍腦，異龍腦為龍腦的差向異構體。天然冰片主要含龍腦，合成冰片主要含龍腦和異龍腦。冰片有開竅醒神、清熱消腫、止痛的功能，一般用於神志昏迷、溫熱病高熱神昏、中風痰厥、氣厥、中惡、瘡瘍腫痛、口瘡、咽喉腫痛、目赤腫痛、眼疾、牙齦腫痛等。

麝香

麝香是天然香料，屬動物性香料之一，又名：當門子、臍香、麝臍香、四味臭、臭子、臘子、香臍子。主要分布於東北、華北及陝西、甘肅、青海、四州、西藏、雲南、貴州、廣西、湖北、河南、安徽等地。豫西山區盧氏縣、豫南山區均有分布。

麝香，為鹿科動物麝的雄性香腺囊中的分泌物乾燥而成，是一種高級香料，如果在室內放一點，會使滿屋清香，氣味迥異。麝香不僅芳香宜人，而且香味持久。麝香在中國使用，已有悠久歷史。唐代詩人杜甫在《丁香》詩中云：「晚墜蘭麝中」。麝香是配製高級香精的重要原料。古代文人、詩人、畫家都在上等麝料中加少許麝香，製成「麝墨」寫字、作畫，芳香清幽，若將字畫封妥，可長期保存，防腐防蛀。

麝香是十分名貴的藥材，含有豐富的營養成分。主治中風、痰厥、驚癇、中惡煩悶、心腹暴痛、跌打損傷、癰疽腫毒。許多臨床材料表明，冠心病患者心絞痛發作時，或處於昏厥休克時，服用以麝香為主要成分的蘇合丸，病情可以得到緩解。古書《醫學入門》中談「麝香，通關透竅，上達肌肉，內入骨髓」。《本草綱目》云：「蓋麝香走竄，能通諸竅之不利，開經絡之壅遏」。其意是說麝香可很快進入肌肉及骨髓，能充分發揮藥性。治療瘡毒時，藥中適量加點麝香，藥效特別明顯。西藥用麝香作強心劑、興奮劑等急救藥。在古代，體面人家有在閨閣、廳室和重要的場合熏香或焚香的習慣。香料的種類較多，一般的香料多半是植物類的，如香樟、檀香木，但富貴人家則使用麝香這樣名貴的香料。如果在室內放一點麝香，就會使滿屋清香，持久不斷。那時，除了用做熏香，麝香還被用作一種「高級香水」，很受公子小姐的喜愛。他們腰間佩帶的香囊裡常裝有麝香。路過處香氣四飄，對此周邦彥曾寫下「簫鼓喧，人影參差，滿路飄香麝」的詞句來比喻當時城市的繁華景象。

總而言之，冰片和麝香都是上好的香料。中國自古就有端午節戴香包的傳統，而冰片和麝香就是製作香包的首選材料。在大觀園這樣的大家庭之中，各種風俗都是十分講究的。因而製作香包肯定也會選擇上好的材料——冰片和麝香。因此，當端午節馬上到來之際，當賈府的當家人王熙鳳正準備購買冰片和麝香等香料藥餌的時候，賈芸的出現正是時候。所以，王熙鳳才會「見賈芸如此一來，聽這一篇話，心下又是得意又是歡喜」，既然這樣，賈芸當差一事，十有八九是有眉目了！

《紅樓夢》飲食詮解

《紅樓夢》是一部傳世的鴻篇鉅著，代表中國古典小說的最高成就。其精彩之處，不僅是眾多個性人物細緻傳神的描寫，也不僅是故事情節的起伏跌宕，讓人痴迷的還有那博大精深的文化底蘊。其中，最為精彩的當屬飲食文化。曹雪芹透過細膩溫婉的筆觸，給我們描繪了明清時代貴族家庭的豪華菜餚，以及許多精美的江南小吃，例如薛寶釵讓林黛玉吃燕窩；薛姨媽留寶玉用飯，除了吃糟鵝掌鴨信等南方風味的菜餚，還有酸筍雞皮湯；寶玉留給晴雯的讓李奶媽給吃了的豆腐皮包子等。

不僅如此，《紅樓夢》中關於飲食的描寫還十分細膩豐富，這些精美的食物，反映了社會各階層人民的飲食生活狀況，也可以透過賈府的諸多盛宴，看到當時上層社會的一些奢華的風氣，從而給故事情節增添了更多的趣味，使小說文旨內涵更加深刻，人物形象也在此得以更鮮明的展現。《紅樓夢》記載的飲食習俗與飲食文化，為研究中國的飲食文化造成了重要的參考作用。

在這一章，我們將對《紅樓夢》中的飲食文化做一個簡單的介紹。

《紅樓夢》中的茶文化主要展現在哪些地方？

《紅樓夢》中蘊含的文化非常豐富。曹雪芹創作的《紅樓夢》生動形象地傳播了茶文化。同時，茶文化又豐富了《紅樓夢》的小說情節，深化了小說中的人物性格，強化了小說的主題思想。

具體來講，《紅樓夢》之中的茶文化主要展現在以下幾個方面：

「茶」

在《紅樓夢》裡，賈府是京城望族，「鐘鳴鼎食」、「詩禮簪纓」，對飲茶有非常細緻的講究。先不說烹茶、飲茶的器具追求奢華，以不失名門望族的身分地位，單說日常用茶的種類上就極具貴族之家的風範。據專家統計，《紅樓夢》全書中兩百七十三處寫到茶，僅茶名就有好幾種，這在小說文化中是一個特例。《紅樓夢》中提到的茶有賈母不喜吃的「六安茶」、妙玉特備的「老君眉」、暹羅國進貢的「暹羅茶」、怡紅院裡常備的「普洱茶」（「女兒茶」）、茜雪端上的「楓露茶」、黛玉房中的「龍井茶」。此外還有多次提到的「漱口茶」、「茶泡飯」等。

「六安茶」

六安茶，因產於安徽六安而得名。六安茶有清心明目，提神消乏，通竅散風之功效，明代聞龍《茶籤》中說：「六安精品，入藥最效。」六安茶葉緣彎迭，微翹，宛如瓜子，色澤寶綠潤亮；沖泡杯中，形如金色蓮花，湯色清沏，略帶晶黃，香氣清雅，滋味鮮爽，是綠茶中著名的一種，明清時，為宮廷貢品。明人屠隆曾列出最為當時人稱道的茶有六品，即「虎丘茶」、「天池茶」、「陽羨茶」、「六安茶」、「龍井茶」、「天目茶」。「六安茶」列為六品之一，以茶香醇厚而著稱於世。「六安茶」與西湖龍井茶同屬天下名茶，是清代珍貴的貢茶。

在《紅樓夢》中，「六安茶」首見於第四十一回〈攏翠庵茶品梅花雪，怡紅院刦遇母蝗蟲〉。在此回中，賈母攜眾人到攏翠庵，妙玉倒茶給賈母，賈母提醒說：「我不吃六安茶。」一般來講，「六安茶」是相當名貴的，是招待貴客的首選，但是賈母為什麼偏偏不喜歡這名貴的「六安茶」呢？專家認為，這主要有以下兩個原因：一、賈府在北方，而北方人習慣飲花茶或者紅茶，對南方人素喜的綠茶倒不是很喜歡，六安茶是典型的綠茶，所以賈母不喜歡喝六安茶。二、賈母是茶道高手，對飲茶非常講究，對茶性非常了解，知道在適當的時候喝適當的茶。小說中提示：賈母說：「我們才都吃了酒肉」，「吃了酒肉」，油膩太重，這時候如果飲用綠茶，就很容易停食，鬧肚子，所以賈母才說：「我不吃六安茶。」

「老君眉」

老君眉是產於湖南洞庭湖君山的一種銀針茶。老君眉由未開葉的肥嫩芽頭製成，色澤鮮亮，其味甘醇，香氣高爽。《巴陵縣誌．物產》云：「巴陵君山產茶，嫩綠似蓮心，歲以充貢。有人引清代郭柏蒼的《閩產錄異》，認為福建也產老君眉。或者老君眉的產地不止一處。又傳老子為長壽老人，長眉乃高壽的象徵，以名『老君眉』，又有吉祥之意。」、「老君眉」，是清代頗為時興的茶葉，時人又稱此茶為「壽眉」。

《紅樓夢》寫老君眉還是在第四十一回：「賈母道：『我不吃六安茶。』妙玉笑說：『知道。這是老君眉。』」、「老君」即「壽星」，妙玉為賈母送上老君眉的同時也把自己對賈母的恭維和討好老祖宗的心理表現了出來，從這裡，我們可以看出，妙玉也是深諳茶道之人。當賈母「吃了半盞，便笑著遞與劉姥姥說：『你嘗嘗這個茶。』劉姥姥便一口吃盡，笑道：『好是好，就是淡些，再熬濃些更好了。』賈母眾人都笑起來。」這裡，不但透過劉姥姥說出了老君眉味淡清香的特色，更點明誥命太夫人的雅淡與本色莊稼人濃烈的對茶要求的區別，身分不同，茶感不同，對茶的要求也不同。

「普洱茶」和「女兒茶」

「普洱茶」屬於紅茶中的一種，普洱茶是產於雲南普洱一帶的名茶。《木草綱．拾遺．木部》云：「普洱茶出雲南普洱府，成團，有大中小三等，大者一團五什，如人頭式，名人頭茶。」又云：「普洱茶膏黑如漆，醒酒第一，綠色者更佳，消食化痰，清胃生津，功力尤大也。」《紅樓夢》第六十三回「壽怡紅開夜宴」之中寫：

「寶玉忙笑道：『媽媽說的是。我每日都睡的早，媽媽每日進來可都是我不知道的，已經睡了。今兒因吃了面怕停住食，所以多頑一會子。』林之孝家的又向襲人等笑說：『該沏些個普洱茶吃。』襲人晴雯二人忙笑說：「沏了一盄子女兒茶，已經吃過兩碗了。大娘也嘗一碗，都是現成的。」說著，晴雯便倒了一碗來。」

根據《清稗類鈔》「飲食類」中「孫月泉飲普洱茶」條記載說：「醉飽後飲之，能助消化。」可見普洱茶能幫助消化。賈寶玉說，「今兒因吃了面怕停住食，所以多頑一會子。」林之孝家的說「該沏些個普洱茶吃」。可見，對普洱茶的清胃生津的藥用功效，賈府的人是十分熟悉的，另外，我們從這裡也看出，賈府之中，到處都是深諳茶道的高手，其中不乏像「林之孝家的」這樣的傭人。

根據晴雯的回答：「沏了一盄子女兒茶，已經吃過兩碗了」，再根據清朝張泓《滇南新語》：「普茶珍品，則有毛尖、芽茶、女兒之號。」我們可以知道，女兒茶，可能是普洱茶的一種。明朝徐光啟《農政全書》卷五十四云：「女兒茶，一名牛李子，一名牛筋子，生田野中。……其葉味淡微苦。采嫩蔄熟，水浸淘淨，沒鹽調食，亦可蒸曝作茶飲。」有茶道專家認為，晴雯所說的「女兒茶」，又叫「普洱女兒茶」。

「龍井茶」

「龍井茶」是有名的綠茶。西湖龍井茶出產於杭州西湖周圍的群山之中，當地林木茂密、雲霧繚繞、濃蔭籠罩，茶樹的生態條件得天獨厚。龍井茶以其「色、香、味、形」四絕而名聞遐邇。高級龍井茶的品質特點是：外形挺秀尖削，扁平光滑，苗鋒顯露，色澤翠綠略黃，香氣高鮮清幽，滋味甘醇鮮爽，湯色杏綠清澈明亮，葉底嫩勻成朵。高級龍井茶的色澤翠綠或帶糙米色，調勻鮮活而油潤，湯色碧綠，清澈明亮；香馥如蘭，香氣鮮爽，清香持久；滋味甘醇鮮爽，醇和可口；外形扁平光滑，形似「碗釘」，尖削挺秀。龍井在清朝時期，是珍貴的貢品，不是一般家庭能飲用得起的。

龍井雖然珍貴，但是對《紅樓夢》中作為名門望族的賈府來講，「龍井」並不稀罕。《紅樓夢》第八十二回，賈寶玉放學回家，到瀟湘館去看林黛玉。林黛玉看見寶玉來了，連忙吩咐丫鬟紫鵑說：「把我的龍井茶給二爺沏一碗，二爺如今唸書了，比不得頭裡。」這裡首先表現了林黛玉和賈寶玉之間的深厚情誼，一方面賈寶玉一放學就來看林妹妹；另一方面，林妹妹用上好的龍井款待賈寶玉。另外，這裡也表現了身為江南人的林黛玉的飲茶習慣。一般來講，南方人喜好喝龍井。

此外，《紅樓夢》中還提到了一種茶——「楓露茶」。但是由於現在很多人對「楓露茶」的存在與否有較大的爭議，所以我們將另立章節詳細記述。

「水」

茶道講究色、香、味、器、禮，而水則是色、香、味三者的展現者。所以針對飲茶本身來講，「水」是相當重要的。《紅樓夢》中的賈府對飲茶之道是相當嫻熟的，自然對「煎茶」之水也相當講究。

第四十一回寫道：

> 賈母道：「我不吃六安茶。」妙玉笑說：「知道。這是老君眉。」賈母接了，又問是什麼水。妙玉笑回：「是舊年蠲的雨水。」賈母便吃了半盞，便笑著遞與劉姥姥說：「你嘗嘗這個茶。」劉姥姥便一口吃盡，笑道：「好是好，就是淡些，再熬濃些更好了。」賈母眾人都笑起來。然後眾人都是一色官窯脫胎填白蓋碗。

同樣是第四十一回還寫道：

黛玉因問：「這也是舊年的雨水？」妙玉冷笑道：「你這麼個人，竟是大俗人，連水也嘗不出來。這是五年前我在玄墓蟠香寺住著，收的梅花上的雪，共得了那一鬼臉青的花甕一甕，總捨不得吃，埋在地下，今年夏天才開了。我只吃過一回，這是第二回了。你怎麼嘗不出來？隔年蠲的雨水那有這樣輕浮，如何吃得。」

另外，第二十三回寫道，寶玉寫了春、夏、秋、冬季四首即事詩，其中〈冬夜即事〉詩說：「卻喜侍兒知試茗，掃將新雪及時烹。」這裡所說是明用「新雪」水來烹茶。

很多人看了這些文字後都會產生疑問，這些「雨水、雪水」真的是煎茶的好水嗎？有的人可能甚至認為這只是曹雪芹隨手寫的。但實際上並不是這樣，中國自古就有用「雪水和雨水」煎茶的習俗。例如唐人陸龜蒙在〈煮茶〉詩中就有「閒來松間坐，看煮松上雪」之句；宋朝蘇軾在〈記夢迴文二首並敘〉詩前「敘」中也說過：「夢文以雪水煮小團茶」。從這些詩文中，我們可以得知，自唐宋以來，就有「雪水、雨水」煎茶的風俗。其實，在古代，空氣並沒有受到汙染，雪水和雨水是非常潔淨的，對身體沒有害處，並且味道非常鮮美，有一種天然的甘甜，是上等的煎茶之水。《紅樓夢》之中所記述的用「雨水和雪水」煎茶的情節，正是中國幾千年茶文化的展現，並不是曹雪芹虛構出來的。同時這也表明，曹雪芹具有非常好的茶道修養。

「茶具」

中國自古就有「美食配美器」的說法，飲茶亦是如此。茶道除講究茶的色、香、味之外，還對茶具有不少講究，歷代都有論述。茶具主要指盛茶用具、煎水用具、選茶用具三種。《紅樓夢》對茶具的描寫也相當經典。

第五十四回寫道，「且說寶玉一徑來至園中，眾婆子見他回房，便不跟去，只坐在園門裡茶房裡烤火，和管茶的女人偷空飲酒鬥牌。」可見賈府是有專門的茶房的。那麼，有了茶房，就肯定有專供燒茶的茶爐、送茶的茶壺等。

第四十一回寫道：

妙玉剛要去取杯，只見道婆收了上面的茶盞來。妙玉忙命：「將那成窯的茶杯別收了，擱在外頭去罷。」寶玉會意，知為劉姥姥吃了，他嫌髒不要了。又見妙玉另拿出兩只杯來。一個旁邊有一耳，杯上鐫著「𤬪瓟斝」三個隸字，後有一行小真字是「晉王愷珍玩」，又有「宋元豊五年四月眉山蘇軾見於祕府」一行小字。妙玉便斟了一斝，遞與寶釵。那一只形似鉢而小，也有三個垂珠篆字，鐫著「點犀喬皿」。妙玉斟了一喬皿與黛玉。仍將前番自己常日喫茶的那只綠玉鬥來斟與寶玉。寶玉笑道：「常言『世法平等』，他兩個就用那樣古玩奇珍，我就是個俗器了。」妙玉道：「這是俗器？不是我說狂話，只怕你家裡未必找的出這麼一個俗器來呢。」寶玉笑道：「俗說『隨鄉入鄉』，到了你這裡，自然把那金玉珠寶一概貶為俗器了。」妙玉聽如此說，十分歡喜，遂又尋出一隻九曲十環一百二十節蟠虬整雕竹根的一個大海出來，笑道：「就剩了這一個，你可吃的了這一海？」

有專家說，即使翻遍古今中外的茶具譜，我們也很難找到一件茶具可與妙玉所用的茶具相媲美。這裡所說的茶具真乃精美絕倫。其實在《紅樓夢》中不僅僅有妙玉拿出的這些少見的茶具，更有「茶碗」、「蓋鐘」、「筅」、「茶盤」、「洋漆茶盤」、「填漆茶盤」、「茶筅」、「茶盂」、「茶格子」、「茶奩」等日常生活中常見的茶具。可見，賈府的茶文化是很濃厚的。

《紅樓夢》中寫的「楓露茶」在現實生活中是不是真的存在？

《紅樓夢》寫到了很多種茶，例如「六安茶」、「老君眉」、「普洱茶」、「龍井」，這些「茶」是我們大家耳熟能詳的，也是在現實生活中常見的，但是《紅樓夢》中提到的另一種茶——「楓露茶」卻是我們現實生活中從未聽說過也從未見過的。

「楓露茶」出現在《紅樓夢》的第八回：

「寶玉吃了半碗茶，忽又想起早起的茶來，因問茜雪道：『早起沏了一碗楓露茶，我說過，那茶是三四次才出色的，這會子怎麼又沏了這個來？』」

對賈寶玉在這裡所提到的「楓露茶」，學術界存在較大的爭議，很多人認為這種茶並不存在。例如有人認為「楓露」為「逢怒」的諧音，引出後文寶玉與其乳母的衝突；根據第八回的脂批內容：「楓露茶」與「千紅一窟」遙映。這也就是說，楓葉是紅色的，點綴秋露，點點滴滴看上去就像是血又像是淚。這就是要呼應日後寶玉祭晴雯時，提到的「楓露之茗」，用來再示血淚之悲。認為「楓露茶」不存在的認為，「楓露茶」是曹雪芹為了達到某種寫作效果而設計出來的。而透過第五回的描寫，賈寶玉夢遊太虛幻境時，警幻仙姑特地以一款「千紅一窟」茶招待他，並解釋說：「此茶采自放春山遣香洞，又以仙花靈葉上所帶的宿露烹之，名曰『千紅一窟』。」這裡所講的「千紅一窟」就是完全虛構出來的，那麼，「楓露茶」肯定也是虛構出來的。「楓露茶」潛在的虛構情節就是在楓葉上取露水，然後再用這些從楓葉上取來的露水去煎茶。

但是，如果說「楓露茶」真得不存在的話，很多人又不甘心，首先，曹雪芹在寫作的時候，是不會刻意去虛構某件東西的。再說，寶玉有模有樣地說「楓露茶」要泡三四次才會出色，讓人又不禁疑惑，這個「楓露茶」應該是存在的，不然曹雪芹不會寫得那麼詳細。於是有很多人相信，「楓露茶」不可能是曹雪芹完全虛構出來的，而應該是存在的。他們認為，「楓露茶」應該是楓露點茶的簡稱。據相關資料記載，楓露製法，取香楓之嫩葉，入甑蒸之，滴取其露。例如清顧仲《養小錄．諸花露》載：「仿燒酒錫甑、木桶減小樣，製一具，蒸諸香露。凡諸花及諸葉香者，俱可蒸露，入湯代茶，種種益人，入酒增味，調汁製餌，無所不宜……」將楓露點入茶湯中，即成楓露茶；再根據相關茶理，「楓露茶」應該不是綠茶，倘若「楓露茶」真的是綠茶，泡了一天，到了晚上就不能吃了。所以，這「楓露茶」當屬紅茶一類，正映了這句話——「三四次後才出色」。

但是，認為「楓露茶」存在的觀點證據又明顯不足。《養小錄．諸花露》中所說的「入湯代茶」可以很明顯地看出是屬於「調製茶」，與寶玉所說的三四次後出色嚴重不符合。再說，如果「楓露茶」真的像上面所說的那樣是「紅茶」，那麼，就不會出現「三四次後才出色」這種情況，我們都知道，紅茶經過發酵、揉捻等工序，第一泡就可以使茶湯出現很漂亮的顏色；往往在第三泡的時候就已經淡而無味了，肯定不會出現「三四次後才出色」的情況。

後來，又有人認為，「楓露茶」實際上就是我們現在常說的「白茶」。

白茶為福建的特產，主要產區為福鼎、政和、松溪、建陽等地。基本工藝是萎凋、烘焙（或陰乾）、揀剔、復火等工序。萎凋是形成白茶品質的關鍵工序。白茶具有外形芽毫完整，滿身披毫，毫香清鮮，湯色黃綠清澈，滋味清淡回甘的品質特點。白茶因茶樹品種、原料（鮮葉）採摘的標準不同，分為芽茶（如白毫銀針）和葉茶（如白牡丹、新白茶、貢眉、壽眉）。白茶在中國有悠久的歷史，自古就被列為茶中上品。宋趙佶《大觀茶論》中提到：「白茶自為一種，與常茶不同。其條敷闡，其葉瑩薄。崖林之間，偶然生出，雖非人力所可致。有者不過四、五家，生者不過一、二株，所造止於二、三胯而已。芽英不多，尤難蒸焙，湯火一失，則已變而為常品。須製造精微，運度得宜，則表裡昭徹，如玉之在璞，無與倫比也。淺焙亦有之，但品之不及。」可見，早在宋代時期，白茶就已經非常名貴。

據相關資料記載，到了清朝的時候，隨著製作工藝的進步，白茶的加工程序發生了很大的變化。清嘉慶年間創製了一種名為「白毫銀針」的白茶，因產量不多而極其名貴。最重要的是，此茶加工時未經揉捻，故茶汁不易浸出，用沸水沖泡後，一般要十分鐘後茶湯泛黃方可飲用。通常茶第一泡一分鐘多點就可以飲用，第二泡時間稍長，以此類推。「白毫銀針」偏偏要到十分鐘後出色，這個特性倒似極了「楓露茶」。賈家喝茶一定講究泡茶時間的拿捏，按照泡茶的時間推算，茶泡了四泡之後差不多剛好十分鐘。這一特點和《紅樓夢》之中的「楓露茶」很相像。所以，就有人認為，《紅樓夢》之中的「楓露茶」是存在的，它就是我們通常所說的白茶。只是名字發生變化而已。

當然，「白茶說」也只是猜測，具體的證據還沒有。究竟「楓露茶」存不存在？是不是真的是白茶？這還有待我們進一步研究。

賈府之人喝什麼粥？

俗話說得好：民以食為天，食以粥為先。

粥作為一種傳統的食品，在中國人心中的地位更是超過了世界上任何一個民族。在飲食文化極其濃厚的賈府，平常飲食肯定也少不了粥。那麼，賈府上上下下都喝些什麼粥呢？下面介紹幾種《紅樓夢》中寫到的粥：

碧粳粥

《紅樓夢》第八回，賈寶玉到薛姨媽那裡去吃酒，討人嫌的李嬤嬤百般阻攔，不讓寶玉喝酒，在薛姨媽的堅持下，賈寶玉好不容易才吃了幾杯酒。喝完酒以後，寶玉又吃了什麼？「作酸筍雞皮湯，寶玉痛喝了兩碗，吃了半碗碧粳粥。」身為富家公子，賈寶玉喝酒肯定不是內行，但是據我們看來，他吃飯也極少，兩碗酸筍雞皮湯，半碗碧粳粥便填飽了肚子。這可能是因為他四體不勤，運動少，飯量自然很小。那寶玉喝這碧粳粥到底是什麼粥呢？碧粳是一種優質稻米，在清代是貢品，又稱京米，即近京所種的米，以玉田縣產者為良。碧粳米細長，帶微綠色，炊時有香。據說，以碧粳煮粥，自古在北京地區就很出名，現在也是北京地區的著名粥品，北京的王府井酒店就有碧粳粥。另外，《燕都小食品雜詠》云：「粥稱粳米趁清晨，燒餅麻花色色新。一碗果然能果腹，怎如廠裡沐慈仁。」從這裡，我們可以看出，吃粳米粥對身體確實有益，利小便，止煩渴，養脾胃。

燕窩粥

如果說我們對碧粳粥較為陌生的話，那麼我們對燕窩粥可能就相當熟悉了。燕窩粥即使在現在也是相當普遍的粥品之一。《紅樓夢》中曾多次提到燕窩粥。其中最典型的就是第四十五回，寫林黛玉「每歲至春分秋分之後，必犯嗽疾；今秋又遇賈母高興，多遊玩了兩次，未免過勞了神，近日又復嗽起來，覺得比往常又重，所以總不出門，只在自己房中將養。」寶釵來探望林黛玉，對林黛玉說：「昨兒我看你那藥方上，人參肉桂覺得太多了。雖說益氣補神，也不宜太熱。依我說，先以平肝健胃為要，肝火一平，不能克土，胃氣無病，飲食就可以養人了。每日早起拿上等燕窩一兩，冰糖五錢，用銀銚子熬出粥來，若吃慣了，比藥還強，最是滋陰補氣的。」

燕窩，又稱燕菜、燕根、燕室、燕盞、金絲等，它既是名貴的烹飪原料，又是營養價值極高的補品。燕窩，顧名思義，即是燕子的窩。不過它不是普通燕子的窩，而是一種特殊的燕子——金絲燕的窩。

金絲燕屬鳥綱，雨燕科。是候鳥，每年十二月至次年三月從西伯利亞等地飛到熱帶沿海的天然山洞裡繁衍後代。牠比我們通常所見的燕子要小些，背部羽毛呈灰褐色，帶有金色光澤，翅膀尖而長，四個腳趾都朝前生長。此燕喉部有發達的黏液腺，所分泌的唾液可在空氣中凝成固體，是牠們築巢的主要材料。金絲燕每年三四月份產卵。產卵前，牠們每天飛翔於海面和高空，有時可高達數千公尺，穿雲破霧，吸吮雨露，攝食昆蟲、海藻、銀魚等物。經消化後鑽進險峻、陰涼、海拔較高的峭壁裂縫、洞穴深處，吐唾築巢。大約要二十多天才能築成。

這種燕窩是名貴的補品，可作補肺養陰藥，性平味甘，主治虛勞咳嗽、咳血等症。中國最高級燕窩是廣東徐聞的岩燕燕窩。《養生隨筆》把它列為粥之上品，認為它可養肺化痰止嗽，補而不滯，煮粥淡食有效。薛寶釵勸林黛玉多喝點燕窩粥，以補養身體，從養生學角度來講，是有一定科學依據的。林黛玉也十分領情，於是她說：「你素日待人，固然是極好的，然我最是個多心的人，只當你心裡藏奸。從前日你說看雜書不好，又勸我那些好話，竟大感激你。往日竟是我錯了，實在誤到如今。細細算來，我母親去世的早，又無姐妹兄弟，我長了今年十五歲，竟沒一個人像你前日的話教導我。怨不得雲丫頭說你好，我往日見他讚你，我還不受用，昨兒我親自經過，才知道了。比如若是你說了那個，我再不輕放過你的；你竟不介意，反勸我那些話，可知我竟自誤了。」

江米粥

《紅樓夢》在第九十七回還寫到了江米粥。書裡說，黛玉病重時，再也沒有燕窩粥吃了，可能是因為燕窩太貴了。有一次，紫鵑告訴廚房，為她做一碗火肉（即火腿）白菜湯，加點蝦米，配了點青筍紫菜，熬一點江米粥。可是即使這樣，黛玉也只吃了半碗粥，喝兩口湯，就擱下了。林黛玉為什麼只喝了半碗就擱下了？難道是嫌江米粥不好喝？還是因為喝慣了燕窩粥，喝不慣江米粥？顯然這都不是，林黛玉不是這樣的人。

江米粥就是我們平時吃的糯米粥，黏性較強，是普通食品。江米粥以稻米和黃豆為原材料，按照一定比例浸泡、磨碎熬製。《本草綱目》：糯米、秫米、黍米粥，益氣，治虛寒，泄痢吐逆。可見，江米粥不利於消化，林黛玉身體太弱，喝不了這樣的粥。

「鴨子肉粥」和「棗兒熬的粳米粥」

作為賈府的主心骨，賈母是懂得養生的，並且對飲食非常內行。仔細閱讀紅樓夢，我們發現，這個老祖母參加的宴會雖然不少，但是很少吃飯，而主要以喝粥為主，每次宴會都有人會為她準備上好的粥品。例如第五十四回，元宵佳節，賈府盛宴，「又上湯時，賈母說道：『夜長，覺的有些餓了。』鳳姐兒忙回說：『有預備的鴨子肉粥。』賈母道：『我吃些清淡的罷。』鳳姐兒忙道：『也有棗兒熬的粳米粥，預備太太們吃齋的。』」從養生學角度來看，「鴨子肉粥」和「棗兒熬的粳米粥」都是滋補功能上好的粥品，《養生隨筆》把這兩種粥列為中品。但即使是這樣，也還不合老祖宗賈母的胃口。可見，賈母的飲食是極其講究的。

臘八粥

說起臘八節大家可能都不會陌生，若是講起臘八節的來歷，知道的人就屈指可數了。釋迦牟尼成佛之前，曾經修苦行多年，餓得骨瘦如柴，決定不再苦行。這時遇見一個牧女，送他乳糜食用。他吃了乳糜，恢復了體力，便端坐在菩提樹下入定，於十二月八日成道。夏曆以十二月為臘月，所以十二月八日稱作臘八。

中國漢族地區，將這一天作為釋迦牟尼的成道日，於是臘八成了佛教節日。《百丈清規》說：「臘月八日，恭遇本師釋迦如來大和尚成道之辰，率比丘眾，嚴備香花燈燭茶果珍羞，以申供養。」寺院在這天舉行誦經，並效法佛成道前牧女獻乳糜的傳說故事，用香穀和果實等造粥供佛，名為臘八粥。

《紅樓夢》中也寫到了臘八粥。第十九回，賈寶玉逗林黛玉玩，編說香玉故事：那一年臘月初七日，老耗子升座議事，說明日乃是臘八，世上人都熬臘八粥。「『明日是臘八，世上人都熬臘八粥。如今我們洞中果品短少，須得趁此打劫些來方妙。』乃拔令箭一枝，遣一能幹小耗前去打聽。一時小耗回報：『各處察訪打聽已畢，唯有山下廟裡果米最多。』老耗問：『米有幾樣？果有幾品？』小耗道：『米豆成倉，不可勝記。果品有五種：一紅棗，二栗子，三落花生，四菱角，五香芋。』老耗聽了大喜，即時點耗前去。乃拔令箭問：『誰去偷米？』一耗便接令去偷米。又拔令箭問：『誰去偷豆？』又一耗接令去偷豆。然後一一的都各領令去了。只剩了香芋一種，因又拔令箭問：『誰去偷香芋？』只見一個極小極弱的小耗應道：『我願去偷香芋。』」喝一個臘八粥，要偷這麼些東西？可難為這些老鼠們了！

其實說到臘八粥的原料，《燕京歲時記．臘八粥》說：「臘八粥者，用黃米、白米、江米、小米、菱角米、栗子、紅江豆、去皮棗泥等，合水煮熟，外用染紅桃仁、杏仁、瓜子、花生、榛穰、松子及白糖、紅糖、瑣瑣葡萄，以作點染。」《燕都遊覽志》也說，十二月八日，民間做臘八粥，以米果雜成，多者為勝。可見這臘八粥的原料可算得上「多」！原料這麼多，營養價值可見也不一般！

米湯

最後來說說米湯。

賈府裡的人不僅身分等級不一，就連飲食也是有等級的。例如，襲人雖是頭等丫頭，還是寶玉屋裡人，但生病，就不可能像林黛玉那樣吃燕窩粥養身體。《紅樓夢》第二十回，襲人偶感風寒，「至次日清晨起來，襲人已是夜間發了汗，覺得輕省了些，只吃些米湯靜養。」

米湯應該是最常見、最普遍的粥品之一。這裡所說的襲人喝的米湯，是指一種極稀極薄的粥，有用稻米熬的，也有用小米熬的，北方統稱為米湯，尤其小米湯，營養價值很高，能驅寒提神，暢腸胃，生津液，食用後確實很舒服。

《紅樓夢》中到底寫了多少種食品？

作為一部傳世上百年之久的鉅著，《紅樓夢》無疑代表著中國古典小說的最高成就。當然，更難能可貴的是，作為一部被人譽為百科全書的《紅樓夢》，它包含了相當多的藝術生活門類，蘊含著博大精深的文化底蘊。在所有被描寫的文化範疇之內，飲食文化當推「紅樓文化」精華中的精華。

在《紅樓夢》中，作者曹雪芹利用他嫻熟的寫作手法為我們再現了清朝貴族家庭多彩的飲食文化。有人統計過，《紅樓夢》中出現過的宴會有上百種之多，例如生日宴、省親宴、燈謎宴、螃蟹宴、合歡宴等大小的宴會。至於寫到的食品更是數不勝數，例如主食、點心、菜餚、果品、補品等數百種，種類繁多，精美絕倫。先不說別的，僅粥一種，就有碧粳粥、燕窩粥、江米粥、鴨粥、棗粥、臘八粥等數十種。有人也曾試圖要對《紅樓夢》中出現過的食品進行一個系統的統計，但是最終由於內容太多而不了了之。以下僅從名茶良飲、粥糕點心、美味佳餚、名酒佳釀、乾鮮果品等五大類對《紅樓夢》出現過的食品做一個簡單的介紹：

名茶良飲

《紅樓夢》中具有非常濃重的茶文化。賈寶玉喜歡喝三四次才出色的「楓露茶」；晴雯大概也對「楓露茶」情有獨鍾，所以晴雯死後，寶玉設祭獻了一碗「楓露之茗」；賈母不喝「六安茶」，對妙玉獻上的「老君眉」倒是還能接受；天生身體孱弱的林黛玉喜歡清淡點的「龍井茶」，當然對和龍井茶類似的口味輕的「暹羅茶」也頗有好感；生性清高的妙玉給賈母喝的是「吃不得」的「雨水」泡的茶，而給薛寶釵和林黛玉吃的則是上等的「五年前儲藏的梅花上的雪水」沖的茶；怕寶玉停了食，林之孝家的就吩咐丫頭給寶玉沏一碗「普洱茶」消消食，而襲人則說已經給寶玉喝了「女兒茶」。

除了飲茶，賈府的名貴們還喜歡喝什麼呢？第六回賈寶玉定神喝「桂圓湯」；寶玉挨打之後最想喝「酸梅湯」！但是最後由於收斂作用不利於傷勢而改喝了糖醃的「玫瑰鹵子」，就這樣王夫人還怕自己的孩子受了苦，又給了兩瓶「香露」；秦可卿生病調理時喝的是燕窩湯；柳五兒舅媽給的用人奶、牛奶或者滾白水調和後可以補人的茯苓霜——總而言之，洋洋灑灑一部《紅樓夢》沒有一處提到說有人要喝白開水。

粥糕點心

讀過《紅樓夢》的人肯定都對書裡描寫的粥有很深的印象。《紅樓夢》裡面描寫的粥真可謂五花八門。第八回寫到賈寶玉在薛姨媽家裡吃的是「碧粳粥」；第十四回寫王熙鳳去寧國府協助料理喪事期間每早吃的是「奶子糖粳米粥」；第二十回，襲人受了風寒服米湯靜養；第二十五回，賈寶玉、王熙鳳二人得僧道搭救醒過來後以米湯充飢，藉助米湯滋陰長力的功用來補養；第四十五回，薛寶釵勸林黛玉喝燕窩粥來滋陰補氣；第五十回，元宵節的晚上，王熙鳳給賈母和眾人準備了「鴨子肉粥」，給太太們吃齋的則是棗兒熬的「粳米粥」；第五十五回，王熙鳳也用燕窩粥進行調養；第七十五回，賈母命人給王熙鳳送了「紅稻米粥」；第八十七回，紫鵑給林黛玉熬江米粥來暖胃、健脾、止汗。

除了粥，《紅樓夢》中的點心和糕點也別具特色。第八回，寶玉從東府叫人送回給晴雯的豆腐皮包子；第十一回，賈母賞給秦可卿的棗泥餡山藥糕；第十八回，元春從宮裡賜出的瓊酥、金膾、糖蒸酥酪；第三十七回，寶玉送給史湘雲的桂花糖蒸新栗粉糕；第三十九回，舅太太送給奶奶、姑娘們吃的菱粉糕、雞油捲；第四十一回，賈母陪劉姥姥遊大觀園時請劉姥姥吃的松穰鵝油捲、藕粉桂糖糕、螃蟹餡的小餃兒、奶油炸的各色麵果子；第五十回，李紈派人給襲人送去的蒸的大芋頭；第六十回，小丫頭蟬兒替人跑腿買的熱糕；第六十二回，柳嫂子派人給芳官送的奶油松穰捲酥；第七十五回，李紈姨娘家送來的好茶麵子等。

美味佳餚

中國的飲食文化有悠久的歷史傳統。《紅樓夢》中也深深地展現了這一點。《紅樓夢》中描寫到的美味佳餚可以說是數不勝數，僅僅是看見的菜名，就令人眼花撩亂，垂涎三尺，例如第八回薛姨媽讓寶玉吃的「糟鵝掌鴨信」和「酸筍雞皮湯」；第十六回王熙鳳給賈璉的奶娘趙嬤嬤吃的「火腿燉肘子」；第二十回，王熙鳳跟李嬤嬤說的「我家裡燒的滾熱的野雞」；第四十回王熙鳳給劉姥姥的那一碗「鴿子蛋」；第四十六回王熙鳳所說的「炸鵪鶉」；第四十九回裡的牛乳蒸羔羊；第五十八回裡賈寶玉喝的「火腿鮮筍湯」；第六十一回裡的「油鹽炒枸杞芽兒、雞蛋、炒蘆蒿」；第六十二回的「胭脂鵝脯、蝦丸雞皮湯、酒釀清蒸鴨子」；第七十五回裡的「風醃果子狸」；第八十七回裡的「火肉白菜湯」……

除此之外，《紅樓夢》裡還有一道菜給人的印象特別深，那就是「茄鯗」。王熙鳳是這樣介紹「茄鯗」的做法的：

「這也不難。你把才下來的茄子把皮籤了，只要淨肉，切成碎釘子，用雞油炸了，再用雞脯子肉並香菌、新筍、蘑菇、五香腐乾、各色乾果子，都切成釘子，拿雞湯煨乾，將香油一收，外加糟油一拌，盛在瓷罐子裡封嚴，要吃時拿出來，用炒的雞爪一拌就是。」

真所謂食不厭精！如此複雜的工藝，如此精巧的流程，原材料「茄子」在成菜之後肯定已經不再是茄子了，這也難怪劉姥姥能發出這樣的感慨——「我的佛祖！倒得十來隻雞來配他，怪道這個味兒！」。

名酒佳釀

飲食自然離不開「酒」。賈府是名門望族，對「酒」的鍾愛也不亞於任何豪門貴族。即使是在大觀園，那些弱不禁風的女子對「酒」也是有著特殊的喜好。例如第六十三回，寶玉生日那天，襲人向平兒要的就是一壇紹興好酒，徹夜痛飲，那一回算是姐妹們最高興的一次聚會。當然，她們飲用的「酒」是黃酒。黃酒以優質糯米釀造，高營養，低酒度，質平性和。黃酒在江浙產地極多，紹興所出品黃酒的歷史悠久，名氣最大。

賈璉和鳳姐舉杯同飲的那一次是在第十八回，賈璉護送黛玉回揚州葬父就帶回了惠泉酒與鳳姐對飲。「惠泉酒」是黃酒的一種，是江蘇無錫地區的名酒，歷史悠久，素負盛名。芳官對惠泉酒頗為喜歡，在家能喝兩三斤好惠泉酒，之後為不能喝酒而賭氣睡覺。

林黛玉，弱柳扶風，然而也能喝酒。第三十九回，林黛玉吃了性寒的螃蟹後，「覺得心口微微的疼，須得熱熱的喝口燒酒」，而黃酒性溫，不能克寒，於是就沒喝那「烏銀梅花自斟壺」裡的黃酒，而是又燙了一壺合歡花浸的燒酒。

除此之外，第十八回有賈元春所賜的御酒；第四十一回有劉姥姥所說的「蜜水似的酒」；第五十三回裡有除夕日獻的屠蘇酒；第九十七回有賈芹在水月庵喝的果子酒。

乾鮮果品

大觀園本身就是一個花團錦簇的大果園，自產的鮮果就不少。書裡記載的大觀園裡產的水果有石榴（二十七回）、桑葚（第八回）、葡萄（六十七回）、李子（六十一回）、紅菱、雞頭（三十七回）、朱橘、黃橙、橄欖（五十回）、柚子、佛手（四十一回）、木瓜（六十四回）、鮮藕（二十六回）、西瓜（三十六回）等。

另外，薛蟠做生日的時候，程日興送的又粗又長的粉脆的鮮藕和大西瓜算是《紅樓夢》裡最稀罕的果蔬；第三十七回，賈探春「偶感風寒」，賈寶玉特地用纏絲白瑪瑙碟子給探春送去「鮮荔枝」；天生體質虛弱的林黛玉平時並不吃生冷瓜果，最喜歡的乾果是「瓜子」，當然，體貼的薛寶釵送來的「蜜餞荔枝」想必也是林黛玉的最愛；第十九回，襲人回家的時候與表姐妹過節吃「松穰子」，回到賈府又想吃「風乾栗子」；第六十三回，為人浪蕩的尤二姐，嚼了一嘴「砂仁」渣子吐了賈蓉一臉，後來又把「檳榔」荷包遞給了藉故搭訕的浪蕩子賈璉。

總而言之，中國自古就是個講究飲食的國家。從飲食習慣來探討歷史，可以讓我們更好地了解我們的民族和歷史，以及民族特性。《紅樓夢》本身就是一部百科全書，涉及的內容非常廣泛，我們不能僅僅陶醉於其中纏纏綿綿的愛情故事，而是應該從全方位的角度對它有一個全景的把握。如果我們僅僅抓住其中的人物的命運，僅僅鍾情於其中風花雪月的愛情故事，而把文化層次的東西置之不理，實在是一件可惜的事情。如其中談到的飲食文化，它無疑是《紅樓夢》中璀璨奪目的內容，尤應引起我們的關注。

什麼是射覆？

《紅樓夢》第六十二回〈憨湘雲醉眠芍藥裀，呆香菱情解石榴裙〉裡，有這樣一段描寫：

寶玉便說：「雅坐無趣，須要行令才好。」眾人有的說行這個令好，那個又說行那個令好。黛玉道：「依我說，拿了筆硯將各色全都寫了，拈成鬮兒，咱們抓出那個來，就是那個。」眾人都道妙。即拿了一副筆硯花箋。香菱近日學了詩，又天天學寫字，見了筆硯便圖不得，連忙起座說：「我寫。」大家想了一回，共得了十來個，唸著，香菱一一的寫了，搓成鬮兒，擲在一個瓶中間。探春便命平兒揀，平兒向內攪了一攪，用箸拈了一個出來，打開看，上寫著「射覆」二字。寶釵笑道：「把個酒令的祖宗拈出來。『射覆』從古有的，如今失了傳，這是後人纂的，比一切的令都難。這裡頭倒有一半是不會的，不如毀了，另拈一個雅俗共賞的。」探春笑道：「既拈了出來，如何又毀。如今再拈一個，若是雅俗共賞的，便叫他們行去。咱們行這個。」——探春道：「我吃一杯，我是令官，也不用宣，只聽我分派。」命取了令骰令盆來，「從琴妹擲起，挨下擲去，對了點的二人射覆。」

很多人看到這裡都會產生疑惑——射覆是什麼呢？當然，我們都能猜到，射覆肯定是一種行酒令的方式，但是，具體到「射覆到底怎麼玩？」的時候，我們肯定就傻眼了。

那麼，「射覆」究竟是怎麼玩的呢？

根據相關專家研究，「射覆」這種酒令是這樣行的：擲撒子，點相同的兩個人開始射覆。一個根據身邊的環境說一個字，須得是典故里有的。另外一個人要猜中他說的是哪個典故，即猜到他覆的是哪個字，然後再根據這個字另用一個典，把他覆的這個字說出來，故為「射」。如果猜到了，便同飲一杯。若沒射中，則後者罰一杯。

「射覆」的確像寶釵所說的那樣，是酒令的祖宗，「從古有的，如今失了傳，這是後人纂的，比一切的令都難。」

根據相關資料記載，最早的「射覆」是易學家「玩占」的一種方式。透過日常生活的玩樂，將八卦的象義應用在其中。誠則靈，無論是存心作戲，抑或考驗易測者功力的射覆案例，均有一定的方法處理和拆解，成為易占家的一種遊戲。其實，是寓遊戲於實學，是古代易學的占測訓練方法。早先的時候，所謂的「射覆」，即收藏一些物品，要人去猜出來。乍聞之下，以為「射覆」類似猜謎，其實不然。以「射覆」去射物品，只是其中較為流行的一種玩法。古人認為，若將「射覆」術靈活變通來活用，甚至可以卜出遺失了什麼物品，什麼時候遺失、什麼地方可以尋回失物等。

什麼是「拇戰」？

關於酒令，《紅樓夢》書中提及了通俗的拇戰（六十二回）、猜枚（七十五回）、搶紅（六十三回），高雅一些的牙牌令（四十回）、射覆（六十二回）、擲曲牌名兒（一百零八回），還有雅俗共賞的占花名兒（六十三回）、擊鼓傳花。擊鼓傳花最容易調節氣氛，故元宵之夜賈母令使女先兒擊鼓傳梅，中秋節又令一媳婦擊鼓傳桂花，平兒設宴時則擊鼓傳芍藥（六十三回）。真的是把酒言歡，其樂融融。

「拇戰」出現在《紅樓夢》第六十二回〈憨湘雲醉眠芍藥裀，呆香菱情解石榴裙〉裡：

說著又著襲人拈了一個，卻是「拇戰」。史湘雲笑著說：「這個簡斷爽利，合了我的脾氣。我不行這個『射覆』，沒的垂頭喪氣悶人，我只划拳去了。」探春道：「唯有他亂令，寶姐姐快罰他一鐘。」寶釵不容分說，便灌湘雲一杯。

這裡所講的「拇戰」，又名「豁拳」、「猜拳」、「划拳」，一種用於酒席助興的遊戲。拇戰一般是兩人相對出手，猜對方所伸手指的數目，合而計算，以分勝負。明人李日華說：「俗飲，以手指屈伸相搏，謂之豁拳。蓋以目遙覘人為已伸縮之數，隱機鬥捷，余頗厭其奴號。」當然，也有不出聲的拇戰，如「啞拳令」，玩法為「兩家出手，不須口叫，有言者罰，拳數多寡，或通關，聽人臨時酌定」。「抬轎令」也不出聲，是「三家出指，而不作聲。兩手相同為抬轎，其不同者飲」。

高聲呼叫的拇戰也有很多區別，花樣繁多，如「空拳」，彼此出指互叫，各無勝負者，兩家之左右鄰坐各飲。如果彼此之指皆同，彼此之叫也同，稱為「手口相逢」，通席皆飲，猜中反而不飲。拇戰雙方都不飲，所以謂之「空」拳。「走馬拳」則挨坐猜一拳，無勝負，即次坐猜之，猜中則負者飲；飲完，再輪而猜之。還有「叮噹拳」、「連環拳」、「過橋拳」等。明人王徵福著有《拇戰譜》，載拇戰細目甚詳。

拇戰大多有令辭，往往通行南北，只是在詞上略有區別。拇戰比較粗獷，為下層社會、不識字之人所喜好，文人士大夫則不大喜歡。

拇戰中比較文雅的是「三國拳」，流行於福建一帶，因為節奏較緩，故為老人所喜愛，又稱「老人拳」。其詞為：「單刀赴會，二嫂過關，三請諸葛，四辭徐庶，五關斬將，六出祁山，七擒孟獲，八卦陣圖，九發中原，十面埋伏。」一句一典，猜對了，就請輸家喝酒，很有趣味。它在東南亞華人社會中很流行。

為保證行令和拇戰正常進行，還訂有「酒律」，由令官執掌，不遵令者，根據情節輕重，設有「杖」、「笞」、「徒」、「流」、「五刑」。當然，執行這些「刑典」時皆以飲酒或不許吃某種菜替代。

當然，上述多是士大夫的精緻玩藝又多與舊文化相聯繫。現在，能行酒令者越來越少了，只有拇戰的喧叫聲在城鎮的飯館酒肆中，尚可時時聽到。

民間傳說「拇戰」創於隋代，到唐代已十分流行，並另有一個名字叫「手勢令」，坐姿、眼神、運腕、指法等，都有一定的要求。唐人皇甫松在《醉鄉日月》中寫道：「欲端其頸如一枝孤柏，澄其神如萬里長江，揚其膺如猛虎蹲踞，運其眸如烈日飛動，差其指如鸞欲翔舞，柔其腕如龍欲蜿蜒。」明人王徵福著有《拇戰譜》，記「拇戰」令辭。

《紅樓夢》中，記敘「拇戰」之處不少，例如：

第六十二回寫道：「湘雲等不得，早和寶玉『三』『五』亂叫，划起拳來。那邊尤氏和鴛鴦隔著席也『七』『八』亂叫划起來。平兒襲人也作了一對划拳，叮叮噹噹只聽得腕上鐲子響」。

第七十五回寫道：「賈珍因要行令，尤氏便叫佩鳳等四個人也都入席，下面一溜坐下，猜枚划拳，飲了一回」。

透過這些「拇戰」的描寫，我們不僅可以領略到大觀園裡盛行的酒文化，而且可以從中窺見封建大家族在衰落之前的敗相。

回到拇戰文化本身，閨閣女子「拇戰」喝酒，其實在宋、元時，已成時尚，元人姚文奐〈竹枝詞〉云：「剝將蓮肉猜拳子，玉手雙開名賭空。」明、清時「拇戰」內容更加豐富，如「五行生剋令」，以五指各代表「金、木、水、火、土」，以伸指相剋定勝負；如「五毒令」，以五指各代表蛇、蜈蚣等五種毒物，定出「以毒攻毒」的順序，玩時以所出手指相攻決出輸贏。

在常規的「拇戰」中，令辭也很有講究，如「哥倆好」、「三結義」、「四進士」、「五魁手」、「六出」、「七星」、「八仙」、「人長久（九）」、「十美」等，此中有俗語、戲名、典故、傳說以及其他知識。

行酒令與拇戰的直接作用是延長飲酒時間，使飲者不醉，並從酒宴中得到充分的享受。它還有間接的作用：第一，行酒令和拇戰有比賽之意。可調動與宴者的競賽意識，使其興奮點全集中在輸贏上，從而消除因酒酣易於造成的失禮行為的隱患。其次，行酒令和拇戰既是比賽，那麼參加者機會均等，無論元勛大老，還是後生小子，只要是在一個筵席上，他們便取得了暫時的平等，沒有了因年齡、名位、性情所形成的差異，而完全融入「其樂也融融」的氛圍之中。第三，行酒令拇戰，趣味性強，有的出語詼諧，令人忍俊不禁；有的迂曲典雅；有的喧騰熱烈；有的意趣深長。這些使時間較長的飲宴，常常處於有起伏的活躍的氣氛之中，使與宴者在精神上得到極大的享受。第四，酒令，尤其是雅令，內容豐富，上至聖經賢傳，下至詞曲小說，幾乎涉及到中國所有的典籍。因此，在行令過程中豐富了人們的知識，訓練了人們的應變能力，並能培養人們的幽默感。

《紅樓夢》名址詮解

《紅樓夢》究竟寫的是「發生在什麼地點的故事」的問題，是「紅學」研究中的一個爭論不休的重要問題。俞平伯於二十世紀初提出這一問題，遂引起了人們的熱烈討論，或主北京，或主南京，或主長安，或主「運真實於虛構」，迄今為止尚無令人信服的答案。但是近來有人認為，單純從《紅樓夢》文本的角度來講，《紅樓夢》之中對地點的論述是存在著很多矛盾的。而這種地點「矛盾」現象的存在，實際上是由作者的總體創作思想及其寫意觀決定的，是作者「不欲著跡於方向」創作思想的展現。有專家甚至認為《紅樓夢》中地點的這種「矛盾」，這種模糊性，恰恰表現了《紅樓夢》的文學性特點。那種落實賈府及大觀園地址的做法，實際上削弱了《紅樓夢》的思想蘊涵和主題的深刻性，也是與曹雪芹的創作思想和《紅樓夢》的意旨不相符合的。例如，賈府不在某一具體的地點，正說明它具有普遍性。大觀園中存在「矛盾」，是因為大觀園本身就是一幅寫意畫，不可看得太實在、太死板，否則，就會使之失去意境、失去空靈之美。

本章介紹的是迄今為止關於《紅樓夢》之地點研究的一些成果。

《紅樓夢》之中的「京都」到底在什麼地方？

我們在讀《紅樓夢》的時候，常常為一個問題所疑惑——《紅樓夢》之中的「京都」到底在什麼地方？

《紅樓夢》第一回開卷，作者自云：「因曾經歷一番夢幻之後，故將真事隱去，而借通靈之說，撰此《石頭記》。」南京自古就被稱為「石頭城」。在這裡，石頭是不是代表金陵——南京呢？

同樣也是在《紅樓夢》第一回，「雨村因幹過，嘆道：『非晚生酒後狂言，若論時尚之學，晚生也或可去充數沽名，只是目今行囊路費一概無措，神京（指京城）路遠，非賴賣字撰文即能到者。』士隱不待說完，便道：『兄何不早言。愚每有此心，但每遇兄時，兄並未談及，愚故未敢唐突。今既及此，愚雖不才，『義利』二字卻還識得。且喜明歲正當大比，兄宜作速入都，春闈一戰，方不負兄之所學也。』……又云：『十九日乃黃道吉日，兄即可買舟西上，待雄飛高舉，明冬再晤，豈非大快之事耶！』」我們都知道，明清科舉，春闈考試必須上京城，賈雨村買舟西上，是去哪裡考試呢？書中交代，甄士隱居住在姑蘇，根據地理知識，賈雨村買舟西上應該是經大運河到金陵（南京）參加科舉考試，可見，金陵即為《紅樓夢》中的都城。

第二回〈賈夫人仙逝揚州城，冷子興演說榮國府〉中：

雨村因問：「近日都中可有新聞沒有？」子興道：「倒沒有什麼新聞，倒是老先生你貴同宗家，出了一件小小的異事。」雨村笑道：「弟族中無人在都，何談及此？」子興笑道：「你們同姓，豈非同宗一族？」雨村問是誰家。子興道：「榮國府賈府中，可也不玷辱了先生的門楣麼？」雨村笑道：「原來是他家。若論起來，寒族人丁卻不少，自東漢賈復以來，支派繁盛，各省皆有，誰逐細考查得來？若論榮國一支，卻是同譜。但他那等榮耀，我們不便去攀扯，至今越發生疏難認了。」子興嘆道：「老先生休如此說。如今這榮國兩門，也都蕭疏了，不比先時的光景。」雨村道：「當日寧榮兩宅的人口極多，如何就蕭疏了？」冷子與道：「正是，說來也話長。」雨村道：「去歲我到金陵地界，因欲遊覽六朝遺蹟，那日進了石頭城，從他老宅門前經過。街東是寧國府，街西是榮國府，二宅相連，竟將大半條街占了。大門前雖冷落無人，隔著圍牆一望，裡面廳殿樓閣，也還都崢嶸軒峻；就是後一帶花園子裡面樹木山石，也還都有蓊蔚洇潤之氣，那裡像個衰敗之家？」

在這段描寫之中，賈雨村問的是「都中」——「近日都中可有新聞沒有」？冷子興回答說「倒沒有什麼新聞，倒是老先生你貴同宗家，出了一件小小的異事。」可見，賈府應該是在「都中」。而緊接著，賈雨村又說：「去歲我到金陵地界，因欲遊覽六朝遺蹟，那日進了石頭城，從他老宅門前經過。街東是寧國府，街西是榮國府，二宅相連，竟將大半條街占了。」從雨村的這一句話，我們可以看出，《紅樓夢》中的都城應為金陵。

但是，再往後讀，又有點兒摸不著頭腦了——

第六回〈賈寶玉初始試雲雨情，劉姥姥一進榮國府〉裡，劉姥姥勸狗兒說：「……如今咱們雖離城住著，終是天子腳下。這長安城中，遍地都是錢，只可惜沒人會去拿去罷了。」

第十五回〈王熙鳳弄權鐵檻寺，秦鯨卿得趣饅頭庵〉裡，「老尼道：『阿彌陀佛！只因當日我先在長安縣內善才庵內出家的時節，那時有個施主姓張，是大財主。他有個女兒小名金哥，那年都往我廟裡來進香，不想遇見了長安府府太爺的小舅子李衙內……若是肯行，張家連傾家孝順也都情願。』……鳳姐便命悄悄的將昨日老尼之事說與來旺兒，來旺兒心中現已明白，急忙進城找有主文的相公，假托賈璉所囑，修一封書，連夜往長安縣來，不過百里路程，兩日工夫俱已妥協。」

第五十六回〈敏探春興利除腐弊，時寶釵小惠全大體〉裡寫道：「只見塌上少年說道：『我聽見老太太說，長安都中也有個寶玉，和我一樣的性情，我只不信。』」

第七十九回〈薛文龍悔娶河東獅，賈迎春誤嫁中山狼〉裡寫道：「全長安城中，上至王侯，下至賈賣人，都稱他家是『桂花夏家』……凡這長安城裡城外桂花局俱是他家的，連宮裡一應陳設盆景亦是他家供奉，由此才有這個渾號。」

從以上這幾處描寫，我們明顯能感覺到，京都又變成長安了。據此，有人認為，實際上長安和南京以及金陵是一個地方的不同稱謂，實際上都是京都。但是如果《紅樓夢》真的能按照這種邏輯寫下來倒也罷了，我們可以這樣理解。但是事實上並不是這樣的。《紅樓夢》中的長安和金陵並不是一個地方。

第四回〈薄命女偏逢薄命郎，葫蘆僧亂判葫蘆案〉中，賈雨村補授應天府。根據常識，應天即為南京（金陵）。賈雨村審理薛蟠一案，被門子提到護官符：

> 賈不賈，白玉為堂金做馬。（寧國榮國二公之後，共分二十房，除寧榮親派八房在京外，現原籍的有十二房）
>
> 阿房宮，三百里住不下金陵一個史。（保齡侯尚書令史公之後，房分共十八，都中現住者十房，原籍現居八房）
>
> 東海缺少白玉床，龍王來請金陵王。（都太尉統制縣伯王公之後，共分十二房，都中二房，餘在籍）
>
> 豐年好大雪，珍珠如土金如鐵。（紫薇舍人薛公之後，現領內府帑銀行尚，共八房分）

護官符上的四大家族均為金陵籍，我們可以這樣理解，他們之中有居都城的，有居原籍的。但是薛家肯定是居住在原籍——應天府，即：金陵或者南京。「二則自薛蟠父親死後，各省中所有的買賣承局，總管、夥計人等，見薛蟠年輕不諳世事，便趁時拐騙起來，京都中幾處生意，漸亦消耗。薛蟠素聞得都中乃第一繁華之地，正思一遊，便趁此機會，一為送妹待選，二為望親，三因親自入部銷算舊帳，再計新支，——實則為遊覽上國風光之意。因此早已打點下行裝細軟，以及饋送親友各色土物人情等類，正擇日一定起身，不想偏遇見了拐子重賣英蓮。」可見南京不是「都中」。也就是從這一回開始，都中從南京轉移到了另一個地方。

第五十六回〈敏探春興利除腐弊，時寶釵小惠全大體〉中，「只見林之孝家的進來說：『江南甄府裡家眷昨日到京，今日進宮朝賀。此刻先遣人來送禮請安。』」江南泛指長江以南。南京在長江以南，甄家居住在金陵，可見，京城不是金陵。另外，在該回裡還有這樣的描寫：「如今有了個對子，鬧急了，再打狠了，你逃到南京去找那一個去。」京都不是南京。

第五十三回〈寧國府除夕祭宗祠，榮國府元宵開夜宴〉中，烏進孝為寧國府上繳的物品大多為北方所產，可以證明京都不在南方。

從這些描寫，我們可以得出這樣的結論：京都不在江南，不是南京，應該是北方的某個地方。那麼，這《紅樓夢》之中的京都到底是什麼地方呢？至少迄今為止尚無定論。

那麼，作者為什麼要把「京都」寫得這麼混亂呢？有專家認為，可能是出於以下幾個原因：

首先，曹雪芹有意為之，因為他在小說的開頭就已經說過本書「無年代無朝代可考」，所以，曹雪芹在寫的時候虛構了一個京城。當然，我們雖然是這樣認為，但是從創作的角度來看，曹雪芹不可能完全脫離現實，也就是說，他雖然有意虛構，但是又不可能跳出自己生活的時代和自己生活的圈子和生活背景。所以，我們看到的結果，既有虛構的成分，又有現實的成分，所以看起來就很模糊，隱約不清。例如根據曹雪芹自己的經歷，他小時候生活在南京，後來又生活在北京，所以在小說之中，既有北方方言，又有南方方言，這樣就會在我們的腦海裡形成一種混亂的印象，有時候覺得在北方，有時候又覺得在南方。那麼，曹雪芹為什麼要有意隱藏呢？這很可能和當時盛行的文字獄有關。我們知道，在清代文字獄十分利害，這很可能是曹雪芹在敘述過程中故意把一些大家本來熟悉的地點搞模糊的真正原因。但是，曹雪芹又沒有讓他的作品完全模糊，而是虛中有實，實中有虛，所以才會在很多地方給我們一種非常模糊的印象。

其次，有專家認為，《紅樓夢》之中的都城並不混亂，只是我們在理解上出現了錯誤。周汝昌在《紅樓奪目紅》中說：「金陵者，大家以為即今天的南京，從無異議，實則不然。如顧炎武《東京考古錄》中即列《金陵》一題，而所記的確是房山。因為他考證金國（攻陷北京的女真人）帝王的陵墓在房山的地方。女真後代名為滿洲的大清帝國，其祖陵在今瀋陽稱為福陵，而清朝的本來的國號即曰『大金』，依顧炎武史筆之例是瀋陽亦為金陵。而曹家祖上皆在盛京（清代改瀋陽為盛京轄境內的鐵嶺）曹雪芹也是遼東金陵人士。」如果真的像周汝昌先說所講的這樣，關於《紅樓夢》的「京城」之爭似乎應該告一段落了。但是試想一下，還是說不通。在《紅樓夢》中經常提到江南、南方，這又如何解釋呢？

「京城」之爭似乎還要繼續下去，並且很可能愈演愈烈。我們期待更加確鑿的證據和具有說服力的結果。

賈府和大觀園原型在樂亭縣嗎？

關於紅樓夢中的大觀園原型的研究歷來都是一個熱點。這一研究不僅在學術界是研究的焦點，在民間也引起了很多人的興趣。近年來有不少人針對「大觀園之原型」發表了自己的意見。在這眾多的觀點之中，遼寧鞍山退休老人俎永湘的「大觀園原型在樂亭縣」的說法最受人關注。俎永湘於一九四四年出生在河北省樂亭縣一座古老的院落中，成長在一個十分喜愛中國古典文學名著《紅樓夢》的家族裡。俎永湘老人認為，賈府和大觀園原型在河北省樂亭縣。俎永湘具體從以下幾個角度證明了自己的看法：

《紅樓夢》原著提供的方位確認「大觀園」原型在樂亭

俎永湘認為，從時間上來講，《紅樓夢》一書在社會上流傳最早的版本是在乾隆年間，所以說，《紅樓夢》的時間背景的下限應該是乾隆年間。也就是說，《紅樓夢》所描寫的應該是發生在乾隆以前的事情。另外，《紅樓夢》原著的第五十四回中有「凡這民間上所繡之花卉，皆仿的是唐、宋、元、明各家的折枝花卉」的說法，所以《紅樓夢》一書的時間上限應該是明朝。

從空間上來講，根據《紅樓夢》開卷提出「當日地陷東南」的說法，俎永湘認為，「地陷東南」也就是以北京為參照物的東南方向。《紅樓夢》第一回說「這東南一隅有處曰姑蘇」。什麼是隅？「隅」就是指海的邊沿地區。具體來講，渤海邊的塘沽、唐海縣、樂亭縣等大片地區都可稱為隅。作者雖然在書中指出「有處曰姑蘇」（姑蘇是蘇州的別稱），但是從地理方位看，蘇州不在作者所指的方位線上。所以，蘇州也不在海的邊沿地區，不能稱為隅，不應該是《紅樓夢》的故事發生的地方。那麼，《紅樓夢》的北京應該在什麼地方呢？

俎永湘從《紅樓夢》第十七、十八回中「忽見路旁有一石碣，亦為留題之備」這一句找到了答案。脂硯齋在此句下游批語說：「忽想到『石碣』二字，又托出許多郊野氣色來。一肚皮千丘萬壑，只在這石碣上」。什麼是石碣？石碣即石碑。中國河北樂亭縣的舊灤河的入海口處有一村莊名叫「石碑莊」。據相關資料記載，石碑莊有一大石碑，明清時期石碑猶存。俎永湘認為，根據脂硯齋的批語，「石碣」實際上就是一面鏡子，《紅樓夢》隱寫的事實都在這「石碣」上寫著。另外，曹雪芹在原著第十二回中提示說，這面鏡子要照他的反面。那麼，「石碣」反過來讀什麼？不就是碣石嗎？這樣一來就真相大白了，原來，根據相關資料記載，河北省樂亭縣境內在舊灤河入海處有座山叫碣石山。大約在南北朝北魏年間，樂亭地區發生大地震，「碣石山」在地震之中沉陷入海中（《樂亭縣誌》仍記載著有關「碣石山」碑文）。那麼，曹雪芹所說的「地陷東南」很可能就是樂亭地區的這次地震。樂亭縣屬於「郊野氣色」，並不是西安、南京、蘇州、北京等大城市。另外，根據《樂亭縣誌》記載，樂亭在「商、周屬孤竹國」。也可能正是因為這個原因，《紅樓夢》中用了數不清的「竹」。孤竹國之竹多是自然之理。至此，我們似乎可以確定，《紅樓夢》之中的「姑蘇」諧音「孤竹」，即指樂亭。

樂亭的氣候特點與《紅樓夢》的氣候特點全部吻合

《紅樓夢》中關於氣候的描寫有很多。

首先是春季。《紅樓夢》第七十回，寫三月初一，「桃花桃葉亂紛紛，花綻新紅葉凝碧」，是桃花盛開之景；第二十三回寫道：「那一日正當三月中浣（同旬）正看到『落紅成陣』，只見一陣風過，把樹頭上桃花吹下一大半來，落的滿身滿書皆是」。從氣候角度來看，這和河北樂亭的氣候條件完全一樣，清明已過，穀雨未到的時候正是樂亭桃花開敗的季節。

關於夏季的氣候描寫，《紅樓夢》中也有很多。第二十七回，正是初夏四月二十六日芒種時節，寶釵向袖中取出扇子來，在草地上撲蝴蝶「香汗淋漓，嬌喘細細」的場面。事實上，在這個時候，北京地區還未太熱的時候，這裡已經熱得要用扇子，一活動就「香汗淋漓」，說明這裡的氣候至少比北京早半個節氣。北京城處於北緯四十度，樂亭靠南零點五度。北京為內陸氣候，樂亭為濱海氣候，夏天受暖溼氣流影響，熱得較早，而晚上又較涼。第二十六回描寫林黛玉去看寶玉，晴雯不開門，黛玉就在門外「越想越傷感起來，也不顧蒼苔露冷，花徑風寒」。可以想像，晚上黛玉不顧「冷」、「寒」，而次日上午寶釵就「香汗淋漓」。看來賈府、大觀園所在的地區白天酷熱，晚間涼快，這是明顯的樂亭地區的濱海性氣候特徵。

再看秋季。《紅樓夢》第七十三回介紹賈母仍在歇晌；第七十六回描寫賈母中秋賞月，鴛鴦給賈母「拿了軟巾兜與大斗篷來，說：『夜深了，恐露水下來，風吹了頭，須要添了這個』」。生動地反映出賈府、大觀園所在地區中秋仍然很熱，需要歇晌，晚上秋高氣爽，有輕寒。這些特徵和樂亭中秋的氣候特徵完全相同。

最後看冬天，例如，第十三回寫道「現臘月天氣，夜又長，朔風凜凜，侵肌裂骨，一夜幾乎不曾凍死」；第三十九回有「去年冬天，接連下了幾天雪，地下壓了三、四尺深」。從這些描寫，我們可以推知，《紅樓夢》的北京應該是在北方。從《紅樓夢》中人的禦寒方式來看，賈府上下人等都睡炕，當然，除林黛玉有南方習俗夏天睡床，但冬天也睡炕。這些都是北方人的習俗，證明賈府、大觀園不在南京，也不在蘇州。因為南方沒有睡火炕的習慣，也沒有冬季積雪三、四尺深的歷史記載。

綜合起來看，《紅樓夢》之中描寫的氣候明顯就是樂亭地區的氣候特徵。

《紅樓夢》中的方言為樂亭方言

俎永湘認為，《紅樓夢》之中的人物所使用的語言為樂亭方言，這也可以證明樂亭就是紅樓夢的背景所在地。

俎永湘認為，正如《紅樓夢》第九十三回所寫的那樣：「《樂記》上說的是『情動於中，故形於聲。聲成文謂之音』。所以知聲，知音，知樂，有許多講究。聲音之原不可不察。」從這一句話，我們可以知道，《紅樓夢》寫作最大的特點就是「真事隱去，假語村言」，所以如果我們越是鑽「古董」，研典故，越要陷入「假語」的圈套出不來，而應該另闢蹊徑，把那些「聲音之原」探索出來。那麼，曹雪芹所說的《樂記》是什麼呢?很顯然，「樂記樂記」就是樂亭的大事記。再回到剛才的那句話，我們可以得知，《紅樓夢》中的情，都在樂亭這個地方記載著。「知聲」，是說讀者要熟悉樂亭方言，才能讀懂《紅樓夢》，才能追溯出作者的本來面目;不「知聲」，只在南京、江蘇、北京、遼陽找曹雪芹的蹤跡，就永遠也不能「解其中味」；「知音」，就是讀者要和作者知心，志同道合，有共同的語言；「知樂」，是指要了解樂亭縣這個地方的人文地理。有了這些條件，才能解開《紅樓夢》之謎。所以，對聲言「不可不察」。作者在第十五回中用隱蔽的手法告訴讀者，「掩樂停音」，諧音「俺樂亭音」。俎永湘認為，這是作者故意留下的蛛絲馬跡。

俎永湘經過考證，發現在《紅樓夢》中有六十二處均為樂亭方言詞彙，有些甚至是樂亭獨有的方言。例如，《紅樓夢》第五十一回寫：「你出去站一站，把皮不凍破了你的」。這一句就是樂亭方言。按樂亭方言解，意思是說，你出去站一站，要把你的皮凍破了；第八十八回，王熙鳳說：「珍大奶奶不是我說是個老實頭」，用樂亭方言解，意思是說，鳳姐說珍大奶奶是個老實頭；紅樓夢中還多次用到「仔細」這個詞，例如鳳姐說：「仔細你的皮。」意思是說，小心你的皮。類似這樣的方言，在《紅樓夢》中數不勝數。這也為證明大觀園在樂亭提供了強而有力的證據。

賈府、大觀園原型在樂亭馮家哨

俎永湘認為，《紅樓夢》中描寫的賈府、大觀園遺址就在樂亭縣城東南八華裡處的馮家哨。

俎永湘說，《紅樓夢》第一回寫道：「有城日閶者，最是紅塵中一二等富貴風流之地」。且看這句話之中所寫的「閶」。什麼是「閶門」？一般來講，「閶門」就是皇宮的正門，就是天安門。在樂亭縣，能被稱為「閶門」只有一處，那就是馮家哨的明朝宦官的侄子王蘭為京東望族。

馮家哨村只有東西一條大街，和《紅樓夢》中描寫的寧府和榮府之間的那條大街如出一轍。馮家哨的東頭，就有《紅樓夢》第一一四回所說的「東莊」叫「窮棒子溝」，大部由窮人居住；馮家哨的中街是王蘭的莊園，即《紅樓夢》中的寧國府；馮哨大莊西頭也是王蘭的莊園，即《紅樓夢》中的榮國府，王蘭莊園的南部是占地近千畝的「花園」，現察王蘭莊園與花園的建築園林地形地貌，和《紅樓夢》中作者描寫的賈府、大觀園一絲不差。在馮家哨，《紅樓夢》中所描寫的賈府、大觀園的遺蹟全在。

大觀園的方位布局是怎樣的？

大觀園是《紅樓夢》中人物活動的主要場所。《紅樓夢》故事發展的基本情節幾乎都是在大觀園中完成的。作者在書中對大觀園的描述甚是大氣，說它「天上人間諸景備」。單從這一點，我們可以知道，大觀園的繁華程度絕不是我們普通人所能想像得到的。在曹雪芹的筆下，大觀園儼然是一座正宗的「東方伊甸園」。相信所有讀過《紅樓夢》的人都會對大觀園抱有一種特殊的情感。

當然，像《紅樓夢》裡包含的很多其他的謎一樣，大觀園對我們來講也是一個謎。首先，大觀園的方位布局就是許多人所感興趣的話題。例如大觀園究竟有多少個院落？每一個具體的院落究竟在哪個方位？大觀園整體的方位布局是怎樣的？大觀園內各個具體院落之間的方位是怎樣的呢？

實際上，關於大觀園的具體方位，作者在書中是有所交代的。薛寶釵的詩中有這樣一句：「芳園築向帝城西」，這裡的芳園很可能就是大觀園，可見，大觀園應該在京城以西。另外，有一條脂批說：園是西北部多出來的一塊地方，其所引的泉也是西北東南的流向，這和寶釵「芳園築向帝城西」所表達的意思是一致的。

根據書中所寫，大觀園至少應該有八處院落，分別由寶玉、黛玉、寶釵、探春、迎春、惜春、李紈和妙玉居住：

寶玉住在怡紅院，黛玉住在瀟湘館，寶釵住在蘅蕪苑，李紈住在稻香村，迎春住在綴錦樓，探春住在秋爽齋，惜春住在蓼風軒，妙玉住在攏翠庵。

下面，我們根據《紅樓夢》中的描寫對大觀園裡的各個居所做一簡單的介紹。

第十七回寫賈政率眾清客遊覽大觀園的時候，一進門，「只見迎門一帶翠嶂擋在前面。眾清客都道：『好山，好山！』賈政道：『非此一山，一進來園中所有之悉景入目中，則有何趣。』眾人道：『極是。非胸中大有丘壑，焉想及此。』說著，往前一望，見白石崚嶒，或如鬼怪，或如猛獸，縱橫拱立，上面苔蘚成斑，藤蘿掩映，其中微露羊腸小徑」，這是賈政進園時見到的第一景。

再往前走，就是沁芳橋。沁芳橋「白石為欄，環抱池沿，石橋三港，獸面銜吐。橋上有亭。」遊園的時候可以坐船，水路的樞紐點是花溆。花溆上層有石梁高懸，可以步行。離花溆最近的是蘅蕪苑。大觀園內沒有大湖，但是並不乏小池塘，藕香榭就在小池塘上。藕香榭的背面就是蘆雪庵。稻香村在大觀園的東面，與園外的稻田相通。在大觀園東南角的外面是梨香院。梨香院與大觀園有一牆之隔。黛玉葬花的地方在沁芳閘旁邊。賈寶玉所住的怡紅院在沁芳橋旁邊。與怡紅院一牆之隔的就是林黛玉的居所——「瀟湘館」。攏翠庵在大觀園的西北角，應該是建在一個依山傍坡的地方，也很可能位於凸碧山莊和凹晶溪館之間。大觀園的正樓是大觀樓，大觀樓的兩邊有含芳閣和綴錦閣兩個閣樓。

大觀園之中的局所方位大致如此。

另外，有人認為，《紅樓夢》之中主要寫了寶玉、黛玉、寶釵、探春、迎春、惜春、李紈和妙玉的居所——其數目恰好為八，認為這些院宇的排列與八卦的方位和排列，有著某種神祕的聯繫。《說卦傳》中關於八卦方位的記載「天地定位，山澤通氣，雷風相薄，水火不相射，八卦相錯，數往者順，知來者逆。是故，易逆數也。雷以動之，風以散之，雨以潤之，日以烜之，艮以止之，兌以說之，乾以君之，坤以藏之。」

在大觀園之中，賈寶玉是唯一的男性，所以賈寶玉應當為「乾元」，而與賈寶玉有夫妻之名的薛寶釵相應地應該是「坤地」。因此，賈寶玉所居住的怡紅院肯定是位於大觀園的正南方向，而薛寶釵所居住的蘅蕪苑與怡紅院相對應，應當位於大觀園的正北方，《說卦傳》中所說的「天地定位」便是這個意思。

確定了賈寶玉和薛寶釵所居住的怡紅院和蘅蕪苑，根據《說卦傳》中的八卦方位，再結合《紅樓夢》中第七十四回所寫的抄檢大觀園的路線——怡紅院、瀟湘館、秋爽齋、稻香村、蓼風軒、綴錦樓——便可推知其他人居所的方位。瀟湘館緊鄰怡紅院，寶玉也曾對林黛玉說過：「咱們兩個又近，又都清幽」，所以瀟湘館應該為兌二，所以應該位於大觀園的東南方。接下來依次為：秋爽齋為離三，應該位於園之正東；稻香村為震四，應該位於園之東北；然後跳過正北之蘅蕪苑，便應該是園西北的蓼風軒，為艮七；綴錦樓為坎六，應該位於園之正西；最後所剩之西南的巽五，便應該是妙玉所居之攏翠庵了。

最後，根據書中的相關描述，大觀園應該是在「榮寧」二府之間，「從東邊一帶，藉著東府裡花園起，轉至北邊，一共三里半大」。從這裡，我們可以知道，大觀園的總體方位應該是坐北朝南。再根據「瀟湘館是元春省親時的第一個臨幸之處」，所以可以確定大觀園正門所朝的方向應該是東南，而不是正南。

大觀園究竟在何處？

幾乎是從《紅樓夢》誕生的那天起，讀過《紅樓夢》的人就都會不由自主地問自己這樣一個問題：這一幕封建家族的寫真集究竟發生在何地？現實生活中大觀園這個可以稱得上是「東方伊甸園」的地方是不是真的存在呢？針對這一問題，紅學家們提出了各自不同的看法。具體來講，主要有以下幾種觀點：

南京隨園說

此種觀點認為「大觀園的原型是南京隨園」。

早在乾隆時期，滿洲人明義在《綠煙鎖窗集》中提到曹雪芹撰《紅樓夢》一事時就說，紅樓夢之所以「備記風月繁華之盛」，是因為其作者曹雪芹的祖上曾任江寧織造，其書中所記的大觀園即今南京隨園故址。無獨有偶，清代著名詩人袁枚在他的著作《隨園詩話》中也說：「《紅樓夢》中所謂大觀園者，即余之隨園也」。這是最早關於「大觀園原型」的兩個觀點。也許是因為這兩人都是曹雪芹的同代之人，所以很多人對「隨園說」非常認可。著名學者胡適就對「隨園說」非常推崇，在自己的著作《紅樓夢考證》中堅持大觀園是隨園的觀點。

北京什剎海說

此種觀點認為，大觀園的原型是北京什剎海。這種觀點的依據主要有三個：

謝海隆的〈紅樓夢絕句題詞〉中寫道：「汊海方塘十畝寬，枯荷瘦柳蘸波寒。落花無主燕歸去，猶說荒園古大觀。」並有注曰：「十汊海，或所謂大觀園遺址，有白石大花盤尚存。」

蔣瑞藻在自己的小說考證之中也記敘了「什剎海風景優美，與《石頭記》中大觀園極其相似」的觀點。

徐珂在著作《清稗類鈔》中，也有「京師後城之西北，有大觀園遺址，樹石池水，猶隱約可辨」的句子，進一步確認此說法。

江寧（南京）織造署西花園說

堅持這種觀點的代表人物是臺灣學者趙岡。

自一九六〇年代以來，臺灣學者趙岡極力推崇「西花園說」，認為大觀園的原型是江寧（南京）織造署西花園。趙岡對《紅樓夢》中所描寫的大觀園建築風格進行推理，並與南京行宮圖相對照，最後提出，大觀園，也即南京行宮花園。後來，有人又在西花園發現了「紅樓一角」碑石，這讓趙岡對此觀點更加確信。當然，西花園現已改為大行宮小學。

西元一九八四年八月，又有人在西花園遺址發現了完整的假山石基和水池，即歷史上有名的西花園西池。這是近年來紅學文物研究上的重大發現，其為大觀園的西花園說提供了實物證據。

北京後海恭王府說

一九五〇年代，著名「紅學專家」周汝昌在《紅樓夢新證》中首次提出「恭王府說」，認為大觀園的原型應該是北京恭王府。周汝昌的《芳園築向帝城西》從地理環境、景物遺存、建築布局、府第沿革、文獻印證等方面對恭王府和大觀園進行考證，雖無直接的證據，但恭王府和大觀園有一種直接的聯繫卻是明顯的。從此以後，很多學者對此進行了研究，發現並指出恭王府和大觀園在建築角度上的確有驚人的相似之處。但是，後來著名學者顧平旦卻在《從「大觀園」到「萃錦」》一文中指出，恭親王的萃錦園規模和建築大都是同治之後才有的，所以不可能是大觀園的原型；如果恭王府真的和大觀園有相似之處的話，那也是因為恭親王奕訢本身就是《紅樓夢》迷，他把自己的邸園仿大觀園建築不足為奇。從此，恭王府說失去了依據。

綜合說

此種觀點認為，「大觀園」之「大觀」就是集大成之意，所以大觀園是集很多著名園林於一身的結果。

中國著名文學家吳伯簫於一九三〇年代首先提出「大觀園原型綜合說」。吳伯簫認為，《紅樓夢》一書是曹雪芹藉北京景物追寫烘托曹家當日在江寧的榮華富貴狀況。另外，曹聚仁在《小說新語》中也認為大觀園是以曹家的院子作底本，而以北京的芷園，南京、揚州、蘇州的織造府作藍本。一九七〇年代，戴志昂再次肯定了這一學說，認為大觀園是吸收了園林建築的精華並加上作者的想像而創造出的藝術形象，但其最基本的依據還是北京的皇家園林。

以上就是關於「大觀園原型」的主要觀點，當然，這些學說都沒有充分的證據，所以「大觀園究竟在何處」——還需要更進一步的研究考證。

《紅樓夢》複製了水西莊？

水西莊原址位於天津城西的南運河畔，是天津長蘆鹽商查日乾與其子輩查為仁、查為義等經營的私家園林，在天津園林史上占據重要位置，清人袁枚在《隨園詩話》中，將天津水西莊、揚州小玲瓏山館、杭州小山堂並稱為清代三大私家園林。乾隆皇帝曾先後四次下榻於此，並賜名「芥園」。該園當時水木清麗，風景幽雅，舊有枕溪廊、數帆台、藕香榭、覽翠軒、花影庵、泊月舫、碧海浮螺亭等勝蹟，是文人雅士吟詩酬唱的佳境。由於園主人愛養名士，交接名流，水西莊曾人文薈萃，盛極一時。道光年後該園逐漸衰敗，庚子之後被戰火所毀，昔日樓台亭榭已蕩然無存。一九三〇年代天津文化界名人曾發起組織「水西莊遺址保管委員會」，意在呼籲重建，但由於時局不定，沒有結果。而今，水西莊遺物只有建設路天津自來水公司門前的一對石獅子了。

著名紅學家周汝昌曾說，天津水西莊是《紅樓夢》大觀園的重要原型之一，水西莊許多景點和《紅樓夢》大觀園的景點名字相同或相似，例如《紅樓夢》中說：「藕香名榭在津門」。有專家經過考證後說：「曹雪芹家遇難後就曾到水西莊避難。」另有紅學家韓吉辰也發現水西莊和大觀園確有千絲萬縷的聯繫，難道「大觀園」真的就在天津嗎？

著名紅學家鄧雲鄉曾說：「大觀園究竟在哪裡？這個問題已經問了二百多年了」。據有關學者分析，大觀園應該由一所或幾所清初園林花園作為原型。這個原型應具備四個特點：一是規模宏大，「三里半大」的面積；二是以水面取勝、集景式的單身宿舍型；三是要與皇帝皇后等巡幸活動有關聯；四是這座私家園林還必須使曹雪芹有熟悉和體驗的機會。

那麼，水西莊是否符合這四大特點呢？

首先，《紅樓夢》第十六回，賈璉從南方回到榮國府家中，賈蓉告訴他：「老爺們已經議定了，從東邊一帶，藉著東府裡花園起，轉至北邊。一共丈量準了，三里半大，可以蓋造省親別院了，已經傳人畫圖樣去了……」可見，大觀園的面積應該是「三里半大」。而水西莊的占地面積恰恰是一百五十九畝，折合過來，和「三里半大」的面積不相上下。

其次，據相關記載，水西莊曾經有枕溪廊、數帆台、藕香榭、覽翠軒、花影庵、泊月舫、碧海浮螺亭等以水面取勝、集景式的單身宿舍型以及亭台樓閣。

再次，據史料記載，乾隆皇帝曾先後四次下榻於水西莊，並賜名水西莊「芥園」。

最後，有學者研究，《紅樓夢》的作者曹雪芹曾經避難水西莊。據稱，在清雍正年間，查氏家族（水西莊主人）與當時的曹家、佟家、李家四大家族顯赫一時，且四家交往甚密。但在雍正初期，卻都被雍正先後抄家。曹家被抄時曹雪芹尚幼，舉家赴京時因吉凶難測，遂將曹雪芹託付給水西莊查家，水西莊就成為了曹雪芹的「避難所」。在曹雪芹生活在水西莊的日子裡，那豪華生活和豐富藏書文物古玩，以及每日接觸的人、發生的事成為了《紅樓夢》部分的生活素材，這對創作《紅樓夢》有一定的影響。

另外，更讓人相信「水西莊就是大觀園之原型」的事實還有——「水西莊中一些景物名稱與大觀園中的有些帶有名稱的軒館、庭院非常相近甚至相同」。例如水西莊中的景點「藕香榭」景色幽靜，四面環水，菱藕香深，荷花盛開，遊船蕩槳，景色迷人。這與大觀園之中的「藕香榭」非常相似。《紅樓夢》第三十七回表述，海棠詩社中開始缺少史湘雲，賈寶玉以送禮物為由向史湘雲傳遞消息，襲人揭開小攝絲盒子，裝的是紅菱、雞頭。一般來講，紅菱原產於江南，在北方很少見，但是據《天津府志》記載，紅菱雖然原產江南，但是後來被引種到水西莊，從此成為北方獨特的美味特產，名聲很大。類似的情況還有「瀟湘館」，在《紅樓夢》裡，林黛玉居住的地方是「龍吟細細、鳳尾森森」的「瀟湘館」，可是如果按照我們通常的觀點，如果大觀園原型在北方，那麼，瀟湘館裡「翠竹茂盛」的寫法就有點不著邊際，因為在北方，翠竹很難成片生長，私家園林更難栽培。可是，根據描寫水西莊景色的詩作〈津門雜事詩〉——「惹煙籠月影檀欒，繡野籍前竹萬竿」（詩自注：「津門少竹，水西莊繡野耪前後，栽竹數畝，蓊鬱深翠，不減江南」），地處北方的水西莊恰恰就有「翠竹茂盛」的美景。此外，水西莊有「秋白齋」，大觀園有「秋爽齋」（白與爽是近義詞）；水西莊有「攬翠軒」，大觀園有「攏翠庵」（攏和攬是同義詞）；水西莊還有一處「農田」景點「一犁春雨」，而元妃省親時給大觀園題匾額，頭一個就是「梨花春雨」，從字面上和含義上也是很相似的；大觀園中有個「逗蜂軒」，而水西莊恰好有一景點「來蝶亭」，「逗蜂」與「來蝶」互相對仗。

很顯然，這些都不僅僅是巧合。我們只是據此認定，「水西莊」和「大觀園」之間肯定存在著某種聯繫。當然，我們如果僅僅因為這些原因便認定水西莊就是「大觀園的原型」，可能也有點「證據不足」的嫌疑。

大觀園原型在南京江寧花塘？

關於大觀園的原型之說，曾經有過很多說法。近年來，又有人提出大觀園的原型在南京市江寧區江寧鎮花塘村。根據相關專家研究，南京市江寧區江寧鎮花塘村一帶與《紅樓夢》相吻合的地名和姓氏多達四十餘處。

我們都知道，《紅樓夢》中的金陵四大家族分別是賈家、王家、史家和薛家。而南京市江寧區江寧鎮花塘村一帶也曾有過曹、王、史、薛四大家族，至今還有曹、王、史、薛四家村。專家介紹說，「賈」是假的，「曹」才是真的。現今留下來的曹上村據說就是曹氏家族的村子。現在，曹上村的村長肯定地說，他們的祖宗是曹雪芹，曹上村的曹氏家族正是曹家的後裔。而距曹上村不遠的小王莊據傳為王氏家族的村子；薛家凹子為薛氏家庭的村子；已經改名為「新村」的村子則是原來的史家莊，即史氏家族的村子。花塘村周圍的曾莊可以正好對應甄府、甄家，葫蘆壩對應葫蘆廟等。

花塘村一帶還有兩個小村子，一個叫觀東村，一個叫觀西村，都是大觀園的「觀」。研究者說，如果按照曹雪芹在書中的描寫，如果花塘村正是大觀園的花園，那麼觀東村是大觀園的東門，觀西村是大觀園的西門。當地人介紹，花塘中的小島為曹氏家族衰敗前古亭的亭基。

另外，在《紅樓夢》中很多細節處提到的地方在花塘村一帶都可以找到「原型」。

曹雪芹在《紅樓夢》中描寫寶玉到襲人家的時候說：「幸而襲人家不遠，不過一半里路程，轉眼已到門前。」根據這一句話的描寫，我們如果暫且把曹上村當作賈府、將花塘街當成花襲人家的話，那麼路程正相符合，曹上村離花塘街只有半公里。

《紅樓夢》第二十四回描寫賈芸「出西門找到花兒匠方椿家裡去買樹」，這和曹上村現實的情況也很符合。曹上村的西邊，距離兩公里有個叫方村的村莊，距離三點五公里的地方則有個名叫方兒崗的地方。

《紅樓夢》第三十三回寫寶玉向忠順王爺府長史官回答琪官蔣玉菡的去向，「聽得說他如今在東郊離城二十里有個什麼紫檀堡，他在那裡置了幾畝田地幾間房舍。」而現實的曹上村的東面正好有個叫做蔣門山的地方，與曹上村相距大約三公里。

《紅樓夢》第六十七回寫道：「頭兒道：『那珍大奶奶的妹子原來從小有人家的，姓張，叫什麼張華……』」，在現實的花塘村西部有尤姓（珍大奶奶的姓氏）的村莊，尤姓（珍大奶奶的姓氏）的村莊與一張姓村莊緊靠在一起。

《紅樓夢》裡，白金釧、金鴛鴦、黃金鶯這三個大丫鬟舉足輕重，花塘街附近竟然有相鄰的三個地方地名分別有「白」、「金」、「黃」字，對應三個大丫鬟的姓氏。

《紅樓夢》裡的李、趙、張、王四個奶媽的姓氏正巧與花塘村附近四個村莊對應。更讓人吃驚的是，這四個村皆以曹上村為圓心。

《紅樓夢》裡，王夫人的三位陪房周瑞家的、吳興家的、鄭華家的，姓氏正好與花塘街附近三個村莊相對應，奇妙的是這個村可以走東西向的直線到王家村。

《紅樓夢》裡說司棋的表弟叫潘又安，而在花塘村東北處正好有一個村子叫潘安村。

《紅樓夢》的主角之一是林黛玉，書裡說林黛玉下凡之前就是絳珠仙草。而曹上村西北兩公里處有芝林樹，如將芝林倒念，便是「林芝」，不僅合林黛玉之姓，而且諧音「靈芝」是人們心目中的仙草，正合林黛玉之身分和地位。

最後，在大觀園題詠〈凝暉鐘瑞〉一詩裡，有「芳園築向帝城西」的詩句。這句詩向後人暗示了大觀園的方向。而我們都知道，南京是六朝古都，稱之為「帝城」，天經地義。花塘村一帶在南京城的西南面，可以說是「帝城西」。

大觀園原型是洪園？

近年來，有人認為，《紅樓夢》的作者不是曹雪芹，而是中國清代著名戲劇作家洪昇。並且進一步提出，《紅樓夢》中的大觀園就是「洪園」（洪園是洪家的「私家園林」）。

「大觀園洪園說」的支持者認為，《紅樓夢》中所描寫的大觀園至少應該滿足以下三個條件：

一、大觀園的位置應該處於賈家所生活的城市的西面，而不是在城市之中。林黛玉的詩「名園築何處，仙境別紅塵」也可以證明這一點。城市中心是紅塵滾滾的地方，而大觀園不在紅塵滾滾的地方，而是在「別紅塵」的「仙境」。那麼究竟在什麼地方呢？寶釵說了「芳園築向帝城西，華日祥雲籠罩奇」，這就告訴我們，大觀園應該在賈家所生活城市的西面。當然，大觀園也不可能位於離城市中心很遠的地方。

二、大觀園之中有山，並且大觀園很可能是建立在一個小山坡上，從另一方面說大觀園所處的位置不是絕對的平地。《紅樓夢》中寫到賈寶玉隨賈政在園中逐景「題對額」的時候說，他們從「有鳳來儀」到「稻鄉村」的路上，「條而青山斜阻，轉過山懷中，隱隱露出一帶黃泥築就的矮牆，牆頭皆用稻莖掩護。」從這裡可以看出，大觀園之中有「青山」，需要繞山而行。另外，又說「稻香村」還有籬笆，「籬外山坡之下，有一土井，傍有桔槔轆轤之屬」，這也就是說，「稻香村」實際上是建立在小山坡之上的，中間一定是一道並非很長很陡的「山坡」。在出院的時候，書裡這樣寫：「忽見大山阻路，眾人都道迷了路了」，在賈珍的引領下，「直由山腳邊忽一轉，便是平坦寬闊大路」。從這裡我們可以知道，大觀園之中的假山肯定不是假山，而應該是真山。另外，元妃題「大觀園」的詩中「銜山抱水建來精」的句子，李紈詩中「秀水明山抱復回」的句子，寶玉詩中「杏簾招客飲，在望有山莊」的句子，都能很充分地證明大觀園之中是有真山的。

三、大觀園外邊有「外河」，園內有「泉」，有湖面，並有「青溪」可以行船，園中似乎還有較大面積的沼澤溼地。我們也許還記得，大觀園建成的時候，賈政和眾清客在園中遊覽的時候，剛進院不久，就見到「一帶清流，從花木深處曲折瀉於石隙之下」，再往前看，清流之下就是湖面，「白石為欄，環抱池沿」。這就告訴我們，大觀園之中有溪流。後來，賈政一行又來到「蓼汀花溆」，有人介紹說：「採蓮船共四隻，座船一隻」，可見，這裡的水域已經不再是小小溪流，而是能夠行船的大片水域。正殿之後，「至一大橋前，見水如晶簾一般奔入，原來這橋便是通外河之閘，引泉而入者」，可見大觀園之中還有泉水。再後來，一行人「轉過花障，則見清溪前阻」。「原來那閘起流至那洞口，從東北山坳裡引到那村莊裡，又開一道岔口，引到西南上，共總流到這裡，仍舊合在一處，從那牆下出去」，這又告訴我們大觀園外有一條大河。書中還告訴我們說，「蘆雪庵」是個蘆花如雪、一派莽莽蕩蕩的地方，也就是說，「蘆雪庵」是一塊沼澤溼地。

單從這三個條件看來，北京的「圓明園」、「恭王府花園」以及天津的「水西莊」，園中都有水卻無山，不應該是大觀園原型；「圓明園」、「恭王府花園」雖然位於北京城西部，但也並非城外，也不可能是大觀園之原型；「水西莊」所在的天津，天津不可稱「帝城」，所以「水西莊」也不是大觀園之原型；

南京的「隨園」，可以說是建在「帝城」，但並非位於「西部」，再加上園中的山水景物，與大觀園描寫的也不相符合，也不能稱為大觀園之原型。

那麼，大觀園之原型究竟在什麼地方呢？「洪園說」的支持者認為，中國著名園林的集中地不過北京、南京、蘇州、揚州、杭州五個城市。但是蘇州、揚州不是「帝城」；南京、北京城外的西部，在當時還沒有「銜山抱水」的園林。當時全國唯一可稱為「帝城」，山水園林又集中在「城西」的地方，只有杭州。而在杭州城西，最和《紅樓夢》中的大觀園接近的、最可能成為大觀園之原型的、最著名的私家園林非「洪園」莫屬。

相關專家考證，《紅樓夢》原稿的作者並非曹雪芹而是清代著名文學家洪昇。洪昇是清初順康兩朝之人，祖籍錢塘，一生中多數時間生活在錢塘，只有青少年和老年、中年二十載在北京。清初的洪家是「百年望族」，洪家的府邸園林，就是杭州城西的「葛嶺」之下、「西溪」之側的「洪園」。

洪園又稱「紅府」，格局是前府後園。洪園處於「帝城」杭州（杭州曾經做過首都，能稱得上「帝城」）的城西的位置。洪園所處的位置正是一個「銜山抱水」的好地方。洪園旁邊有小溪流過；洪園府邸坐落在葛嶺平緩的山坡上，府中有溪流穿過的痕跡。洪園所處的位置和自己本身的氣勢和《紅樓夢》中的大觀園非常相像。清朝時期，很多的達官貴人都曾在此地安家落戶。當時，不僅僅洪家把自己的府邸建立在此地，康熙朝的「萬國金珠貢澹人」的高士奇也在此地建立過自己的豪華山莊「西溪山莊」，並在這裡接待過一次南巡的康熙皇帝。據傳，洪昇和高士奇是很好的朋友，因此洪昇可能見過高家接駕康熙的勝景。《紅樓夢》之中元妃省親的盛況空前的場面很可能就是來自這裡。

洪家的繁華最早可以追溯到南宋初年。據載，洪昇的祖先洪皓曾經奉命出使金國，但是在金國曆經十餘年磨難，才持節回到南宋。當時的皇帝為了表彰洪皓的氣節，先封他為「魏國忠宣公」，後來又在今天的洪園地方，「敕建」了「國公府」賞給他居住。這裡所講的「國公府」很可能就是「寧榮二府」的原型。此後，洪皓的三個兒子洪适、洪邁和洪遵，都是南宋高官，並且是相當有才華的文人。

明朝時期，洪家更是進入了另一個輝煌時期。洪昇的六世祖洪鐘，官至刑部尚書，晚年退隱故鄉杭州，並在西溪故地重建了洪府和家宅花園。但是到了清代，由於改朝換代，洪家開始衰落。洪昇的父親被抄家發配；洪昇逃離家庭造成「子孫流散」，後又被朝廷革去功名，最後真的像《紅樓夢》之中的賈家一樣「落一片白茫茫大地真乾淨」。由此可以看出，洪昇和賈寶玉的遭遇驚人地相似。

另外，根據洪昇的詩集記載，洪昇在少年時期經常在洪園中遊玩，從小與姐妹們一起生活在洪園。但是，後來，隨著家道的衰落，洪昇的姐妹們大多遭遇了不幸的人生，兩個妹妹甚至早亡。這樣的遭遇激發了洪昇創作《紅樓夢》來記載他一生遭遇的願望。

根據相關資料，當年的洪園有很多和大觀園一樣或者類似的地方。一直到現在還有很多地方和大觀園中相類似的地方存在，例如大觀園中的「蘆雪庵」、「秋爽齋」等名稱很可能就是從西溪的「秋雪庵」演變而來的。《紅樓夢》書中的「凸碧山莊」、「凹晶館」等，也似乎是「洪園」園外山上山下景觀的借用。再例如，《紅樓夢》中鐵檻寺的原型很可能就是離「洪府」約五、六里的「洪庵」。「洪庵」是洪家的家廟，而鐵檻寺則是賈府的家廟。

當然，這些所謂的證據還不足以證明「洪園就是大觀園之原型」，真正確鑿的證據還有待進一步的發掘。

細說紅樓

真事隱去，假語村言，揭開紅學面紗

作　　者：劉燁，山陽

發 行 人：黃振庭

出 版 者：崧燁文化事業有限公司

發 行 者：崧燁文化事業有限公司

E-mail：sonbookservice@gmail.com

粉 絲 頁：https://www.facebook.com/sonbookss/

網　　址：https://sonbook.net/

地　　址：台北市中正區重慶南路一段六十一號八樓 815 室

Rm. 815, 8F., No.61, Sec. 1, Chongqing S. Rd., Zhongzheng Dist., Taipei City 100, Taiwan (R.O.C)

電　　話：(02)2370-3310

傳　　真：(02) 2388-1990

印　　刷：京峯彩色印刷有限公司（京峰數位）

國家圖書館出版品預行編目資料

細說紅樓：真事隱去，假語村言，揭開紅學面紗 / 劉燁，山陽著．-- 第一版．-- 臺北市：崧燁文化事業有限公司，2021.11

面；　公分

POD 版

ISBN 978-986-516-601-4(平裝)

1. 紅學 2. 研究考訂

857.49　110002543

官網

臉書

版權聲明

本書版權為作者所有授權崧博出版事業有限公司獨家發行電子書及繁體書繁體字版。若有其他相關權利及授權需求請與本公司聯繫。

定　　價：430 元

發行日期：2021 年 11 月第一版

◎本書以 POD 印製